ZHOUSI TUILI
周四推理
JULEBU
俱乐部

[英]
理查德·奥斯曼 著
张雅琳 译

RiCHARD OSMAN

The Thursday MURDER Club

接力出版社
Publishing House

献给我的妈妈，“最后一个布伦达”，爱你

杀人简单，藏尸才是最难的，因为容易露出马脚。

我很幸运，偶然发现了一个合适的地方，甚至可以称得上完美。

我会时不时地回来看看，只为确认一切都滴水不漏。好在这里总是安全的，而且我相信会永远安全。

有时我会抽根烟，我知道自己不该抽，但这是我仅剩的坏习惯了。

contents

目录

第一部分

结识新朋友，尝试新事物

PART ONE

Meet New People and Try New Things

1

乔伊丝的日记

嗯，我们从伊丽莎白写起，好吗？看看能写些什么。

我当然知道她是谁，这里每个人都认识伊丽莎白。她住在拉金公寓的一套三居室里，好像是拐角带木板露台的那套吧？我还和斯蒂芬组队玩过竞答游戏。由于种种原因，斯蒂芬成了伊丽莎白的第三任丈夫。

两三个月前的一天，我正在吃午饭。那天应该是周一，因为固定菜单是牧羊人派[①]。伊丽莎白说她知道我在吃东西，但还是想问我一个有关刀伤的问题，如果没什么不妥的话。

我说的是“当然没关系，请问”，或者其他类似的话吧。

最好先让你知道一下，我这人的记性不太好。

伊丽莎白打开了一个马尼拉纸文件夹，我看到一些纸张，有的上面打了字，还有的从边沿看像是老照片。然后她就直奔主题了。

① 牧羊人派（Shepherd’s pie）：英国传统主食，用牛肉或羊肉做馅料，表面铺盖土豆泥烤制而成。——本书脚注如无特别说明，均为译者注

伊丽莎白让我想象，一个女孩被刀刺中。我问被哪种刀刺中，伊丽莎白说可能就是普通的厨房用刀，约翰－路易斯[1]百货商店卖的那种。后半句不是她说的，是我脑袋里的画面。

她又让我想象，这个女孩的胸骨正下方被刀刺了三四下。进进出出，进进出出，极其惨烈，但没有切断动脉。

我们身边的人都在吃东西，伊丽莎白还是有一定分寸感的，她在描述整个过程时非常小声。

就这样，我在想象刀刺的伤口时，伊丽莎白又问我，女孩失血致死需要多长时间。

对了，想起来了，应该早点说的，我当过好多年的护士，不然你没法理解这一切。伊丽莎白是万事通，她大概从什么地方听说了我之前的职业，不管怎么样，这就是她向我发问的原因。

我已经絮叨了半天，你肯定还不明所以，我保证以后会把握好写作的技巧。

我记得在回答伊丽莎白前，我轻轻地拍了拍嘴巴，像有时候在电视上看到的那样。这动作会让人看上去更聪明，你也可以试试。

我问女孩的体重是多少。

伊丽莎白从文件夹里找到相应的信息，然后用手指着

① 约翰－路易斯（John Lewis）：英国伦敦最大的百货商店，创始于1864年。

念出来，女孩的体重是四十六公斤。这下可难倒我们了，我们都不确定四十六公斤到底是多重。我按二比一来换算，应该是二十三英石[①]左右？尽管脑子里这么想，但我怀疑自己是把英寸和厘米的换算[②]混淆进来了。

伊丽莎白告诉我，女孩的体重绝不可能是二十三英石，文件夹里有尸体照片。

她朝我敲了敲文件夹，重新把注意力转回到餐厅里，说："有人能问问伯纳德吗？四十六公斤是多重？"

伯纳德总是一个人坐在离露台最近的一张小餐桌旁边，那是八号桌。你没必要了解这些细节，但我要稍微介绍一下伯纳德。

我刚到库珀斯·切斯养老村时，伯纳德·科特尔十分关照我。他送给我一截铁线莲的扦插枝条，向我解释垃圾回收的时间表。他们这里有四种不同颜色的垃圾桶。四种啊！多亏了伯纳德，我才知道绿色回收玻璃，蓝色回收硬纸板和纸张。至于红色和黑色，我到现在也没弄清楚，我在周围转悠时看到了各种各样的东西，有人甚至往桶里扔了一台传真机。

伯纳德以前是科学类学科的教授，在世界很多地方都工作过。还没人听说过迪拜的时候，他就已经去过了。不

---

① 英石（stone）：英制重量单位，1 英石约等于 6.35 公斤。

② 英寸和厘米的换算：1 英寸等于 2.54 厘米。

愧是见多识广的人，他吃午饭都要穿西服、打领带，边吃边看《每日快报》。坐在他旁边餐桌用餐的是住拉斯金公寓的玛丽，她向伯纳德传话，问他四十六公斤换算成英制计量单位，到底有多重。

伯纳德点点头，冲着伊丽莎白大声说："差不多七点三英石。"

这就是伯纳德。

伊丽莎白向他道谢，说这样听起来还算正确。伯纳德继续回到报纸上的填字游戏里。事后我查了一下英寸和厘米的换算，嗯，至少在这一点上我错得不太离谱。

伊丽莎白又问起她刚才提到的问题：被厨房用刀刺中的女孩能活多久？我估测，在没人救助的情况下，她大概会在四十五分钟内死亡。

"嗯，没错，乔伊丝。"她说，然后问了另一个问题，"如果有人救助呢？这个人不是医生，但会处理伤口，也许当过兵，诸如此类的人吧。"

我这辈子见过无数刀伤，我的工作可不只是和扭伤的脚踝打交道，所以我当时回答说："这样啊，那她根本就不会死。这类伤口其实很容易处理，不过处理伤口的过程够她受的。"

伊丽莎白不停地点头，说她正是这样告诉易卜拉欣的，尽管当时我还不认识易卜拉欣。我说过，这是两个多月前的事了。

伊丽莎白觉得这个案件很蹊跷，认为是女孩的男友杀了她。我知道这种情况到现在仍然时有发生，我就经常在新闻上看到。

在搬来这里之前，我想我可能会觉得这样的对话太不可思议了，可是一旦认识了养老村里的每一位，这样的事也就不足为奇了。上周，我遇到了薄荷巧克力冰激凌的发明者，反正他是这么介绍自己的，我又没什么办法查证。

我很高兴能用这种微不足道的方式帮到伊丽莎白，心想也许能让她也帮我一个忙。我问她，能不能让我看一眼尸体的照片。职业病，你懂的。

伊丽莎白的脸上绽放出笑容。你要是问这里的人，能不能看看他们孙子、孙女毕业那天的照片，他们的脸上会绽放出同样的笑容。她从文件夹里抽出一张 A4 纸大小的复印件，正面朝下地放到我的面前，让我自己留着，说他们都有复印件。

我说她人真好，她说别客气，不知能否问我最后一个问题。

“当然可以。”我说。

然后她问：“你每周四有空吗？”

信不信由你，这是我第一次听说有关“周四”的事。

2

警员唐娜·德·弗雷塔斯想拥有一把枪。她的梦想是，当自己追捕连环杀手，追到废弃的仓库里时肩膀上挨了枪子儿，仍然毫不退缩地完成任务。她没准儿还会培养出对威士忌的喜好，再和搭档制造一点儿风流韵事。

可现实呢，是二十六岁的她得和刚刚认识的四位退休老人坐在一起，在上午十一点四十五分共进午餐。唐娜明白，她的那些梦想只有通过一步步的努力才能实现，而且不得不承认，她在刚过去的一个多小时里过得相当愉快。

唐娜的讲座主题是"居家安全小常识"，她讲过很多次了。和往常一样，今天的听众也是老年人，他们腿上搭着毛毯，会场有免费饼干，坐在最后面的几位开心地打着盹儿。

她每次讲的小常识都一样：安装窗锁至关重要，注意检查身份证件，千万不要向推销人员透露个人信息。讲座的最大意义在于，她的出现能让人们在险恶世界里获得一丝安心。唐娜清楚这一点。另外，做讲座还能让她摆脱文书工作，从警局抽身，她是自愿担负起这项任务的。对唐娜来说，费尔黑文警察局太过沉闷了。

不过，今天的讲座地点是库珀斯·切斯养老村，看上去是个和险恶绝缘的地方。四处草木茂盛，一片宁静祥和。开车进去的路上，她发现了一家不错的酒吧，回家时可以去那里吃午饭。至于她的梦想——在快艇上一招锁喉制伏连环杀手，这事还是缓缓再说吧。

“安全。”唐娜开始讲了，但她脑子里真正思考的问题是要不要文身，在后腰上文一只海豚怎么样？是不是太老土了？会不会很疼？可能会，但她可是一名堂堂的警察，不是吗？

“我们所说的‘安全’是什么意思呢？嗯，我想不同的人对这个词有不同的……”

前排突然举起一只手，一位八十多岁、穿着整洁的女士有话要说。这不是讲座会遇到的正常情况，但既然开始了，怎么样都要进行下去。

“亲爱的，我觉得大家都不想听一场关于窗锁的讲座。”女士环顾四周，获得了一片低声的赞同。

第二排一位站在助行架[①]里的先生接着发言：“拜托也别讲身份证件，我们知道身份证件要怎么用。不管你是燃

① 助行架：可供人手扶支撑体重，保持身体站立平衡的架子，用于训练行走、增强肌力。

气局的，还是强盗，我们都懂，我保证。”

一场自由发言拉开序幕。

“现在已经不是燃气局了，是森特理克[①]。”一位身穿三件套考究西服的男士说。

坐在他旁边的男士抓住机会站起来，他穿着短裤、人字拖和西汉姆联球队的汗衫，伸出一根手指在空中戳戳点点。“都是撒切尔做的好事，易卜拉欣，原本它是属于我们的。”

“哎呀，快坐下吧，罗恩。”穿着整洁的那位女士说，然后看着唐娜补充道，“请原谅罗恩。”

唐娜慢慢摇了摇头。讨论仍在持续升温。

“哪个罪犯不会伪造证件？”

“我有白内障，就算你给我出示的是一张图书证，我也会让你进来。”

“他们现在根本不查燃气表，信息都在网络上。”

“是在云端上，亲爱的。”

“我欢迎强盗来，有个访客也不错。”

这时出现了瞬间的安静，有人打开助听器，有人关掉助听器，啸叫声此起彼伏，仿佛无调的交响曲。

前排的那位女士又控制了局面。“所以呢……对了，我叫伊丽莎白……别讲窗锁，别讲身份证件，拜托了。也没

① 森特理克（Centrica）：英国最大的天然气供应商。

必要告诉我们，绝不能向打电话来的尼日利亚人透露银行卡密码。希望我还能直呼他们为‘尼日利亚人’。”

唐娜·德·弗雷塔斯恢复镇定，意识到自己不再想酒吧、午餐和文身的事了。现在，她的脑子里回想起来的是防爆训练课，那是一段在伦敦南部度过的美好时光。

“好吧，那我们讲什么呢？”唐娜问，“我至少要讲四十五分钟，不然没有倒休。”

“警察内部的制度性性别歧视？”伊丽莎白说。

“我想讲讲非法击毙马克·达根[①]的事，政府批准……”

“坐下，罗恩！”

讲座继续，在轻松愉快的气氛中，时间过去了。结束后，唐娜受到了热情的招待，不仅欣赏了孙子、孙女们的照片，还应邀留下吃午饭。

就这样，此时此刻，她在餐厅里一小口一小口地嚼着沙拉，菜单上对这里的介绍是“现代高档餐厅”。对她来说，十二点差一刻吃午饭有点早，但拒绝邀请又显得失礼。她注意到，四位邀请者不仅尽情地享用着丰盛的午餐，还开了一瓶红酒。

“真的太棒了，唐娜，”伊丽莎白说，“我们过得非常开心。”伊丽莎白给唐娜的感觉像老师，就是那种整天把你

① 马克·达根（Mark Duggan）：非裔英国人，2011 年在伦敦街头与警方发生枪战，中弹身亡。

吓得半死，最后却给你一个 A，在你毕业时掉眼泪的老师。也许是因为她穿着粗花呢外套。

“精彩极了，唐娜，”罗恩说，“我能叫你唐娜吗，宝贝？”

“你可以叫我唐娜，但最好不要叫宝贝。”唐娜说。

“说得对，亲爱的，”罗恩表示同意，“我记住了。你刚才说的那个乌克兰人的停车罚单和链锯的故事，太精彩了！你可以接点餐后演讲的活儿，能赚钱。我认识有这方面需求的人，如果需要，我可以给你电话号码。”

沙拉很美味，唐娜想，这种想法并不常有。

“我觉得我会是个优秀的海洛因走私者。”说话的是易卜拉欣，之前提到森特理克的那位。“其实就是物流问题，不是吗？还有称重环节，我很喜欢他们的精准。他们还有数钞票的机器，全都是现代化设备。你抓过毒品贩子吗，警员德·弗雷塔斯？”

“没有，”唐娜承认道，“但有一天会的。”

“他们有数钞票的机器，我没说错吧？”易卜拉欣问。

“对，确实有。”唐娜说。

“太好了。”易卜拉欣说完，一口气喝掉了一整杯酒。

“我们容易感到无聊，”伊丽莎白补充道，也喝光了杯里的酒，“感谢上帝，让我们免受窗锁之苦，女警员德·弗雷塔斯。”

“现在只称呼警员。”唐娜说。

“明白了，”伊丽莎白噘着嘴说，“但我偏要说女警员，又能怎么样？难道要给我下拘捕令？”

“那倒不至于，但我会有一点点鄙视你，”唐娜说，“因为这件事真的很容易做到，而且对我更尊重。”

“可恶！好倔强！行吧。”伊丽莎白说道，不再噘着嘴。

“谢谢。”唐娜说。

“猜猜我的年纪？”易卜拉欣出了个难题。

唐娜犹豫了一下。易卜拉欣穿着考究的西服，皮肤状态非常好，身上散发着香味，一条手帕精致地折放在胸前的口袋里。他的头发稀疏，至少不是秃顶。没有大肚腩，没有双下巴。但在这一切表象之下呢？嗯……唐娜看了看易卜拉欣的手，手总是能透露秘密。

“八十岁？”她试探道。

她看出易卜拉欣一下子泄了气。“对，完全正确。不过，我看起来更年轻，大概七十四岁的样子，大家都这么觉得。秘诀是普拉提。”

“你的故事呢，乔伊丝？”唐娜问小组里的第四个成员。那是一位小个子、白头发的女士，身穿淡紫色衬衣和开衫，开心地坐在那里，仔细地听每个人讲话。她的嘴巴闭着，眼睛却格外明亮，像一只安静的小鸟，时刻关注着阳光下闪烁的东西。

“我？”乔伊丝说，“什么故事也没有。以前是个护士，后来成了母亲，再后来又当回护士。恐怕没什么好说的。”

伊丽莎白哼了一声：“别被乔伊丝骗了，警员德·弗雷塔斯。她是那种‘会做事’的人。”

“我只是有规划而已，”乔伊丝说，“现在不流行这一套了。如果我说要去跳尊巴[①]，就一定会去，这就是我。我们家有意思的人是我女儿，她管理一只对冲基金，不知道你懂不懂。”

“不太懂。”唐娜承认道。

“我也弄不懂。”乔伊丝深表同感。

“尊巴课在普拉提课之前，”易卜拉欣说，“我不喜欢两门都上，因为它们对主要肌肉群的训练效果正好相反。”

吃午饭时有个问题一直在唐娜的脑子里挥之不去。“对了，不介意的话，我想问问，我知道你们都住在库珀斯·切斯，但你们四位是怎么成为朋友的？”

“朋友？”伊丽莎白似乎被逗乐了，“啊，我们不是朋友，亲爱的。”

罗恩轻轻地笑出了声：“天哪，亲爱的，不，我们不是朋友。要再来一杯吗，丽兹[②]？”

---

① 尊巴（Zumba）：一种健康时尚的健身课程，将音乐与动感易学的动作和间歇有氧运动融合在一起。

② 丽兹（Liz）：伊丽莎白（Elizabeth）的昵称。

伊丽莎白点点头，罗恩倒上酒。这是他们开的第二瓶，一瓶十二点一五英镑。

易卜拉欣表示赞同："我认为朋友并不是最恰当的词。我们不会主动来往，我们的兴趣大不相同。我喜欢罗恩，我想是吧，但他有时候很难相处。"

罗恩点点头："我很难相处。"

"伊丽莎白的风格不太招人喜欢。"

伊丽莎白点点头："这恐怕是大实话。我一直是那种要熟悉以后才会喜欢上的人，从读书时就是这样。"

"我喜欢乔伊丝，我想是吧。我认为我们都喜欢乔伊丝。"易卜拉欣说。

罗恩和伊丽莎白又点头赞成。

"真是感激不尽啊。"乔伊丝一边说，一边用叉子追着盘子里的豌豆，"你们不觉得应该发明一种平平的豌豆吗？"

唐娜试图消除自己的疑惑。

"既然不是朋友，那你们为什么在一起？"

唐娜看见乔伊丝抬起眼朝另外几个人摇摇头，几个不大可能组合在一起的人。"是这样，"乔伊丝说，"首先，我们当然是朋友，这些人只是反应有点慢，还没意识到。其次，警员德·弗雷塔斯，是我的疏忽，邀请你时没有说清楚。我们是'周四推理俱乐部'成员。"

在红酒的作用下，伊丽莎白的眼神变得木然。罗恩不停地挠着脖子上的“西汉姆联”文身，易卜拉欣反复擦着已经锃亮的袖扣。

餐厅里的人越来越多。唐娜想，在这样的地方生活也不赖。来到库珀斯·切斯后有这种想法的人，她不是第一个。喝杯酒，休息一整个下午，她求之不得。

“还有，我每天游泳，”易卜拉欣总结道，“能保持皮肤紧致。”

库珀斯·切斯到底是个什么样的地方？

3

从 A21 号公路驶出费尔黑文，进入肯特林区的中心地带，你一定会在某个向左的急转弯处经过一座旧电话亭，它仍在使用中。继续开大概一百码[①]，你会看到“怀特丘奇，阿博茨·哈奇，伦茨·希尔”的路牌；右转，沿着伦茨·希尔路一直往前，经过蓝龙酒吧和门口有个巨蛋造型的农家小店，就会来到罗伯茨米尔河上的小石桥。据官方说法，罗伯茨米尔是条河，但不要被名字迷惑，它可不是什么波澜壮阔的河流。

过桥后立即右转，走一条单车道的小路。你可能会觉得走错了，但这条路比官方手册上的路近多了，风景也更好，前提是你乐于欣赏斑驳的树篱。路到最后会变宽，透过高树间的空隙，你会看到左边坡地上渐渐出现了生活的迹象。前方有个木头搭成的小车站，也仍在使用中，如果每天来回一趟车能算作“使用中”的话。快到车站的时候，你会在左边看到库珀斯·切斯养老村的入口标志。

① 1 码约合 0.9 米。——编者注

大约是十年前，原本的土地拥有者教会卖了这块地，库珀斯·切斯养老村开始修建。三年后，第一批住户搬进来，罗恩就是其中一个。广告说这里是“英国第一豪华养老村”，易卜拉欣查过了，据他说其实是排名第七。只有年满六十五岁才有资格入住，现在差不多有三百名住户。维特罗斯超市的送货车每次开过防畜沟栅[①]，车里的酒瓶和药瓶都会叮叮咣咣一直响。

老修道院是库珀斯·切斯的最高点和中心点，三个现代住宅区围绕这一点螺旋式铺开。过去一百多年里，修道院是个静谧的地方，只有长袍窸窸窣窣，单调而枯燥；只有祷告和回应，平静而笃定。

沿着幽暗的过道轻步前行，你会看到有些女人在宁静中感到惬意，有些女人惧怕千变万化的世界，有些女人躲避着什么，有些女人想证明某件模糊的、早已被人遗忘的事，有些女人在更神圣的使命中获得快乐。你会看到寝室里排着一张张单人床，餐桌又长又矮，小教堂那么昏暗，那么安静，你甚至坚信自己听到了上帝的呼吸声。简而言之，你看到的是圣教修女会，一支永远不会放弃你的队伍，为你提供吃的、穿的，一直需要你、珍视你，而它要求的回报是一生的奉献。要求不断，奉献不止。

然后有一天，你经过上山的一小段路，穿过由两排树

① 为防止牲畜等进入，而在路基以外设置的沟渠或栅栏。

木组成的隧道，来到安息园——园子的铁门和矮石墙俯视着修道院和远处肯特高林地的无限美景。你的身体会躺在另一种“单人床”里，上面是简单的石碑，旁边是一代又一代的修女玛格丽特、修女玛丽们。如果你曾拥有梦想，它们如今飘荡在青山之上；如果你曾拥有秘密，它们被永远尘封在修道院的四面墙之内。

哦，确切地说，是三面墙，修道院的西墙现在全换成了玻璃，为了搭配住宅区的游泳池。西面往下是草地滚球场，再往下是访客停车场。停车位的配额极其有限，以至于停车管理委员会成了库珀斯·切斯最有权力的小集团。

游泳池旁有一个小型的“关节炎水疗池”，看上去像按摩浴缸，主要因为它就是一个按摩浴缸。跟着老板伊恩·文特汉姆来参观的人，无一例外地会被带去看桑拿房。伊恩总是把门拉开一条缝，说“哎呀，里面真是桑拿天啊”，这就是伊恩。

乘电梯到楼上的活动中心，这里有健身房，有练习室，住户们可以畅跳尊巴，惊起“单人床”上的“鬼魂”无数。还有拼图室，适合更舒缓的活动和团体活动。另外这里还有图书室、休息室，用于规模较大、争端较多的委员会会议，或者用于观看平板电视上播放的足球比赛。再下到一楼，修道院又长又矮的餐桌如今成了“现代高档餐厅”。

养老村的正中心是原始的小教堂，和修道院相连。修道院刺眼的哥特黑衬托着小教堂的淡黄色灰泥外墙，让它看上去极具地中海风情。十年前，圣教修女会的代理人卖地时，提出了几个不让步的条件，其中之一便是小教堂要完好无损，保持原貌。住户们喜欢来小教堂。这里是“鬼魂”的地盘，长袍依旧窸窸窣窣，喃喃低语声渗透进了石头。这地方让你感觉自己融入了一个更舒缓、更柔和的世界。伊恩·文特汉姆正在研究合同里的漏洞，他想钻空子把小教堂改造成八间住房。

和修道院另一面相连的建筑叫柳树园，它现在是养老村的私人医院，当初是修道院设立的医院，这也不奇怪。一八四一年，修女们在柳树园建立起一家慈善医院，生病体虚的人走投无路时，她们会提供无偿照料。二十世纪后半叶，这里成为老年人护理中心，修道院在当时一直被用作候诊室。二十世纪八十年代，由于新的法律规定，老年人护理中心最终关门停业。二〇〇五年，最后一位修女去世，教会迫不及待地想要变现牟利，把这里当成什么破铜烂铁似的卖了出去。

养老村占地十二英亩[①]，既有树林，又有美丽开阔的山坡，还有两个小湖，一个是天然的，另一个由伊恩·文特汉姆的建筑商托尼·柯伦带着他的施工队打造而成。

许多鸭和鹅也把库珀斯·切斯当成了自己的家，它们

① 1英亩约合4046.8平方米。——编者注

似乎更倾心于那个人造湖。树林没有延伸到山顶，那里仍有放牧的羊群。湖边的牧场里有二十只羊驼。当初，伊恩·文特汉姆为了让宣传照片显得别具一格，特地买了两只羊驼回来，结果数量逐渐失去控制，这种事情总是不受控制的。

总之，库珀斯·切斯就是这样一个地方。

4

乔伊丝的日记

我很多年前写过日记，现在再看，我觉得你应该不会对它们感兴趣，除非你喜欢二十世纪七十年代的海沃兹希思[①]，但我猜你不可能喜欢。这倒不是说海沃兹希思和那个年代有什么不好，我那时候是很享受的。

和伊丽莎白交谈后，我在几天前第一次参加了周四推理俱乐部的小聚，之后一直在想，也许这是个值得一写的有趣话题，就像有人会写“关于福尔摩斯和华生”的日记一样吧。无论人们在公开场合如何评论谋杀，他们心里都是喜欢这类故事的，所以我决定尝试着写写。

我知道周四推理俱乐部有伊丽莎白，有易卜拉欣·阿里夫——他住在带全景阳台的华兹华斯公寓，还有罗恩·里奇。没错，正是那位罗恩·里奇。这又是一个让人激动的地方，尽管和他接触之后，他在我心里的光环稍微暗淡了那么一点点。

---

① 海沃兹希思（Haywards Heath）：英国西萨塞克斯郡（West Sussex）的小镇，本书作者理查德·奥斯曼在这里长大。

彭妮·格雷以前也是其中一分子，但她住进了柳树园，也就是这里的私人医院。现在想来，我加入的正是时候——填补了空缺，成为新的彭妮。

我记得很清楚，在走进拼图室时我很紧张。我带了一瓶不错的酒（八点九九英镑，让你有个大致的概念），走进去时他们三个已经在那里了，正在往桌上摆照片。

伊丽莎白是和彭妮一起创立的周四推理俱乐部。彭妮在肯特警察局当过多年督察，她会带来未侦破的谋杀案的资料。照理说，她不该拿到这些资料，但是谁知道呢，过了一定年纪，你几乎可以想做什么就做什么，没人会告发你。当然，除了你的医生和孩子。

我不能透露伊丽莎白以前的职业，尽管她本人时不时地会聊起一些过去的事。简单地说，诸如谋杀、查案之类的行径她一点儿都不陌生。

过去，伊丽莎白和彭妮一行一行地分析每份文件，研究每张照片，细读每篇证词，只为找到被忽略的地方。有罪的人还快活地活着，坐在院子里，玩着数独游戏，确信自己逃脱了杀人罪，这样的画面是她们不愿想象的。

还有，我觉得彭妮和伊丽莎白非常享受这个过程。几杯美酒，一个谜案，既有友好交流，又有血腥暴力，实在是件趣事。

她们每个周四见面（这就是俱乐部名字的由来）。选择周四是因为拼图室这天正好有两小时的空当，前面有艺术历史课，后面有法语会话课。她们以“日本歌剧讨论课”的名头预约了拼图室，确保不受任何人打扰，到现在仍是这样。

她们出于不同的原因需要请各种各样的人帮忙。多年来，法医、会计、法官、园艺师、养马人、吹玻璃工都曾受邀参与友好的聊天。可以说，只要是伊丽莎白和彭妮认为能帮忙解答某些疑惑的人都来过拼图室。

易卜拉欣很快加入了她们。他以前和彭妮一起打桥牌，有一两次帮她们解决了一些小问题。他是精神病医生，或者说曾经是精神病医生。也许现在仍是，我也不太确定。你第一次见他时，根本看不出来，一旦熟悉之后，又会发现确实是那么回事。反正我绝不会接受心理治疗，心有千千结，谁想全部解开？谢谢了，不值得冒这个险。我女儿乔安娜有个心理医生。你要是见过她的房子有多大，一定会纳闷儿她怎么还要看心理医生。不管怎么样吧，易卜拉欣现在不打桥牌了，我觉得这是桥牌界的一大损失。

罗恩完全是不请自来，这并不让人意外。他一点儿也不相信什么“日本歌剧课”，某个周四他直接走进拼图室一探究竟。伊丽莎白最欣赏怀疑精神，她让罗恩快速地翻阅了一九八二年童子军团长被烧死案的资料，案发地在 A27 号公路旁的树林里。她立刻注意到罗恩的优点，那就是，他从不相信任何人说的任何话。伊丽莎白说，一边读着警方资料，一边想着警方在撒谎，这个方法格外有效。

对了，那里之所以叫拼图室，是因为房间中央有张木桌，桌面稍稍倾斜，复杂的拼图都是在那张桌上完成的。我第一次进去的时候，那里摆着印有惠特斯特布尔[①]港的两千块拼图，天空部分还有信箱口大小的地方没拼好。我去过惠特斯特布尔，只待了一天。我真看不出那地方有什么稀奇的，除了生蚝，没有其他可买的。

易卜拉欣在拼图上放了厚厚一块有机玻璃，他、伊丽莎白和罗恩正往上面摆照片——那个可怜女孩的尸体解剖照。伊丽莎白认为女孩是被男友杀害的。男友因伤病被迫退役，心怀怨恨。不过肯定还有别的问题，不是吗？我们每个人都有伤心事，但不是每个人都会去杀人。

伊丽莎白叫我关上身后的门，过来看几张照片。

易卜拉欣向我做了自我介绍，还和我握了手，并且告诉我有饼干吃。他解释说，一共有两层饼干，他们总是先吃完上面一层，再开始吃下面一层。我告诉他，在这一点上，我们是同道中人。

罗恩接过我带的酒，放到饼干旁，冲着酒标点点头，说是瓶白葡萄酒。然后他在我脸颊上亲了一下，让我产生

---

① 惠特斯特布尔（Whitstable）：英国肯特郡的海滨小镇，以盛产生蚝闻名，每年夏季举办生蚝节。

了一些想法。

我知道你会觉得亲一下脸颊很正常，但如果对方是七十多岁的男人，那就不正常了。因为对这个岁数的男人而言，亲脸颊的对象仅限于女婿之类的人物，所以我当场断定，罗恩非常善于收拢人心。

我了解到，这位著名的工会领袖罗恩·里奇住在养老村期间，和彭妮的丈夫约翰一起治好了一只受伤的狐狸，并给它起名为“斯卡吉尔”[①]。我刚来的时候，养老村的内部简报上专门报道了这件事。鉴于约翰以前是兽医，至于罗恩嘛……我估计治疗是由约翰完成的，罗恩只是承担了起名任务。

对了，简报的名字叫《直击切斯》[②]，一语双关。

我们围着那个可怜女孩的尸体解剖照仔细研究，那样的伤口根本不可能要她的命。这是很久之前的一起案件，男友在去警局问话的路上，突然冲出彭妮的警车逃走了，从此踪迹全无。彭妮想拦住他，但被他狠狠地揍了一拳。没什么奇怪的，对女人动手这种事，只有零次和无数次的差别。

就算他没逃走，我想他最终也能脱罪。我直到现在也总能看到类似的事件，但那时候的情况要严重得多。

---

① 阿瑟·斯卡吉尔（Arthur Scargill）：英国工会运动领导者。

② 简报的英文名为 *Cut to the Chase*，字面意思是直击重点，Chase 正好是养老村的英文名。

周四推理俱乐部并不能奇迹般地将他绳之以法，我想大家都清楚这一点。彭妮和伊丽莎白心满意足地破解了各种各样的案子，但只能停留在“纸上谈兵”这一步而已。

我猜你可能会说，彭妮和伊丽莎白从没真正实现她们的愿望，那些杀人犯没有得到惩罚，仍然逍遥法外，说不定正在某个地方听着天气预报。很遗憾，他们确实脱身了，有些人就是能办到。年纪越大，你越要接受这种事实。

好吧，这只是我的人生哲学，没有一点儿意义。

上周四是我们四个人第一次小聚，伊丽莎白、易卜拉欣、罗恩和我。就像我说的，一切非常自然，似乎我就是他们的“拼图”上缺少的那一块。

今天的日记就写到这里，明天养老村有个重要会议。举行这类活动时，我总是帮忙摆椅子。我是自愿帮忙的，原因有二：一、能让我显得乐于助人；二、能让我优先享用到茶点。

开会是为了协商库珀斯·切斯的新工程项目，大老板伊恩·文特汉姆要来和我们谈这件事。我想尽量做到实话实说，所以希望你不要介意我这么直白——我不喜欢他。如果放任一个人自行其是，这个人一定会出问题，而他是所有可能出现的问题的合集。

新工程引发了巨大的骚动，因为他们打算砍掉树木、迁移墓地，还有谣传说要装风力发电机。罗恩期待着制造一点儿小麻烦，我期待着看他制造一点儿小麻烦。

从今天开始，我保证每天都会试着写点什么。但愿能有新鲜事发生吧。

5

坦布里奇韦尔斯[1]的维特罗斯超市有家咖啡馆。伊恩·文特汉姆把他的路虎揽胜停在了最后一个残疾人专用停车位上，不是因为他是残疾人，而是因为那个位置离咖啡馆的门最近。

他走进去，看见了窗边的波格丹。伊恩欠波格丹四千英镑，他故意拖延了一段时间，寄希望于波格丹被逐出英国，可惜到目前为止，他的运气并不好。不管怎么样，他现在为波格丹带来了一份正经工作，问题也就圆满解决了。他朝这个波兰人挥挥手，然后走到柜台边，浏览黑板上写的菜单，想点一杯咖啡。

"你们的咖啡都是公平贸易[2]？"

"是的，都是公平贸易。"年轻的女服务员微笑着道。

"太遗憾了。"伊恩说，他才不想多付十五便士去帮助

① 坦布里奇韦尔斯（Borough of Tunbridge Wells）：位于英国英格兰东南区域肯特郡的一个自治市镇、非都市区（地方第二级区政府），市议会所在地。
② 带有公平贸易（fair trade）标签的商品比一般商品价格高，其间的差价用于补贴发展中国家的生产者。

某个国家的某个人，那个国家他永远不会去，那个人他也永远不会见到，“请来杯茶，加杏仁奶。”

伊恩现在最大的担忧倒不是波格丹。如果最后不得不给他钱，那就给吧。伊恩最大的担忧是自己会被托尼·柯伦干掉。

伊恩端着茶朝波兰人的桌子走去，边走边看哪些人看上去在六十岁以上。六十岁以上，有经济实力逛维特罗斯，这样的人还能再活十年吧？他想，真该随身带着养老村的宣传册。

伊恩终归是要面对托尼·柯伦的，但眼下必须面对的是波格丹。好消息是，波格丹并不想干掉他。伊恩坐下来时想。

“就这么在意两千英镑吗，波格丹？”伊恩问。

波格丹喝着两升瓶装的Lilt[①]汽水，这是他偷偷带进来的。“是四千英镑。重铺游泳池瓷砖，这个价钱很便宜了，不知道你了不了解行情。”

“做得好才算便宜，波格丹，”伊恩说，“勾缝剂都变色了，你看，我要的是珊瑚白。”

伊恩拿出手机，滑到一张新泳池的照片，递给波格丹看。

① Lilt是可口可乐公司旗下的软饮料品牌，只在英国、爱尔兰、直布罗陀和塞舌尔销售。

“不，这张用了滤镜，把滤镜去掉。”波格丹按了一个键，画面顿时明亮了，“珊瑚白，你清楚的。”

伊恩点点头。试探一下也无妨，有时候必须把握好给钱的时机。

伊恩从口袋里掏出一个信封。“好吧，波格丹，公平交易，这是三千英镑，可以吗？”

波格丹看上去有些不耐烦。“三千，可以。”

伊恩把信封递过去。“其实是两千八百英镑，朋友之间这么多就够了。好了，我想问你个事。”

“说吧。”波格丹说着把钱塞进口袋。

“你看着像是个聪明的小子，波格丹。”

波格丹耸耸肩：“这个嘛，我能说一口流利的波兰语。”

“每次找你做事，事情总能办成，不仅办得好，还很便宜。”伊恩说。

“谢谢。”波格丹说。

“所以我在想，你能不能做点大工程，你觉得呢？”

“当然能。”波格丹说。

“这个工程很大哟！”伊恩说。

“没问题，”波格丹说，“大工程和小工程都一样，只不过事情多一点儿而已。”

“好小子，”伊恩说道，喝完最后一口茶，“我打算开掉托尼·柯伦，需要有人出来代替他的位置，你想做吗？”

波格丹轻轻吹了声口哨。

“对你来说太难？”伊恩问。

波格丹摇摇头：“不，对我来说不难，我能办好。我只是觉得如果你开掉托尼·柯伦，他说不定会杀了你。”

伊恩点点头：“我知道，这件事还是交给我来操心吧。明天开始，所有的工程都交给你了。”

“只要你还活着，没问题。”波格丹说。

是时候离开了。伊恩在和波格丹握手的同时，开始思考如何将坏消息告诉托尼·柯伦。

库珀斯·切斯有一场协商会，伊恩必须去听听所有老人的意见。他将打上领带，礼貌地向他们点头，并且直接称呼他们的名字。人们总是能被这一套打动。他邀请了托尼来参会，这样他就可以在露天场所，在附近有目击证人的情况下开掉他。

在这种情况下，托尼当场杀掉他的可能性是百分之十，这就意味着他不会被杀的可能性是百分之九十。想到开掉托尼能赚大把大把的钞票，伊恩对这个概率还是很满意的。毕竟任何事都是风险和收益并存。

伊恩走出咖啡馆，听到一阵喇叭声，同时还看见一个女人坐在电动代步车上，正用她的拐杖愤怒地指着他的路虎揽胜。

亲爱的，我先来的，伊恩边想边上了车。有些人到底是有什么毛病啊？

开车途中，伊恩听着一本励志类的有声书，书名是《杀人或被杀——战场经验在职场上的运用》，据说作者是以色列特种部队里的什么人。向伊恩推荐这本书的是他的私人健身教练，他来自坦布里奇韦尔斯的维珍健身房。伊恩不确定那个私人教练自己是不是以色列人，但他看上去像是那一带的人。

正午的阳光虽强，但照不进伊恩的路虎揽胜，因为他用了不合规的超黑车窗贴膜。伊恩又想到了托尼·柯伦。多年来，伊恩和托尼两个人配合得相当默契，伊恩买下破旧、宽敞的老房子，托尼清空房子内部，重做隔断，安装坡道和扶手后，他们再继续转战下一个目标。养老院的生意越做越红火，伊恩发了财，他留下几家，卖掉几家，又买了几家。

伊恩从路虎的冰箱里拿出一瓶奶昔。冰箱不是车子的标配，法弗舍姆[1]的一个汽修工在给车的杂物箱镀金时，为他加装了冰箱。伊恩的奶昔有固定的配方：一盒树莓、一把菠菜、冰岛酸奶（没有冰岛的，就用芬兰的代替）、螺旋藻、冰草、针叶樱桃粉、小球藻、海带、巴西莓精华、可可豆、锌片、甜菜根精华、奇亚籽、芒果汁、生姜。配方是他自创的，他称之为简易饮品。

---

① 法弗舍姆（Faversham）：位于英格兰东南部的肯特郡，是当地的知名城市。

伊恩看看表，还有十分钟左右到库珀斯·切斯。他决定先开会，然后把坏消息告诉托尼。今天早上他在谷歌上搜过“防刺背心”，但只有亚马逊购物网站会员才享有“当日送达”这类“尊享特权”，想让他这种人为此开通会员？他们该不会以为他是个白痴吧？

伊恩相信自己会没事的。好消息是，波格丹答应接手，这可以说是完美的无缝衔接。当然了，波格丹的要价也更便宜，这才是问题的关键。

伊恩很早就悟出一个道理：想赚大钱，必须把生意转向高端市场。开养老院最糟糕的情况是客户去世后，逝者的遗物要处理，在找到新客户之前，空出来的房间赚不到一分钱。最最糟糕的是，不得不跟家属打交道。另外，越是有钱的客户，寿命越长，家人来探望的次数越少，因为他们大多住在伦敦、纽约或者圣地亚哥。于是伊恩转向了高端养老市场，他的公司从“秋日夕阳养老院”变成了“居家式独立社区”，专注于少数几个比较大的产业。在这个过程中，托尼·柯伦从没打过退堂鼓，不知道的东西他很快就能学会，什么整体卫浴、电子钥匙卡、公共烤肉炉，全都难不倒他。说真的，伊恩觉得让他走有点可惜，不过事情就是这样。

伊恩的车经过右手边的木头车站，拐进了库珀斯·切斯的入口。像很多时候一样，他跟着一辆送货车开过防畜沟栅，一直被堵在后面，只能沿着长长的车道慢慢地往前开。他看着沿路的风景直摇头，羊驼太多了。真是不经一事，不长一智啊。

伊恩停好车，确定停车许可证的位置准确、显眼，就放在挡风玻璃的左边，而且证号和有效期都清楚地露了出来。多年来，伊恩跟各种权威部门发生过各种摩擦，真正让他头皮发麻的部门只有两个，一个是俄罗斯进口税调查局，另一个是库珀斯·切斯停车管理委员会。不过，值得。不管他赚了多少钱，库珀斯·切斯绝对是最大的一棵摇钱树，稍微"摇一摇"，钱就哗哗地直往下掉。伊恩和托尼都明白这一点，而这也正是眼下问题的根源所在。

库珀斯·切斯，这一处占地十二英亩的美丽乡村，获准建设四百间养老公寓。但那时的库珀斯·切斯除了一座年久失修的修道院和山顶的羊群，什么也没有。几年前，伊恩的一个老朋友从某位神父手上买下了这块地，后来他因为误会卷进了引渡诉讼，突然急需现金。伊恩发现这是放手一搏的好机会，于是出钱买下了库珀斯·切斯的土地。托尼也打算放手一搏，所以也出了钱。结果就是，托尼·柯伦在库珀斯·切斯建造的一切，他本人拥有百分之二十五的所有权。伊恩觉得自己必须接受这个条件，不仅因为托尼一直以来对他忠心耿耿，还因为托尼明确表示，伊恩要是拒绝，他就打断伊恩的两条胳膊。托尼打断别人胳膊这种事，伊恩以前是见识过的，所以他们俩成了合伙人。

但不会维持太久。托尼肯定也知道这种合作不可能长久吧？说真的，建造豪华公寓谁都能行——光起膀子，一边听着音乐，一边挖挖地基，吼吼砌砖工，实在轻松。可是监管豪华公寓的建造过程，并不是谁都有这个实力的。新工程项目即将开工，正好让托尼认识到他的真实水平，还有比这更好的时机让他出局吗？

伊恩·文特汉姆壮起胆，告诉自己：要么杀人，要么被杀。

他下车时，突然撞上刺眼的阳光，下意识地眨了眨眼。就在这时，他的嘴里尝到了甜菜根精华的余味。之所以没把这款简易饮品推向市场，主要障碍之一就是甜菜根精华的余味。伊恩可以去掉甜菜根精华，但它对胰腺健康至关重要。

戴上墨镜，开始办正事了，伊恩想。他可没打算死在今天。

6

跟很多时候一样，罗恩·里奇拒不让步。

协商会上，他用手指戳着合同，动作熟练。他知道这个动作看上去不错，向来都不错，但罗恩能感觉到自己的手指在颤抖，合同也在颤抖。他拿着合同在空中晃了晃，掩盖住自己的颤抖。他的声音还是一如既往地有力量。

“看，这里有句话，是对你行使权利的约束，文特汉姆先生，不是对我的。‘库珀斯·切斯投资控股公司保留在此林地开发新住宅区的权利，但需与现有住户协商后开发。’”

罗恩的骨架很大，看得出他从前一定拥有超强的体力，就像大马力卡车，即使被放置在野外，外表锈迹斑斑，底盘也还是完整地保留着。他的脸可以毫不遮掩、毫无保留地随时出现愤怒、怀疑，或者任何需要表现的表情，表达任何可能有用的情绪。

“现在就在协商呀，”伊恩·文特汉姆说，像是在跟小孩子说话，“这就是协商会，你们是住户。接下来的二十分钟，你们想怎么商量就怎么商量。”

文特汉姆闲适地坐在住户休息室前方的搁板桌边。他的皮肤被晒成了柚木色，发型模仿的是二十世纪八十年代的广告模特，墨镜被推到头顶上，一副轻松自如的模样。他穿着昂贵的马球衫，戴着一块大到可以当成钟用的手表。看他的样子，应该还往身上喷了好闻的香水，但你不会真的想靠近他去闻闻到底是什么香气。

站在文特汉姆身边的是个比他年轻大概十五岁的女人，站在他另一边的是个文身男，身穿无袖汗衫，正低头刷着手机。女人是项目设计师，文身男是托尼·柯伦。罗恩听说过柯伦，也见过他。易卜拉欣正在记录现场中人们说的每一句话，罗恩继续朝文特汉姆的方向戳着手指。

“我才不信这套鬼话，文特汉姆，这不是协商，这是埋伏。”

乔伊丝插了一句：“给他讲讲道理，罗恩。”

罗恩正有此意。

“谢谢，乔伊丝。你管这地方叫‘林地’，可是你会把所有的树都砍了。太荒唐了，老小子。你以为用电脑制作几张精修图片，我们就真的以为开发后的新住宅区‘阳光灿烂，白云朵朵，池塘里游着小鸭子’了吗？用电脑什么都画得出来！小子，我们要看缩尺模型[①]，有模型树，有模

① 缩尺模型 (scale model)：根据实物等比例缩小的模型，一般比真实物体小。

型小人儿。”

这番话激起了一阵掌声。很多人都想看缩尺模型，但据伊恩·文特汉姆说，现在已经不再使用缩尺模型了。

罗恩继续说：“你选了——故意选了——一位女设计师，为了不让我大声嚷嚷。”

“你嚷得够大声了，罗恩。”伊丽莎白说，她在隔着两个座位的地方看报纸。

“嚷没嚷不用你说，伊丽莎白，”罗恩大声嚷道，“这家伙知道我嚷没嚷。瞧瞧他，打扮得像托尼·布莱尔[①]。既然参加了战争，为什么不多制伏几个敌人，是不是，文特汉姆？”

说得好，罗恩在心里给自己点了个赞。易卜拉欣尽职尽责地记录下来。

以前，他还经常在报纸上出现时，他们叫他“红色罗恩”。那时候人人都有一个“红色”称谓。只要罗恩的照片出现在报纸上，搭配的标题一般都是“昨天深夜，双方谈判破裂”。他当过人墙，进过牢房，上过黑名单，替工、怠工、罢工有他，争执冲突、静坐示威也有他。

罗恩亲身参与过很多工人运动。他曾和利兰汽车公司的工人兄弟们围着火盆取暖；他亲眼看见码头工人的死亡；

---

① 托尼·布莱尔（Tony Blair）：1997—2007 年任英国首相，他在任期间英美两国发动了伊拉克战争。

他参加了沃平的抗议，见证了鲁伯特·默多克的胜利、印刷工人的惨败；他带领肯特的矿工冲上A1公路，在欧格里夫被捕，煤矿业的最后抵抗遭到镇压。①说实在的，如果不是罗恩的性格就是这样百折不挠，换作其他人肯定会觉得自己走了霉运。弱势群体的命运就是这样，而罗恩心甘情愿地成为弱势群体的一分子。一旦发现自己不属于弱势群体，他会扭转形势、颠覆格局，直到让所有人都相信他是弱势群体。罗恩时刻践行自己的信仰，总是默默地帮助每一个需要帮助的人。有的人过圣诞节需要几英镑；有的人出庭需要西服或律师；还有的人出于某些原因，需要一个支持者……而他们的名字被永远文在了罗恩的手臂上。

文身已经褪色了，工人运动带头人的双手也开始颤抖，但那团火仍在燃烧。

“你知道这份合同可以用来擦什么吧，文特汉姆？”

“欢迎你指教。”伊恩·文特汉姆说。

接着，罗恩开始围绕戴维·卡梅伦和脱欧公投发表看法，越说越没头绪。易卜拉欣碰了碰他的胳膊肘，罗恩点点头，像是完成了一项使命。他坐下来，膝盖骨发出爆裂般的咔嚓声。

① 20世纪七八十年代，英国的工人运动不断高涨。汽车工、码头工、印刷工、矿工等相继加入罢工行列，规模庞大。根据英国国家统计局的数据，仅1984年欧格里夫大罢工的最高峰时期，就有约142000名矿工罢工。

罗恩很开心。他留意到自己的颤抖停止了，尽管只是暂时停止。重新回到战斗中，没有什么比这更让他开心的了。

7

马修·麦基神父从休息室后面溜进来时，一个穿着西汉姆联汗衫的大个子男人正大声嚷嚷着托尼·布莱尔的名字。到场的人很多，这正是他所希望的，反对“林地开发项目”的人越多越好。从贝克斯希尔过来的火车没有提供餐饮服务，他很高兴地看到会场有饼干。

趁人不注意，麦基神父抓了一大把饼干，在最后一排的蓝色塑料椅上坐了下来。穿着紧身足球汗衫的男人讲不出什么了，他一坐下，又有几个人举起手来。这次很可能是白跑一趟，不过保险起见，来一趟还是对的，总比事后后悔要好。

麦基神父意识到自己很紧张，他调整了一下自己的白色硬领[1]，一只手捋了捋浓密的白头发，另一只手从兜里摸出一根长条酥饼。如果没人提墓地，也许他应该问一问。勇敢一点儿，他在心里提醒自己，记住，你是带着

① 硬领：也叫罗马领（Roman collar），是神父的日常服饰之一，一般是在领口处插入一块白色硬片。

目的来的。

不过，待在这个房间里的感觉有些奇怪。麦基神父打了个哆嗦，可能只是因为冷。

8

协商会结束后，罗恩和乔伊丝一起坐在草地滚球场旁，他们手里拿着冰镇啤酒，酒瓶在阳光下闪闪发光。一个退休的独臂珠宝商找罗恩搭话，他住在拉斯金公寓，名叫丹尼斯·埃德蒙兹。

罗恩以前从没跟丹尼斯说过话，丹尼斯想向罗恩表示祝贺，祝贺他在协商会上发表了非常重要的观点。“发人深思！罗恩·里奇，发人深思！你的发言里有很多值得仔细思考的东西。”

罗恩感谢丹尼斯的赞扬，等待着下一个话题的出现。他知道是什么话题，一个毫无例外会出现的话题。

“这一定是你儿子吧？”丹尼斯边说边把身体朝向杰森·里奇，杰森也拿着一瓶啤酒。“那个拳击冠军！”

杰森微笑着点点头，保持着一贯的礼貌风度。丹尼斯向杰森伸出手，寒暄道：“我叫丹尼斯，是你爸爸的朋友。”

杰森同他握手：“我是杰森，你好，丹尼斯。”

丹尼斯盯着杰森看了一会儿，等对方回话，然后热情地点点头："嗯，见到你很高兴，我是你的超级粉丝，看过你的所有比赛。相信不久后又能看到你，对吗？"

杰森又礼貌地点点头。

丹尼斯慢吞吞地走开，连假装跟罗恩说声再见都忘记了。父亲和儿子对这样的打扰已经习以为常，他们回到和乔伊丝的聊天中。

"对，节目叫《名人家谱》，"杰森说，"他们调查了咱们的家族历史，想带我去一些地方转转，给我讲讲我不知道的家族史。你知道的，曾祖母是妓女之类的事情。"

"没看过，"罗恩说，"是哪一家的节目？英国广播公司？"

"是独立电视公司制作的，节目真的很好看，罗恩。"乔伊丝说，"我最近看过一集，讲一个演员的家族史。你看了吗，杰森？他演了《霍尔比市》里的医生，我还看过他演的《大侦探波洛》。"

"我没看，乔伊丝。"杰森说。

"特别有意思。调查发现，他的祖父杀了自己的情人，而且还是个很特别的情人。他整个人都惊呆了。啊，你应该参加，杰森，"乔伊丝拍了拍手，"想想看，万一罗恩有个'有故事'的祖父呢。我喜欢这种情节。"

杰森点点头："他们也想和你谈谈，爸爸，而且要拍摄下来。他们问我，你愿不愿意参加，我说能让你闭嘴算他们走运。”

罗恩大笑起来。“还有，你真的打算去参加那个《名人冰舞》？”

“我觉得应该很有趣。”

“啊，我同意。”乔伊丝说。她喝完一瓶啤酒，又拿了一瓶。

“你最近参加的节目太多了，儿子，”罗恩说，“乔伊丝说在《大厨》里也看到了你。”

杰森耸耸肩：“没错，爸爸，我应该回去打拳。”

“真不敢相信，你竟然从没做过马卡龙，杰森。”乔伊丝说。

罗恩喝了几口啤酒，用酒瓶指向左边。

“那边的宝马车旁边，杰西[①]——现在别看——那个人就是我跟你说的文特汉姆。我彻底击垮了他，不是吗，乔伊丝？”

“他完全蒙了，罗恩。”乔伊丝表示赞同。

杰森往后靠，一边伸展四肢，一边不经意地朝左边看了一眼。乔伊丝挪了挪椅子，好让他看得更清楚一些。

“不错，机智又隐秘，乔伊丝，”罗恩说，“跟他在一起的是建筑商柯伦。杰西，你在城里碰到过他吗？”

“一两次吧。”杰森说。

---

① 杰西（Jase）：杰森（Jason）的昵称。

罗恩又朝那边望去，两个正在对话的男人看上去有些剑拔弩张。他们的语速很快，又刻意压低了声音，说话时比画的手势都带着挑衅和防备的意味，但两个人都还比较克制。

“他们有点小争执，你们觉得呢？”罗恩说道。

杰森喝了一小口啤酒，将目光又扫向停车场，落在两个男人的身上。

“他们就像在比萨快递[①]里约会的情侣，”乔伊丝说，“表面装作没有吵架。”

“形容得太贴切了，乔伊丝。”杰森赞同道，接着转身对着父亲喝完了手中的啤酒。

“下午一起打斯诺克怎么样，儿子？”罗恩说，“还是说你要走？”

“我也想，爸爸，但我还有点小事要做。”

“我能帮上忙吗？”

杰森摇摇头。“是很无聊的事，不会太久。”他站起身，舒展身体，“今天没有记者给你打电话吧？”

“应该有吗？”罗恩问，“出了什么事？”

“不，记者嘛，你知道的。没有找你的电话或者寄给你的信件之类的吗？”

“我只收到了一份步入式浴缸的宣传册，”罗恩说，“为

---

① 比萨快递（Pizza Express）：英国老牌比萨连锁餐厅。

什么问这个，真的不打算告诉我吗？”

“你了解我的，爸爸，他们总是想挖到点关于我的消息。”

“真刺激！”乔伊丝说。

“再见，两位！”杰森说，“别喝醉了发酒疯，把这地方砸烂了。”

杰森走后，乔伊丝扬起脸对着太阳，闭上了眼睛。

“啊，生活是不是很美好，罗恩？我从不知道自己喜欢喝啤酒。想想看，要是我七十岁时就死了会怎么样？我想要是那样的话，我永远都不会知道啤酒的味道了。”

“为了这个，干杯，乔伊丝。”罗恩说完一口气喝光了手中的啤酒，“你觉不觉得杰森有什么事没说？”

“可能是有关女人的事吧，”乔伊丝说，“我们女人嘛，你是了解的。”

罗恩点点头：“对，可能吧。”

他望着儿子远去的背影，担心不已。不过话又说回来，不管杰森是在拳击场内，还是在拳击场外，罗恩没有一天不替他担心。

9

协商会进展得很顺利。

伊恩·文特汉姆不再为“林地”开发项目犯愁，事情已成定局。至于在会上发言的那个大嗓门儿的家伙，他以前遇到过这类人，让他们自己发泄两下就好了。他还看见房间后面坐了个神父。他又是为什么来参会的？因为墓地，伊恩猜想。但这个项目是光明正大的，他拥有合法开发的所有许可证，让那帮家伙想办法来阻拦他吧。

开掉托尼·柯伦会惹麻烦？这个嘛，托尼确实不高兴，但也没有杀人。伊恩觉得自己再胜一筹。

就这样，伊恩·文特汉姆已经开始考虑以后的事了。等“林地”项目建好，那里还将开发另一个也是最后一个项目——“山丘”。

伊恩开车从库珀斯·切斯出来，沿着一条崎岖不平的小路开了五分钟。现在，他正坐在卡伦·普莱费尔的乡村厨房里。她的父亲戈登拥有山顶的农田，农田紧挨着库珀斯·切斯，而戈登似乎并没有向伊恩出售农田的意向。不要紧，伊恩自有他的办法。

“恐怕事情还是老样子，伊恩，”卡伦·普莱费尔说，“我爸爸不愿意卖，我也没法说服他。”

“我理解，”伊恩说，“我会再多加钱。”

“不，我觉得——”卡伦说，“我想你也清楚这一点——他只是不喜欢你。”

第一次见面时，戈登·普莱费尔只是看了一眼伊恩·文特汉姆就上楼去了。伊恩能听见他迈着重重的步子在楼上来回走动，似乎在表达某种态度。可谁在乎呢？经常有人不喜欢伊恩，他从没弄明白为什么，但多年以来，他学会了适应这一点。毫无疑问，这是其他人的问题。不懂他的人可以排成一长队，戈登·普莱费尔只是其中一个而已。

“听着，交给我，”卡伦说，“我会找到一个办法，让所有人都满意。”

卡伦·普莱费尔是懂伊恩的。伊恩曾向她详细地说明了她能得到几位数的钱，前提是她得说服她的父亲把地卖给他。她的姐姐和姐夫有自己的生意，在布莱顿卖有机葡萄干。伊恩已经在他们身上施展过同样的说辞，但以失败告终。卡伦·普莱费尔是个胜算更大的赌注。她独自住在田间小屋里，在IT行业工作。确认卡伦的身份，伊恩只用看看她就知道了。她化了妆，但很素很淡，伊恩实在不明白化这种妆的意义何在。

不过伊恩不确定卡伦是从什么时候放弃人生，开始穿运动鞋和宽松的长套衫的。他不禁会想，既然从事 IT 行业，在谷歌上搜索一下“肉毒杆菌”应该不难吧。她一定有五十岁了，伊恩想，跟他同龄，但年龄对女人来说又是不一样的。

伊恩注册了许多约会应用软件，设置了严格的女方年龄上限：二十五岁。现如今能遇上百分之百合适的女人太难了，他发现约会应用软件很实用。女人们必须明白，他的时间有限，而且工作劳神费力，他很难做出承诺。据他以往的经验，二十五岁以上的女人似乎无法理解这一点。这些女人出了什么问题呢？他想不通。伊恩曾试图想象自己和卡伦·普莱费尔约会的理由，结果大脑一片空白。为了聊天？可是话题聊着聊着就没了，不是吗？当然了，等伊恩买了地，她很快就会成为富婆，这倒是能为她加分。

“山丘”也会真正改变伊恩的人生。完工后，库珀斯·切斯养老村的面积将翻倍，伊恩获得的利润也将翻倍，而且这些利润不用再跟托尼·柯伦分享。如果这意味着不得不跟一个五十岁的女人调情好几周，那也没什么大不了的。

约会时，伊恩有久经考验的方法。他会用自己的泳池照片打动年轻女人的心，跟她们讲述自己被《肯特晚间新闻》采访的经历。他也给卡伦看过一张泳池的照片，不试试怎么知道呢？但她只是礼貌地微笑点头，难怪她还是单身。

不管怎么样，跟她做生意还是可以的。她知道好处是什么，也知道障碍在哪里。他们达成了行动计划，然后用握手结束了谈话。跟卡伦握手时，伊恩想，偶尔擦一点儿护手霜又不会要了她的命。五十岁！他希望所有人都不要到这个年纪。

不过伊恩突然想到，只有一个二十五岁以上的女人和他共度过时光，那就是他的妻子。

好吧，该走了，还有事情要做。

10

托尼·柯伦把宝马 X7 停在热气烘烘的车道上，他下定决心了。托尼记得后院的梧桐树下埋了一把枪，又或者是埋在山毛榉下？反正是其中一棵，他可以先喝杯好茶，边喝边回忆。既然想到这儿了，他还要回忆一下铲子放在了什么地方。

托尼·柯伦要杀了伊恩·文特汉姆，决心已定。伊恩肯定也知道吧？你欺负别人过了头，再冷静、再理智的人也会爆发。

托尼用口哨吹着一首广告曲，朝屋里走去。

大约十八个月前，他搬了进来，这是他从库珀斯·切斯赚取的第一笔真正的利润。他一直梦想着拥有这样一座房子，一座建立在辛勤劳作上的房子，一座代表自己做出正确决定的房子，一座证明自己用聪明才智抄了人生近路的房子。它是一座用砖头、玻璃和混合胡桃木建造的纪念碑，纪念他所取得的成就。

托尼开门进去，尝试关掉报警器。上周，文特汉姆派几个人来给他的家装了报警器。来的几个全是波兰人[①]，不过这年头儿谁还不是外来族群呢？托尼试了三次，终于输对了四个数字的密码，这是个新纪录。

托尼·柯伦向来十分重视安全问题。多年来，托尼的建筑公司其实只是为他的毒品交易打掩护，用来解释他的收入、洗白他的赃钱。结果建筑公司渐渐越做越大，占据了他更多的时间，也带来了越来越多的金钱。如果你告诉年轻时候的托尼，他最终会住上这样一座房子，他根本不会惊讶，但如果你告诉他，他是用合法收入买的这座房子，他肯定会当场晕倒。

他的妻子黛比还没回来，这样也好，让他有时间集中注意力，认认真真地把一切考虑清楚。

托尼回想起和伊恩·文特汉姆的争执，怒火再次燃烧起来。

伊恩想让他退出“林地”项目？就那样子，在去开车的路上谈个话？伊恩选在大庭广众之下说这件事，生怕托尼会挥起一拳似的。他当然可以当场痛扁伊恩一顿，但那是以前的他。于是他们只是起了小小的争执，和谐而平静，不可能有人留意到，这对托尼来说是好事。等文特汉姆死了，没人会说他们看见托尼·柯伦和伊恩·文特汉姆大吵

① 波兰人是英国人口最多的外来族裔。

了一架，不露破绽。

托尼坐在吧台凳上，厨房宽敞，他把凳子拉到中岛的操作台旁，打开一个抽屉。他需要把计划写在纸上。

托尼不相信运气，只相信努力。如果做不好准备，那就准备做不好。这句话是托尼以前的一个英语老师告诉他的，他从没忘记过。

第二年，他们因为各自喜欢的足球队发生争吵，他放火烧了那个老师的车，不过托尼始终很佩服那家伙。如果做不好准备，那就准备做不好。

结果抽屉里没纸，托尼决定先在脑子里制订计划。

今晚什么也不需要做，让世界继续转动一会儿，让小鸟继续在花园里歌唱，让文特汉姆以为自己赢了。然后，出击。为什么会有人招惹托尼·柯伦呢？招惹他的人什么时候有过好果子吃？

托尼听到声响的时候已经晚了一秒钟。他转过身，只来得及看到朝他挥来的扳手，一把老式的大扳手。他完全不可能躲过这一击。在意识到发生了什么的短暂时刻，托尼·柯伦领悟了。你不可能事事都赢，托尼。很公平，他想，很公平。

扳手击中了托尼的左太阳穴，他倒在了大理石地面上。有那么一瞬间，花园里的小鸟停止了歌唱，紧接着又继续唱起欢快的调子。它们站在高高的梧桐树上，又或者是站在山毛榉上？

凶手在操作台上放了一张照片。托尼·柯伦的鲜血绕着胡桃木的厨房中岛，渐渐形成了一条护岛河。

11

库珀斯·切斯养老村总是醒得很早。当狐狸完成夜巡，当小鸟开始点名，烧水壶响起了第一声啸叫，拉着帘子的窗户后出现了柔和的灯光，骨头关节在清晨嘎吱嘎吱地苏醒过来。

这里没有人为了赶上去办公室的早班火车而匆忙吃着吐司，也没有人赶在叫醒孩子之前打包午饭的便当。尽管如此，还是有许多事情要做。多年前，这里每个人早起的原因是，要做的事太多，而一天只有那么点时间。现在，他们早起的原因是，要做的事太多，而一生只剩那么点时间。

易卜拉欣总是在六点钟起床。考虑到健康和安全因素，游泳池直到七点钟才开放。他反对过，但没成功。他的理由是，在无人照看的情况下游泳引起的死亡风险，远低于经常缺乏锻炼导致的心血管疾病、呼吸道疾病、循环系统疾病等引发的死亡风险。他甚至还提出了一个计算法则，证明二十四小时开放游泳池比夜间关闭游泳池更安全，住户安全系数可以提升百分之三十一点七。休闲娱乐设施委员会不为所动。易卜拉欣看得出来，他们被各种各样的指令束缚住了手脚，他也就没什么怨恨，只是将计算法则仔细整理存放起来，以备不时之需。总有许多事情要做。

“有个任务要交给你，易卜拉欣，”伊丽莎白说完抿了一口薄荷茶，“嗯，这个任务本来是要交给你和罗恩的，但我想让你来负责。”

“非常明智，”易卜拉欣边说边点头，“可以这么说吧？”

头天晚上，伊丽莎白打来电话，告诉他关于托尼·柯伦的消息。她听罗恩说的，罗恩听杰森说的，杰森听某个不知名人士说的。托尼·柯伦死在了厨房里，死因是头部遭到钝器重击，是他的妻子最先发现尸体的。

易卜拉欣通常喜欢利用这段时间浏览自己写的旧病例笔记，有时候也看新笔记。他仍有几个客户，他们只要有心理治疗的需要，就会来到库珀斯·切斯，坐在帆船画下的破旧椅子上，画和椅子都跟随易卜拉欣将近四十年了。昨天，他读了一个老客户的相关笔记，这个客户是戈德尔明的米特兰银行经理，喜欢收养流浪狗，在某年的圣诞节自杀了。今天早上没时间看笔记了，易卜拉欣想，因为太阳刚出来伊丽莎白就跑到了他的家门口。他发现，常规被打破是件难以适应的事。

“我只需要你对高级警官撒个谎，”伊丽莎白说，“我能相信你吗？”

“你什么时候不能相信我呢，伊丽莎白？”易卜拉欣说，“我什么时候让你失望过？”

“嗯，从来没有，易卜拉欣，”伊丽莎白赞同道，“这就是我为什么喜欢有你在身边。还有一个原因，你沏的茶非常好喝。”

易卜拉欣知道自己是个靠得住的人。多年来，他拯救生命，也拯救灵魂。他擅长他所从事的职业，正因如此，即使是现在，一些人也会开车数英里①，经过旧电话亭和农家小店，过桥后立即右转，在木头车站左转，就为了和一位退休多年的八十岁精神病医生说说话。

他也有失败的时候——这世上谁没有呢？——易卜拉欣每天清晨浏览的正是这些病例的档案。银行经理坐在破旧的椅子里，不停地哭啊哭，无法得到拯救。

不过今天早上的首要任务不一样，他心里清楚。今天早上，周四推理俱乐部有了一个真实的案子，不再只是阅读来自遥远年代的、字迹模糊的泛黄纸张。一个真实的案子，一具真实的尸体，不知在什么地方还有一个真实的凶手。

今天早上，易卜拉欣被需要了，而这正是他活着的意义。

---

① 1英里约合1.6公里。——编者注

12

警员唐娜·德·弗雷塔斯端着一托盘茶杯走进案件调查室。一个当地的建筑商，叫托尼什么的，被谋杀了。从召集起来的办案组规模来看，应该是个大案子。唐娜想知道这个案子为什么这么重要。如果她花点时间坐在这里喝茶，也许能找到答案。

总督察克里斯·哈德森正在对办案组讲话。他看上去很和气，有一次帮唐娜打开了双开门，而且没有表现出想要为此获得一枚奖章的意思。

“房子有摄像头，许多摄像头，去把录像找来。托尼·柯伦下午两点离开库珀斯·切斯，根据他的 Fitbit[①] 智能手环显示的信息，托尼·柯伦的死亡时间是下午三点三十二分，需要调查的时间只有一小段。”

唐娜把托盘放到一张桌子上，弯下腰系鞋带。她听到了库珀斯·切斯，觉得很有意思。

---

① Fitbit：一家美国科技公司，主要经营可穿戴健康设备，最畅销的产品是智能手环。

“A214 号公路上有摄像头，距离柯伦房子的南墙大约四百米，距离北墙半英里，把这些录像也都找出来。你们知道查看的时间范围。”克里斯停了一会儿，朝弯着腰的唐娜·德·弗雷塔斯看去。

“还好吗，警员？”他问。

唐娜直起身子：“很好，长官，只是系鞋带。我端着一托盘茶，可不想被绊倒。”

“非常明智，”克里斯赞同道，“谢谢你送茶来，现在可以去做你的事了。”

“谢谢，长官。”唐娜说着朝门走去。

她意识到，克里斯作为一名警探，很可能已经观察到她的鞋没有鞋带。不过，一个年轻警员有一点点正常的好奇心，他肯定不会责备吧？

她开门准备出去，听见克里斯·哈德森继续说：“在拿到录像之前，最重要的线索是凶手留在尸体旁的照片。我们来看看。”

唐娜忍不住转过身，看见投影在墙上的一张老照片。酒吧里，三个男人大笑着喝酒，他们面前的桌子上铺满了钞票。她只看了一下，立刻认出了其中一个男人。

如果唐娜是谋杀办案组的一分子，情况会大不一样，真的大不一样。她可以不必再去小学，用隐形墨水给自行车写序列号；不必再礼貌地提醒当地的店主，垃圾箱满溢其实是一种刑事犯……

“警员？”克里斯说，突然打断了唐娜的思绪。唐娜把视线从照片上移开，看向克里斯。他坚定而友好地示意她可以离开了。唐娜朝克里斯笑着点了点头：“发了一会儿呆，抱歉，长官。”

她打开门，穿过门回到了无聊的世界。在门最终合上之前，她拼命竖起耳朵听到了最后几句话。

“好了，三个男人，显然都是我们非常熟悉的。一个一个突破？”

门哐的一声关上了。唐娜叹了口气。

13

乔伊丝的日记

希望你别介意我一大早写日记。托尼·柯伦死了。

托尼·柯伦是建筑商，这地方就是他盖起来的。说不定他还给我的壁炉砌过砖块，谁知道呢？不过我觉得，不大可能。他肯定请了别人为他干活儿，不是吗？比如抹灰泥什么的，我想他只是监工。但我敢说这里某个地方有他的指纹，真够惊悚的。

伊丽莎白昨晚打电话告诉了我这个消息。我怎么也不想用“呼吸困难”来形容伊丽莎白，可是实话实说，她的反应离呼吸困难也差不太远了。

最惊人的地方是，托尼·柯伦是被人用重器猛击而死的。是一个人干的，还是几个人合伙干的，目前还不清楚。我跟她说了我和罗恩、杰森一起看到的事，柯伦和伊恩·文特汉姆发生过争执。她告诉我说她已经知道了，看来和我通话之前，她肯定和罗恩聊过，但她还是礼貌地听我发表完了自己的看法。我问她是不是在做笔记，她说她能记住。

总之，伊丽莎白似乎有什么计划。她说她今天早上要去见易卜拉欣。

我问她有没有我能帮上忙的地方，她说有。我问是什么，她叫我耐心等待，很快就会发现是什么。

我想这是让我坐等指示。我待会儿要搭中巴去费尔黑文，我会一直开着手机，以防万一。

我变成了那种必须一直开着手机的人。

14

“谁杀了托尼·柯伦？我们怎么抓住他？”伊丽莎白问，“我知道应该说抓住‘他或她’，但‘他’的可能性更大。什么样的女人会用重器打死人？”

向易卜拉欣交代完今天的任务后，伊丽莎白直接来到这里聊天。她坐在平时坐的椅子上。

“他看起来绝对是那种有仇敌的人。无袖汗衫、大房子，文身比罗恩的还多，等等。警方马上会列出嫌疑人名单，我们必须弄到一份。既然还没有名单，何不研究一下是不是伊恩·文特汉姆杀了托尼·柯伦？记得伊恩·文特汉姆吗？身上一股须后水味道的那位？文特汉姆和托尼·柯伦有点小争执，罗恩看见了，这是当然——什么时候有他错过的事？乔伊丝说了跟比萨快递有关的什么话，我明白她的意思。”

伊丽莎白近来越来越频繁地提到乔伊丝，为什么要否认她的存在呢？

“我们来做一些合理的假设吧，比方说，文特汉姆对柯伦不满，或者柯伦对文特汉姆不满。是哪一个并不重要。他们有事要商议，却在公共场所见面，这一点很奇怪。”

伊丽莎白看了一下手表。虽然没人注意到她的动作，但她还是尽量不那么明显。

“就这样，假设协商会结束后，文特汉姆有个坏消息要说。他十分害怕柯伦的反应，所以和他约在公共场所见面，希望能让他保持冷静。不过罗恩认为效果‘并不理想’，我只是转述罗恩的话。”

床边有根签子，上面插着一小块海绵。伊丽莎白把海绵塞进水壶蘸水，然后再用海绵擦了擦彭妮干燥的嘴唇。彭妮的心脏监视器发出清脆的嘀嘀声，填补了此刻的沉默。

“那么在这种情况下，文特汉姆会有什么反应呢，彭妮？对柯伦怀恨在心？换成B计划？跟着柯伦到了他家？‘让我进去，我们再谈谈，也许是我太草率？’然后，狠狠一击！就是这么简单，你觉得呢？在柯伦杀他之前，他先杀了柯伦？”

伊丽莎白看看四周，找她的包。她把双手搭在椅子扶手上，准备离开。

“可是为什么呢？我知道你肯定会问这个问题。我打算去查查他们的财务关系，跟着金钱走。日内瓦有个人欠我一份人情，今晚之前我们应该能拿到文特汉姆的财务记录。不管怎么样，听起来很有趣，不是吗？一场冒险。我想我们有几个警方没有的办法，相信他们会感谢我们的小小帮助，这就是我今天上午的任务。”

伊丽莎白从椅子上站起来，走到床边。

“我们有一个真实的谋杀案要调查了，彭妮，我保证不会让你错过任何细节。”

她亲吻了挚友的额头，又将头转向病床另一边的椅子，微微笑了笑。

“你还好吗，约翰？”

彭妮的丈夫放下书，抬起头。

“啊，你了解的。”

“我确实了解。你知道我随时都在的，约翰。”

护士说彭妮·格雷什么也听不见，但谁说得准呢？伊丽莎白在病房的时候，约翰从不跟彭妮说话。他每天早上七点来柳树园，晚上九点离开，回到他和彭妮一起生活过的公寓，那里有节日的小装饰，有老照片，有他和彭妮分享了五十年的回忆。她知道，她不在的时候，他会跟彭妮说话。每次敲门进来后，她都发现彭妮手上有渐渐褪去的白印子，是约翰的手留下的痕迹。他的手回到书上，而他似乎永远都读着同一页书。

伊丽莎白让两位爱人回到了二人世界。

15

乔伊丝的日记

我每周三坐住户专用中巴去费尔黑文购物。中巴每周一会开往和费尔黑文方向相反的坦布里奇韦尔斯，大约半小时的车程。这两个地方相比，我更喜欢费尔黑文的年轻气息。我想看看人们穿什么样的衣服，想听听海鸥的声音。司机名叫卡里托，大家都认为他是西班牙人，我和他聊过好几次，结果发现他是葡萄牙人。他本人倒是一点儿也不介意。

几个月前，我发现了一家素食咖啡馆，就在海滨附近。我已经期待着美味的薄荷茶和杏仁粉布朗尼了。我不是素食者，也从不打算成为素食者，但我感觉还是应该提倡素食。我以前读到过，如果人类不停止吃肉，二〇五〇年将爆发大规模饥荒。恕我直言，我差不多八十岁了，这个问题不关我的事，但我真心希望他们能找到解决办法。我女儿乔安娜是素食者，以后我会带她去那儿。我们只是顺便去一下，就好像去素食咖啡馆是世界上再自然不过的事情。

乘车的总是平常那些人。有老乘客彼得和卡罗尔；有一对住在拉斯金公寓的夫妻，人都很好，他们坐中巴去看住在海滨的女儿，我知道他们没有外孙，但他们的女儿好像白天也待在家里，其中肯定有故事；有尼古拉斯爵士，他只是为了出门兜兜风，他们不再允许他自己开车了；还有内奥米，她的髋骨有问题，他们始终找不出原因；还有一个住在华兹华斯公寓的女人，我一直没弄清她的名字，到现在又不好意思问了，她十分友好。（是叫伊莱恩吗？）

我知道伯纳德会坐在他平时坐的后排位子上。我总有种想坐到他旁边的感觉，只要他专心和人交流，就是个让人愉快的同伴。但我知道他去费尔黑文是为了他过世的妻子，因此也就没打扰他。那是他们相识的地方，也是他们搬来库珀斯·切斯之前生活的地方。他告诉过我，自从妻子去世后，他会坐中巴去她曾经工作的阿德尔菲酒店，一边看海，一边喝几杯红酒。说实话，那是我第一次听说有中巴，真是黑暗中的一线光明。去年，他们把阿德尔菲改成了旅客之家[①]，伯纳德现在只能坐在码头上。没有听上去的那么凄凉啦，他们最近翻修了码头，还获得了一大堆奖项。

也许有一天我会坐到巴士后排，坐到他身边。我还在等什么呢？

我期待着茶和布朗尼，同样也期待着一点点平静和安

① 旅客之家（Travelodge）：经济型连锁酒店。

宁。整个库珀斯·切斯还在议论着可怜的托尼·柯伦，尽管死亡在我们这里司空见惯，但并不是所有人都是被重器打死的，对吧？

好了，就写到这儿。如果有新状况，我再来汇报。

16

中巴正准备离开，车门最后一次打开，伊丽莎白上了车，坐到乔伊丝旁边的位子上。

“早上好，乔伊丝。”她微笑着说。

“哟，这可是第一次，”乔伊丝说，“真好！”

“我带了本书，以防你不想在路上聊天。”伊丽莎白说。

“哦，不，聊吧。”乔伊丝说。

卡里托像平时一样小心地开动巴士。

“太好了！”伊丽莎白说，“其实我没带书。”

伊丽莎白和乔伊丝聊了起来。她们十分注意不谈论托尼·柯伦的案子，你在库珀斯·切斯最先获得的经验之一就是，有些人确确实实还能听得见，所以伊丽莎白给乔伊丝讲起了上一次去费尔黑文的事。那还是二十世纪六十年代的某个时间，伊丽莎白去那儿的目的和某个被冲上岸的东西有关。伊丽莎白拒绝透露细节，她只告诉乔伊丝，这件事现在十有八九已经是公共记录，如果她感兴趣，大概可以查得到。路上的时间过得非常愉快。太阳升起来了，天空蓝蓝的，空气中弥漫着谋杀的气息。

卡里托像平时一样把中巴停在莱曼餐厅外面，大家都知道三小时后回到这里集合。卡里托做这份工作已经两年了，从没有一个人迟到，除了马尔科姆·威克斯。最后发现，他死在了罗伯特·戴亚斯商店灯泡区的过道里。

乔伊丝和伊丽莎白让其他人先下车，等着轮椅、拐杖和助行架的神奇组合慢慢疏散。伯纳德下车时朝两位女士脱帽致意，她们看着他蹒跚地朝海滨走去，他的胳膊下夹着《每日快报》。

她们下了车，伊丽莎白用标准的葡萄牙语感谢卡里托体贴周到的驾驶，乔伊丝这才想起问伊丽莎白，她来费尔黑文打算做什么。

“和你一样，亲爱的，走吧。”伊丽莎白开始朝海滨的反方向走。乔伊丝热衷于冒险，主动跟了上去，但她仍然希望能有时间享用茶和布朗尼。

她们步行不久就到了西路，准确地说，她们是走到了费尔黑文警察局门口的宽石阶前。伊丽莎白面前的自动门开了，她朝乔伊丝转过身。

“我是这么看的，乔伊丝，如果我们要调查这桩谋杀案……”

“我们要调查谋杀案？”乔伊丝问。

“当然了，乔伊丝，”伊丽莎白说，“谁能比我们厉害？

可是我们没有任何案件资料、证词和法医鉴定报告，我们必须改变这种状况，所以才会来到这里。我知道没必要说下面的话，但是，乔伊丝，待会儿不管发生什么，只管配合我就行了。”

乔伊丝点点头，当然了，当然了。她们走了进去。

一进去，两位女士通过遥控安全门，进入了公众接待区。乔伊丝以前从没到过警察局里面，但看过独立电视公司制作的每一部纪录片。她很失望，没人被按倒在地，没人被拖进牢房，也没有被突然哔的一声屏蔽掉的污言秽语。相反，这里只有一个年轻的值班警官，正装作很有耐心地操作着内政部的电脑。

“有什么需要帮忙的吗，女士们？”他问。

伊丽莎白突然开始哭起来，乔伊丝愣了一下才反应过来，还好控制得不错。

“有人刚偷了我的包，在荷柏瑞店外。”伊丽莎白哽咽地说。

这就是为什么她没带包，乔伊丝想，她在中巴上一直为这个问题困惑。乔伊丝伸出胳膊搂住朋友的肩膀。“太可怕了。”

“我来找一个警察为你做笔录，我们看看能有什么办法。”值班警官按了一下左边墙上的蜂鸣器，几秒钟后，一个年轻的警员从他身后的另一道安全门内走了出来。

“马克，这位女士的包刚才在皇后路被偷了。你能做一下笔录吗？我来给大家泡杯茶。”

“没问题。女士，跟我走好吗？”

伊丽莎白站着一动不动，摇摇头，此时已是泪流满面。

“我想跟一个女警官说话。”

“我相信马克能帮你解决问题。”值班警官说。

“拜托了！”伊丽莎白哭喊道。

乔伊丝知道是时候出手帮朋友一把了。

“我朋友是修女，警官。”

“修女？”值班警官说。

“是的，修女，”乔伊丝说，“相信我不需要告诉你这意味着什么。”

值班警官看出来了，这场对话有可能以各种糟糕的结局收场，于是选择了最轻松的处理方式。

“给我一点儿时间，女士，我为你找个人。”

他跟着马克回到安全门内，暂时只剩伊丽莎白和乔伊丝在一起。伊丽莎白停止了哭戏，朝乔伊丝看去。

“修女？好极了。”

“我没有太多时间思考。”乔伊丝说。

“实在没招儿了，我打算说有人摸了我，”伊丽莎白说，“你知道他们现在对这种事很敏感。不过，修女更有意思。”

“为什么想见女警官？”乔伊丝有一长串问题想问，这个问题排在首位，“对了，你没有用‘女警员’这个词，做得好，我为你骄傲。”

“谢谢，乔伊丝。我只是想，反正中巴要来费尔黑文，我们可以顺便拜访一下德·弗雷塔斯警员。”

乔伊丝缓缓地点头。在伊丽莎白的世界里，这种事情是绝对说得过去的。“可是，万一她不当班呢？就算她当班，万一有别的女警呢？”

“如果不是已经核实过了，我会带你来这里吗，乔伊丝？”

“你怎么核实……”

安全门打开了，唐娜·德·弗雷塔斯走了出来。“好了，女士们，有什么……”唐娜认出了眼前的两个人，她的视线在伊丽莎白和乔伊丝之间来回打转，“可以帮你们的？”

17

总督察克里斯·哈德森拿到了托尼·柯伦的卷宗，非常厚，放到桌子上时会发出一声令人愉悦的闷响，他就在刚才体验了一把。

克里斯喝了一大口健怡可乐。他有时候担心自己会喝上瘾，因为他曾经读到过一个关于健怡可乐的文章标题。那个标题太耸人听闻了，他后来选择不读文章内容。

他打开卷宗，托尼·柯伦和肯特警方的交集大多出现在克里斯来费尔黑文之前。比如，托尼·柯伦二十多岁时犯下的暴力伤害罪，轻微毒品犯罪，危险驾驶，饲养危险犬种，非法持有武器，公路税付讫证[1]违规，公共场合便溺……

然后大事件来了。克里斯打开从加油站买的、看不出用了什么馅料的三明治。卷宗里有警方多年来多次向托尼·柯伦问话的笔录，最后一份是黑桥酒吧枪击案发生后

① 公路税付讫证（tax disc）：一种圆形纸质张贴物，贴在汽车挡风玻璃下方，表示该车已缴纳养路税。

的笔录，在那个案子中死了一个年轻的毒贩子。有个目击证人说托尼·柯伦开了致命的一枪，所以费尔黑文的刑事调查部传唤柯伦来问话。

那时候的任何事都少不了托尼·柯伦，随便打听一下，每个人都会告诉你他的事。托尼掌握了费尔黑文的毒品交易，还有其他种种交易，赚得盆满钵满。

克里斯看到黑桥案笔录上一个又一个令人郁闷的“无可奉告”，看到那个目击证人，一个当地的出租车司机，在事后不久就失踪了。也许是被吓跑了，也许更糟。而最终的结果是，托尼·柯伦作为一名当地建筑商，清白脱身。

所以这是怎么一回事呢？一条命？还是两条命？在黑桥酒吧中枪的毒贩子，可能还有那个目睹了一切的可怜出租车司机。

不过托尼·柯伦在二〇〇〇年以后再无案底，除了一张二〇〇九年的超速罚单，罚款也及时交了。

他看了看凶手留在尸体旁的照片，里面有三个男人。托尼·柯伦现在已经死了；用胳膊揽着托尼的是那时候当地的一个毒贩子波比·塔纳，他被雇来当打手，目前行踪还不清楚，但他们很快就能追踪到他；第三个男人，行踪再清楚不过了，他是退役拳击手杰森·里奇。克里斯很好奇报社会花多少钱买下这张照片，他听说有些警官做这种买卖，但在克里斯看来，这是最最低级的行为。他看着照片上的笑脸、钞票和啤酒。时间大概是二〇〇〇年，也就是那个男孩在黑桥酒吧中枪的那一年。二〇〇〇年竟然已经成为遥远的历史，克里斯想想都觉得不可思议。

他一边研究照片，一边拆开特趣巧克力。他的年度体检被安排在两个月后，每个周一他都说服自己，从这周开始恢复体形，彻底甩掉一英石左右的重量。这一英石左右的重量拖了他的后腿，引起抽筋，还让他买不了新衣服。万一真的想买又买不了，让他约不了会，谁会看得上他呢？这一英石左右的重量成了他和世界之间的屏障。如果真的实话实说，应该是两英石。

周一通常还不错。克里斯周一不坐电梯；克里斯周一从家里带饭；克里斯周一在床上做仰卧起坐。可是到了周二，或者在情况稍好的一周里，到了周三，世界又悄悄复原了，楼梯看上去太吓人，克里斯对减重计划失去信心。他明白，“计划”两个字也可以换成他自己，这一点让他越发堕落。就这样，油酥糕饼、炸薯片、加油站的午餐、工作结束后的小酌、下班回家路上的外卖、从餐厅回家的路上拿出的巧克力全都出来了。贪吃，麻木，放纵，愧疚，循环往复。

不过下个周一总会到来，救赎会在某个周一降临。一英石会消失，紧跟着是潜伏中的另一英石。体检安全过关将不费吹灰之力，他将成为运动健将，他一直暗暗觉得自己是个运动健将。他会在网上认识新女友，给她发自己竖起大拇指的表情。

他吃完特趣巧克力，四处找炸薯片。

克里斯·哈德森猜想，发生在黑桥酒吧的枪击案给托尼·柯伦敲响了必要的警钟，而且看上去确实是这么回事。大约从那时候起，他开始和当地一个叫伊恩·文特汉姆的房地产开发商合作，也许他觉得过合法的生活更容易一些。尽管这不是他习惯的生活，但还是可以赚到大钱。托尼一定知道自己不可能一直交好运。

克里斯打开炸薯片，看了看手表。他和别人有约，该出发了。有人看见托尼·柯伦曾经和一个人吵架，就在他死之前。这个目击者坚持要和克里斯单独谈话。目击者选的地方并不远，就在柯伦一手建造的养老社区里。

克里斯又看了看遗留在凶案现场的那张照片：三个男人，快活的小帮派。托尼·柯伦和波比·塔纳互相揽着对方，另一边是杰森·里奇，他手里握着酒瓶，标志性的断鼻梁格外有型，那时候可能距离他的巅峰时期已经过了好几年。

三个朋友喝着啤酒，旁边桌上铺满了钞票。是谁把照片留在尸体旁边的？是波比·塔纳或者杰森·里奇发出的警告？还是向他们发出的警告？你就是下一个？更有可能是障眼法，或者误导。没人会那么傻。

不管怎么样，克里斯必须和杰森·里奇聊一下。希望他的办案组能找到下落不明的男人，波比·塔纳。

事实上，应该是那个藏在照片后的男人，克里斯想。他把最后一点儿薯片倒进嘴里。

所以，当初到底是谁拍的这张照片呢？

18

唐娜示意两位来访者坐下。她们在审讯室 B，一个没有窗户、箱子般四四方方的房间，有张木桌子固定在地板上。乔伊丝像游客一样兴奋地东瞧瞧，西望望，伊丽莎白看上去自在得多。唐娜盯着厚重的房门，等着它合上。房门咔嗒一声关到位，她立刻看向伊丽莎白。

“这么说，你现在是修女了，伊丽莎白？”

伊丽莎白迅速点头，抬起一根手指表示这是一个好问题。“唐娜，我和所有现代女性一样，只要有需要，可以扮演任何角色。我们必须成为变色龙，不是吗？”她从衣服内兜掏出记事本和笔，放到桌上，“不过这一次是乔伊丝的功劳。”

乔伊丝还在打量着房间：“和电视上看到的一模一样，德·弗雷塔斯警员。太棒了！在这里工作一定充满了乐趣。”

唐娜并没有体会到这种敬畏感。“好了，伊丽莎白，你的包到底有没有被偷？”

“没有，亲爱的，”伊丽莎白说，“谁想偷我的包，祝他好运。你能想象吗？”

“那么请问你们两位来这里做什么？我还有工作要处理。”

伊丽莎白点点头：“当然，非常有道理。是这样，我来这里确实是因为我想跟你说件事。乔伊丝来这里应该是为了购物，我猜的。乔伊丝？我发现我还没问过你为什么来费尔黑文。”

“我想去‘豆子家族’①，一家素食咖啡馆，你们知道吧？”

唐娜看了看手表，朝前探身：“行，我在这里，既然想说事，说吧。我给你两分钟的时间，然后我就回去抓犯人了。”

伊丽莎白轻轻拍了拍手：“好极了！嗯，首先我想说，不要假装不高兴了，我知道你很高兴再次见到我们，我们也很高兴再次见到你。只有大家都接受这一点，事情才会更有意思。”

唐娜没有回答。乔伊丝探身凑到桌上的录音机跟前：“因为有录音的关系，德·弗雷塔斯警员拒绝回答，但她正试图掩饰一丝微笑。”

---

① 豆子家族（Anything with a Pulse）：pulse一词多义，意思是“脉搏”或“可以食用的豆子”，此处咖啡馆名的字面意思是“一切有脉搏的东西”或“一切用豆子做成的东西”。因为是素食咖啡馆，译名采用第二个意思。

“第二点，和第一点相关，”伊丽莎白继续说，“无论我们耽误了你的什么工作，有一点我可以肯定，那绝不是抓犯人，而是无聊的事。”

“无可奉告。”唐娜面无表情地说。

“你从哪里来，唐娜？我可以叫你唐娜吗？”

“可以，我来自伦敦南部。”

“从伦敦警察厅调过来的？”

唐娜点头。伊丽莎白在记事本上记下来。

“你在做笔记？”唐娜问。

伊丽莎白点头：“为什么调走？为什么调来费尔黑文？”

“这个故事可以改天再讲。在我离开审讯室前，你还有一个提问的机会。这还挺有意思的。”

“当然了。”伊丽莎白回复道，她合上记事本，调整了一下眼镜，“嗯，其实我是想陈述一个看法，但我保证最后会以问题结尾。”

唐娜摊开手掌，示意伊丽莎白往下讲。

“这只是我的看法，如果说得不对，我知道你会纠正我的。你二十五六岁，给人头脑聪明、直觉敏锐的印象，还给人非常善良的印象，而在突然发生打架斗殴的情况下，你又会非常有用。由于某些原因，你离开了伦敦。我们以后会弄清楚原因，但几乎可以肯定是因为失败的恋情。我觉得伦敦的生活和工作应该非常适合你。你来了这里，费尔黑文，遇到的都是些小罪行、小罪犯，你开始在街上巡逻。有时是瘾君子偷了自行车，有时是有人在加油站没付钱就把车开走了，有时是酒吧里争风吃醋的打斗。我的天哪，无聊死了。由于某些无关紧要的原因，我曾在前南斯拉夫的一家酒吧工作过三个月，我的大脑拼命呐喊，渴望兴奋，渴望刺激，渴望能发生不同寻常的事。听上去是不是很熟悉？你单身，住在租来的公寓里，你发现很难在镇上交到朋友，警局的大部分同事对你来说年纪都有点大。我确定那个年轻的警员马克约过你，但他绝对对付不了一个伦敦南部的女孩，所以你不得不拒绝了他，你们俩到现在还觉得很尴尬。那男孩真可怜。你的自尊不允许你很快回到伦敦警察厅，你暂时只能困在这里。你还是个新人，升职遥遥无期，而且你其实并没有那么受欢迎，每个人在心底都明白你犯了个错误，你讨厌待在这里。你甚至不能辞职。为什么仅仅因为一次错误的选择而浪费掉这些年艰辛的警察生涯？就这样，你穿好警服，站好一班又一班岗，咬紧牙关，只为等待不同寻常的事发生。比如，一个不是修女的女人假装她的包被偷了。”

伊丽莎白朝唐娜抬起一边的眉毛，希望得到回应。唐娜完全无动于衷，以及不以为意。“我还等着你的问题呢，伊丽莎白。”

伊丽莎白点点头，又打开记事本：“我的问题是这个，你想不想调查托尼·柯伦谋杀案？”

唐娜慢慢将双手手指交叉起来，撑着下巴，陷入一阵沉默。她非常认真地注视了伊丽莎白一会儿才开口。

“已经有办案组开始调查托尼·柯伦谋杀案了，伊丽莎白，一支高水准的专门处理谋杀案的队伍，我最近给他们送过茶。他们并不会给一个警员开后门，更何况这个警员每次接到复印任务都会唉声叹气。你想过吗，你可能并不了解警方是怎么工作的？”

伊丽莎白把这些记下来，边写边说：“嗯，有可能。警方的工作想必非常复杂，不过也有很多乐趣，我想是这样吧？”

“我也这样想。”唐娜赞同道。

“他们说他是被重器猛击而死的，”伊丽莎白说，“重器是一个大扳手。你能确认这一点吗？”

“无可奉告，伊丽莎白。”唐娜说。

伊丽莎白停下笔，再次抬起眼。“你想不想参与查案，唐娜？”

唐娜用手指不停地敲打桌面。“好，假设我想参与谋杀案的调查……”

“对，没错，让我们假设一下。从假设开始，看看能有什么结论。”

“刑事调查部是怎么工作的，你总该了解吧，伊丽莎白？我不可能随便要求上级把我分配到某个办案组。”

伊丽莎白笑了起来：“哦，天哪，你不必担心这个，唐娜，我们能解决好一切。”

“你们能解决？”

“我是这么认为的，没错。”

“怎么解决？”唐娜问。

“啊，总归是有办法的，对吧？你有兴趣吗？如果我们能办到？”

唐娜又看向厚重的房门，被关得严严实实。“你们什么时候能办到，伊丽莎白？”

伊丽莎白看了看手表，微微耸耸肩：“大概，一个小时之后？”

“这场对话绝不会有别人知道？”

伊丽莎白把一根手指放到嘴唇前。

“那我有兴趣。是的，拜托了，”唐娜诚恳地抬起手，“我真的真的很想追捕杀人犯。”

伊丽莎白笑了笑，把记事本放回兜里。“啊，这可真是太好了，我就知道我对形势的判断是对的。”

“这能给你带来什么好处？”唐娜问。

“什么好处也没有，只是帮新朋友的忙而已。我们可能会时不时地问你一些怪问题，有关调查的，只是为了满足好奇心而已。”

“我不能透露任何机密信息，你知道吧？这个条件我不能答应。”

“绝不让你违反职业道德，我发誓，”伊丽莎白在胸前画了个十字，“作为上帝的女人发誓。”

“你刚才说一个小时？”

伊丽莎白看了看手表：“我想一个小时左右吧，这取决于交通状况。”

唐娜点点头，好像这个解释完全讲得通似的。“至于你刚才的小型演讲，伊丽莎白，我不知道是为了打动我，还是为了在乔伊丝面前表现一下，说的都是很明显的东西。”

伊丽莎白承认了这一点：“明显，但正确，亲爱的。”

“几乎正确，还差那么一点点，马普尔小姐[①]。对吧，乔伊丝？”

乔伊丝开始发表意见：“啊，对，那个马克显然不会追求女孩，伊丽莎白，连这都没看出来，眼睛不太好使哟。”

唐娜笑起来：“幸好有你的朋友在身边，修女。”她开心地看到，伊丽莎白也正试图掩饰一丝微笑。

“对了，我需要你的电话号码，唐娜，”伊丽莎白说，“我可不想每次见你都要伪造一场犯罪。”

唐娜将一张名片滑过桌子。

---

① 马普尔小姐（Miss Marple）：阿加莎·克里斯蒂创作的女性侦探人物。阿加莎·克里斯蒂是英国女侦探小说家、剧作家，三大推理文学的宗师之一。

“希望这是私人号码，不是办公号码，”伊丽莎白说，“有点隐私多好啊。”

唐娜看着伊丽莎白，摇摇头，叹了口气，然后在名片上写下了另一个电话号码。

“好极了，”伊丽莎白说，“我认为，我们共同努力，一定能找到杀死托尼·柯伦的那个人。这案子不可能超越人的智慧，更确切地说，女人的智慧。”

唐娜站起来。“我可以问问你要怎么把我弄到办案组吗，伊丽莎白？还是说，我不知道为好？”

伊丽莎白看了看手表：“完全不需要你自己操心，罗恩和易卜拉欣现在应该正在处理了。”

乔伊丝等伊丽莎白也站起来后，又一次探身凑到录音机跟前：“中午十二点四十七分，审讯结束。”

19

总督察克里斯·哈德森把他开的福特福克斯转到又长又宽的车道上，车道通向库珀斯·切斯。一路过来畅通无阻，他希望这件事不会花太长时间。

他观察周围的环境，不禁好奇这地方为什么需要这么多的羊驼。访客停车场没有车位了，他把福克斯缓缓地停到了路边草地上，而后下车走进了肯特的阳光里。

克里斯以前也去过养老社区，眼前这个完全不是他想象中的样子。这是一个完整的村子。他漫步经过一场草地滚球比赛，场地两头的冷藏箱里冰着红酒，其中一位选手是个年纪特别大的女人，她正抽着烟斗。他沿着一条蜿蜒的小路穿过一个美丽的英式花园，花园两侧是三层楼的公寓，露台和阳台上有人一边享受阳光，一边闲聊。朋友们坐在长凳上，蜜蜂在灌木丛中嗡嗡叫着，徐徐微风和杯中冰块一唱一和。克里斯觉得这一切让人十分窝火。他是个风里来，雨里去，竖起大衣领子遮风挡雨的男人。如果可以选择，克里斯也想在夏天蛰伏起来。他从一九八七年开始就没穿过短裤了。

克里斯穿过住户停车场时，经过了一个红色邮筒，这个邮筒看上去和画册上的一样完美，这越发让他郁闷。他此行的目的地是华兹华斯公寓。

克里斯按了十一号房的电铃：*易卜拉欣·阿里夫先生*。

门为他打开了，克里斯走过铺着豪华地毯的门厅，踏上铺着豪华地毯的楼梯，敲响了一扇厚实的橡木房门。随后他进入了易卜拉欣·阿里夫的那间公寓，并且坐了下来，坐在他对面的是房间主人本人，以及罗恩·里奇。

罗恩·里奇，嗯，这不是巧了吗？相互介绍的时候，克里斯吃了一惊。他的调查对象的父亲就坐在自己对面——什么意思？运气？阴谋？克里斯决定干脆顺其自然，他相信，只要出现新的线索，他一定能抓住。

话说回来，“红色罗恩”最终在这里安度晚年确实有点怪怪的。这还是那个老板们的克星、英国利兰汽车公司的猛兽、英国钢铁公司的猛兽、英国任何你能想到的公司的猛兽吗？在库珀斯·切斯的金银花和奥迪车之间安度晚年？说实话，克里斯几乎认不出他了。罗恩·里奇的穿着非常古怪——睡衣、一件没拉拉链的运动外套、一双正装皮鞋，现在他正张着嘴，茫然地四下张望。他真是一团糟，克里斯感到尴尬，好像自己强行闯入了别人的隐私地带。

易卜拉欣向总督察克里斯·哈德森解释情况。

“老年人和警官说话总是非常紧张，千万别认为是你的错。这也是我建议你来这里谈话的原因。”

克里斯温和地点点头，他接受过这方面的训练。“我向你保证，里奇先生不会有麻烦。如果像你说的，他掌握了一些信息，我必须问他几个问题。”

易卜拉欣转向罗恩。

“罗恩，他只想问问关于争吵的事，你看到的，我们一起聊过，记得吗？”易卜拉欣又看向克里斯，“他容易忘事，太老了，总督察，一个非常非常老的老人。”

“好吧，易卜拉欣。”罗恩说。

易卜拉欣拍了拍罗恩的手，放慢语速跟他说话。

“我认为很安全，罗恩。我们看了这位先生的警察证，我打了上面的电话，还在谷歌上搜索过他，记得吗？”

“我觉得……我觉得我办不到，”罗恩说，“我不想惹上麻烦。”

“不会有任何麻烦，里奇先生，”克里斯说，“我可以担保。我来找你，只不过因为你可能掌握了重要信息。”“红色罗恩”已经失去了当年的威风，克里斯充分意识到他必须小心翼翼地处理，当然还不能提到杰森。去酒吧享用一顿午餐的可能性也迅速消失了。“阿里夫先生说得对，你可以告诉我任何事情。”

罗恩看看克里斯，再看看易卜拉欣，寻求一丝鼓励。

易卜拉欣紧紧握了握朋友的胳膊，罗恩又看向克里斯，然后朝前倾身。

“我想我更愿意跟女士交谈。”

克里斯刚喝了第一口易卜拉欣为他泡的薄荷茶。“女士？”他看看罗恩，又看看易卜拉欣。易卜拉欣替他解围。

“哪个女士，罗恩？”

“那个女士，易卜[1]，来给我们做讲座的那个女警察。”

“哦，是的！”易卜拉欣说，“警员德·弗雷塔斯！她经常来给我们做讲座，总督察，讲窗锁什么的。你认识她吗？”

“当然。对，她是我这一组的。”克里斯努力回忆那个没有鞋带的年轻警员是否就是唐娜·德·弗雷塔斯。他非常确定她就是。她是从伦敦警察厅调来的，没人知道为什么。“我们在工作上合作得十分紧密。”

“这么说，她也是办案组的成员了？这真是个好消息，”易卜拉欣一脸笑容，“我们大家都很喜欢警员德·弗雷塔斯。”

“这个嘛，严格来说，她不是办案组的成员，阿里夫先生，”克里斯说，“她还有其他重要的任务，比如抓犯人……之类的。”

罗恩和易卜拉欣什么也没说，只是满眼期待地看着克里斯。

① 易卜（Ib）：易卜拉欣（Ibrahim）的昵称。

“不过，这是个非常棒的想法，我希望她加入办案组。”克里斯说，心里琢磨着应该找谁说这件事。当然是哪个欠他人情的人吧？

“她是个好警察，”易卜拉欣说，“能给你增光。”

易卜拉欣又变得严肃起来，并转向罗恩。

“好了，如果这位帅气的警探和我们的朋友警员德·弗雷塔斯一起来和你谈谈呢？你愿意吗，罗恩？”

罗恩喝了第一口茶。

“那就太完美了，易卜，我愿意。我跟杰森也说一声。”

“杰森？”克里斯警惕地问道。

“喜欢拳击吗，孩子？”罗恩问。

克里斯点点头：“非常喜欢，里奇先生。”

“我儿子是个拳击手，叫杰森·里奇。”

“我知道，先生，”克里斯说，“你一定非常自豪。”

“是这样，他当时和我在一起，所以应该来这里，他也看见了争吵。”

克里斯点点头。嗯，非常有意思，这趟没白跑。“好的，我一定会回来跟你们两位谈谈。”

“你会带警员德·弗雷塔斯一起来吧？太好了！”易卜拉欣说。

“当然了，”克里斯说，“只要能查出真相，做什么都行。”

20

乔伊丝的日记

看来我们正在调查一桩谋杀案，更开心的是，我现在也是进过警察局审讯室的人了。写这个日记给我带来了好运气。

看伊丽莎白查案很有意思，她非常出色，非常冷静。如果我们三十年前认识，不知道会不会合得来。可能不会，我们来自不同的世界，但库珀斯·切斯能把不同的人聚集到一起。

我真心希望自己能在调查中帮上伊丽莎白的忙，帮她抓住杀死托尼·柯伦的凶手。也许我能办到，以我自己的方式。

我想，如果说我有什么特殊才能，那就是我经常被人无视。是这么说吗？或者说被人低估？

库珀斯·切斯住的都是伟大的人、优秀的人，他们一生中有这样或那样的成就，真的有趣极了。有人参与设计了英吉利海峡隧道，有人的名字被用来给疾病命名，有人曾是巴拉圭或者乌拉圭的大使。你是知道这类人的。

而我呢？乔伊丝·梅多克罗夫特，我很好奇他们怎么看我。人畜无害，这是肯定的。爱聊天？恐怕还有自惭形秽。我想，他们内心深处知道我和他们不是同类人。一个护士，又不是医生，当然没人会当着我的面这么说。他们知道我在这里的公寓是乔安娜买的，乔安娜才是他们的同类。我，并不是。

不过，如果饮食委员会起了争执，或者湖水泵出现了问题，又或者一个住户的狗让另一个住户的狗怀孕了，搅得天下大乱，就像最近发生的这次一样，谁来出面解决矛盾呢？乔伊丝·梅多克罗夫特。

我非常乐意聆听声势浩大的演说，观看一个个气鼓鼓的胸膛，听到他们愤怒地威胁说要采取法律行动。等他们彻底宣泄完毕后，就该我出场了。我会向他们建议，或许有解决的办法，或许大家各退一步达成妥协。还有，狗就是狗嘛。这里没人觉得我是威胁，没人把我当成对手，我只是乔伊丝，温柔、爱聊天的乔伊丝，什么事总爱管一管的乔伊丝。

最后，大家都会冷静下来，而原因是有我，稳重而理智的乔伊丝。库珀斯·切斯再也没有大喊大叫，各种问题都解决了，而且通常是以一种有利于我的方式解决的，但似乎从来没人留意到这一点。

所以我非常乐意被无视，而且一直以来都被无视。我真的觉得我的特质说不定能对这次调查有所帮助。大家都关注伊丽莎白，而我只用继续做我自己。

对了，“梅多克罗夫特”来自我过世的丈夫格里，我一直很喜欢这个姓。嫁给格里的理由有很多，他的姓是众多理由之一。我做护士时期的一个朋友嫁给了一个叫巴姆斯特德[①]的家伙，结婚后她的名字就变成了芭芭拉·巴姆斯特德。换作是我，可能会找个借口退婚。

多么精彩的一天啊！我打算看一集经典剧《头号疑犯》再睡觉。

不管伊丽莎白接下来需要我做什么，我都准备好了。

---

① 巴姆斯特德（Bumstead）：词中的bum在英语里有“屁股”“流浪汉”“乞丐”的意思。

21

又是一个美丽的早晨。

波格丹·扬科夫斯基坐在伊恩·文特汉姆家露台的秋千椅上，他要花点时间把事情想清楚。

托尼·柯伦被谋杀了，有人闯进他家杀了他。嫌疑人有一大堆，波格丹在脑子里过了几个，思考他们想要托尼·柯伦死掉的理由。

似乎所有人都对托尼的死感到震惊，但没有什么能让波格丹觉得意外的。每时每刻都有人由于各种原因死去。波格丹还是孩子的时候，他的父亲掉进了克拉科夫[①]附近的水坝，可能是自己跳的，也可能是被人推下去的，哪一个原因并不重要，反正改变不了他已经死了的事实。到最后总有什么会带你离开。

伊恩的花园不符合波格丹的品味。典型的英式风格，草坪规整，被修剪成了条纹图案，一直延伸到远处的一排树木为止。

① 克拉科夫（Krakow）：波兰南部老城。

面朝树木的方向，左边有个池塘。伊恩·文特汉姆称它为湖，湖长什么样波格丹还是清楚的。远处变窄的池面上有一座小木桥，这桥应该会很受孩子们的喜欢，但波格丹从没见过花园里有孩子。

伊恩以前买了一群鸭子放在他的花园里，结果狐狸咬死了鸭子，波格丹在酒吧认识的一个人又杀死了狐狸。可从那以后，伊恩再也没买过鸭子。有什么意义呢？狐狸总是杀不完的。有时候仍有野鸭光临伊恩的花园，波格丹心想，祝它们好运。

右边是一个游泳池。你可以在伊恩的露台上走几步，然后直接跳进池子里。游泳池的瓷砖是波格丹铺的，小桥的鸭蛋蓝漆料是波格丹刷的，波格丹现在坐的露台也是他自己亲手搭的。

伊恩接受他的报价，让他负责“林地”开发项目的建设。他接手了托尼的活儿，有些人可能会觉得是霉运，说不定是诅咒。但对波格丹来说，这只是正常发生的事，他愿意做，他也有能力做到。给的钱不少，但波格丹真正感兴趣的不是钱，而是挑战，而且他喜欢待在养老村，喜欢那里的人。

波格丹已经看了所有设计图，研究了全部细节。刚开始的时候，他觉得这个大工程很复杂，可一旦掌握了诀窍，其实也没那么难。波格丹之前喜欢为伊恩·文特汉姆做一些小工程，他喜欢小工程的有条不紊，但他明白情势总是在变化，他必须上一个台阶。

波格丹的母亲是在他十九岁时去世的。父亲离开后，母亲继承了一笔钱。至于钱是从哪儿来的，从来没有人细究过。这笔钱供波格丹上了克拉科夫技术大学，他在那里学习工程学。正是在他读大学的时候，母亲中风倒在家里。如果当时他还在家，就可以救她，但他不在，所以没救成。

波格丹回家安葬了母亲后，第二天就来到了英国。差不多二十年后，他看到了一片无聊的草坪。

波格丹想，也许他可以暂时闭上眼。就在这时，从房子另一边传来了前门低沉的门铃声。这座安静的大房子难得有一位访客，这也是伊恩叫波格丹今天过来的原因。伊恩打开书房通向露台的门。

“波格丹，去开门。”

“是，这就去。”波格丹站起来，穿过他设计的暖房进了屋子，接着穿过他做了隔音处理的音乐室进了门厅。他曾在一年中最炎热的日子里，光着膀子、穿着内裤给门厅做打磨。

你需要他做什么，他就能做什么。

马修·麦基神父后悔只让出租车司机把他送到车道口，从伊恩家的大门到他家房子前门还要走很长一段距离。他用手里的文件稍微扇了扇风，又迅速用手机自带的相机功能检查了一下自己的白色硬领是否笔挺，然后按响了门铃。听到房子里传出声音，他松了口气，即使事先约好了，你也永远不知道会有什么变数。他很高兴来这里见面，这样各方面都变得更容易。

他听见脚步踩在木地板上的声音，一个魁梧的光头男人开了门。他穿着紧身白T恤衫，一边小臂上文了十字架，另一边文了三个名字。

“神父。”男人说。

好兆头，这是个教徒，而且从口音判断，是波兰人。

“早上好。”麦基神父用波兰语说。

男人回了个笑脸：“早上好，早上好。”

“我和文特汉姆先生约好见面，我是马修·麦基。”

男人握了握神父伸过去的手：“我是波格丹·扬科夫斯基。请进，神父。”

“相信我，我们都明白在法律上你没有义务帮我们，”马修·麦基神父说，“而且，我们虽然不同意委员会的裁决，但必须接受。”

规划委员会的迈克·格里芬工作做得很好，伊恩想。他说过“墓地随便挖，伊恩，别跟我们客气”。迈克·格里芬沉迷于网上赌博，祝愿他的赌瘾天长地久。

“不过，我确实认为在道义上你是有责任的，应该让安息园墓地原封不动地留在原地，”麦基神父继续说，“我想和你面对面开诚布公地谈一谈，看看我们是否能各退一步。”

伊恩·文特汉姆听得很认真，不过心里想的是自己有多聪明。他是他知道的最聪明的人，这一点是肯定的，他就是这样得到了他想要的一切。有时候甚至让人有种不公平的感觉。“伊恩·文特汉姆不是领先你一步，你和他根本就不在同一条跑道上”，他在心里想象着别人是怎么夸赞自己的。

他不能说服戈登·普莱费尔把地卖给他，没关系，他知道卡伦·普莱费尔会卖。父亲是父亲，女儿是女儿。更何况她会看到一大笔钞票，不是吗？卖一座山可以拿到七位数的钱，一个老人的拒绝又能坚持多久呢？伊恩总会找到办法。

不过，他发现马修·麦基神父比卡伦·普莱费尔难对付。神父和五十岁出头、应该减减肥的离婚女人可不一样。你必须假装对他们表示尊敬，或许应该真的表示尊敬，万一他们真是对的呢？保持思想开放，这是“聪明有用论”的又一例证。

所以伊恩叫波格丹加入这场谈判。他知道他们这类人喜欢团结一致，本来就该这样嘛，谁不喜欢呢？他意识到自己应该说话了。

“我们只是移动尸体，神父，”伊恩说，“整个过程会绝对慎重、绝对尊重。”

伊恩心里明白这些话并不完全属实。按照法律程序，他必须对迁葬工程进行公开招标，有三家机构参与了竞标。一家是肯特大学法医人类学系，他们肯定会绝对慎重、绝对尊重地完成任务；另一家是莱伊的一个公司，名叫“安葬专家”，最近刚从家有宠物[①]的新店工地移走了三十座坟墓，还拍了一些照片留念，照片上的男男女女神情肃穆，身穿深蓝色的工装服，亲手挖着坟墓；最后一家是两个月前由伊恩本人创建的一个公司，丧葬策划师来自布莱顿，是他打高尔夫球时认识的，另外这家公司里还有伊恩村子里的苏·班伯里，她日常出租挖掘机。最后这家公司因“竞争实力特别强”，最终中标。伊恩在网上研究过墓地挖掘，这不是什么高深的事。

“这里的一些坟墓差不多存在一百五十年了，文特汉姆先生。”麦基神父说。

“叫我伊恩。”伊恩说。

伊恩其实没必要见神父，但他觉得保险起见，还是要见一下，免得事后后悔。只要对自己有利，许多住户会变得十分“忠于教会”，他不希望麦基神父挑起是非。人们

① 家有宠物（Pets at home）：英国最大的宠物用品连锁店。

对尸体的态度总是非常奇怪，所以呢，他要听神父把话说完，并且安抚他，让他快快乐乐地回去。要不再捐点钱给教会？这个办法留着备用。

“你雇来迁移墓地的公司，”麦基看了一眼文件，“搬家天使——迁葬专家，他们知道会挖出什么吧？墓地里没有太多完整的棺材，伊恩，只有骨头。还不是完整的骨架，而是零散的骨头，破碎的、凌乱的、半腐烂的骨头，它们深陷在泥土里。每个坟墓里的每个骨头的每个碎片都要被找到，都要被记录在案，都要被尊重。这是最起码的礼貌，别忘了，这也是法律要求的。”

伊恩点点头，但心里想的却是能不能把挖掘机刷成黑色，苏知道怎么办。

“我今天来这里，”麦基神父接着说，“是想请你再考虑一下，让这些女士留在原地，让她们留在安宁中。坦率地说，我不知道这么做会给你带来多少损失，这是你的事。但你必须理解，我是上帝的忠仆，这也是我的事。我不想让这些女人迁走。”

“马修，感谢你来见我们，”伊恩说，“我明白你说的那些天使是什么意思，灵魂受折磨之类的，我理解得对吧？你自己也说了，我们现在能挖到的只有骨头，仅此而已。你选择迷信，或者以你的身份来说是宗教信仰，我理解，但我可以选择不迷信。好了，我们会处理好那些骨头，只要能让你开心，我很乐意邀请你到现场观看整个迁葬过程。我想迁走墓地，我能迁走墓地，我会迁走墓地。不管这样做让我成了什么人，我都无所谓。骨头又不介意它们在哪里。”

“既然我无法改变你的想法，那我会尽一切努力让你难办成。你必须明白这一点。”麦基神父说。

“加入那些人的行列吧，神父。”伊恩说，“防止虐待动物协会因为獾对我狂轰滥炸；肯特林业什么的因为受保护的树木对我不依不饶；而你，因为修女；还有热排放、光污染、浴室配件和一大堆别的东西，我都必须遵守欧盟的规定，尽管我记得我们好像投票脱欧了；住户向我抱怨长椅坐着不舒服；历史建筑和古迹委员会说我的砖不满足可持续发展要求；整个英国南部最便宜的水泥匠刚刚因为逃税进了监狱，让我只能雇佣第二便宜的。想成为我最大的问题，神父，你连边都挨不上。”

伊恩总算换了口气。

“还有，托尼死了，现在大家都不好过。”波格丹因为提到了逝者，在胸前画了个十字。

“是啊，是啊。还有，托尼死了，这也给我添了不少麻烦。”伊恩赞同道。

麦基神父转向波格丹，他终于打破了沉默。

“你怎么看，孩子？如果迁走安息园，你不觉得我们打扰了灵魂？不觉得这么做会受到惩罚吗？”

“神父，我认为上帝掌管一切、审判一切，”波格丹说，“但骨头就只是骨头而已。”

22

乔伊丝在剪头发。

安东尼每周四、周五来库珀斯·切斯，他那间移动美发厅的预约相当火爆。乔伊丝总是约第一个剪，因为第一个剪的人总能听到最精彩的故事。

伊丽莎白也了解这一点，她此时正坐在敞开的大门外，边等边听。她可以直接进去，但边等边听成了难以打破的老习惯。她这一辈子都在听各种各样的事情。伊丽莎白看了看手表，如果五分钟内乔伊丝不出来，她就出现在他们面前。

“总有一天我会把你的头发全染了，乔伊丝，”安东尼说，“让你顶着一头亮粉色头发出去。”

乔伊丝咯咯笑起来。

“你会像妮琪·米娜[①]一样。知道妮琪·米娜吗，乔伊丝？”

“不知道，但我喜欢她名字的发音。”乔伊丝说。

---

① 妮琪·米娜（Nicki Minaj）：美国说唱歌手。

“怎么看他们杀死的那个家伙？”安东尼问，“柯伦？我在这里见过他。”

“啊，非常不幸，这是显然的。”乔伊丝说。

“他们一枪崩了他，我听说是这样，”安东尼说，“不知道他做了什么。”

“我认为他是被重器猛击而死的，安东尼。”乔伊丝说。

“被重器猛击，真的吗？你的头发真是太漂亮了，乔伊丝。你一定要保证，写遗嘱时把头发留给我。”

门外的伊丽莎白翻了个白眼。

“我听说他们在海滨开枪射死了他，”安东尼说，“三个骑摩托车的家伙。”

“不，据说就是在他家厨房被重器打死的，”乔伊丝说，“没有摩托车。”

“谁会干这种事？”安东尼问，“在别人家厨房打死人家？”

究竟是谁呢？伊丽莎白心想，又看了看手表。

“我敢说他有个漂亮的厨房，”安东尼说，“太遗憾了，我一直对他有点感觉。就像你明知道他不是好人，但还是会有感觉。”

“嗯，深有同感，安东尼。”乔伊丝说。

“不管是谁干的，希望警察能抓到。”

“我相信他们能。”乔伊丝说完喝了一口茶。

伊丽莎白决定要适可而止了，她站起来走进房间。安东尼转身看见了她。

“哇，她来了，达斯蒂·斯普林菲尔德[1]。”

“早上好，安东尼，恐怕你得放乔伊丝走了，我需要她。”

乔伊丝拍了拍手。

① 达斯蒂·斯普林菲尔德（Dusty Springfield）：英国歌手。

23

乔伊丝的日记

早上吃木斯里[①]的时候，我可没想到今天会这样度过。上回是修女，这回又是不一样的经历。

如果你认为我每天早上都吃木斯里，那就想错了，不过今天早上我吃了，一天下来，我很庆幸有它赋予的能量。现在已经是晚上十点了，我才刚放下东西。还好我在回来的火车上打了个盹儿，现在没有那么困。

早上我在安东尼那儿剪头发。快剪完时，我们正愉快地闲聊，没想到伊丽莎白竟然来了。她带着手提包和保温杯，这两样东西都和她的性格不搭。她告诉我出租车在来的路上，让我准备好要出门一天。

自从搬来库珀斯·切斯以后，我学会了顺其自然，所以连眼皮都没眨一下就答应了伊丽莎白。我问她去哪里，好对天气什么的有个判断，她说伦敦，这让我有些意外，但也解释了她为什么带着保温杯。我完全知道伦敦能有多冷，所以赶紧回家穿上了一件舒服的外套。谢天谢地我

① 木斯里（Muesli）：一种起源于瑞士的营养简餐，主要成分包括麦片、坚果。

穿了！

我们叫的还是来自罗伯茨布里奇的出租车，尽管他们有一次把罗恩的孙女送到了错误的车站。值得称赞的是，他们的服务越来越好了。司机哈米德是索马里人，索马里听上去是个非常迷人的地方。万万没想到的是，伊丽莎白去过那里，他们在车上聊起了悠悠往事。哈米德有六个孩子，最大的一个在奇斯尔赫斯特做全科医生，你知道那个地方吗？我以前去过那里的跳蚤市场，总算能插上几句话了。

伊丽莎白一直等我问去做什么，但我忍住没开口。她喜欢掌控全局，别误会，我也喜欢让她掌控全局，不过偶尔表现得有主见也没什么害处。我想是她影响了我，而且是一种积极的影响。我从没觉得自己这么容易受感染，但和伊丽莎白在一起的时间越久，我越觉得自己可能是易感体质。如果我当初拥有伊丽莎白的精神，说不定也去过索马里了呢。这里只是举例说明我想表达的意思。

我们在罗伯茨布里奇上了火车（上午九点五十一停靠的一趟车）。到了坦布里奇韦尔斯，她终于忍不住向我揭晓谜底。我们要去见乔安娜。

乔安娜！我的女儿！你可以想象我当时有多少问题，伊丽莎白让我彻底回到了她想要的样子。

我们为什么要去见乔安娜？嗯，经过似乎是这样的。

伊丽莎白总能让一切听上去非常合理。她解释说，关于这个案子的许多信息，我们和警方了解的差不多，这对大家来说是好事。但是，如果我们比警方掌握的线索更多，也不失为一件好事，以防什么时候我们需要和警方“交换”信息。据伊丽莎白说，这么做可能管用，因为很遗憾，唐娜这个人太精明了，不可能什么都告诉我们。话又说回来，我们是什么人？

在伊丽莎白看来，一大突破口就是伊恩·文特汉姆公司的财务记录。文特汉姆和托尼·柯伦的财务关系中有没有线索？他们争吵的原因是什么？凶手谋杀托尼·柯伦的动机又是什么？我们有必要查个清楚。

为此，伊丽莎白自然弄到了伊恩·文特汉姆公司的详细财务记录，也许是通过合法手段，不过更有可能是通过非法途径。资料都装在一个蓝色的大文件夹里，所以她带了手提包，包就放在她旁边的空座上。我还没说吧？我们坐的是一等座。我一直等着有人来查票，结果没人来查。

伊丽莎白翻看了所有财务资料，完全摸不清头绪。她需要找个人来看，并且解释给她听。有没有不寻常的地方？有没有值得深挖的地方，让我们可以在空闲时间去打探？伊丽莎白相信，财务记录里一定藏着线索，可是藏在哪里呢？

我问她，一开始为她提供记录的男人能不能完成这项工作。她说，很不幸，这个人只欠她一个人情，不是两个。她还说，鉴于我的性别平等原则，她很惊讶我竟然说提供财务记录的是“男人”。她说得对，我的用词确实不妥，但我告诉她，我还是断定对方是男人，她证实了我的猜想。

到了奥尔平顿附近，轮到我忍不住了，我问为什么是乔安娜。这个嘛，伊丽莎白给出了原因。我们需要的人必须掌握现代商业核算的最新情况，懂得如何对公司进行估值，乔安娜显然满足这两点。文特汉姆是不是遇到了麻烦？是不是欠了债？未来是不是还有新的地产开发项目？项目缺不缺资金？我们还需要可以绝对信任的人，伊丽莎白看中乔安娜是完全正确的，乔安娜有很多缺点，但她一定会守住你的秘密。最后，我们需要的这个人必须立刻能见到，而且欠我们一个人情。我问伊丽莎白，乔安娜欠我们什么人情。她说，不经常看望母亲的孩子都有的罪恶感。她又一次看穿了乔安娜。

简而言之，伊丽莎白说，这个人必须“专业、忠诚、立即见到”。

就这样，她给乔安娜发了邮件，并且不接受拒绝。她还告诉乔安娜，不要和我商量，这样才有惊喜，然后我们就在路上了。

伊丽莎白的这些话写成文字后，读起来很有说服力，不过她本来就有诀窍，总能让话听起来很有说服力。可是，我一点儿也不信。我确定她可以找到很多更优秀的人来做这件事。想听实话吗？我觉得伊丽莎白只是想认识乔安娜。

顺便说一句，我完全没意见，正好利用这个机会见见乔安娜，还能在伊丽莎白面前炫耀一下她，而且避免了我自己来安排的尴尬。如果我来安排，总是会多多少少出点乱子，比如惹乔安娜生气。

另外，今天我不会和乔安娜谈论她的工作、新男友和新房子（房子在帕特尼，我还没去过，她给我发了照片，提到圣诞节的安排）。我会和她聊聊谋杀案，看她还会不会努力表现得像个酷酷的青少年那样，不为命案所动。如果她还是那样酷，那我就要用年轻人的语调和她说一声，*祝你好运，亲爱的*。

由于“铁路服务系统的调度问题”，我们迟了十四分钟才到查令十字街，伊丽莎白狠狠地发了一顿牢骚。还好我全程没有想上厕所的感觉，真是老天保佑。我上次到伦敦还是和库珀斯·切斯的“女人帮”一起去看音乐剧《泽西男孩》，这已经是很久以前的事了。“女人帮”有四个人，那时候只要可以，我们一年去三四次伦敦，看一个日场演出，然后赶在下班高峰期前坐火车返回。玛莎百货卖一种罐装金汤力[①]，不知你喝过没有。我们在回家的火车上喝，

① 金汤力（Gin and Tonic）：一款经典的鸡尾酒，由金酒（Gin）加汤力水（Tonic）调制而成。

然后像傻子一样不停地咯咯大笑。“女人帮”的其他人都已经不在了，两个得了癌症，一个中风后离世。我们并不知道《泽西男孩》是我们的最后之旅。你永远知道第一次是什么时候，对吧？但你很少知道最后一次是什么时候。好吧，真希望我能把看《泽西男孩》这个传统项目保留下来。

我们打了一辆黑色出租车（在伦敦还有别的选择吗？）去梅菲尔区。到了柯曾街，伊丽莎白指给我看她以前工作的办公室。二十世纪八十年代因为效益问题，那地方被关闭了。

我以前去过乔安娜的办公室，那时候他们刚搬进去，后来又重新装修过。里面有一张乒乓球台，饮料可以随便喝，还有一部声控电梯，你只需要说出楼层号，不用按按钮。这里不适合我，但确实非常时髦。

我知道我经常唠叨乔安娜，但见到她真的非常开心。因为有外人在，她甚至给了我一个正式的拥抱。伊丽莎白说了声抱歉，然后去了洗手间（我在查令十字街去过了，免得你以为我是女超人）。一等到她听不见我们的说话声，乔安娜脸上堆起了笑容。

“妈！谋杀？”她说，或者说了类似的话吧。她看上去像我遥远记忆中的那个小孩。

“被重器打死的，乔乔，难以置信。”我回答。这是我的原话，她没有立刻皱起眉头让我别叫她“乔乔”，我认为这个事实意义重大。（顺带说一点，我能察觉到她有点太瘦了，想必新男友对她并不好。我差点就顺势说几句，但转念一想，别透支你的好运，乔伊丝。）

我们在一间会议室里，桌子是飞机机翼改装的。我知道不该在乔安娜面前大惊小怪，但这个桌子真的很特别。我坐在那儿，装作好像每天都能看到由机翼改装而成的桌子的样子。

伊丽莎白用电邮把所有文件都发给了乔安娜，她把它们全部交给科尼利厄斯去分析。科尼利厄斯是她的下属，对了，他是个美国人，不然你可能会觉得他的名字有点奇怪。他问伊丽莎白是从哪里弄到的这些文件，她说“英国公司注册处”。他说这些不是能在公司注册处弄到的文件，她说，好了，她并不了解这类事情，她只是个七十六岁的女人。

我写得太长了。总之，文特汉姆的公司状况良好，他很清楚自己在做什么。科尼利厄斯在财务记录里发现了两个非常有趣的地方，等警察来了，我们会告诉他们。这些全都被放进了伊丽莎白的蓝色大文件夹里。

乔安娜表现得风趣、开朗、迷人，这些都是我担心她失去的东西。它们都还在。也许，她只是和我在一起的时候失去了它们？

我以前和伊丽莎白聊过乔安娜，我感觉我们没有应该有的那种亲密，跟别的母女不一样。伊丽莎白总能让你说出心里话。她知道，我和乔安娜的关系让我一直有点难过。我现在才想到这件事，不知道这次出行是不是专门为我安排的。说真的，科尼利厄斯告诉我们的信息很多人也能告诉我们，所以呢，也许吧，我也说不清。

我们准备离开时，乔安娜说下周末会来库珀斯·切斯，找我好好聊聊天。我告诉她我非常期待，我们可以去一趟费尔黑文，她说她想去。我问新男友会不会一起来，她轻轻笑了笑，说不会。这就是我的孩子。

我们本可以再打一辆黑色出租车直接去车站，但伊丽莎白说想散散步，我们就闲逛了一下。不知道你了不了解梅菲尔区——这里没有真正能买东西的店，但逛起来却非常舒服。我们在 Costa[①] 停下喝了杯咖啡，那是座漂亮的建筑，伊丽莎白说这里以前是酒吧，她经常和很多同事去喝酒。我们在那儿待了一会儿，聊了聊今天获取的新信息。

按照今天的经历来看，整个谋杀案的调查将会十分有趣。这样漫长的一天会不会让我们离抓住杀死托尼·柯伦的凶手更进一步，我交给你来判断。

我想乔安娜今天看到了我的另一面，或者说我通过她的眼睛看到了自己的另一面，不管怎么样这都让我非常愉

① Costa：英国连锁咖啡店，1971 年由 Costa 兄弟在伦敦创立，2006 年进入中国市场，中译名为“咖世家”。

快。对了，下次我会和你讲讲科尼利厄斯，我们很喜欢这个人。

村子这时几乎全黑了。一生之中，你必须学会珍惜好时光，把它们收藏在口袋里，随时带在身边。我这就把今天放进口袋，然后去睡觉。

最后我想说，回到查令十字街后，我迅速钻进了玛莎百货，买了两罐金汤力。我和伊丽莎白在回家的火车上喝掉了它们。

24

村里的灯渐渐熄灭，伊丽莎白打开日历式记事本，尝试回答今天的问题。

“格温·塔尔博特儿媳的新车车牌号是多少？”

她满意这个问题。不是问车子的品牌，那太简单了；也不是问颜色，那可以猜到，而猜并不能证明什么。问的是车牌号，需要真正回忆才能回答。

伊丽莎白闭上眼，开始放大回忆，这是她以前频繁做的事情，那时候的她在另一个国家、另一个世纪过着不一样的人生。她立刻看见了，或者说听见了。也许两者都有，她听见大脑告诉她看见了什么。

JL17BCH

她用手指沿着纸面往下滑，看到了正确答案。她答对了。伊丽莎白合上本子，她打算过一会儿再写下一个新问题。关于新问题，她已经有了很好的想法。

顺便说一下，车是蓝色的雷克萨斯。格温·塔尔博特的儿媳在定制游艇保险行业赚了大钱。至于她儿媳的名字，这个嘛，一直是个谜。伊丽莎白和她只在相互介绍时说过一次话，没怎么听清楚。她确信这只是听力问题，不是记忆问题。

记忆退化是游荡在库珀斯·切斯的鬼怪。健忘、分神、记错名字，都是它的拿手好戏。

我来这里做什么？孙子们会乐呵呵地看着你闹笑话，儿子、女儿们也会边开玩笑边紧盯你的一举一动。住在库珀斯·切斯的人时常会在午夜寒冷的恐惧中醒来。可以失去的东西那么多，为什么偏偏是脑子？拜托，让时间拿走腿，拿走肺，拿走一切之后再拿走脑子吧。到那时，你会成为“可怜的罗斯玛丽”或者“可怜的弗兰克”，看一眼阳光却不知道阳光是什么；到那时，再没有旅行，没有游戏，没有推理俱乐部；到那时，再也没有了你。

几乎可以肯定，当你把女儿和外孙女的名字记混时，你八成是被土豆分了心，谁知道呢？这真是个棘手的问题。

所以，伊丽莎白每天打开日历式记事本，翻到两周后的那天，为自己写一个问题。每天回答一个两周前设置的问题，这是她为自己设计的预警系统。伊丽莎白成了观察“地震仪”的科学家团队，万一有“地震”来了，她将是第一个知道的人。

伊丽莎白走进客厅。两周前的车牌号是个真正的考验，她对自己的表现很满意。她的第三任丈夫斯蒂芬正坐在客厅的沙发上发呆。伊丽莎白今天早上和乔伊丝去伦敦之前，先和斯蒂芬聊了聊他的女儿艾米莉。斯蒂芬很担心她，觉得她现在太瘦了。伊丽莎白不这么认为，尽管如此，斯蒂芬还是希望艾米莉能多来，这样他们就可以照看她。伊丽莎白表示同意，说这么做很合理，她会和艾米莉聊聊。

不过，艾米莉不是斯蒂芬的女儿，斯蒂芬没有孩子。艾米莉是斯蒂芬的第一任妻子，差不多是在二十五年前去世的。

斯蒂芬是中东艺术专家，甚至可以说是英国学术界独一无二的那个专家。二十世纪六七十年代，他在德黑兰和贝鲁特生活。许多年后，他又回到当地，帮流亡到西伦敦的没落富豪追查被抢劫的大师杰作。二十世纪七十年代初期，伊丽莎白在贝鲁特短暂地停留过，但他们俩真正产生交集的时间是二〇〇四年，在奇平诺顿的一家书店外，斯蒂芬捡起了伊丽莎白掉在地上的一只手套。六个月后，他们结婚了。

伊丽莎白用水壶烧上水。斯蒂芬还有每天写东西的习惯，有时一连写几个小时。他在伦敦有个学术经纪人，说不久后必须去伦敦和他见一面。斯蒂芬把他的作品牢牢地锁了起来，当然了，对伊丽莎白来说，没有什么东西能被牢牢锁起来，她偶尔会读一下。有时候是从报纸上抄下来的文章，抄了一遍又一遍；大多数时候是关于艾米莉的故事，或者是为艾米莉写的故事。文本和字体全都非常漂亮。

斯蒂芬再也不可能坐火车去伦敦了，不可能和经纪人吃午餐，不可能看展览，不可能去大英图书馆简单地查点资料。斯蒂芬站在悬崖的边缘，如果伊丽莎白对自己足够坦诚，他其实已经坠下悬崖。但她选择控制局面，尽最大能力用药物治疗他。直白点说，就是镇静治疗。斯蒂芬每天服下她的药片和自己的药片，从来不会在夜里醒来。

水烧开了，伊丽莎白泡了两杯茶。警员德·弗雷塔斯和她的总督察不久后会来见他们，一切进展得非常顺利，但她还需要动动脑筋。今天和乔伊丝出了趟门，她现在掌握了一些信息，可以交给警方，不过希望是和警方做一下信息交换。这么看来，他们不得不对唐娜和她的上级长官施点小伎俩。关于这一点，她已经有了一些想法。

斯蒂芬从不下厨，所以伊丽莎白知道自己外出时，这地方不会被烧掉。他从不去商店、餐厅和泳池，所以不会发生事故。有时候回到家，她会发现掩盖得不太好的水灾现场，有时候是需要赶紧清洗的地板，这些都没关系。

伊丽莎白要把斯蒂芬留在身边，能留多久就多久。某一天，他会摔倒或咳血，会有医生来诊疗，而医生是不会上当的。到那时为止吧，到那时再让他离开。

伊丽莎白碾碎羟基安定[①]，放进斯蒂芬的茶里，然后加

① 羟基安定：一种安定类催眠药物。

入牛奶。她的母亲会为这类日常动作设立一套带有仪式感的规矩。先放羟基安定，还是先放牛奶？她笑了，斯蒂芬肯定喜欢这个笑话。易卜拉欣会喜欢吗？乔伊丝呢？她怀疑没人会喜欢。

他们有时候仍会下下棋。伊丽莎白曾在波兰边境附近的藏身房待过一个月，照看国际象棋顶级大师尤里·泽托维奇。她记得，当他发现她下得一手好棋时，高兴得直流眼泪。伊丽莎白一直保持着自己的棋艺，但斯蒂芬盘盘都赢她，而且赢得优雅，令她痴迷。她意识到，他们近来下得越来越少了。也许他们已经下完了最后一盘棋？斯蒂芬扳倒了他人生中最后一个国王？拜托，不要。

伊丽莎白把茶递给斯蒂芬，亲吻他的额头。他谢谢她。

伊丽莎白重新打开记事本，往后翻了两周，写下今天想到的问题，一个刚刚从乔安娜和科尼利厄斯那儿得知的事实。

托尼·柯伦之死能让伊恩·文特汉姆赚到多少钱？

她在纸面最下方写下答案：**一千二百二十五万英镑**。她合上记事本，明天继续。

25

头天上午，警员唐娜·德·弗雷塔斯接到一条消息：到刑事调查部报到。伊丽莎白的动作可真快。

她被分配到托尼·柯伦案，作为克里斯·哈德森的“影子”。这是肯特警察局的一项新倡议，好像和什么包容性、老带新、多样性等有关，这是梅德斯通[1]人力资源部的人给她打电话时说的。不管是什么吧，反正意味着她此刻能坐在长凳上，俯视英吉利海峡，同时看总督察克里斯·哈德森在一旁吃冰激凌。

克里斯把托尼·柯伦的卷宗给了她，让她熟悉情况、跟上进度。她不敢相信自己的好运气。唐娜一开始就读得很起劲，这样子才像真正的警察工作。卷宗带回了她在伦敦南部所喜爱的一切，谋杀，毒品，有人带着几分派头丢下一句“无可奉告”。她读着读着，越来越确信自己会意外发现细小的线索，破解一些陈年旧案。

① 梅德斯通（Maidstone）：肯特郡首府。

唐娜在自己的脑子里排演了一出好戏。“长官，我研究了一下，发现一九九七年五月二十九日是银行休假日，这完全推翻了托尼·柯伦的不在场证明，你觉得呢？”克里斯·哈德森看起来对唐娜半信半疑，他觉得这个新手绝没可能破案。唐娜扬起一边的眉毛，说：“我查看了他在法庭记录上的笔迹，长官，你猜怎么着？”克里斯装作漫不经心的样子，但唐娜知道自己引起了他的注意。“结果证明，托尼·柯伦其实一直是左撇子。”克里斯鼓起腮帮子，不得不把案子交给她。

这些都没有发生。唐娜读到的只不过是和克里斯之前读到的一模一样的一个男人的简史，一个逃脱了谋杀罪却最终被人谋杀的男人。没有犯罪的证据，没有矛盾的地方，没有翻案的可能，但她还是一样读得起劲。

“你们伦敦南部没有这个，对吧？”克里斯说着用冰激凌蛋筒指向大海。

“大海吗？”唐娜问，想确认一下。

“大海。”克里斯肯定地说。

“嗯，你说得对，长官。那里有斯特里汉姆池塘，但和这儿不一样。”

克里斯·哈德森对她很友好，她能感觉到这种友好是真诚的，他对她很尊重，这种尊重恰恰说明他本人工作出色。如果她真要长期在克里斯手下干活儿，她一定会对他的着装风格进行改造，不过这项工程可以慢慢来。他对“便衣”一词的理解实在太认真了。那种鞋子到底是在什么地方买的呀？那么丑，难道还有广告宣传？

“想去见见伊恩·文特汉姆吗？”克里斯说道，“聊一下他和托尼·柯伦争吵的事？”

伊丽莎白又派上用场了。她给唐娜打过电话，讲了一些罗恩、乔伊丝和杰森目睹的争吵细节。不管怎么样，他们得去当面见见伊恩·文特汉姆，这些信息还是很有帮助的。

“好的，请带上我，”唐娜说，“刑事调查部不流行说‘请’吧？”

克里斯耸耸肩：“流不流行这种事，我并不是可以回答的人，警员德·弗雷塔斯。”

“我们可以快进到你开始叫我唐娜的阶段。”唐娜说。

克里斯看着她，然后点点头：“好吧，我试试，但不能保证做到。”

“我们要从文特汉姆身上挖出点什么？”唐娜问，“犯罪动机？”

“正是。他不会轻易表现出来，但只要我们用心看和听，一定会发现蛛丝马迹。问题交给我来问。”

“当然。”唐娜说。

克里斯吃完了蛋筒。“除非你实在想问一个问题。”

“好的，”唐娜边点头边说，“我如果真想问一个，会提前给你打个预防针。”

“可以，”克里斯点点头，站起来，“走吧。”

26

乔伊丝的日记

“不入虎穴，焉得虎子。”俗话是这么说的，对吧？所以我邀请了伯纳德来吃午饭。

我做了羊肉配米饭。羊肉是从维特罗斯超市买的，米来自历德超市[1]。这就是我的做法，对于基础食材，你真的注意不到差别。大家都渐渐意识到了这一点，最近你可以看到，来这里的历德超市送货车越来越多。

反正伯纳德不是那种能注意到差别的人。我知道他每天都在餐厅吃饭。

不知他早餐吃什么，话说回来，谁又真的知道别人早餐吃什么呢？我通常是一边喝茶、吃吐司，一边听当地的电台广播。我知道有些人喜欢把水果当早餐，没错吧？不知这股风潮是从什么时候开始的，不过并不适合我。

这不是和伯纳德的约会，别误会，但我还是让伊丽莎白不要告诉罗恩和易卜拉欣，否则他们会把今天当成狂欢日。如果真是约会，我会直说，这次真的不是。这个男人

① 历德超市（Lidl）：英国的一家平价超市。

特别喜欢谈论他过世的妻子，我不介意，而且非常理解，但这也消耗了我的不少耐性。不管怎么样吧，这不是我应该抱怨的事，我明白。

也许我该感到愧疚，因为我不怎么说起格里。但这确实不是我的处事方式。我把格里留在了一个密封的小球里，这小球只属于我自己。我如果在这里公开谈他，松手放开小球，我想我会崩溃，因为我担心他会消失不见。我知道这样想很傻。格里会喜欢库珀斯·切斯的，这里有这么多委员会。他错过了这些，让人觉得不公平。

不管怎么样，这就是我的观点。我感觉到了眼泪的刺痛感，它来得不是时候，我应该专心写日记了。

伯纳德的妻子是印度人，在那个年代一定非常罕见，两人携手走过了四十七年。他们一起搬来这里，后来她中风，在柳树园住了不到半年。大约十八个月前，她去世了，那时我还没来。听了关于她的故事，我真希望以前能认识她。

他们有一个女儿，叫苏菲，不是索菲。她和她的伴侣住在温哥华，他们每年过来几次。如果乔安娜搬去温哥华，不知会发生什么。她做什么我都绝不会感到意外。

我们也谈论了别的事情，我不想让你产生错误的印象。我们聊到了可怜的托尼·柯伦。我告诉伯纳德，托尼·柯伦被人谋杀，我有多么兴奋。他怀疑地看着我，他的反应提醒了我，我不该用和伊丽莎白、易卜拉欣、罗恩说话时的样子面对所有人。不过，说个只有你知、我知、门柱知的秘密，伯纳德脸上露出怀疑的表情时看上去帅极了。

他聊了点他的工作，说实话，我仍然不是很明白。如果你知道化学工程师是什么，那你是个比我优秀的女人。别误会，我当然知道工程师是什么，也知道化学品是什么，我只是无法将它们联系起来。我也聊了点我的工作，讲了几个和病人有关的趣事。他笑了，我讲了一个实习医生的敏感部位被卡在吸尘器喷嘴里的故事，我看见他眼里闪过一丝光，这让我乐观起来。真好，我不会再进一步了，但我感觉伯纳德身上还有很多东西需要了解，还有一道沟壑需要跨越。我知道孤独和寂寞的区别，伯纳德是寂寞，而寂寞是有办法治愈的。

我总是会被离群的人吸引。格里是个离群的人，我第一次见到他就看出来了。他喜欢开玩笑，总是很聪明，但一直是个离群的人，需要一个家。我给了他一个家，而他回报给我的要多得多。啊，乔伊丝，这个地方多么适合那个美好的男人啊。

我真是和伯纳德一模一样，不是吗？闭上嘴吧，乔伊丝，愚蠢的眼泪就要涌出来了。我会让它们尽情流淌。偶尔哭哭也好，不然你会终日以泪洗面。

伊丽莎白邀请了唐娜和她的总督察晚点来见我们，她打算把我们从乔安娜和科尼利厄斯那里发现的信息告诉他们，看看能换到什么样的信息。

因为今天不是周四，伊丽莎白问能不能用我的前厅接待他们，我告诉她大家都来的话，前厅太小，她说这样正好达到她的目的。让总督察感觉不舒服，说不定他会泄露点什么，这就是她的计划。她说这是她从前工作时用的老招数，可惜她的那些招数现在再也没机会用到了。她的明确指示是：必须让总督察哈德森告诉我们一些有用的信息，不然谁也别想离开房间。

她叫我做点烘焙小食。我打算做一个柠檬水晶蛋糕，外加一个咖啡核桃蛋糕，你永远拿不准众人的口味。我用的是杏仁粉，豆子家族用杏仁粉做的东西非常美味，我一直想找机会自己试试。我能看出易卜拉欣对无谷蛋白这类饮食概念很心动，我相信这些吃的会让他忘记自己的执念。

是不是应该小睡片刻呢？现在是下午三点十五分，我的小睡截止时间一般是下午三点，否则晚上很难入睡。不过最近几天有些忙碌，也许我应该打破一下规矩。

不管睡不睡，我再说最后一句，咖啡核桃蛋糕是伯纳德的最爱，但你千万不要做过多的解读。

27

唐娜从福特福克斯的车窗向外望去。人到底看中了树的什么呢？满眼都是树。树干、树枝、树叶，树干、树枝、树叶……行了行了。她的思绪游离起来。

克里斯给她看了留在尸体旁的照片。这应该是障眼法吧？肯定是。假如你是杰森·里奇，或者波比·塔纳，或者拍照片的人，这么做就是自找麻烦。假如是他们中的任何一个把照片留在尸体旁，那真是愚蠢到家了。可能谋杀托尼·柯伦的潜在嫌疑人有上百人，为什么排除这些人的嫌疑，把目标锁定在那三个人身上？

这么说，一定是其他人有这张照片？为什么会有？

也许托尼·柯伦自己有一张？说得通。也许伊恩·文特汉姆在托尼显摆给他看的时候也见过？然后伊恩注意到了，把照片藏起来带走，留着以后用？制造一点点假象来迷惑笨拙的警方？在唐娜看来，他似乎是能做出这种事的人。

他们穿过一个村子，暂时从树木中脱离出来，但对唐娜来说这里还是少了些钢筋混凝土。可能她会渐渐喜欢上这里？可能这里的生活比伦敦南部的更丰富？

“你在想什么？”克里斯问，视线转向左边，想找到对的路标。

“我在想巴勒姆公路上的亚特兰大炸鸡，还在想我们应该给伊恩·文特汉姆看看照片，”唐娜说，“问他以前有没有见过。”

“当他告诉我们没见过的时候，盯着他的眼睛？”克里斯边说边打左转向灯，福特福克斯转上了一条狭窄的乡间小路，“好办法。”

“我还在想，你为什么从不熨衬衣？”唐娜说。

“原来这就是有个影子的感觉？”克里斯说，“嗯，我以前只熨正面的一块，因为其他部分总是在外套下面。后来我又想，嗯，反正还要戴领带，何必麻烦呢？真有人注意到吗？”

“当然有人注意，”唐娜说，“我就注意到了。”

“好了，你是警察，唐娜，”克里斯说，“等我有了女朋友再开始熨衬衣。”

“不熨衬衣是找不到女朋友的。”唐娜说。

“真是‘第二十二条军规’[1]的窘境啊，”克里斯说着，拐进长长的车道，“说真的，我一直觉得衬衣穿在身上，相当于熨烫。”

“现在还这么觉得？”唐娜说。他们在伊恩·文特汉姆家门口停住车。

① 《第二十二条军规》，美国作家约瑟夫·海勒创作的长篇小说，同时也是故事核心。“二战”期间，驻扎在皮亚诺扎岛（作者所虚构）的美国空军飞行大队中有一个特殊规定，即“第二十二条军规”：只有疯子才能获准免于飞行，但必须由本人提出申请，而一旦提出申请，恰好证明你是一个正常人；飞行员飞满 25 架次就能回国，但士兵必须绝对服从上级命令，要不就不能回国，所以上级如果不断给飞行员增加飞行任务，还是没有人能回家。

28

“只要下定决心，你可以憋气三分钟，”伊恩·文特汉姆说，“关键在于控制住你的横膈膜。身体并不像大家说的那么需要氧气。需要证据的话，可以看看高山山羊。”

“有道理，文特汉姆先生，”克里斯说，“我们还是回到照片上来吧？”

伊恩·文特汉姆又看了一眼照片，然后摇摇头：“没见过，我确定，从没见过。当然了，我能认出托尼，愿上帝让他的灵魂得到安息。他旁边那人是个拳击手，对吧？”

“杰森·里奇。”克里斯说。

“我的拳击教练说我有成为职业拳击手的天赋，”伊恩说，“体格加心态，有些东西是没法教的。”

克里斯又点点头。唐娜环顾伊恩·文特汉姆的客厅，这是她见过的比较豪华的房间，有一架大红色的三角钢琴，金色琴键，琴凳是乌木和斑马皮做的。

“你和托尼应该没吵架吧，文特汉姆先生？”克里斯说，“在他死之前。”

“吵架？”伊恩问。

“嗯。”克里斯说。

“托尼和我？”伊恩问。

“嗯。”克里斯重复道。

“我们从不吵架，”伊恩说，“吵架有害健康。你可以看看这方面的科学研究，吵架稀释血液。血液越稀薄，能量越少；能量越少，健康越滑坡。”

唐娜听着每个字，每个字都听得仔细，她的眼睛继续扫视房间。壁炉上方有一幅巨大的油画，镶在巨大的金框里。画上是伊恩本人，手里握着一把剑。画的前方有一只标本鹰，翅膀伸展开来。

“好了，这些我们都同意，”克里斯说，“不过，要是我告诉你，我手头有三个目击证人，他们看见你俩发生过争吵，就在托尼·柯伦被杀之前，会怎么样呢？”

唐娜盯着伊恩，他慢慢朝前倾身，手肘撑到大腿上，十指紧扣，下巴搁在手上。他给人的感觉是假装在思考。

“好吧，听着，”伊恩边说边从大腿上挪开手肘，摊开双手，“我们确实争吵了，有时候你不得不吵几句，是吧？单纯为了释放毒素。我想这样能解释他们看到的一幕。”

“好，没错，是可以解释，”克里斯赞同道，“不知能否问问你们为什么争吵？”

“当然可以，”伊恩说，“这是个合理的问题，感谢你问出来。不管怎么样，托尼死了。”

“准确地说，托尼被人杀死了，就在你俩发生争吵后不久。”唐娜说。她看着一个镶了绿宝石的骷髅头，厌倦了保持沉默。

伊恩朝她点点头：“完全准确，对，他是被杀死的。你的前途一片光明。好了，听着，你对自动喷水灭火系统有多少了解？”

“和普通人了解的差不多。”克里斯说。

“我打算给所有新公寓安装这个系统，托尼不想花这个钱。对我来说——听着，我说的只是我，只是我做生意的方式——客户的安全是至关重要的，我的意思是第一重要。我和托尼说了这些，他对整件事是不想管的态度，这不是我的做事风格。我们，我不想说‘争吵’，我想说我们发生了一点儿‘口角’。”

“就这样？”克里斯问。

“就这样，”伊恩说，“只是因为灭火系统。如果你想证明我犯了什么罪，那就证明我犯了超越建筑安全标准的罪。”

克里斯点点头，然后转向唐娜。“我想暂时就到这里了，文特汉姆先生，除非我的同事有问题。”

唐娜想问文特汉姆为什么要对争吵的事撒谎，但这个问题似乎有点过了。她应该问什么呢？克里斯想让她问什么呢？

“只有一个问题，伊恩，”唐娜说，她不想称呼他文特汉姆先生，“那天离开库珀斯·切斯后，你去了哪里？回家了？或者去找托尼·柯伦，继续商量灭火系统的事？”

“都没有，”伊恩说，看起来底气十足，“我开车上山，去见卡伦和戈登·普莱费尔，那上面的土地属于他们。我相信他们会为我做证，至少卡伦会。”

克里斯对着唐娜点点头，她的问题还不错。

“顺便说一句，对一个警察来说，”伊恩对唐娜说，“你长得太漂亮了。”

“等我逮捕你的时候，你就知道我有多漂亮了。”唐娜说着翻了个白眼，立刻意识到这样的表现可能不太专业，但已经晚了。

“啊，不能说漂亮，”伊恩补充道，“在这一带称得上迷人。”

“谢谢你抽出时间，文特汉姆先生，”克里斯边说边站起来，“如果有其他情况，我们会跟你联系。如果你想夸我漂亮，你有我的电话号码。”

唐娜跟着站起来，最后扫视了一眼房间。她留意到的最后一件东西是伊恩·文特汉姆的鱼缸，鱼缸里有一个伊恩·文特汉姆房子的标准缩尺模型。唐娜和克里斯往外走时，一条小丑鱼正从模型二楼的窗户里游出来。

他们刚走到车子跟前，唐娜的手机就响了。

是伊丽莎白发来的短信。这在唐娜看来一点儿也不正常，伊丽莎白发的信息难道不应该用莫尔斯电码吗？或者用一系列复杂的表情符号？

唐娜自顾自笑了起来，打开信息。“周四推理俱乐部问我们能不能去一趟库珀斯·切斯，长官。他们掌握了一些信息。”

“周四推理俱乐部？”克里斯问。

“这是他们给自己起的名字，一共有四个人，是一个小团体。”

克里斯点点头：“我见过易卜拉欣，还有可怜的老罗恩·里奇，他们是这个小团体里的？”

唐娜点点头。她不明白他为什么说“可怜的”罗恩·里奇，但这一定和伊丽莎白有关系。“我们要去见他们吗？伊丽莎白说杰森·里奇会在那儿。”

“伊丽莎白？”克里斯说。

“她是他们的……”唐娜想了想，“我不知道该怎么说，她就像马龙·白兰度在《教父》里的角色。”

“上次我去库珀斯·切斯，有人用夹子锁锁住了我的福特福克斯，”克里斯说，“我被收了一百五十英镑才开锁，收费的是个退休老人，穿着荧光外套，带着活动扳手。你回复伊丽莎白，告诉她，我们决定什么时候去就什么时候去，不由她决定。我们才是警察。”

“我不确定伊丽莎白是否会接受拒绝。”唐娜说。

“这个嘛，她不得不接受，唐娜，”克里斯说，“我在这一行干了快三十年，我不会被四个退休老人牵着鼻子走。”

“好的，”唐娜说，“我告诉她。”

29

事实证明，克里斯判断失误，唐娜判断准确。

克里斯·哈德森发现自己难受地卡在沙发里，一边是易卜拉欣，他之前见过，另一边是小个子、白头发、乐呵呵的乔伊丝。这明显是个两座半沙发，当他被带到沙发跟前时，他以为只会和另外一个人坐在这里，结果易卜拉欣和乔伊丝不声不响地溜到他两边，他没想到两个年迈老人的动作竟然如此优雅、敏捷，就这样，他被卡在了中间。早知如此，他会拒绝坐这个位置，选择坐扶手椅。罗恩·里奇正坐在扶手椅上，他的样子比上次见面时精神多了。另一把扶手椅上坐着气场强大的伊丽莎白，她果然不接受拒绝。

更好的选择是，他可以坐到那把看上去就很舒服的宜家躺椅上。唐娜几乎是蜷曲着窝在里面，双脚塞在身体下面，一副无拘无束的样子。

他能动吗？还有个空着的硬背椅子，但乔伊丝和易卜拉欣肯定会生气吧？他们似乎没注意到他的不舒服，而他不愿意表现得很无礼。他之所以坐在现在这个位置，是因为他们的友好，是因为他是他们关注的焦点。他很理解，也很感激。座位安排体现了人的心理，经过多年磨炼的好警察都能看出来。他知道他们已经尽力让他感觉到自己的重要性，如果发现事与愿违，他们会很难过的。

克里斯刚刚接过一杯茶，茶杯是放在茶碟上的。他被包围得严严实实，他怀疑任何尝试喝茶的动作都无法做到。虽然卡在这里，他还是要像专业人士一样，化逆境为顺境。再看看唐娜，她居然有个小茶几来放茶，简直毫无天理。他们再也不可能让他的处境更尴尬了，但无论如何，要保持专业。

“可以开始了吗？”克里斯说。他努力往前挪动了下自己的身子，可是易卜拉欣无意中用手肘抵住了克里斯的髋部，克里斯又被迫坐了回来。茶倒得太满，一只手根本拿不稳；茶太烫，根本没法喝。他想发脾气，但四位住户脸上友善又专注的神情让他没了脾气。

“你们知道，我和警员德·弗雷塔斯，就是舒舒服服地坐在躺椅上的那位，正在调查托尼·柯伦谋杀案。我想你们都对这个人有所了解，一个本地的建筑商和地产开发商。你们也知道，柯伦先生上周不幸离世，我们有一些涉及这个案子的问题想要问你们。”

克里斯看着他的听众，他们无比天真地点点头，听得格外认真。他庆幸自己用了稍微正式一点儿的说话方式，说“涉及”是正确的选择。他想嘬一口茶，但茶仍然滚烫，吹一下的话，水波又会溢出杯沿，而且会让沏茶的人觉得他希望茶不要那么烫，这样子很无礼。

乔伊丝又给他带来了一个坏消息。“我们失礼了，总督察，还没给你蛋糕。”她拿出已经切成片的柠檬水晶蛋糕，递了过来。

克里斯无法抬起手表示“不必了，谢谢”，说道：“我不吃，中午吃了大餐。”他哪有吃大餐的好运气？

“就吃一片，我专门做的。”乔伊丝说，声音满是自豪，克里斯别无选择。

“那就来一片吧。”他说。乔伊丝把一片蛋糕放到了他的茶碟上。

“你们可能已经有嫌疑人了吧？”伊丽莎白问，“还是只盯着文特汉姆？”

“易卜拉欣说比玛莎百货的柠檬水晶蛋糕好吃。”乔伊丝说。

“据我对总督察哈德森的了解，”易卜拉欣说，“他应该是锁定了一堆嫌疑人，他做事相当严谨。”

“如果你吃出什么不一样的地方，那是杏仁粉。”乔伊丝说。

“真的吗，孩子？你有嫌疑人了？”罗恩问克里斯。

“这个嘛，还不……”

“缩小范围。你肯定有法医鉴定吧？”罗恩·里奇说，“我总是和杰森一起看《犯罪现场调查》，他会喜欢这些的。你查到了什么？指纹？DNA？”

克里斯还记得前几天的罗恩，比眼前这位迷糊多了。“嗯，你们知道的，这正是我来这里的原因。我知道你和乔伊丝一起喝酒时看到了一些事情，还有你儿子，里奇先生，我想他也会加入我们吧？我们最好也能跟他谈谈。”

“他刚发来信息，”罗恩说，“十分钟后到。”

“我敢说他希望知道一些详情。”伊丽莎白说。

“他确实希望。”罗恩肯定道。

“这个嘛，再说一遍，并不是我……”克里斯说。

“玛莎百货的柠檬水晶蛋糕放了太多糖，督察，这是我的意见，”易卜拉欣插嘴道，“不仅仅是我的意见，你看看意见栏就知道了。”

克里斯的处境更加艰难了。对于茶杯底和茶碟边之间的空隙来说，那片蛋糕有点太大了，他竭尽全力保持住它的平衡。不管怎么样，他在职业生涯中审讯了各种各样的杀人犯、精神变态、诈骗犯和撒谎精，他会坚持到底。

“其实我们只需要跟里奇先生和他儿子谈谈——乔伊丝，我想你也看见……”

“我觉得《犯罪现场调查》太美国了，”乔伊丝插嘴道，

“《刘易斯探案》是我的最爱，独立电视台三频道，我用 Sky+[1] 录下来了。我想我是村里唯一一个能用 Sky+ 的。”

“我喜欢雷布思[2]系列故事，”易卜拉欣补充道，“听说过吗？雷布思是苏格兰人，我的天，他的经历真够可怕的。”

“我喜欢帕特里夏·海史密斯[3]。”伊丽莎白说。

“这些都比不上《特警搭档》[4]，我还读了马克·比林汉姆[5]的全部作品。”罗恩·里奇说，比克里斯记忆中的他自信多了。

这时，伊丽莎白开了一瓶红酒，酒杯突然出现在她朋友们的手中，她给他们倒上酒。

克里斯现在连尝试嘬一口茶都办不到了，因为把茶碟举到嘴边会弄掉蛋糕，把茶杯从茶碟上拿开会让蛋糕滑到茶碟中央，这样就没法把茶杯放回去。他感觉到汗水正顺着他的后背往下流，这令他回想起过去的一场审讯，对方是“地狱天使”[6]的打手，二十五英石重，脖子上文了一圈

---

① Sky+：英国天空广播公司提供的个人视频录像服务。

② 雷布思（Rebus）：苏格兰作家伊恩·兰金（Ian Rankin）创作的侦探形象。

③ 帕特里夏·海史密斯（Patricia Highsmith）：美国小说家，以创作心理惊悚作品闻名。

④ 《特警搭档》（*The Sweeney*）：又译《除暴安良》，英国 20 世纪 70 年代的警匪电视剧。

⑤ 马克·比林汉姆（Mark Billingham）：英国小说家、演员、电视编剧，犯罪小说畅销作家。

⑥ 地狱天使（Hell's Angels）：美国黑帮飞车党的一大帮派。

字——“杀死警察”。

还好有伊丽莎白帮他摆脱困境。“你在沙发上好像有点挤，总督察。”

“要知道，我们一般在拼图室碰头，”乔伊丝说，“不过今天不是周四，拼图室被钩织交流小组占了。”

“钩织交流是个比较新的小组，总督察，”易卜拉欣说，“由针织闲话小组的前成员创建，他们对针织闲话小组失去了信心。很显然，针织太少，闲话太多。”

“休息室也用不了，”罗恩说，“滚球俱乐部在召开处罚听证会。”

“跟科林·克莱门斯有关，他为医用麻醉药品辩护。”乔伊丝说。

“赶紧让你坐直了，”伊丽莎白说，“你也好给我们详细讲讲整件事，怎么样？”

“哦，对，”乔伊丝说，“慢慢讲，这不是我们熟悉的领域，但一定会很有意思。柠檬水晶蛋糕吃完了还有咖啡核桃蛋糕。”

克里斯望向唐娜，她只是摊开手耸了耸肩。

30

马修·麦基神父沿着林荫大道慢慢爬上山。

他原以为托尼·柯伦的死会给一切画上休止符，可以不必采取进一步的行动了。他去见了伊恩·文特汉姆，表明了自己的观点，却失望而归。“林地”项目照旧进行，墓地注定要被迁走。

是时候想一个B计划了，动作要快。

道路弯向左边，然后变直，安息园出现在眼前，就在路前方更高的地方。麦基神父从这里可以看见铁门，门足够宽，能过一辆车。铁门连着红砖墙，门看上去很旧，墙看上去很新。门前有个小环岛，以前走灵车，现在走维修车。

他到了门口，推开门，一条中央小路向前延伸，远处尽头有一座巨大的十字架上的基督雕像。他穿过灵魂的海洋，默默走向基督。雕像后方，园子外面，一棵棵高大的山毛榉树顺着山坡往上爬，直到山顶开阔的农田。麦基神父站到基督雕像的底座旁，在胸前画了个十字。他现在已经无法下跪了，关节炎和他信仰的宗教是一对矛盾的组合。

马修·麦基转过身，在阳光下眯起眼，望向整个园子。路两边是一座座墓碑，整齐、有序、工整，按时间顺序朝着铁门排开，最古老的坟墓离基督最近，后来的逝者一个个加入队列中。高高的山上大约有两百具尸骨，如此美丽，如此宁静，如此纯粹，麦基甚至觉得这地方是上帝存在的有力证据。

第一座坟墓是一八七四年建成的，埋着修女玛格丽特·伯纳黛特。麦基正是从这里转身，开始慢慢地往回走。

年代比较久远的墓碑更华丽、更花哨。他往前走，逝者去世的时间慢慢往前推移。有维多利亚时代的女人，墓地整整齐齐地排成一行，她们也许曾对帕麦斯顿[①]或者布尔人[②]感到愤怒；再往前，这些女人曾坐在修道院里，第一次听说莱特兄弟；再往前，女人们一边为兄弟们祈祷，祈祷他们从欧洲平安归来，一边为拥进大门的伤员提供救助；再往前，女人们有了新的身份，医生、选民、司机，她们目睹了两次世界大战，仍然坚守信仰，这时的碑文变得简单易懂；再往前，他能从墓碑上读出电视、摇滚乐、超市、高速公路、登月……麦基神父在二十世纪七十年代左右离

① 帕麦斯顿（Palmerston）：1855—1858年、1859—1865年两度任英国首相。

② 布尔人（the Boers）：南非白人民族。英国和布尔人之间爆发过两次布尔战争。

开小路，这时的碑文简明清楚。他沿着另一排墓碑前行，看着碑上的名字。世界千变万化，但一排排墓碑始终工整，名字保持不变。他到了安息园的边墙，墙齐腰高，比正面的墙古老得多。他放眼望向一八七四年以来未曾改变的风景，树林、田野、小鸟，以及永恒无休止的一切。他走回到小路上，经过一座墓碑时拂去了上面的落叶。

麦基神父继续往前走，终于站在了最后一座墓碑前。修女玛丽·伯恩，二〇〇五年七月十四日去世。玛丽·伯恩可以告诉修女玛格丽特·伯纳黛特许许多多的事情，尽管她们的墓地相隔只有一百码远。世界改变得太多，但至少在这里，太多没有改变。

修女玛丽·伯恩的墓地后面还有空地，可以用来修建更多的坟墓，不过暂时还用不上，修女玛丽是队列中的最后一个。修女会的姐妹们全都躺在这里，墙壁一如既往地环绕着她们；蓝天在她们的上方，树叶一如既往地落在墓碑上。

他能做什么呢?

麦基走出大门，转身看了最后一眼，然后开始沿着通往库珀斯·切斯的林荫大道下山。

一个穿西服、打领带的男人坐在路边的长凳上，欣赏着麦基神父欣赏过的风景。从战争、死亡到汽车、飞机，再到无线网络，以及今天早晨报纸上的任何新鲜事，这里的风景从未改变。显然，这里的存在是有意义的。

“神父。”男人打了声招呼，身旁放着一份折起来的《每日快报》。马修·麦基点头回应，没有停下脚步，没有停止思考。

31

克里斯有了自己的椅子、自己的小茶几，他此时的感觉像是成了世界之王。他有时会忘记警察对公众的影响力，面前的几个人用一种近乎崇拜的眼神看着他。偶尔被人重视的感觉真好，他很乐意跟他们分享调查的成果。

“整个房子装满了摄像头，而且是最先进的设备，但我们什么也没看见。设备出了故障，这是常有的事。”

伊丽莎白饶有兴趣地点点头。“那你期待看到谁呢？有嫌疑人吗？”伊丽莎白问。

“这个嘛，听着，这真的不是我能分享的事了。”克里斯说。

“这么说确实有嫌疑人？太棒了！你觉得咖啡核桃蛋糕怎么样？”乔伊丝说。

克里斯拿起一片咖啡核桃蛋糕，送到嘴边，咬了一口。确实比玛莎百货卖的好吃。乔伊丝，真有你的！另外还有一个众所周知的事实，自制蛋糕不含卡路里。

“很美味。听我说，我的意思不是有嫌疑人了，我们只是掌握了一些涉案人员的信息，这很正常。”

“‘涉案人员’，”乔伊丝说，“我特别喜欢听他们用这个词。”

“这么说不止一个嫌疑人？”伊丽莎白问，“不只是伊恩·文特汉姆？我猜你不能说这些吧？”

“你说得很对，他不能说。”唐娜说，她觉得要适可而止了，“行了，别为难这个可怜人了，伊丽莎白。”

克里斯笑起来：“我认为这里不需要掩护，唐娜。”

易卜拉欣转向唐娜：“哈德森总督察是一位优秀的侦探，警员德·弗雷塔斯，有这么好的上级是你的幸运。”

“嗯，他非常专业。”唐娜赞同道。

伊丽莎白拍了拍手：“啊，这次见面感觉只有你在单方面提供信息，你真是大好人，克里斯。我能叫你克里斯吧？”

“这个嘛，今天说的可能超出了我原本打算分享的范围，但你们觉得有意思，我很开心。”克里斯说。

“确实有意思。我想我们欠你一个回报，你可能想看看这个。”伊丽莎白递给克里斯一个亮蓝色的文件夹，差不多有一英尺[①]厚，“这里记录了一些伊恩·文特汉姆的财务状况，有这个地方的详细信息，有他和托尼·柯伦的具体财务往来信息，也许全是废话，但我还是交给你自己来判断吧。”

---

① 1英尺约合0.3米。——编者注

这时，乔伊丝的门禁对讲机响了，她起身去接。克里斯掂了掂文件夹的分量。

“好的，我们当然可以看看这个……”

“我会看的，别紧张。”唐娜说。她朝伊丽莎白看了一眼，让她放心。

门开了，和乔伊丝一起走进来的是杰森·里奇本人，还有那标志性的文身、鼻子和前臂。

“里奇先生，”克里斯说，“我们终于见面了。”

32

克里斯问杰森是否介意到外面拍张合照，这样可以充分利用自然光线。

唐娜为他们拍照。两个男人快乐地微笑，搂着彼此的肩膀，背后是海豚造型的装饰喷泉。

可怜的克里斯，确实中了他们的小圈套。唐娜不知道克里斯有没有意识到，他现在已经是这个小团体的一员了。

不过这样也有好处。他们跟罗恩和杰森谈了，也跟乔伊丝谈了，了解了他们看到的情形。可以确定的是，的确发生了争执。谁也不清楚争执的原因是什么，但他们都认为很重要。罗恩和杰森身经百战，克里斯和唐娜相信他们的话。

很显然，罗恩为儿子感到无比自豪，这一点在情理之中。但克里斯觉得谨慎对待他们的证词也是有必要的，也许留在尸体旁边的照片不是障眼法。

唐娜叫克里斯往左边移一点儿。

“你太好了，杰森，肯定经常被人拉着合影。”克里斯说着往左移了一点儿。

“这就是当名人的代价，不是吗？”杰森表示赞同。

唐娜一直在研究杰森·里奇，坦白说，不需要太多研究，她父亲是个拳击迷。

杰森从二十世纪八十年代末开始出名，现在看来会永远有名下去。在一系列轰动全国的经典拳击赛中，他是英雄，有时也是反派。奈杰尔·本恩、克里斯·尤班克、迈克尔·沃森、斯蒂夫·科林斯、杰森·里奇……一场场拳击赛有点像一部部肥皂剧，杰森有时是 J.R. 尤因，有时是波比[1]。

大众喜爱杰森·里奇。他是斗士，是硬汉，早在职业运动员普遍开始文身以前，他的臂膀上就文满了图案。他很迷人，有着传统意义上的英俊相貌，随着拳击生涯的结束，渐渐演变成一种非传统的帅气。当然了，他还有个著名的革命老爸，“红色罗恩”叫起来永远那么朗朗上口。访谈节目也很喜爱杰森。他曾向泰瑞·沃根[2]展示如何击倒斯蒂夫·科林斯，结果不小心把泰瑞击倒了。唐娜看报道上说，这段视频到现在还能带给他稳定的版税收入。

杰森·里奇和奈杰尔·本恩第三次对战后，就再也没

① J.R. 尤因（J. R. Ewing）和波比（Bobby）是美剧《家族风云》（*Dallas*）中的人物。

② 泰瑞·沃根（Terry Wogan）：英国广播公司著名主持人。

有奉献出什么精彩的比赛了。他的身体反应慢了一点点，迟钝了一点点，但没关系，他的对手们也在陪着他变老，直到后来他们一个接一个地退役。许多年后，杰森发现自己比他们都挣得少，问题出在他的经纪人身上，他的很多钱至今还被扣在爱沙尼亚。光阴荏苒，他的对手越来越年轻，他的收入越来越少，训练也越来越艰难。一九九八年的大西洋城之夜，杰森·里奇的对手是最后一刻顶替出场的委内瑞拉人，而他在这一战里倒在了拳击台上。这是他职业生涯的最后一战。

接下来是沉寂的几年，唐娜有好长时间没在报上看到过杰森·里奇的名字。这几年，杰森用完全不同的方式挣钱，也是在这几年里，他和托尼·柯伦、波比·塔纳拍了那张合影。唐娜和克里斯感兴趣的正是这几年。

沉寂的时间并没有持续多久。新世纪到来，带有痞帅气质的男人格外抢手。男性杂志、模仿伦敦腔的电影导演、真人秀、博彩公司广告纷纷找上门来，杰森挣的钱远远超过了当初在拳击场上的收入。他在《我是名人》中得了第三；和《东区人》里的爱丽丝·沃茨约会；和约翰·特拉沃尔塔一起主演电影，扮演一个过气的拳手；他还和斯嘉丽·约翰逊搭档演电影，同样演一个过气的拳手。

不过，杰森·里奇的新事业很快就像他的拳击事业一样走了下坡路，一个人的巅峰时刻只有那么一会儿。近年来，电影没了，广告少了，随便一个什么节目里都能看见他的身影。

没关系，反正现在看来杰森·里奇会永远有名，他似乎也对自己的生活心满意足。海豚造型的喷泉衬托着他的微笑，唐娜感觉这笑容完全是发自内心的。

唐娜放下伊丽莎白给她的蓝色大文件夹，举起手机准备拍照。“说‘茄子’，或者两个男人觉得舒服的任何话。”

杰森先开口：“闪避，出击。”克里斯跟着他大声喊：“生命不息！”

两个男人都本能地抬起空着的胳膊，在空中挥起拳头，唐娜拍下照片。

“这是他的口号，”克里斯向唐娜解释道，“闪避，出击，生命不息！”

唐娜把手机塞进口袋里。“每个人在死之前都是生命不息的，这口号没什么意义。”她还想补充一点，在那场东海岸拳击赛上，鲁道夫·门多萨在第三回合击倒了杰森，他在那个时候就算是“被拍死在沙滩上的前浪”了，哪里还有什么“生命不息”？算了，何必无缘无故地打击两个中年男人呢？

“费尔黑文的同事们会喜欢的，杰森。谢谢了，老兄。”

“别客气。希望我爸帮上了忙。”

唐娜知道克里斯不会给任何同事看这张刚刚拍的照片，

他手上已经有了一张杰森·里奇的照片，比这张有趣得多。

“帮了大忙，”克里斯说，“对了，杰森，你怎么看托尼·柯伦的事？你在费尔黑文一带肯定对他有点了解吧？”

“对，有点了解，我听说过他，不算完全认识。他有很多死对头。”

克里斯点点头，悄悄瞥了一眼唐娜。唐娜走上前，朝杰森伸出手。

“非常感谢，里奇先生。”她说。

杰森和唐娜握手。“我的荣幸。能把照片发我一张吗？看样子照得不错。”杰森给唐娜写下电话号码。“我回去看看老爸。”

“趁你回去前再问一下，”唐娜边说，边接过杰森的号码，“你对托尼·柯伦的了解比你刚才说的要多，不是吗，杰森？”

“托尼·柯伦？不，在酒吧见过，认识一些认识他的人，听到过一些传闻。”

“你在黑桥酒吧喝过酒吗，杰森？”克里斯问。

杰森稍稍愣了半拍，好像被人偷袭了一拳，但瞬间回过神来。

“车站旁边那家？去过一两次，很多年前了。”

“二十多年前了，我想是吧。”唐娜说。

“可能吧，”杰森点点头，“谁又会记得呢？”

“你那时候和托尼·柯伦没有任何来往？”克里斯问。

杰森耸耸肩：“如果想起什么，我会告诉你的。我去看看爸爸，很高兴认识你们。”

“我最近看到了一张照片，杰森，”克里斯说，“一群朋友在黑桥酒吧里，波比·塔纳、托尼·柯伦，还有你，照片照得不错，气氛非常友好。”

“好多奇奇怪怪的人找我合影，老兄，”杰森说，“我不是在说你，别见怪。”

“你应该能认出来那张照片，桌子上铺满了钞票。你手头该不会也有一张那天的照片吧？”克里斯问。

杰森笑起来：“从没见过。”

“不知道是谁拍的？”唐娜问。

“一张我从没见过的照片？不知道。”

“我们没法查到波比·塔纳的下落，杰森，”克里斯说，“你该不会知道他如今在哪里吧？”

杰森·里奇微微噘了一下嘴，然后摇摇头，转过身，背对他们挥手告别，回里面找他父亲去了。克里斯和唐娜看着他身后的自动门滑动关上。克里斯看了看手表，示意去车子那边。他往前走，唐娜走在他身旁，嘴角挂着微笑。

“刚才整个对话是我听过的你最伦敦腔的一回，长官。”

“罪名成立。”克里斯承认道，终于恢复了正常口音，“杰森为什么要我们的合影？什么意思？留在必要的时候勒索我？”

“没那么复杂，长官，”唐娜说，“他想要我的电话号码，经典招数。”

“都有可能。”克里斯说。

“别担心，”唐娜说，“他得不到照片，也得不到我的电话号码。”

“长得还挺帅的。”克里斯说。

“他差不多有四十六岁了吧，”唐娜说，“谢谢，不必了。”

克里斯点点头：“大可不必！不得不说，他看上去不怎么担心，不过他说不认识托尼·柯伦，绝对是在撒谎。”

“可能有许多原因。”唐娜说。

“可能吧。”克里斯赞同道。

他们听到身后传来脚步声，转身看见伊丽莎白和乔伊丝正朝他们匆匆走来，乔伊丝拿着一个特百惠保鲜盒。

“忘了给你这个，”乔伊丝说着把保鲜盒递过来，“最后一点儿柠檬水晶蛋糕。不好意思，咖啡核桃蛋糕已经有别的主人了。”

克里斯接过蛋糕。“谢谢，乔伊丝，它会去一个好人家的。”

“唐娜，”伊丽莎白说，指了指蓝色文件夹，“如果睡前读物太难懂，记得给我打电话。”

“谢谢，伊丽莎白，”唐娜说，“相信我会打过去的。”

“拿着，或许你也应该有我的号码，”伊丽莎白边说，边把她的名片递给克里斯，“未来几周我们还有很多事可以聊。谢谢你来看我们，我们最喜欢有人来访了。”

克里斯居然向伊丽莎白和乔伊丝鞠了一躬，唐娜笑起来。

“我们真的学到了很多，”乔伊丝微笑着说，“你最好让唐娜开车，总督察哈德森，这些蛋糕里放了大量的伏特加。”

33

见过警察后，伊丽莎白直接来到柳树园，她要保证彭妮每周能洗一次头发、做一次发型。发型师安东尼接到预约后会来柳树园，他总是坚持免费服务。

如果安东尼哪天遇到任何麻烦或者需要任何帮助，他会发现伊丽莎白对他的这一善举有多么感激。

“我听说是黑手党，”安东尼说，用涂了肥皂的海绵轻轻揉搓彭妮的头发，“托尼·柯伦欠他们的钱，他们剁了他的手指，然后干掉了他。”

“这是个有趣的看法。”伊丽莎白说，她用一只手垫着彭妮的脖子，抬起她的脑袋，“黑手党是怎么进到屋子里的呢？”

“一路开枪扫射进去的，我猜。”安东尼说。

“没有留下弹孔？”伊丽莎白问。彭妮的洗发水是玫瑰和茉莉香味的，伊丽莎白在养老村的商店里买的。这款洗发水他们停卖了一段时间，伊丽莎白专门光顾了一下，让他们改变了主意。

“啊，黑手党就是这么神奇，伊丽莎白。”安东尼说。

“也没有触动警报，安东尼？”约翰·格雷说，他还坐在平常那把椅子上。

“看过《好家伙》吗，约翰？”安东尼问。

“如果是电影，我没看过。”约翰说。

“那就难怪了。”安东尼说。他开始给彭妮梳头发。“下周需要稍微修剪一下，彭妮宝贝，给你来个酷酷的造型。”

“没有弹孔，安东尼，”伊丽莎白说，“没有警报，什么也没有损坏，没有搏斗的痕迹。你觉得说明什么？”

“三合会[①]？”安东尼拔下卷发棒的插头，“总有一天我会不小心拔掉你心脏监视器的插头，彭妮。”

“彭妮会第一个告诉你，说明凶手是他本人放进屋的，”伊丽莎白说，“所以呢，一定是他认识的人。”

“哇，我喜欢，”安东尼说，“他认识的人，当然了。你杀过人吗，伊丽莎白？”

伊丽莎白耸耸肩。

“我可以想象那个画面。”安东尼边说边穿上夹克，“好了，彭妮。我想亲亲你，可是约翰在房间里，瞧瞧那两条胳膊。”

伊丽莎白站起来拥抱他：“谢谢，亲爱的。”

“自卖自夸一下，”安东尼说，“她看上去美极了。下周

① 三合会（Triads）：帮派组织。

见，伊丽莎白。再见，彭妮。再见，帅哥约翰。”

“感谢，安东尼。”约翰说。

安东尼走了，伊丽莎白又坐到彭妮身边。“还有一件事，彭[1]。后来他们请小杰森到外面合影，我知道经常有人找他拍照，但总感觉有什么地方不对劲，说不通。为什么去外面？乔伊丝有一扇大落地窗，你知道的，华兹华斯公寓里的那种，非常适合拍照。”

又提到了乔伊丝，越来越自然了。

“他们是不是问了杰森什么，你觉得呢？我们是不是漏掉了什么？他回屋的时候，我们在楼梯上碰到他，他还是像平常一样迷人，谁知道呢？”

伊丽莎白喝了点水，感到很舒服，然后感到了舒服带来的愧疚，再然后感到了愧疚带来的软弱。她继续和彭妮说话。和彭妮，还是和她自己？谁知道呢？

“也许根本不是文特汉姆，也许我们只是被文件里的信息蒙蔽了？被一千二百万蒙蔽了。我的意思是，柯伦被杀时他在哪里？我们知道吗？他有可能行凶吗？时间对不对得上？”

“伊丽莎白，抱歉，”约翰说，“你有没有看过《移居乡村》这个节目？”

伊丽莎白还是不怎么习惯约翰主动说话，不过他最近

---

① 彭（Pen）：彭妮（Penny）的昵称。

确实变得开朗了一些。“应该没看过，约翰，没有。”

约翰有点坐立不安，显然心里装着什么事。“我想说，节目非常好。的确没有多大的意义，但也不妨看看。每期都有一对夫妻，他们想找一个新住处。”

“在乡村吗，约翰？”

“没错，在乡村。有个男人，嗯，有时候是个女人，带他们四处看房。我看的时候会调低音量，因为彭妮不怎么喜欢看这类节目。你真的可以从夫妻俩的眼神里看出哪一个想搬家、哪一个只是在随便看看。为了宁静的生活，你懂的吧？”

“约翰，”伊丽莎白说，朝前倾身，直直地盯着他的眼睛，“我知道你从不会毫无缘由地说话，你到底想说什么？”

“嗯，我想说的是，”约翰说，“要知道，柯伦被杀那天，我正在看《移居乡村》。节目刚好接近尾声，他们要决定到底买不买房子。他们从不买，但这就是节目的主要乐趣。我站起来，走出去，到自动售卖机买了一瓶葡萄适运动[①]。我当时望向窗外，前面那扇窗，看见文特汉姆的车开走了。”

“他的路虎揽胜？”伊丽莎白问。

“对，路虎揽胜，”约翰说，“我看见他沿着小路从山顶

---

① 葡萄适（Lucozade）是源于英国的饮料品牌，后来被日本三得利收购。葡萄适运动（Lucozade Sport）是该品牌的系列产品之一。

开下来。我想应该跟你说说这事，《移居乡村》紧跟着《医生》播出，三点准时结束。”

“明白了。”伊丽莎白说。

“我想，如果你知道文特汉姆离开库珀斯·切斯的确切时间，也知道柯伦被杀的确切时间，说不定对调查有用。”

“下午三点？”伊丽莎白问。

“嗯，三点整。”

“谢谢你，约翰。看来我需要发一条信息。”伊丽莎白掏出手机。

“我想你不能在这里用手机，伊丽莎白。”约翰说。

伊丽莎白友好地耸耸肩：“好了，试想一下，如果我们只做我们可以做的事会怎么样，约翰？”

“说得有道理，伊丽莎白。”约翰赞同道，重新看起书来。

34

唐娜正在为出门约会做准备，电话响了，是伊丽莎白发来的信息。她几个小时前刚刚离开她。麻烦事，这是肯定的了，但她很高兴看到这个名字冒出来。

托尼·柯伦是在什么时间被杀的？

嗯，简短，直接。唐娜笑了，回了个消息。

能不能先问候一下，分享一点儿八卦消息，再求人帮忙？用一个吻结尾，讨好讨好我嘛。亲亲。

唐娜看到对话框出现，说明伊丽莎白正在回复。她花了不少时间打字，会说什么呢？一顿说教？提醒唐娜她为什么能调查谋杀案，而不是像马克一样，今天在哈福德的停车场测量轮胎印的深度？也许在用拉丁文写？电话的来信提醒响了。

唐娜，你好吗？玛丽·伦诺克斯刚刚添了一个曾孙女，不过她担心孙女出轨了，因为她老公的下巴非常突出，而孩子完全没有这个特点。托尼·柯伦是在什么时间被杀的？亲亲。

唐娜在挑选口红，她想选一个看上去不那么显眼，却又能引人注意的色号。她回复消息。

不能告诉你，我是专业人士。

新消息的铃声立刻响了起来。

LOL[①]！

LOL？伊丽莎白在哪儿学的这个？你会玩，我也会玩。

WTF[②]？

伊丽莎白显然被难住了。唐娜趁下一条信息发来前照了照镜子，摆出感兴趣的表情、开心的表情和默默撩人的表情。

恐怕我不懂 WTF 的意思，LOL 还是上周刚从乔伊丝那儿学来的。我猜肯定不是指 Warsaw Transit Facility[③]，一九八一年，欧洲某国间谍渗透进来，这地方被关闭了。

唐娜回复了一个瞪大眼睛的表情，外加一面她以为的苏联国旗。她开始用牙线洁牙，尽管他们说你不需要再用牙线了。叮！

这不是那个国家的国旗，唐娜。告诉我他的死亡时间吧，你知道我们不会告诉任何人，你也知道我们很可能会发现有用的线索。

① LOL：Laugh Out Loud（大笑）的缩写。

② WTF：What The Fuck（搞什么鬼）的缩写。

③ Warsaw Transit Facility：华沙运输设施。

唐娜笑了。说真的，老太太能有什么坏心眼儿呢？

三点三十二。他倒地时摔坏了 Fitbit。

新消息的铃声又响了。

好的，我也不懂 Fitbit 是什么，不过还是要谢谢你。亲亲。

35

乔伊丝的日记

警察今天来了。一开始我还觉得很对不起总督察哈德森，但我想他到最后应该感觉非常愉快。不管怎么样，伊丽莎白把文件交给了他和唐娜，我们等着看他们怎么处理吧。乔安娜的名字完全不会出现在文件里，伊丽莎白让我放心，说这样做有利于“合理推诿”，以防我们的行为违反了法律，会连累到她。我猜肯定是违法了。

我让伊丽莎白重复“合理推诿”这个词，然后写了下来。她问我为什么写下来，我说因为我要写日记，她翻了个白眼。不过她又问日记里有没有她，我说当然有。然后她问我是不是用的真名，我说是的。之后我一直在想这个问题，谁了解伊丽莎白呢？说不定她的真名是杰奎琳。别人告诉我们他们叫什么，我们就想当然地接受了，从不多问。

我想，你一定认为我对谋杀着了迷，自从开始写日记，写的全是和谋杀有关的东西。所以呢，或许我应该告诉你一些别的东西，让我们聊点谋杀以外的事。

我们聊点什么呢？

警察走后，我开始用吸尘器打扫卫生。伊丽莎白说，她觉得我可以换个戴森吸尘器。我说，我不这么想，不适合我这个年纪。也许我应该勇敢尝试一下？

吸完尘，我们喝了杯红酒。酒瓶是螺旋盖的，不过现在不在意这个了，对吧？味道和以前的一样好。

伊丽莎白回家时，我叫她代我向斯蒂芬问好，她说她会的。我说哪天晚上他们可以一起过来吃晚饭，她说那太好了。可是，总感觉伊丽莎白有什么地方不对劲。等她想说的时候会告诉我的。

除了谋杀还有什么呢？

玛丽·伦诺克斯的孙女刚生了孩子，取名叫丽娃，有些人听了直皱眉，我倒觉得很好听。在商店工作的那个女人要离婚了，商店开始有巧克力消化饼干卖了。住在山顶的卡伦·普莱费尔要来举办一场“库珀斯·切斯高级早餐会”，给我们讲讲电脑。上期简报上说她要来做一场关于平板的讲座，引起了不少困惑，所以他们这周不得不加上了解释。

除了以上这些，除了谋杀，一切风平浪静。

好吧，我看时间不早了，该跟你说晚安了。刚才写的时候，伊丽莎白给我发了条短信。我们明天要来一趟自驾游。不知道时间，不知道理由，但我已经迫不及待了。

36

唐娜不敢相信自己在晚上九点四十五就已经躺在床上了。她去约会是因为，坦白说，时候到了。一个叫格雷戈尔的男人带她去了滋意餐厅，他一小口一小口地嚼着沙拉，向她讲解他的蛋白奶昔养生大法，整整九十分钟。

中途某一刻，唐娜问他最喜欢的作家是哪一位。对唐娜来说，可以接受的答案是哈兰·科本、库尔特·冯内古特，或者任何一个女作家。格雷戈尔摆出一副智者模样，回答说他“不相信书”，“人这一生只有通过不断体验、保持思想开放来学习”。然后她提出了一个棘手的哲学问题，一个人是否能同时“保持思想开放”和“不相信书”。他回答说：“这个嘛，我想你正好证明了我的观点。”而后用一种充满智慧的姿态，非常不豪迈地喝了一小口水。

唐娜无聊得快要哭了，不禁想卡尔今晚在哪里。唐娜最近养成了一个习惯，浏览前男友和他新女友的 Instagram[①] 动态，新女友好像叫丰田。这个习惯渐渐变得根

① Instagram：一款社交应用程序，主要以分享照片的方式交友。

深蒂固，如果卡尔和丰田分手了，她会有几分怀念。他们会分手的，因为卡尔是个笨蛋，不可能留住一个眉形这么漂亮的女朋友。

唐娜还爱卡尔吗？不爱。说实话，她爱过他吗？如今有时间思考这个问题了，答案也许是：没有。她还对他的抛弃耿耿于怀？是的。这种感觉没有消失的迹象，就像一块石头压在心头。上周她在费尔黑文抓了个小偷，面对他的反抗，她挥起警棍朝他的膝盖后面狠狠一击，小偷倒在了地上。她意识到自己不应该用这么大的力气打他，但有些时候你就是想打什么东西。

为了尽可能远离卡尔，唐娜在惊慌和恼怒中调到了费尔黑文，这是不是一个错误的决定呢？当然是，而且很愚蠢。唐娜很倔强，做事情向来迅速果断。如果做的是正确的事，那么这些都是优秀品质；但如果做的是错误的事，那这些就成了不足之处。跑得最快当然厉害，但前提是要跑对方向。这么久以来，唐娜碰上的第一件顺心事就是认识了周四推理俱乐部，再就是托尼·柯伦被谋杀。

等格雷戈尔吃完超级营养沙拉，唐娜拍了一张两个人的合影发到 Instagram 上，配上文字“这就是和私人教练约会的样子！”和眨眼的表情，不是一个而是两个眨眼的表情。能让男人们嫉妒的东西只有一个，好看的外表。卡尔并不知道，这个晚上的大部分时间唐娜都在盯着餐桌神游，心想如果不得已必须杀掉格雷戈尔，她会用什么方法。她最后决定往面团里注入氰化物，不过后来又意识到，她无论如何都不可能让格雷戈尔吃一口碳水化合物。

说到格雷戈尔，洗手间传来了马桶的冲水声，她迅速穿上了衣服。格雷戈尔从洗手间出来，回到房间，她轻轻地亲了一下他的脸。一个二十八岁的男人，卧室墙上贴着两张海报，她才不会在这里过夜呢。现在还不到十点，不知道可不可以给克里斯·哈德森发个消息，看他想不想出来喝一杯，聊聊伊丽莎白的文件，仅限于她看懂的一小部分。还有，她终于开始看奈飞[①]的网剧《毒枭》了，想找个人讨论讨论剧情。格雷戈尔没看过。格雷戈尔不看电视，他解释的理由太长，唐娜很快就听不下去了。

也许她应该直接回家，给伊丽莎白打个电话，详细说说她从文件中读到的信息？十点是不是太晚了？谁了解那些人呢，他们可是上午十一点半就吃午饭的。

好吧，要么克里斯，她的上级；要么伊丽莎白，她的……嗯，伊丽莎白到底是她的什么呢？唐娜脑子里出现的第一个词是“朋友”，但这个答案肯定不对。

① 奈飞（Netflix）：指美国奈飞公司，是一家会员订阅制的流媒体播放平台。

37

“一点儿也不晚，警员德·弗雷塔斯。”伊丽莎白说。黑暗中，她吃力地摸索床头灯的开关，差点碰掉电话听筒。“我刚才在看《摩斯探长》。”

伊丽莎白终于打开灯，看见斯蒂芬的胸膛轻微地上下起伏，他那颗忠诚的心仍在跳动着。

“怎么这个时间还没睡，唐娜？”

唐娜匆匆瞄了一眼手表：“嗯，十点一刻，我有时是会熬到这么晚。说正题，伊丽莎白，文件有点长，有点复杂，但我想我看懂了一些。”

“太棒了，”伊丽莎白回应道，“我就是希望它又长又复杂，这样你才需要给我打电话探讨一下。”

“原来如此。”唐娜说。

“要知道，这样才能让我参与进来，也提醒你我们是能派上用场的。我不想让你觉得我们爱插手，唐娜，但我又确实想插手。”

唐娜笑起来：“那么给我具体讲解讲解？”

“嗯，首先要特别指出，那个文件夹里的有些文件是你们花上好几周才能弄到手的，你们必须先有搜查令什么的，而且文特汉姆绝不会让你们接近那些文件。所以呢，不是我自吹自擂，这件事确实值得吹嘘。”

“你们是怎么弄到手的，尽管告诉我好了。”

“罗恩在一个垃圾桶里发现的。在那儿总是能发现不可思议的东西，对我们大家来说真是幸运女神降临。好了，睡前想听听大新闻吗？想知道为什么伊恩·文特汉姆有可能谋杀托尼·柯伦吗？”

唐娜往后靠在枕头上，想起了母亲给她读睡前故事的时光。她知道她和伊丽莎白的对话不应该有这种熟悉的感觉，但感觉就是这么熟悉。“嗯哼。”她答应道。

“注意，文特汉姆的生意经营得非常好，非常赚钱，这里面有个大新闻引起了我们的兴趣。我们发现，库珀斯·切斯养老村百分之二十五的股权是属于托尼·柯伦的。”

“这样啊。”唐娜说。

“但我们还发现，文特汉姆为开发‘林地’项目雇了新公司，但柯伦并不是合伙人。”

“那个新开发项目？好吧，然后呢？”

“文件夹里有个附录——好像是4C。‘林地’项目本该和库珀斯·切斯的其他地方完全一样，伊恩·文特汉姆拥有百分之七十五，托尼·柯伦拥有百分之二十五，但文特汉姆改变了主意，把柯伦彻底排除在新项目之外。你知道下一个问题是什么了吧？”

“文特汉姆什么时候改变主意的？”

“一点儿没错。是这样，为了踢柯伦出局，文特汉姆签署过文件，时间是协商会的前一天。当然了，就是发生神秘争执的前一天，同时也是有人谋杀托尼·柯伦的前一天。”

“这么说，柯伦失去了‘林地’。”唐娜说，“这会让他损失多少钱？”

“几百万英镑，”伊丽莎白说，“文件夹里有数目庞大的预估。柯伦肯定指望靠新项目大赚一笔，没想到被文特汉姆踢出了局。被杀当天，他从伊恩·文特汉姆那儿得到了这个消息。”

“他有充分的理由恐吓文特汉姆，你是这样想的吗？”唐娜问，“所以说，柯伦恐吓文特汉姆，文特汉姆感到害怕，杀了柯伦？抢先一步实施报复？”

“没错。如果是在开发下一阶段的‘山丘’项目时才把柯伦踢出局，情况可能会变得更糟，我们的专家是这么说的。”

“山丘？”唐娜问。

“这个项目是真正的摇钱树。文特汉姆想要买下山顶的农田，让库珀斯·切斯的面积扩大一倍。”

“‘山丘’项目什么时候开始开发？”唐娜问。

“啊，这正是让文特汉姆伤脑筋的地方。那块地现在还不属于他，”伊丽莎白说，“仍旧属于农场主戈登·普莱费尔。”

“对我来说太复杂了，伊丽莎白。”唐娜承认道。

“暂时不用管‘山丘’，也不用管戈登·普莱费尔，他们都是次要的。文件告诉你的关键信息有两个。第一，文特汉姆背叛了托尼·柯伦，而且就在柯伦遇害当天。”

“同意。”

“第二——听仔细了——托尼·柯伦所占的原始开发案份额将会在他死后全部归还到控股股东，也就是伊恩·文特汉姆的手里。”

“托尼·柯伦的份额返还给伊恩·文特汉姆？”

“是的，”伊丽莎白肯定道，“如果你想要一个确切的数目，说给克里斯·哈德森听更容易些，我们的专家分析，托尼·柯伦的死能让伊恩·文特汉姆赚上大约一千二百二十五万英镑。”

唐娜轻轻吹了声口哨。

“在我听来更像是犯罪动机，”伊丽莎白说，“好了，希望能对你有所帮助。”

“有帮助，伊丽莎白，我会告诉克里斯的。”

“克里斯，是吗？”伊丽莎白说。

“我得让你继续睡觉了，伊丽莎白，抱歉这么晚打电话。感谢你们所做的一切。你真可爱，一直说‘我们的专家’，而不是‘乔伊丝的女儿’，非常忠诚。我保证我们会仔细调查。”

“谢谢，唐娜，不多说了。下次你来，我想带你见见我的朋友彭妮。”

“谢谢，伊丽莎白，我很期待。可以问问你为什么想知道托尼·柯伦的死亡时间吗？”

“纯属无聊的好奇。我想彭妮一定会非常喜欢你。晚安，亲爱的。”

38

早晨的太阳渐渐升上肯特的天空。

“易卜拉欣，如果你一直以二十九英里的时速前进，整个测试就毫无意义了。”伊丽莎白说，手指不停地敲打着杂物箱。

“如果我在急转弯翻车，测试也毫无意义。”易卜拉欣说，视线固定在路上，丝毫没有提速的打算。

“有人想吃迷你切达奶酪吗？”乔伊丝问。

易卜拉欣有点动心，但还是想让双手继续待在方向盘十点和两点的位置上。

罗恩是他们当中唯一有车的，至于谁开车，引发了一场争论。乔伊丝三十年没驾照了，所以最先落选。罗恩又拿出了他特有的战斗姿态，但易卜拉欣知道，他已经对右转失去信心，如果没选上，反而会暗自庆幸。伊丽莎白的反对声音更加激烈，她争辩说，她到现在还持有完全有效的坦克驾驶证。她有时候真不拿《官方机密法》当回事。不过，最终的结论是这样的：只有易卜拉欣会使用卫星导航系统。

自驾出行是伊丽莎白的点子，这份功劳他倒是乐于给她。通过某些渠道，他们知道伊恩·文特汉姆下午三点整离开库珀斯·切斯，还知道托尼·柯伦是在下午三点三十二分被杀的。易卜拉欣向大家解释了 Fitbit 是什么。就这样，他们上路了，坐着罗恩的大发车，测试开车通过这段路程的时间。易卜拉欣心里明白，他们可以在卫星导航系统上计算这段路程，他还明白，没有其他人意识到这一点。他想念自驾出行，那已经是很久以前的事了。

易卜拉欣开着车，乔伊丝和罗恩在后座上开心地分享着迷你切达奶酪，伊丽莎白的手指停止了敲打，她正在用手机给谁发信息。按照易卜拉欣的指示，大家在出发前都去了趟洗手间。

伊恩·文特汉姆能不能从库珀斯·切斯赶到托尼·柯伦家杀了他？如果不能，说明他们找错了目标。答案很快就会揭晓。

39

“好了，各位，我们交流一下彼此掌握的信息。”

又一个清晨，克里斯·哈德森的谋杀办案组成员，一个个顶着各式各样的蓬乱发型，集合到他的办公室。克里斯带来了从加油站买的卡卡圈坊甜甜圈，他们的生意非常火爆。克里斯介绍了他在周四推理俱乐部发现的情况，还有唐娜告诉他的关于文件的信息。晚上十一点，她按响了他的门铃。他们反反复复地讨论了文件的问题，然后一边看《毒枭》第二季第一集，一边喝了一瓶红酒。唐娜是不请自来，克里斯心想，这大概就是当今伦敦警员的风格吧。她知道怎么迅速给人留下深刻印象，叫人不得不佩服。

“托尼·柯伦的生意伙伴伊恩·文特汉姆向柯伦宣布了一个坏消息，当时距离谋杀案发生还有不到两个小时。他把柯伦踢出了地产开发项目，项目内容是扩建罗伯茨布里奇附近的养老村库珀斯·切斯。柯伦会因此损失一大笔钱，而他的死能让文特汉姆赚更多的钱，数目超过一千二百万英镑。柯伦回家前不久，有人看见他们两个人争吵过。他恐吓了文特汉姆？文特汉姆决定防患于未然，派人去了他家？我们知道柯伦的遇害时间是上周二下午三点三十二分，文特汉姆那天是什么时候离开库珀斯·切斯的呢？”

“这些消息是从哪儿来的？”一个年轻的督察问，好像叫凯特什么的。

“消息人士提供。”克里斯说，“交通监控查得怎么样了，泰瑞？文特汉姆的车牌号有了吧？”

唐娜的手机振动了，她低头看了一眼信息。

祝今早的例会一切顺利。爱你的伊丽莎白。亲亲。

唐娜摇了摇头。

“车牌号有了，暂时没发现什么，还在继续查。”光头督察泰瑞·哈利特说，他的一身肌肉把白色T恤衫撑得鼓鼓囊囊，“车子太多了，真是有趣的工作。”

“这就是为什么你能吃甜甜圈，泰瑞，”克里斯说，“继续加油。照片上的另一个家伙波比·塔纳查得怎么样了？”

“我们和阿姆斯特丹警方沟通过了，”凯特什么的说，“波比潜逃后替那里的利物浦人干过活儿，据我们了解，最后闹得很不愉快，从那以后再没人听说过他。没有银行明细，没有任何记录，什么也没有。我们还在四处打听，看看他是不是改名换姓又回来了。不过这是很久以前的事了，还能询问出信息的老面孔并不多了。”

“跟他聊聊应该不错，至少能排除他的嫌疑。谁能给我一点儿好消息？”

一个初级警长举起手。她是从布莱顿派过来的，吃的不是甜甜圈，而是胡萝卜条。

“说吧，格兰特警长。”克里斯说，凭运气猜测她的名字。

“是格兰杰警长。”格兰杰警长说。

就差一点点，克里斯想，这个办案组的警官太多了。

“我查看了托尼·柯伦的通话记录，遇害当天上午，有三个电话打给他，都来自同一个号码，他都没接。因为是手机号码，无法追踪到，用的可能是一次性手机。”

克里斯点点头：“好的，干得漂亮，格兰杰警长，把你查到的所有信息发邮件给我。和电信公司联系一下，说不定他们能帮上忙。我知道他们不会帮，但总有一天他们会的。”

“没问题，长官。”格兰杰警长说，奖给自己一根胡萝卜条。

唐娜的手机又振动了。

我们正在进行周四推理俱乐部自驾游。有什么新信息想分享吗?

“好了，各位，继续干活儿吧。泰瑞，交通监控有任何发现，第一时间通知我。凯特，你和格兰杰警长一组，看看能查到什么跟来电相关的情况。继续追查波比·塔纳，无论他在哪里，是死是活，一定有人知道。觉得没事可做的人，来敲我的门，我会给你找点无聊的活儿。不管怎么样，我们要抓住文特汉姆。”

唐娜的手机最后一次振动。

消息人士透露，克里斯今早买了甜甜圈。你这个幸运的家伙。还有，乔伊丝向你问好。亲亲。

40

伯纳德·科特尔做完了《每日快报》上的代码字谜，把笔放回夹克口袋。今天早晨的安息园很美，从长凳、山坡望出去，风景简直太美了。而这对那些再也无法来这里欣赏它的人来说，像个残忍的玩笑。

他看见乔伊丝和她的朋友们一早开车出去了，他们看上去真快乐。不过说真的，乔伊丝似乎能让每个人都感到快乐。

伯纳德知道他的心已经走得太远，遥远得不可触及，连乔伊丝也够不着。伯纳德不会得到拯救，他不配得到拯救。

即使这样，他愿意付出一切代价，只为此刻能坐在那辆车里，看着车窗外的风景，有乔伊丝在身边一起闲聊，她也许还会帮他拿掉夹克袖口的线头。

然而，他要留在这里，留在山上，留在每天坐的地方，等待着即将到来的事。

41

易卜拉欣想把罗恩的大发车一直开到托尼·柯伦家的正门口，只为了达到绝对精准，但伊丽莎白告诉他，这是低级的野外作战战术，所以他们现在把车停在了路边的临时停车带上，这里距离托尼·柯伦的房子大约三百米。不影响准确度，他想。

易卜拉欣摊开笔记本，放在引擎盖上，向乔伊丝和伊丽莎白讲解一些计算步骤。罗恩到树林里方便去了。

“我们的平均时速是二十七点五英里，一共用了差不多三十七分钟。没有交通堵塞，因为我非常擅长规划路线。我有第六感，相信我，其他人肯定会碰上堵车。”

“我们一回去，我马上推荐你参选英勇奖。”伊丽莎白说，“好了，这对文特汉姆来说意味着什么？”

“你想听详细答案还是简单答案？”易卜拉欣问。

“简单答案，拜托了，易卜拉欣。”伊丽莎白毫不犹豫地说。

易卜拉欣一时接不上话，也许刚才那个问题没问好。

“可我准备的是详细答案，伊丽莎白。”

易卜拉欣说了一半不说了，直到乔伊丝开口。“啊，让我们听听详细答案，好吗？”

“听你的，乔伊丝。”易卜拉欣拍了拍手，翻到笔记本的另一页，“是这样，文特汉姆可以选择的路线有三条。他有可能走我们这条路，但我表示怀疑，我认为他没有我这种对交通网络的洞察力。第二条路线，A21号公路，这是在地图上看最显眼，也是最直的一条路，但那里有我们的朋友‘临时道路施工’。我昨天和肯特郡政府议会一个非常有意思的家伙聊了聊，他说道路施工和光纤有关。想让我详细说说光纤吗，乔伊丝？”

“我想不必了，如果伊丽莎白没意见的话。”乔伊丝说。

易卜拉欣点点头：“那就改天再说。来看第三条路线，可以走伦敦路，经过战役修道院，抄近路走B2159号公路。好了，我知道你们在想什么。你们在想这条路线似乎更慢，对吧？”

“我确实在想什么，但绝不是这个。”伊丽莎白说。易卜拉欣可以确定他感觉到了不耐烦，但他已经尽可能快了。

“接下来，参考我们的速度，你们记得是……”

“我忘了，易卜拉欣，抱歉。”乔伊丝说。

“大约是每小时二十七点五英里，乔伊丝。”易卜拉欣带着他标志性的耐心说道。

“没错。”乔伊丝点头。

“我们为文特汉姆的平均时速多加三英里。你们知道的，我开车很谨慎。”易卜拉欣看了看伊丽莎白和乔伊丝，她们连连点头，他感到很欣慰，“好了，然后我大胆地把三条可能的路线全部加起来，得到的答案除以他的平均速度，再减去误差幅度。我用了非常简洁的方法来计算误差幅度，你们看一下我的笔记本，上面有计算过程。先算路线 A 的平均速度，然后……”

树林里传出声响，易卜拉欣停下来。是罗恩，他一边走出树林，一边拉上拉链，一副什么都不在乎的模样。

“露天解决就是比室内舒坦。”罗恩说。

“罗恩！”伊丽莎白说，好像跟全世界最老的一位好友打招呼，“我们正想好好听易卜拉欣讲解数学计算，但我猜你没这个耐心吧？”

“别提什么数学，易卜拉欣老兄，”罗恩说，“文特汉姆能不能赶到这里？”

“这个嘛，我可以讲讲……”

罗恩大手一挥：“易卜拉欣，我七十五了，老兄。他到底能不能赶到？”

42

伊恩·文特汉姆在跑步机上运动，听着理查德·布兰森[①]的有声书《别管太多，放手一搏：生意就是生活》。伊恩不赞同布兰森的策略，完全不赞同，但你不得不敬佩这个男人，敬佩他取得的一切。总有一天，伊恩也要写本书，他只是需要一个押韵的书名，然后就可以动笔了。

伊恩跑着跑着，想到了墓地，接着想到了麦基神父，他不希望这件事出现任何失控的情况。如果是在过去的好日子里，他会派托尼·柯伦过去，跟他心平气和地谈谈，可是托尼死了，伊恩要像理查德·布兰森一样，不再沉湎于过去。布兰森会昂首向前，伊恩也会。

挖掘机一周后开工。先拿下墓地，它最难攻克，就像吃蔬菜一样，先吃难吃的，其他问题都能轻松解决。

挖掘机准备就绪，许可证已获批准，波格丹找好了几个驾驶员。

说实在的，伊恩想，他还在等什么呢？布兰森会怎么

① 理查德·布兰森（Richard Branson）：英国商界巨头，维珍集团创始人。

做？《龙穴》[1] 里他唯一喜欢的那个家伙会怎么做？

他们会分秒必夺。别管太多，放手一搏。

伊恩关掉有声书，没有停下脚步，直接拨通了波格丹的电话。

---

① 《龙穴》（*Dragons'Den*）：英国创业投资真人秀节目。

43

乔伊丝的日记

所以说，伊恩·文特汉姆有可能杀托尼·柯伦吗？这是今天的重要问题。

嗯，根据易卜拉欣的说法——在注重细节方面，我确实相信他——伊恩·文特汉姆的时间非常紧张，但不是没有可能。如果下午三点离开库珀斯·切斯，他会在下午三点二十九分到达托尼·柯伦家（一座大房子，有点俗气，但还是很不错的）。这样一来，他有两分钟时间下车，进屋，用重器击打托尼·柯伦。

罗恩说，如果是伊恩·文特汉姆杀了托尼·柯伦，那他的动作相当迅速。伊丽莎白说，这就是杀人的最佳方式，完全没必要浪费时间瞎忙活。

我问易卜拉欣他对时间的测定是否有把握，他告诉我当然有把握，还打算给我讲讲计算过程，结果被撒完尿回来的罗恩打断了。我告诉他太遗憾了，他稍稍振作了一点儿，建议说也许以后可以给我讲讲。我告诉他我非常期待，反正善意的谎言不会伤害任何人。

就这样，我们今天玩得很开心。伊恩·文特汉姆似乎真有可能杀托尼·柯伦，他有动机，也有时机。至于用重器杀人，凶器必然又大又重，我想这对他来说也不成问题。克里斯总督察一定会抓他个现行。

如果他们真逮捕了文特汉姆会怎么样？从此没了乐趣？

看看明天会发生什么吧。

44

伊恩·文特汉姆早早上了床。他把闹钟设置在早上五点，明天是个大日子。他戴上眼罩和降噪耳机，心满意足地进入了梦乡。

罗恩闭上眼。他很满意前几天警察来看他们，也很高兴自己在协商会上朝文特汉姆大声嚷嚷。事实上，他有点想念聚光灯，想念人们认真听他说话的日子。让他参加《提问时间》[①]吧。好吧，他们没这个胆量。他会狠狠地教训他们，狠狠地捶打桌子，指责保守党，闹个天翻地覆，就像回到了美好的旧时光。真的会吗？也许不会。他现在顺其自然。也许他们看穿了他，也许他那些套路只适用于过去？他确实跟不上节奏了。万一他们问叙利亚问题怎么办？是叙利亚吗？还是利比亚？万一主持人丁布尔比盯着他的眼睛说“里奇先生，告诉我们你看到了什么”，怎么

① 《提问时间》（*Question Time*）：英国广播公司的电视节目，邀请公众人物进行专题辩论。

办？警察才这么问，不是吗？现在换菲奥娜·布鲁斯主持了，不是吗？他喜欢菲奥娜·布鲁斯。谁杀了托尼·柯伦？文特汉姆，那个典型的布莱尔主义者。要不然就是他漏掉了什么，漏掉了什么呢？

小路对面，易卜拉欣正在熟记世界各国的名字，这个练习是为了让他的左脑保持正常运转。他为右脑分配的工作是继续思考谁杀了托尼·柯伦。背到丹麦和吉布提中间的某个地方，他睡着了。

拉金公寓那套带露台的三居室里，伊丽莎白睡不着。她现在渐渐习惯了失眠。

黑暗中，她搂着她的斯蒂芬。他能感觉到吗？彭妮能听见她说的话吗？他们俩是不是已经消失了？还是说，只要她相信他们真的存在，他们就真的存在？伊丽莎白搂得更紧了一些，只要可能，她会坚持相信到底。

伯纳德·科特尔在上网。去年圣诞节，他的女儿苏菲给他买了一个 iPad。他说要拖鞋，但苏菲认为拖鞋不是合适的礼物，他只好在费尔黑文超市大减价时给自己买了一双。他不知道怎么用 iPad，乔伊丝叫他别犯傻，从抽屉里拿出 iPad，教他怎么用。伯纳德身旁有一大杯威士忌，还有最后一片乔伊丝做的咖啡核桃蛋糕。他已经盯着看了上百次的“林地”项目设计图，此刻正泛着淡蓝色的光照亮他的脸。

天将亮，村里的灯一盏接一盏地熄灭了。唯一还亮着灯的地方是柳树园，光透过医院厚厚的百叶窗照出来。将死的人和活着的人身处不同的时区。

45

是埃利奇最先看见它们的。

埃德温·埃利奇每天早晨六点醒来，然后慢慢散步。他散步的路线是规划好的，走到库珀斯·切斯的车道尽头，穿过防畜沟栅来到主路上，这时他会朝左右两边看看，保险起见会再看一遍，然后转身，沿车道慢慢走回来。任务完成，他在早晨六点半回到公寓，之后一整天不再露面。

库珀斯·切斯毕竟是库珀斯·切斯，从来没人问他为什么这么做。要知道，丁尼生公寓的一个女人总是出来遛狗，可她根本没有狗。不管什么事，只要能让你起床就好。

伊丽莎白毕竟是伊丽莎白，她曾尝试在他回来的路上制造一场偶遇。当他们渐渐靠近时，清晨的薄雾、呼出的白气、一个穿大衣的男人缓缓行走的身影都让她回想起在东德的美好时光。他抬眼和她的视线相遇，安慰似的摇摇头，说："不必去了，我已经看过了。"伊丽莎白回复道："谢谢，埃利奇先生。"她转过身，两人在非常舒服的沉默中一起沿着车道走回来。

易卜拉欣说埃利奇以前是校长，后来做了养蜂人。伊丽莎白发现他说话隐约有点诺福克郡的口音。这些信息是他们对埃德温·埃利奇先生的全部了解。

伊恩·文特汉姆的路虎揽胜最先出现，时间是早上六点。埃利奇看见车子从主路拐进来，经过他身旁，开上了去普莱费尔农场的上山小路。早上六点二十分左右，埃利奇在回公寓的路上，看到挖掘机从他旁边经过。他连扫都不扫一眼，很显然，这些并不是他一直以来想看到的车子。那些挖掘机被车头对车头地固定在一辆低底盘载货车上，载货车在车道上轰隆隆地缓慢爬行。

清晨突袭对抓捕毒贩子或者武装团伙确实管用，但在库珀斯·切斯，这一招可以说是完全失灵。假如这种事情被记入养老村日志，那么第一通通风报信电话的时间是早上六点二十一分。“挖掘机来了，在车道上，有两台。我不知道怎么回事，你呢？”消息一经传出，最迟会在早上六点四十五前传遍整个村子，传播方式只有电话座机——今年二月，易卜拉欣试着在 WhatsApp[①] 上创建群聊，结果没有推广开。住户们开始聚集，商量应该怎么办。

早上七点半，伊恩·文特汉姆从山上下来，转进车道，

---

① WhatsApp：一款通讯应用程序，可即时发送和接收信息、照片、音频和视频文件。

发现整个村子的人都出来了。除了埃德温·埃利奇，他一天的出行配额已经用完了。卡伦·普莱费尔坐在伊恩·文特汉姆的副驾驶座上，今天早餐时间她要在库珀斯·切斯做一场讲座。

载货车继续低吼着慢慢爬上车道，现在正小心翼翼地穿过停车场。波格丹从载货车副驾驶位置上跳下来，他要打开厚重的木门，让载货车继续前行，沿着狭窄的小路开向安息园。

“慢着，孩子，”罗恩走到波格丹跟前，同他握手，“我是罗恩，罗恩·里奇。这些都是什么？”

波格丹耸耸肩：“挖掘机。”

“我知道是挖掘机，孩子。它们来这里做什么？”罗恩说，立刻又加了一句，“别告诉我来挖掘。”

越来越多的住户来到门口，围拢在罗恩周围，他们都在等待着一个答案。

“说啊，孩子！它们来这里做什么？”罗恩问。

波格丹叹了口气。“你不让我说挖掘，我没有别的答案。”他看了看手表。

“孩子，你刚才打开了这扇门，这扇门只通向一个地方。”罗恩发现自己此刻拥有一群听众，这个机会不能浪费。他转身面向聚集的人群，发现他的老伙伴们也在其中。易卜拉欣胳膊下夹着游泳用具；乔伊丝刚到，手里拿着保温瓶，正四下张望找人，肯定是找伯纳德；伊丽莎白在最后面，身旁是很少露面的斯蒂芬，他穿着晨袍，不过不只是他一个人这身打扮。罗恩还看见了彭妮的丈夫约翰，他像平常一样穿着西服，在去柳树园的路上停了下来。罗恩感到一阵强烈的内疚，他很久没去探望彭妮了，他知道必须及时弥补，不然就没机会了。这个想法让他害怕。

为了更好地对着人群发言，罗恩吃力地爬上大门的第一道横栅栏，差点失去平衡，转念一想，又回到了坚实的地面上。不要紧，他已经准备好开始了。

“哈，真不错，只有我们，外加几个波兰小子和几台挖掘机，大家一起享受清晨的空气。文特汉姆这一小帮人，早上六点半爬进来，要挖出我们的修女。没有事先通知，没有协商，来到我们的村子里，挖出我们的修女。”他转向波格丹，“这就是你们的把戏，对吗，孩子？”

“对，这就是我们的把戏。”波格丹承认道。

文特汉姆的路虎揽胜在载货车旁停下，他下车，看了一眼人群，然后看向波格丹，波格丹耸耸肩。卡伦·普莱费尔也下了车，面带微笑地看着眼前的场景。

“他本人来了。”罗恩看见文特汉姆走过来，说道。

“里奇先生。”文特汉姆说。

“抱歉搅乱了你的早晨，文特汉姆先生。”罗恩说。

“没有的事，请继续你的演讲，”文特汉姆回应道，“假装现在还是二十世纪五十年代，或者属于你的任何年代。不过，等你讲完了，我必须穿过那条小路，进去干点挖掘的活儿。”

“今天不行，老小子，恐怕不行。”罗恩说，又转身面对人群，“我们都是一把老骨头，文特汉姆先生，你看得出来，对吧？看看我们，轻轻一推就倒，你或许就再也见不到我们了。我们这样的人很虚弱，很软弱。软弱，嗯，应该好对付。但是，你知道的，这里有些人一生中还是干了点事的。我说得对吗？”

人群欢呼起来。

“这里有些人，恕我直言，打败过比你厉害得多的人。”罗恩停下来，环视听众，“这里有一两个士兵，有老师，有医生，有人能把你肢解，有人能把你复原，有人爬行穿越沙漠，有人制造火箭，有人逮捕杀人犯。”

“还有保险商！”拉斯金公寓的科林·克莱门斯在欢乐的掌声中喊道。

“总之，文特汉姆先生，”罗恩边说边挥舞手臂，“这里有斗士。而你，还有早上七点半的挖掘机，挑起了战斗。”

伊恩等待着，确定罗恩说完了，确定箭已经射出，他才走上前，对着同一群人讲话。

“谢谢，罗恩，全是废话，但还是谢谢你。这里没有战斗。我们开过协商会，你们也提出了反对意见，但它们都被驳回了。你们当中有律师，对吧？除了你刚说的那些爬沙漠的人，你们有辩护律师、诉状律师。天哪，你们当中还有法官！法庭才是你们的战场，公平较量，你们输了，所以，八点钟，我要开到属于我的那块土地上，进行计划好的工程，这个工程我花了钱。恕我直言，这个工程能让你们的服务费保持在现有的合理水平。我想做就做，马上就做。”

“服务费”这个词对人群中的温和派有很明显的影响。虽然午饭前还有四个小时的时间要消磨，他们也期待看一场好戏，但这个家伙确实说得很在理。

罗恩发表演说时，乔伊丝和伯纳德一起悄悄离开，这会儿他们回来了，胳膊下都夹着折叠椅。穿过人群，他们在小路上撑开椅子。

这回轮到乔伊丝发言了：“肯特电台说今天上午一直是好天气，有人想加入我们吗？要是有不用的野餐桌拿出来，我们可以度过美好的一天。”

罗恩转向人群：“谁想好好静坐一下，享用一杯香茶？”

人群忙碌起来，拿椅子、拿桌子、烧水，看看橱柜里有什么，现在喝酒还太早，不过说不定我们可以延长静坐时间。别的不说，这件事本身就是个乐子。话又说回来，在服务费这一点上，他确实说得很在理。

易卜拉欣站在载货车的驾驶室旁和司机聊天。他用肉眼估测车身长为十三点五米，得知实际长度是十三点三米，他很满意。不错哟，易卜拉欣，你还是那么厉害。

伊丽莎白领着斯蒂芬安然地回到家，给他泡杯咖啡，她就又可以出去了。

46

早上七点半左右，费尔黑文警察局接到伊恩·文特汉姆的电话。唐娜正喝着一升纸盒装的蔓越莓汁，无意中听到了“库珀斯·切斯”。她主动要求出警，同时给克里斯·哈德森发了条信息。他今天上午休息，但他肯定不想错过这个。

早上七点，马修·麦基神父接到莫琳·加德的电话。早上七点半，他已经起床穿戴完毕，白色硬领在正面中心位置。他正等着去车站的出租车。

47

通往安息园的大门前已经摆了二十把椅子，大部分是折叠躺椅，还有一把餐椅，因为米丽亚姆的背不太好。

作为路障，它们不够正规，却很有效。大门两侧是茂密的大树，因此想要去安息园，唯一的办法是穿过退休老人方阵。有些人抓住机会在清晨的阳光下做拉伸运动，然后顺理成章地打个小盹儿。挖掘机一时半会儿是过不去了。

伊恩·文特汉姆回到车里，注视着眼前的场景。卡伦·普莱费尔站在车外，快活地抽着苹果肉桂味的电子烟。

伊恩看见了野餐桌、冷藏箱和户外遮阳伞。有人用带垫子的托盘端来茶，有人相互分享孙子、孙女们的照片。安息园是次要的，对大多数住户来说，这只是仲夏阳光下的一个街头派对。伊恩没必要干预，警察一到，他们会像折叠椅一样缩起来，然后散开，该干什么干什么去。

伊恩确信这场小小的演出终会散场，但他还是希望警察能快点赶来。就凭他理论上缴纳的税额，这个要求真的不太过分。

48

伊丽莎白不在现场。送斯蒂芬回家后，她钻进布伦茨树林，走另一条路线上山。穿出树林，脚下便是通向安息园的宽阔道路。她沿路往上，来到长木凳跟前，那是伯纳德·科特尔的专属长凳。她坐在那里等着。

她望向下方的库珀斯·切斯。道路在低处拐了弯，她看不见路障，但能听见山脚处传来的温柔的骚乱声。看不见就以为无事发生是大忌，时刻关注没有动静的地方，因为那里可能会有大动静。乔伊丝竟然没有上山来，多少有点让人意外，也许她还是缺乏伊丽莎白的某些直觉。

伊丽莎白听见树林里传出沙沙声，在道路对面往下大约二十米的地方。沙沙声很快没了，波格丹的身影从树林中冒出来，他的肩上扛着一把铁锹。

他沿路走上来，经过伊丽莎白身旁时，朝她点了点头。

“女士。”他点头说。如果他戴了帽子，伊丽莎白确定他会行脱帽礼。

“波格丹，”她回应道，“我知道你有事要忙，但可不可以问你一个问题？”

波格丹停住脚步，放下肩上的铁锹，身子靠着把手。“请问。”他回答。

伊丽莎白昨晚仔细思考了一下。文特汉姆到了那儿，进屋，走到厨房，然后杀死托尼·柯伦。一共用时两分钟，真的可能吗？她以前倒也见过，但不是业余人士能办到的。那么她漏掉了什么呢？

“他们发生争吵后，文特汉姆先生有没有告诉你他想干掉托尼·柯伦？”伊丽莎白问，“也许他会找你帮忙？也许你确实帮了忙？”

波格丹盯着她看了一会儿，没有丝毫慌乱。

“我知道这是三个问题，原谅一个上了年纪的女人。”伊丽莎白补充道。

“啊，没关系，反正答案只有一个，”波格丹开了口，“没有，他没有告诉我，也没有找我帮忙，所以我没有帮忙。”

伊丽莎白思考了片刻。“不管怎么样，对你来说结局不错。你有了赚大钱的新工作，对吧？”

“对。”波格丹点头赞同道。

“请问托尼·柯伦家的报警器是你装的吗？”

波格丹点头：“当然，伊恩把这一类活儿全都交给了我。”

“这么说，你可以非常轻松地进屋，等着他？”

“当然，很容易。”

伊丽莎白听见道路尽头又有几辆车停下来。

“我知道这么问很无礼，如果伊恩·文特汉姆希望托尼·柯伦死掉，他有可能找你动手吗？你们之间是不是这种交情？”

“他信任我，”波格丹边想边说，“我想他可能会找我，会的。”

“如果他找你，你怎么说？”

“有些活儿我干，比如装报警器、给游泳池贴瓷砖，有些活儿我不干，比如杀人。所以呢，如果他找我，我会说‘听好了，也许你有充分的理由，但是要杀你自己去杀，伊恩’，明白了吗？”

“嗯，我同意。”伊丽莎白点头说，“你百分之百确定你没杀托尼·柯伦？”

波格丹大笑：“百分之百确定，杀了我会记得的。”

“一下子变成了好多问题，波格丹，对不起。”伊丽莎白说。

“没关系，”波格丹说，看了看手表，“时间还早，我也想聊聊天。”

“你从哪儿来，波格丹？”

“波兰。”

“是，这我知道，波兰哪里？”

“克拉科夫附近。听说过克拉科夫吗？”

伊丽莎白当然听说过克拉科夫。“听说过，对，是个非常美丽的城市。事实上，我去过那儿，是很多年前的事了。”

确切地说是一九六八年，她去那里进行一次非正式面试。面试和外贸生意有关，对象是一个年轻的波兰陆军上校。这位波兰陆军上校后来幸福极了，在库尔斯顿管理一家赛马投注站，因为对英国的贡献获得了员佐勋章。这枚勋章一直锁在抽屉里，直到他去世那天。

波格丹望向远处的肯特群山，然后伸出一只手：“我得干活儿去了，很高兴认识你。”

“我也很高兴认识你，我叫玛丽娜。”伊丽莎白说，握住他那只大手。

“玛丽娜？”波格丹重复道。他的脸上又一次挂上笑容，像一只学走路的小鹿。“玛丽娜是我妈妈的名字。”

“太巧了！”伊丽莎白说。她不想自夸，但你永远不知道这种本事什么时候能派上用场。再说了，有人把这么多个人信息文在身上，你能让她怎么办？“希望以后还能见到你，波格丹。”

“我也希望能见到你，玛丽娜。”

伊丽莎白看着他，他继续沿路向上，打开重重的铁门，扛着铁锹进了安息园。

看来挖掘的方式不止一种，伊丽莎白心想，开始往山下走。她又想到了一个问题，刚才真该问问。伊恩·文特汉姆的报警器是不是和托尼·柯伦的一样？如果是，他进入托尼·柯伦家会很容易，只要他有这个需要。她猜是一样的，等下次见到波格丹再问个清楚。

伊丽莎白到了路障跟前，发现门上挂了一把挂锁，三个女人守卫着挂锁，其中一人是莫琳·加德，她正和德里克·阿切尔打桥牌。在伊丽莎白看来，她的牌技超烂。

伊丽莎白爬到门上，轻轻地跳到另一边，回到了动静最大的地方。能爬能跳的日子还有几年呢？三年或四年？她看见伊恩·文特汉姆从车里钻出来，克里斯·哈德森和唐娜·德·弗雷塔斯正朝他走去。是时候凑凑热闹了，她想，轻轻地拍了拍乔伊丝的肩膀。伯纳德在乔伊丝旁边的椅子上睡着了，这至少解释了乔伊丝为什么没去打探消息。

从理论上讲，她是赞成追求男人的，只要你自己愿意。不过，乔伊丝肯定觉得这种事很累人吧？

49

乔伊丝的日记

伊丽莎白来的时候，伯纳德已经睡着了，我想这是好事，因为他确实太疲倦了。今天早上我去敲门叫他，他看上去很累，我感觉他晚上没睡觉。

我和伊丽莎白去见唐娜和克里斯，路上罗恩也加入了我们。他满面红光，精神焕发，看起来真不错。趁着记忆还新鲜，写下我记得的后来发生的一切。

唐娜的眼影总是很特别，我一直想问她是怎么弄的，但还没机会。言归正传，总督察哈德森负责问话，他的样子相当有气势。他对伊恩·文特汉姆说了些什么，伊恩·文特汉姆说希望我们全部让开，他有法律文件的支持。听起来似乎合情合理。

总督察哈德森说他想和住户们谈谈，罗恩告诉他可以和他（罗恩）谈。罗恩还说，伊恩·文特汉姆可以用他的法律文件擦屁股。这就是罗恩的风格，你懂的。唐娜建议总督察哈德森，或许他应该和我谈，至少我的头脑比较冷静。

于是总督察哈德森向我解释了法律细节，还警告说他不得不逮捕阻拦挖掘机的人。我说我相信他并不会逮捕任何人，他表示赞同。就这样，我们又回到了原点。

当时罗恩问总督察哈德森有没有一种自豪感。总督察哈德森回答说，他是个五十一岁、离了婚的大胖子，所以总的来说，不，没有。唐娜听了笑起来。她喜欢他，当然不是那层意思，她就是喜欢他。我也喜欢。我想对他说，他并不是大胖子，只是有一点点胖。作为护士，最好不要掩饰事实，即使你的本能是保护别人，但我只是告诉他，千万别在下午六点以后吃东西，这是预防糖尿病的关键，他向我道了声谢。

易卜拉欣也加入进来，建议总督察哈德森试试普拉提，唐娜说她愿意花钱去旁观。伊恩・文特汉姆不想凑这个热闹，对唐娜和总督察哈德森说，他们的工资是他付的。唐娜说，既然这样，能不能请他涨工资。伊恩・文特汉姆顿时气炸了，大喊大叫地说了一大堆。没有幽默感的人永远不会懂得你的玩笑。这是题外话。

最后，易卜拉欣站出来，主动提出去“疏散人群”，给所有人一点儿呼吸空间。他非常擅长处理这种事，什么矛盾冲突啊，心理缺陷啊，僵持局面啊，等等。大家一致认为这是个可行的办法。

易卜拉欣走过去，路障野餐正进行得热闹。他建议说，如果不想被逮捕，最好把椅子从路上移开。这句话吹动了几株墙头草，领头的是科林·克莱门斯。易卜拉欣继续安抚剩下的人，他们只需要让出道路，非常欢迎他们留在外面观看整个过程。这时大规模的撤离才真正开始，但不是迅速撤离，你知道的，对我们这个年纪的人来说，离开折叠躺椅相当于一次军事行动，而一旦躺上去了，可以在上面躺一整天。

最后的场景是这样的。路障后面的门紧紧地锁着，成了舞台，撤离的人群开开心心地回到椅子上，成了观众。那谁在舞台上呢？有莫琳·加德，她和德里克·阿切尔一起打桥牌（依我看，不只是打桥牌，这里就不提了）；有芭芭拉·凯利，她住在拉斯金公寓，有一次从维特罗斯超市带走了一整条鲑鱼，后来解释说自己患了老年痴呆（才怪呢，但这个借口居然管用）；还有一个好像叫布罗娜什么的，她刚住进来，我不太了解。每周日我都看见她们三个去参加教会的活动，几个小时后再费力地走回来。她们被挂锁锁在了门上，就像自行车被锁在栏杆上。

她们的前方呢？路障消失了，只剩下一个男人。他醒了，笔直地坐着，不动声色，不为所动，态度十分坚定，那是伯纳德。我想这不像他平时的风格，但他一定对墓地有很强烈的感情。你应该见过他这样的人，最后的守卫者，比如亨利·方达，或者马丁·路德·金，或者米达斯王。

罗恩忍不了了，他抓起一把椅子，紧挨着他坐下。是为了团结一致，还是为了吸引眼球，谁知道呢？反正我很高兴他这么做了，我为他们俩感到非常骄傲，倔强的老男孩们。

（对了，我想说的不是米达斯王，而是克努特王。）

文特汉姆暂时回到车子那里，唐娜和克里斯跟着他一起过去了。

我给伯纳德和罗恩一人倒了一杯茶，自己也坐了下来，以为欢乐就要结束了。

就在这时，一辆出租车开了进来，欢乐才真正开始。

不好意思，门铃响了，我马上回来。

50

马修·麦基神父喜欢和出租车司机聊天。如今的司机大多是阿拉伯人，即便是在肯特这种地方也一样。他们的亲切感让他感觉非常舒服，他们对白色硬领的反应也非常友好。但是今天，他一路都保持沉默。

通往安息园的门锁着，而且有人把守，挖掘机还闲置在拖车上，看到这一幕，他松了口气。他把电话号码留在小教堂外的布告栏上，就是为了应对这样的意外，莫琳·加德今天早上拨打的正是这个号码，她还承诺会“通知部队”。

麦基觉得“部队”指的应该是那三个黑衣女人，她们一动不动地站在门旁。她们前方有一个女人和两个男人，都坐在椅子上，看上去不太像会阻拦拖车的人。事实上，他现在看仔细了，并且确定其中一个是协商会上发表意见的先生，还有中间那个男人，是不是那天早上坐在长凳上的男人？算了，不管他们是谁，不管他们的动机是什么，所有加入这个阵营的人都受欢迎。门的一边是观望的人群，大约五十个住户，坐等着好戏上演。好吧，他会给他们上演一场好戏。他想这可能是他最后一次，也是唯一的一次机会了。

麦基神父付给司机一大笔小费，下了车，看见文特汉姆在一辆福特福克斯里和两个警察说话。一个是大块头男人，看样子快要被身上的夹克热死了，另一个是年轻的非裔女警，穿着制服。神父没看到波格丹的身影，连拖车的驾驶室里也没有，他肯定在附近的什么地方吧？

麦基慢慢地走到门那里，文特汉姆还没有发现他。他花了一点儿时间和三个门卫说话，为她们祈福祷告。其中一个，也就是那位神秘的莫琳·加德，问有没有可能喝一杯茶，麦基说他会想办法。去和文特汉姆对峙之前，他停下来向三个坐着的人介绍了自己。

51

乔伊丝的日记

抱歉，门铃响是楼上的包裹到了，我们一直互相帮忙签收，我刚才就是去做这件事的。有时候，如果知道乔安娜给我送了花，我会假装不在家，这样就能让签收的邻居看到她送给我的花。真有心机啊，不过我相信别人还有更绝的做法。

回到正题，伯纳德说他不会听警察的指挥。他坚持原地不动，没有商量。

罗恩说他以前被拴在格拉斯侯福顿的一个矿井里，整整四十八个小时，他们只好往三明治包装袋里排泄。当然，他用的不是“排泄”这个词。就在这时，麦基神父过来介绍了自己。

我在协商会上见过他。他坐在后排，安静得不得了。他以为没人看到他悄悄地把饼干塞进口袋这件事。我说过，从来没人意识到我在观察。我就是长了一张那样的脸。

不得不说，他非常礼貌，他感谢我们保护安息园。伯纳德告诉他，安息园只是个开始，一旦你让了一寸，我们都知道他们会拿走多少。罗恩忍不住发表意见，他告诉麦基神父，说到墓地问题，“他的人”（教徒）并不是完全没有污点，但自由就是自由，他不希望看到任何自由被剥夺。麦基神父说这种事“绝不会在我眼皮底下发生”，气氛有了点西部牛仔片的味道，我觉得挺好。从某种程度上说，我喜欢看男人们展现出男子气概。

文特汉姆一定是在这个时候看到了麦基神父，他朝这边匆匆走来，克里斯、唐娜和易卜拉欣匆匆地跟在他后面。就这样，舞台正式搭好了。

52

波格丹已经挖了很长时间。为什么不呢？能挖一点儿是一点儿。他从安息园的最高处开始，这里是最早的坟墓。墙外的大树树冠开阔，投下的影子长久地覆盖着这些坟墓。多年没有阳光照射，使得土地变得松软。波格丹知道，这里的棺材更老、更华丽，也更完整。它们是由纯橡木做成的，不开裂，不腐烂，不会有空洞的、被啃噬干净的骷髅头满怀期待地仰视着他。

他听见山下隐约传来的喧闹声，但仍然没有载货拖车的轰鸣声，他没有停下手里的活儿。一台机器能在几分钟内挖完一整排坟墓，特别是在不那么认真对待遗体的时候，波格丹知道它们不可能认真，所以在只有他和铁锹的情况下，他会尽可能地做到干净利落。

他选择的下一个坟墓紧挨着墓地最上方的角落。他一边挖，一边想着玛丽娜，他在来这里的路上遇到的那个女人。他以前在村里见过她，但人们一般不和他说话，甚至不会留意到他，他并不介意。他想这地方应该不允许随便拜访，也许哪一天他会偶尔碰到她，这应该是没问题的。他有些时候会想念母亲。

波格丹的铁锹终于碰到了什么硬东西，但不是棺材盖。地下有很多石头和树根，加大了挖掘的难度，也为波格丹带来了更多乐趣。他伸手清理掉障碍物上面的厚土。那东西是纯白色的。还挺漂亮的，波格丹想，下一秒他才意识到那东西是什么。

这可不在波格丹的计划中，他选择从这里开挖正是因为不会有腐烂的棺材，不会有骨头。可是呢，骨头就在眼前。难道一百五十年前的人也偷工减料？水货棺材，谁能发现？

是不是应该把坟墓重新填起来？假装什么都没发生，等挖掘机过来？这么做总让他感觉不舒服。波格丹挖出了一根骨头，这让他成了遗体保护者。除了铁锹，他没带更小的工具，于是他跪在压实的土地上，开始用两只手挖，动作尽可能温柔。他跪着移动身体的重心，想换个更好的角度，这样可以清除更多的土。就在他这么做的时候，他意识到自己不是跪在压实的土地上，而是一种更坚实的东西上。他意识到自己跪在纯橡木棺材的纯橡木盖子上。不可能。死尸不可能从棺材里跑出来。波格丹试图从脑子里赶走一个恐怖的想法。有人被活着埋葬了？他或者她拼命爬出了棺材，但也只是爬出了棺材？

波格丹加快了速度，再也顾不上礼节和迷信。他挖到了很多骨头，然后是一个骷髅头，尽管他的本意并不是要打扰逝者。棺材差不多都露了出来，他把铁锹的锹刃使劲塞到棺材盖下面，费了半天力气，在下方三分之一的位置开了个口。里面还有一具骷髅。

两具骷髅。一个在棺材里，一个在棺材外。一个小，一个大。一个灰黄，一个雪白。

怎么办？有人应该来看看，这一点是十分肯定的，但这样会耗费很长时间。他们会用很小的铲子挖，波格丹在电视上看过，而且他们不止挖这一个坟，所有的坟都要挖。波格丹知道最终不会有什么新结论，只不过是这个国家过去埋葬死人的方式，或者有一年流行一种疾病，他们把死者埋在一起，或者还有上百万种解释。而同时，开发项目耽误了，他要一直干等着，所以还是那个问题，怎么办？

波格丹需要思考的时间，可惜这对他来说是一种奢侈。波格丹听见远处响起了鸣笛声，他等了一会儿，鸣笛声越来越近。波格丹觉得听声音像是救护车，但他明白合理的答案应该是警车。这意味着路障马上会被清除，闹腾腾的施工场面即将开始。波格丹吃力地爬出坟墓，开始把它重新填起来。

伊恩会告诉我怎么办，他想。鸣笛声到了道路尽头。

53

伊恩·文特汉姆从警车里出来，很冷静，甚至可以说很开心。

警察和他进行了一次温和的交谈。他明天再来，反正坟墓又不会跑掉。也许这么早派挖掘机过来是个错误，但酷极了，是个值得犯的错误。他——伊恩·文特汉姆——要挖墓地，这是一个宣言，不管什么样的宣言，展现出来才最重要。

他不在乎住户们的强烈抗议，他们很快就会对这件事失去兴趣。他可以为他们制造一点儿别的问题来抱怨，比如辞退他们喜欢的服务人员，或者以健康和安全为由禁止他们的孙子、孙女们进入游泳池。到时候他们个个都会说："墓地是什么东西？"他实在忍不住，笑了起来。

然而就在这时，他看见了马修·麦基神父。

他站在那儿，穿着他的神父袍，戴着小小的白色硬领，好像他是这里的主人似的，太放肆了。

这是伊恩的土地，上帝啊！这是伊恩的地盘！他朝路障冲过去，马上要让麦基神父尝尝拳头的滋味。

“你要不是个神父，我早揍扁你了。”人群开始围拢过来，就像围观酒吧停车场的斗殴。“滚出我的地盘，不然我会把你扔出去。”

伊恩朝麦基的肩膀猛推了一下，推得那个老人直往后倒。麦基想要保持平衡，伸手抓住了伊恩的T恤衫，两个人都没站稳，一起倒在了地上。唐娜把伊恩从神父身上拉起来，一脸惊慌的卡伦·普莱费尔也过来帮忙。一群住户，包括乔伊丝、罗恩和伯纳德，都围上来拦住伊恩·文特汉姆，另一边的一群住户围上来护住麦基神父，他迷迷糊糊地坐在地上。其实就是学校操场级别的干架，但他看上去受了不小的惊吓。

“冷静，文特汉姆先生，冷静！”唐娜喊道。

“抓他！擅闯私人领地！”伊恩喊道。一群意志坚决的老人正把他往外拉，他们当中有七十多岁的，有八十多岁的，甚至还有一个九十多岁的，“二战”时他错过了征兵，正好错过了一天，从那以后一直后悔不已。

乔伊丝发现自己挤在人群中。罗恩、伯纳德、约翰、易卜拉欣，这些男人年轻时该有多么强壮啊，而现在又是多么虚弱啊，虽然精神上还是积极奋发的，但其实只有克里斯·哈德森一个人拦得住文特汉姆。雄性激素很美好，也很短暂。

“我要保护圣地，和平地、合法地保护。”麦基神父说。

唐娜扶麦基神父站起来，拍掉他身上的尘土，感觉到松垮的黑长袍下一个老人的单薄身体。

克里斯把伊恩·文特汉姆从挤作一团的人群中拉出来，他能看见肾上腺素在文特汉姆的身体里涌动，这样子他以前在许多镇子的深夜醉鬼身上看过无数遍。青筋暴起的肌肉从T恤衫下鼓出来，暴露了滥用类固醇的问题。

“回家去，文特汉姆先生，”克里斯·哈德森命令道，“不然我会逮捕你。”

“我没碰他。”伊恩·文特汉姆抗议道。

克里斯压低嗓门儿，让交谈变得私密：“他摔倒了，文特汉姆先生，我亲眼看见了，而且是在你碰到他以后摔倒的，不管碰得有多轻，所以只要我想，我就会逮捕你。还有，凭一个警察的直觉，法庭上应该会有一两个目击者帮我做证。好了，袭击神父的指控放到你的宣传册上可不好看，如果不想被起诉，那就赶紧上车，开车回家。明白了吗？”

伊恩·文特汉姆点点头，但并没有信服。他的思绪已经飘到了别的地方，算计着别的事情。然后他朝克里斯·哈德森慢慢地、沮丧地摇摇头。

“这地方有点不对劲，要出事了。”

“好吧，要出什么事也是明天的事，”克里斯说，“回家去，冷静一下，擦掉额头上的汗水。当个真正的男人，接受失败。”

伊恩转身朝他的车走去。失败？不可能。经过载货拖车的时候，他猛拍了两下驾驶室的门，竖起大拇指指向出口。

他慢慢走着，边走边想。波格丹在哪儿？波格丹是个好小子。他是波兰人。必须让波格丹给游泳池铺瓷砖。他太懒了，他们这帮人都这样。去和托尼·柯伦谈谈，托尼知道该怎么做。托尼的手机是不是丢了？托尼有点问题。

伊恩到了路虎揽胜跟前。车子被夹子锁锁住了！他爸爸会气疯的，这车只是他借来的。他不得不坐镇上的巴士回家，爸爸会等着他。伊恩很害怕，哭了起来。别哭，伊恩，爸爸会看见的。伊恩不想回家。

他在口袋里摸索零钱，然后一个踉跄，仰面倒下。他伸出手想抓住什么东西，但是，令他吃惊的是，只有空气。

伊恩·文特汉姆还没有倒地就已经死了。

第二部分

每个人都有一个故事要讲

PART TWO

Everyone here has a Story to Tell

54

乔伊丝的日记

几周前，我在费尔黑文被一块松动的铺路板绊倒。日记里没提是因为我要写谋杀，写伦敦之行，写追求伯纳德。那一跤摔得很厉害，我的包掉到了地上，东西散落一地，有钥匙、眼镜盒、药片和手机。

好了，重点来了。每一个看见我摔倒的人都过来帮忙，每一个人。一个骑自行车的人扶我站起来；一个交通管理员捡起我的东西，拍掉包上的灰尘；一个推着婴儿车的女士陪我坐在路边咖啡馆外的桌子旁，直到我的呼吸恢复正常；咖啡馆的女老板端了一杯茶出来，主动说要开车带我见她的家庭医生。

也许他们过来帮忙只是因为我看上去年老、脆弱又无助，但我不这么想。即使看见一个健壮的年轻小伙子像我那样摔倒，我想我也会帮忙。我想你也会。我想我会陪他坐着，我想交通管理员会捡起他的手提电脑，我想咖啡馆的女老板一样会提出开车带他见她的家庭医生。

这就是我们人类，大多数人都是善良的。

不过，我以前和一个顾问医师在山上的布莱顿综合医院共事过，他是一个非常粗鲁、冷酷、不快乐的人，而且会让我们的日子也非常不好过。他总是大吼大叫，把自己犯的错怪罪到我们头上。

说真的，如果那个顾问医师突然死在我面前，我会跳吉格舞庆祝。

我知道不应该说死人的坏话，但每个规则都有例外，伊恩·文特汉姆和那个顾问医师属于同一类人。回想起来，那人也叫伊恩，看来以后要当心叫这个名字的人。

你懂的，这种人感觉整个世界只属于他们。大家都说自私变得越来越普遍，但有些人是与生俱来的坏。这种人不多，但我说过了，总有那么几个。

说这么多，我只想表达一个意思。我确实对伊恩·文特汉姆的死感到遗憾，但这件事还可以从另一个方面来看。

随便哪一天都有很多人死去，我不知道具体的数字，但一定是数以千计的。所以呢，昨天肯定有人死去，就我而言，我宁愿死在我面前的是伊恩·文特汉姆，而不是，比如说，那个骑自行车的人，或者交通管理员，或者推着婴儿车的妈妈，或者咖啡馆的女老板。

我宁愿医务人员救不活的是伊恩·文特汉姆，而不是乔安娜，或者伊丽莎白，或者罗恩、易卜拉欣、伯纳德。希望这么说不会太自私，我宁愿那个被装进裹尸袋，拉上拉链，再被推到验尸车里的人是伊恩·文特汉姆，而不是我。

对伊恩·文特汉姆来说，昨天是他人生的最后一天。我们都会有这样的最后一天，而昨天是属于他的。伊丽莎白说他是被人谋杀的，既然伊丽莎白这么说，那他就是被人谋杀的。我想他昨天早上醒来时，肯定没料到会这样。

我不想让自己听起来麻木不仁。我见过太多人离去，流过太多眼泪，但我没有为伊恩·文特汉姆流一滴泪。我只想让你知道为什么，他的死确实是件伤心的事，可是没有让我伤心。

好了，失陪了，我要去帮忙调查他的谋杀案了。

55

“听好了，大头条。”克里斯·哈德森站在会议室前方，团队成员分散地坐在他的面前，“伊恩·文特汉姆是被谋杀的。”

唐娜·德·弗雷塔斯扫视了一圈谋杀办案组，看到有几张新面孔。她简直不敢相信自己的好运。两起谋杀案接连发生，而她就在这里，亲身经历这一切。她不得不感谢伊丽莎白，必须请她喝一杯，或者送一样她喜欢的东西。围巾？谁知道伊丽莎白会喜欢什么？说不定是手枪。

克里斯打开文件夹。“伊恩·文特汉姆的死因是芬太尼[①]注射严重过量，导致中毒而亡。这东西是通过上臂肌肉注入他的体内的，基本可以确定是在他倒地前不久注入的。你们应该知道这不是官方消息，不然不会这么快；这是我请别人帮的忙，明白吗？现在的病理实验室见多了芬太尼注射过量的案例，只要看一眼就知道是不是。目前只有我

① 芬太尼：一种强效的止痛剂。注射过量时，会让人嗜睡、困惑、恶心，而后是上瘾、低血压，最后因呼吸抑制而死亡。

们掌握了这条消息，请大家务必保密。不要告诉媒体，也不要告诉家人朋友。”

他迅速瞥了一眼唐娜。

56

“所以，我们都是谋杀案的目击者，”伊丽莎白说，“不用说，太棒了。”

十五英里之外，周四推理俱乐部正在召开特别会议。伊丽莎白摆出一张张彩色照片，上面是伊恩·文特汉姆的尸体，从现场各个可能的角度拍摄的。她假装打电话叫救护车，用手机拍下了这些照片，然后找罗伯茨布里奇的一个药剂师悄悄打印出来。这个药剂师欠伊丽莎白人情，因为她发现了有关药剂师的一份二十世纪七十年代的犯罪记录，并且在这件事上保持了沉默。

“从某个方面来看，这也是一场悲剧，”易卜拉欣补充道，“如果我们用更传统的说法来描述现在的状况的话。”

“对那些‘很容易入戏’的人来说，这确实是悲剧，易卜拉欣。”伊丽莎白说。

“好了，第一个问题，”罗恩说，“你怎么知道是谋杀？依我看像心脏病发作。”

“你是医生吗，罗恩？”伊丽莎白问。

“你我都不是，丽兹。”罗恩说。

伊丽莎白打开一个文件夹，拿出一张纸。“好吧，罗恩，我已经和易卜拉欣说过一遍了，因为有个任务交给他。听仔细了，伊恩·文特汉姆的死因是芬太尼注射过量，而且是在他死前不久注入体内的。有人能进入肯特警察局法医部的电子邮件系统，这个消息直接来源于他。但还没得到唐娜的确认，尽管我在不停地给她发消息。满意了吗，罗恩？”

罗恩点点头：“好，我承认你说得没错。芬太尼是什么？对我来说倒是个新鲜玩意儿。”

“是一种类鸦片，罗恩，类似于海洛因，”乔伊丝说，“用来麻醉、止痛什么的，非常有效，病人们爱死它了。”

“你还可以把它和可卡因混合在一起，”易卜拉欣说，“如果你是瘾君子的话，只是打个比方。”

“有些国家的安全部门用它做各种各样的事情。”伊丽莎白说。

罗恩满意地点点头。

易卜拉欣说：“还有，那东西既然是在他死前不久注入体内的，我们大家都是谋杀嫌疑人。”

乔伊丝拍了拍手。“太好了。我不清楚我们怎么能弄到芬太尼，但是太好了。”她正在往盘子上摆维也纳回旋饼干，盘子是安德鲁王子和莎拉·弗格森的婚礼纪念品。

很多年前，乔安娜以为乔伊丝会喜欢这东西，就买来送给了她。

罗恩一边点头，一边看现场照片。照片里的住户们伸长了脖子，想把伊恩·文特汉姆瘫软的身体看得更清楚。“这么说，是库珀斯·切斯的人杀了他？是照片里的这些人？”

“我们大家都在照片里。”易卜拉欣说。

“除了伊丽莎白，”乔伊丝说，“这是当然，因为她在拍照。不过只要稍微仔细调查一下，应该会把她当嫌疑人的。”

“希望如此。”伊丽莎白赞同道。

易卜拉欣走到活动挂图板前：“伊丽莎白让我做了一点儿计算。”

伊丽莎白、乔伊丝和罗恩坐到拼图室的椅子上。罗恩拿起一块维也纳回旋饼干，乔伊丝松了口气，终于觉得自己也可以拿一块了。这是自有品牌商品，不过格雷格·瓦雷斯[1]在一档节目里说过，它们和那些正牌商品是在同一家工厂生产的。

易卜拉欣开始了：“那群人中的某个人给伊恩·文特汉姆注射了致命的一针，几乎可以肯定是在一分钟内完成的，

① 格雷格·瓦雷斯（Gregg Wallace）：演员、主持人、作家，长期在英国广播公司主持美食和科普类节目。

他的上臂发现了一处刺伤。我请你们都写了一份名单，有你们记得在现场见到过的每一个人。感谢配合，虽然并不是每一份名单都像我要求的那样按字母排序。”

易卜拉欣看向罗恩，罗恩耸耸肩：“说实话，我差不多写到 F、H 和 G 就弄混了，后来干脆放弃。”

易卜拉欣接着讲：“我们把这些名单汇总——只要会熟练运用 Excel 表格，做起来非常容易——现场一共有六十四个住户，包括我们自己。然后加上总督察哈德森和警员德·弗雷塔斯，还有建筑商波格丹，当然，他当时失踪了……”

“他在山上。”伊丽莎白说。

“谢谢，伊丽莎白。”易卜拉欣说，“再加上载货车司机，她叫玛丽，也是波兰人，如果你们想知道的话。顺便提一句，她还教瑜伽。卡伦·普莱费尔，住在山顶的女士，也在现场，昨天她本来要给我们做一个电脑讲座。当然了，还有马修·麦基神父。”

“一共七十个人，易卜拉欣。”罗恩边说边拿起第二块饼干，管它什么糖尿病。

“伊恩·文特汉姆是第七十一个。”易卜拉欣解释道。

“所以你认为他开车过来就是为了制造一场混乱，然后杀了自己？推理得妙啊，大侦探波洛[①]。”罗恩说。

“这不是推理，罗恩，”易卜拉欣说，“这只是一个名单。麻烦你不要急躁。”

“急躁是我的唯一，”罗恩说，“急躁是我的超能力。知道吗？阿瑟·斯卡吉尔[②]曾经叫我耐心些，阿瑟·斯卡吉尔！”

“也就是说，这七十个人当中的一个杀了伊恩·文特汉姆，概率比周四推理俱乐部平常碰到案子的概率要高得多，不过能不能再缩小一下范围呢？”

“必须是有办法弄到针和药的人。”乔伊丝提示道。

“那就是这里的每个人，乔伊丝。”伊丽莎白说。

“没错，伊丽莎白，”易卜拉欣赞同道，“请允许我制造一点儿画面感，这就好像是在大海捞针。”

易卜拉欣停下来，以为此处应该有掌声，然而并没有，他继续讲下去。

“注意，对肌肉注射经验丰富的人来说，注射不过是一瞬间的事，所有人再次满足条件。但注射只能在非常近的距离内完成，所以我删掉了一些名字，这些人从没有靠近过伊恩·文特汉姆。一下子就少了许多配角。人群中的很

---

① 赫尔克里·波洛（Hercule Poirot）：阿加莎·克里斯蒂所著系列侦探小说中的主角。

② 阿瑟·斯卡吉尔（Arthur Scargill）：20 世纪 80 年代英国矿工大罢工期间，担任英国矿工工会主席。

多人有严重的行动不便问题，这个事实对我们有利。我们都知道，就算没人看见，他们也不可能迅速出手。”

“用助行架的不行。”罗恩表示同意。

“光是用助行架的，就删掉了八个名字。”易卜拉欣赞同道，“用代步车的、白内障的也不可能。还有一些人，比如斯蒂芬，希望你也同意，伊丽莎白，他那天早上绝不可能靠近伊恩·文特汉姆。他们的名字都可以从名单中删除。另外，三个住户被挂锁锁在门上，那天晚些时候才有人想到打电话叫来消防员救她们。好了，最后还剩下……”

易卜拉欣翻开活动挂图板上的第一页，露出一份名单。

“三十个名字，包括我们自己，其中一个是凶手。我想特别指出的是，按姓氏首字母排序，我是名单上的第一个。”

“干得漂亮，易卜拉欣。”乔伊丝说。

“好了，名单有了，”伊丽莎白说，“我想现在该推理了。”

“对，我想我们可以一起再删减一下名单。”易卜拉欣说。

“谁想他死？”罗恩说，“谁会受益？柯伦和文特汉姆是被同一个人杀掉的吗？”

“想起来挺有趣，不是吗？”乔伊丝说，拍掉衬衫前面的饼干屑，“我们认识一个杀人凶手？我的意思是，虽然不知道那个人是谁，但我们确实认识一个凶手。”

“太棒了。”罗恩赞同道。他在考虑吃第三块饼干，但又明白自己逃不掉它带来的惩罚。

“好了，最好赶紧开始，”易卜拉欣说，“十二点钟有法语会话课。”

57

"这也就意味着，"克里斯·哈德森说，"芬太尼一定是那天早上在场的某个人注射进伊恩·文特汉姆体内的，所以从某种程度上说，我们已经确定了目标。今天我们要整理出一份在场人员的完整名单并不容易，但是越早有名单，就能越早抓到凶手。谁知道呢？也许还是杀托尼·柯伦的凶手。除非是文特汉姆杀了柯伦，那他的死就是其他人的复仇。"

唐娜无意间扫了一眼会议室窗外。她的同事马克穿着制服，正在戴自行车头盔，头盔和他闷闷不乐的表情形成了完美搭配。唐娜喝了一小口茶——谋杀办案组的茶，思考着嫌疑人。她想到了麦基神父，他们对他到底了解多少？然后她想到了周四推理俱乐部，他们都在现场，某些时刻都靠近过文特汉姆。她可以把他们想象成杀人凶手，他们每个人都有自己独特的杀人手法。当然只是想象。实际上，她看不出来。不过他们肯定有他们的看法，也许唐娜应该过去看看他们。

“同时，”克里斯继续说，打开另一个文件夹，“我还有些有趣的工作交给你们。伊恩·文特汉姆不是个普通人，他的生意往来复杂、广泛，他的手机透露了他的一系列事务，对他来说一定相当劳累。告诉你们心爱的人，这段时间他们会很难见到你们。”

心爱的人——唐娜想起了她的前男友卡尔，意识到她已经整整四十八小时没想卡尔了，这是一项新纪录，虽然她现在想起了他，有点不争气。她意识到不久以后她就会有九十六个小时不想他，接着是一周，然后在不知不觉中，卡尔似乎只是她以前读过的小说人物。说真的，她为什么离开伦敦？等这些谋杀案破了，她重回伦敦之后，日子又要怎么过？

“你们其他人，不要放松托尼·柯伦的案子。两个案子说不定有联系，不能排除这种可能。我们还需要看交通监控录像，我特别想知道那天下午伊恩·文特汉姆的车在不在那条路上。我需要知道波比·塔纳在哪儿，我需要知道那张照片是谁拍的，我还需要知道打给柯伦的电话号码是怎么回事。”

这句话提醒了唐娜，她有种直觉，一直想要验证一下。

58

伊丽莎白又回到柳树园，坐在彭妮病房里属于她的矮凳上，向彭妮描述那场戏剧。

“真的是每个人都在场，彭妮。如果你也在，你一定会应付自如，挥舞着你的警棍，看见一个逮捕一个，肯定的。”

伊丽莎白看向椅子上的约翰，他清醒时的大部分时间都在那张椅子上度过。“我猜你已经向彭妮描述过细节了，约翰？”

约翰点点头：“也许有点夸大我本人的勇敢，除此之外，都是实话实说。”

伊丽莎白很满意，从手提包里掏出便笺本和圆珠笔。她用笔轻轻敲着便笺本的纸面，就像指挥家唤起乐队的注意，然后开始了。

“好了，说到哪儿了，彭妮？托尼·柯伦被重器猛击致死，不确定凶手是一个人还是多个人。顺便提一下，我永远也说不厌‘重器猛击’这个词，你以前当警察时肯定能经常说，你这个幸运的家伙。现在轮到了伊恩·文特汉姆，他被注射了大剂量的芬太尼，并且在几秒钟内就死了。你知道芬太尼吗，约翰？”

“当然，”约翰说，“以前一直用，主要用来麻醉。”

约翰是兽医。伊丽莎白想起了约翰和罗恩一起治好的狐狸。恢复健康后，它咬死了伊莱恩·麦考斯兰的鸡。虽然没有证据，但也没有其他嫌疑人了。罗恩那时候因为这件事挨了不少骂，反倒令他开心得不得了。

“容易弄到手吗？”伊丽莎白问。

“对这里的人来说吗？”约翰开口道，“这个嘛，不容易，但也不是不可能。药房里有，我想你可以闯进去偷，但必须非常有勇气，或者非常有运气。当然，你也可以在网上弄到。”

“天哪，”伊丽莎白说，“真的？”

“是暗网。我在《柳叶刀》上读到过，你能弄到各种各样的东西。真想要的话，连火箭发射器都有。”

伊丽莎白点点头：“怎么才能上暗网？”

约翰耸耸肩：“嗯，我不确定，但如果是我的话，要做的第一件事应该是买电脑。从这一步开始试试看？”

“嗯，”伊丽莎白说，“谁有电脑也许值得一查。”

“谁知道呢？”约翰赞同道，“肯定能缩小范围。”

伊丽莎白又转向彭妮。看着她躺在那儿，真不公平。

"一个被重器猛击，彭妮，另一个被下毒。问题是，这些都是谁干的呢？如果文特汉姆是当场被杀的，那就是早上在场的某个人杀了他。我或者约翰，或者罗恩、易卜拉欣？或者……谁知道呢？易卜拉欣用电子表格列了三十个名字，给我们开了个头。"

伊丽莎白再次看着她的朋友。她想立刻和她一起手挽手走出门，一起喝一瓶白葡萄酒，听她像码头工人一样对着假想敌飙脏话，然后带着几分快意和醉意摇摇晃晃地回家。然而这样的事再也不会发生了。

"我一直觉得奇怪，易卜拉欣从不来看你，彭妮。"

"啊，他来的。"约翰说。

"易卜拉欣来看她？"伊丽莎白说，"他从没说过。"

"比闹钟还准时，伊丽莎白。他每天带一份杂志过来，和她一起解桥牌智力题。他把题目讲给她听，他们一起解题，他亲亲她的手，半小时后离开。"

"罗恩呢？"伊丽莎白问，"他来吗？"

"从没来过，"约翰说，"我想这种事并不适合每个人，伊丽莎白。"

伊丽莎白点点头，她也这么认为。回到正题。"好了，彭妮，谁想杀伊恩·文特汉姆？为什么偏偏在挖掘要开始的时候？我猜你可能会问，如果开发项目进行下去，什么人会有什么样的损失？你不这么觉得吗？改天我想和你聊聊伯纳德·科特尔，还记得他吗？喜欢看《每日快报》，妻子人很好的那位？我感觉有个作案动机正等着我们挖出来。”

伊丽莎白站起身，准备离开。

“什么人会有什么样的损失，彭妮？这就是关键问题，对吧？”

59

克里斯·哈德森有自己的办公室，一个小小的避风港，能在里面假装工作。办公桌上有个地方一般用来摆放家庭合影，每次看到那里空着，他都感觉到一阵针刺般的羞愧。也许应该摆上侄女的照片？她现在多大了？十二岁？或者十四岁？他弟弟应该知道。

所以谁杀了文特汉姆？事发时，克里斯就在现场。在某种程度上，他其实是眼睁睁看着文特汉姆被杀的。他看见了谁？周四推理俱乐部的全部成员都在，还有那个神父。有个穿针织套头衫和运动鞋的女人，很迷人，她是谁？单身吗？现在不是考虑这个的时候，克里斯，集中注意力。

文特汉姆和托尼·柯伦是同一个人杀的吗？说得通。一个案子破了，另一个也能破了。

给托尼·柯伦打了三个电话的人是谁？十有八九是卖保险的，不过也难说。克里斯相信托尼·柯伦的手机能讲述一堆故事。人权固然是个好东西，但在费尔黑文，凡是看上去有一点点可疑的人，克里斯都想监听他们的电话，就像监狱里那样。

他还记得一个叫伯尼·斯卡利恩的持枪抢劫犯，他在帕克赫斯特没钱花了，又想给自己买一个 PlayStation[①]，于是就打电话给他的叔叔，告诉他五十万英镑埋在什么地方。不出一个小时，警方就找到了钱和叔叔，伯尼永远也没买成 PlayStation。

有人敲门，克里斯希望是唐娜，他瞬间意识到这个想法有些让人不安。

“进来。”

门开了，是督察泰瑞·哈利特。他办事效率惊人，有着皇家海军陆战队的英俊气质，谁见了都喜欢，更令人恼火的是，他的为人也不错。克里斯永远不可能像他那样穿那么紧身的 T 恤。泰瑞有一天会成为这间办公室的主人，而且他还有四个孩子和幸福的婚姻。可以想象他会在办公桌上摆什么样的照片。克里斯希望自己是泰瑞，可是谁又知道他回到家是什么样的呢？也许泰瑞有隐藏的悲伤，也许他夜夜含着眼泪入睡？克里斯觉得不太可能，但至少给了他自己一丝希望。

“我晚点再来？”泰瑞说。克里斯意识到自己盯着他看了太久。

“没事，没事，抱歉，泰瑞，走神了。”

---

① PlayStation：一种家用游戏机。

“在想伊恩·文特汉姆？”

“对，”克里斯撒了个谎，“查到什么了吗？”

“不好意思，要把你拖回到托尼·柯伦的案子了。有个新发现，我想你会喜欢。”泰瑞说，“托尼·柯伦房子两头的交通摄像头相距半英里，我发现了一辆车，这段距离它开了十二分钟，时间段也完全吻合。”

克里斯看了看细节：“也就是说，它在两个摄像头之间的某个地方停下了？利用十分钟的小间隙做了点什么？”

泰瑞·哈利特点点头。

“那附近除了托尼·柯伦的房子，还有什么？有可以停下来的地方？”

“有个临时停车处，要是想撒尿可以停，但……”

“尿的时间太久了，”克里斯接上话，“我们都有这样的体验，但不管怎么说都太久了。你查过车牌号码了？”

泰瑞又点点头，笑了起来。

“我喜欢你这个笑，泰瑞，查到了什么？”

“你肯定想不到登记的车主是谁，长官。”

泰瑞把另一张纸放到克里斯的桌上，让他看个仔细。

“嗯，非常好的消息。这些时间点你都确定无疑？”

泰瑞·哈利特点点头，手指敲打着克里斯的桌子：“这一定就是我们要找的凶手了？”

克里斯不得不同意。是时候去聊一聊了。

60

波格丹已经看到玛丽娜住在哪里，现在正是合适的时候。她会知道怎么处理那些骨头，他刚认识她时就有这种感觉。他为她带了花，不是从花店买的，而是在树林里摘的，而且按他母亲喜欢的方式绑了起来。

八号公寓门前，他按下门铃，对讲机里传出一个男人的声音。波格丹吃了一惊，他仔细观察她一段时间了，没看见过男人。

公寓楼的外门打开了。“我来找玛丽娜。”他说着走了进去，走到了铺着地毯的走廊上，然后第一扇门开了，波格丹看见一个年老的男人，他穿着睡衣，用梳子梳着浓密的白头发。难道搞错了？管它呢，这个男人肯定认识玛丽娜，可以给他指个方向。

“我来找玛丽娜，”波格丹说，“我想她可能住在这里，也可能是另一间公寓？”

“玛丽娜？对，对，进来，我们把水烧上，好吗？喝茶永远不嫌早，对吧？”斯蒂芬说。

男人一条胳膊搭在波格丹的肩膀上，领他进了屋。波格丹看见门厅桌上有张玛丽娜年轻时的照片，松了口气。就是这间公寓。

“我不知道她在哪儿，老弟，但她很快就会回来，”斯蒂芬说，“也许在商店，或者去她母亲家了。坐吧，让我们好好享受这份清静，好吗？嗯，你会下棋吗？”

61

克里斯·哈德森走出警局，把大衣套到夹克外面时，身后有个声音叫道：“长官。”

克里斯转过身，是唐娜·德·弗雷塔斯，她跟了上来。

“不管你打算去哪儿，我想我要改变你的计划了。”唐娜说。

“我不这么想，警员德·弗雷塔斯。”克里斯说。工作场合他还是叫她警员德·弗雷塔斯。“我要去和某个人稍微聊一聊。”

“可是，我查看了通话记录，”唐娜说，“我认出了那个号码。”

“打给托尼·柯伦的手机号码？”

唐娜点点头，然后拿出一张小纸片给克里斯看。“记得这个吗？杰森·里奇的号码。谋杀发生的当天上午，给托尼打过三次电话的人是他。值得你改变计划吗？”

克里斯抬起一根手指叫她不要说话，从夹克口袋掏出泰瑞·哈利特给他的那张纸，递给唐娜。“车辆记录，谋杀发生当天的。”

唐娜看完，然后抬眼看着克里斯。

“杰森·里奇的车？”

克里斯点点头。

“杰森那天上午给托尼·柯伦打过电话。托尼死时，杰森的车就在他的房子外面。这么说，我们要去见杰森？”

“也许这次就我一个人去。”克里斯说。

“我不这么想，”唐娜说，“首先，我是你的‘影子’，这是一种神圣的信任关系。其次，我刚刚破了案。”

她冲他挥了挥杰森的电话号码。

克里斯朝她挥了挥车辆记录：“我先破案的，唐娜。所以呢，我只是去他家迅速拜访一下，一个人去，看他想不想回答几个问题，非常低调。”

唐娜点点头：“好主意。不过，他不在家，我确认过了。”

“那他在哪儿？”

“你带上我，我就告诉你。”唐娜说。

“如果我命令你告诉我呢？”克里斯问。

“这个嘛，你可以试试，”唐娜说，“看结果如何。”

克里斯摇摇头：“那走吧，你来开车。”

62

克里斯和唐娜都不知道梅德斯通有个溜冰场。梅德斯通到底为什么要有个溜冰场？这个问题成了开车途中的主要聊天内容。聊天前，唐娜请克里斯关掉了他的精选歌集，那是绿洲乐队早期专辑的 B 面歌曲。

唐娜决心一点儿一点儿地把克里斯从他的世纪拖进她的世纪。

车子停在了“冰上盛宴”外面，谜团还是没有解开。溜冰场在一条环路边上，夹在一家卖瓷砖的和一家卖地毯的商店中间，这怎么可能赚得到钱？

克里斯经常和朋友们说，如果小区附近开了一家不明不白的店，没有顾客光临，那肯定是在给毒品交易打掩护，无一例外。不需要真正的顾客，不需要真正的利润，只是一种洗钱的方式。每个城镇都有这么一家，掩藏在一小排店铺当中，或者在铁路桥下的商店街里，或者在卖地毯的商店旁边。有可能是一家脱毛美容院，或者派对彩灯出租店，或者挂着霓虹灯招牌的溜冰场，而上一次点亮霓虹灯是在二〇一一年。

肯定是掩护，肯定是毒品，克里斯边想边关上福克斯的副驾驶门。考虑到克里斯和唐娜来这里见的人，这个想法似乎也说得过去。

他们走进前门，穿过铺着地毯、有些粘脚的前厅，进入了溜冰场。这个时间场子里几乎没有什么人，只有一个老人用吸尘器清扫着一排排塑料座椅上的爆米花，冰场上有两个人影。

每一个见过巅峰时期的杰森·里奇的人都会有同样的评价。他拥有灵活的力量，双脚像是在拳击场上滑行，强壮的手臂时而在空中划出弧线，时而向前闪出一记重拳，打得对手的肋骨嘎吱作响。他虚晃一招，他低身闪躲，眼睛从不离开对手，整个身体都在准备着猛扑出击。他不是只会出重拳的拳手，不是一大块木板，不是僵尸。他是强大而勇敢的运动员，是高大而敏捷的机器，全力以赴，拳无虚发。他姿态优雅，动作流畅，看杰森·里奇的比赛有一种美的感受。

不过，克里斯和唐娜喝着咖啡，看着冰场，越来越明显地感受到一个事实，杰森·里奇不会溜冰。

这段练习似乎结束了，杰森小心翼翼地往冰场边滑，一个穿着紫色紧身衣的小个子女人扶着他的手肘。尽管如此，在距离舒服又安全的场边还有一米左右的地方，杰森左脚的冰鞋从身下消失，切进了右脚的冰鞋。他往下倒的身体不是那个穿紧身衣的女士能拉得住的，大块头又一次摔倒在地。克里斯和唐娜只看了几分钟而已，却已经记不清他摔了多少回。

克里斯趴在隔板上，伸出手。杰森这才注意到两个警察，之前太专注了。他看着克里斯的眼睛，拉住对方伸出的手，终于回到了陆地上。

“能给我们五分钟时间吗，杰森？”克里斯问，“我们可是大老远赶来的。”

“还好吗，杰森？”穿紧身衣的女士问。

杰森点点头，示意她先走：“没事，两个朋友，我和他们聊几句。”

“好的，对了，我会把这些写下来发给制片人，”溜冰手说，“你不是完全没希望，我保证！”

“亲爱的，你真是巨星，谢谢你忍受我，也谢谢你扶我起来。”

“期待能在节目上见到你！”溜冰手说。她挥挥手，踩着锋利的冰刀爬上陡峭的楼梯离开了。

杰森一屁股倒在模压塑料椅上，椅子在他的重压下有点变形。他开始解冰鞋的鞋带。

“早料到会再见到你们俩，又有一张我的照片吗？”

“好吧，那我们就开门见山了。”克里斯开口道，“托尼·柯伦遇害当天，你去他家附近做什么？”

“不关你的事。”杰森说。第一只冰鞋快脱下来了，过程相当费劲。

“这么说，你承认去过那里了？”唐娜问。

“我被捕了吗？”杰森问。

“还没有。”唐娜说。

“那我去没去就不关你们的事了。”第一只冰鞋终于脱了下来，杰森喘着粗气，好像刚刚打了三个回合拳赛。

“我来帮你全面了解一下。”克里斯说着从口袋里掏出手机，滑动解锁，“托尼·柯伦家附近有交通摄像头，我们一直想找到伊恩·文特汉姆的车，这是简单明了的证据。但伊恩·文特汉姆那天下午并没有去托尼·柯伦家，不过我们发现了更有趣的事。第一个摄像头拍到了你的车，杰森，距离托尼房子东面大约四百码，时间是下午三点二十六分，然后房子另一边的摄像头拍到你离开的时间是下午三点三十八分。所以，你要么花了十二分钟开半英里的路，要么在中间什么地方停下来了。”

杰森非常冷静地看着克里斯，然后耸耸肩，开始脱右脚的冰鞋。

“好了，我还有个问题，”唐娜说，“托尼·柯伦遇害当天，你给他打过电话吗？”

“恐怕想不起来了。”杰森正在解鞋带上一个看似永远解不开的结。

“你会想起来的，对吧，杰森？”唐娜问，“打电话给托尼·柯伦很正常，他可是老帮派里的兄弟，不是吗？”

“我从没加入过什么帮派。”杰森说，终于解开了那个结。

克里斯点点头：“那么问题来了，杰森。托尼·柯伦死亡的当天上午，有个神秘电话号码给他打了三次电话。感谢沃达丰[1]，感谢数据保护法，我们没法追查到这个号码。但是谢天谢地，你亲自把这个号码写下来交给了警员德·弗雷塔斯。那就是你的号码，杰森。”

杰森终于脱掉了第二只冰鞋。他点点头：“我真傻。”

“然后，当天下午，你开车经过托尼·柯伦家外面的路，中途停车办了什么事，花了大约十分钟时间，而托尼·柯伦正是在那段时间被杀的。”克里斯看着杰森，等待他的回应。

“是啊，听上去你给自己找了个谜题。”杰森说，“好了，冰鞋都脱掉了，我要回去了。”

杰森站起来，克里斯和唐娜也跟着站起来。

“不知道你愿不愿意去趟警局，提供你的指纹和DNA，”克里斯说，“也好排除你的嫌疑。一次性可以排除两个谋杀案的嫌疑，还是挺不错的。”

---

① 沃达丰（Vodafone）：英国跨国电信公司。

“也许你应该问问自己，你们为什么还没有我的指纹和DNA，”杰森说，“大概是因为我从没犯过什么事吧。”

“只是从没被抓到而已，杰森，”克里斯说，“这是两回事。”

“我倒想听听我有什么作案动机。”杰森说。

“抢劫？”克里斯说，“那种人的家里到处是钱，你最近有金钱上的困扰吗？”

“我想时间到了，你不觉得吗？”杰森说，开始上楼梯去更衣室。克里斯和唐娜没有跟上去。

“还是说，你参加《名人冰舞》只为名不为利，杰森？”唐娜问。杰森转过身，发自内心地笑了笑，然后比了个中指，转回身继续朝更衣室走去。

克里斯和唐娜看着他的背影消失，重新坐回到塑料椅子上，望向空荡荡的冰场。

“你怎么看？”克里斯问。

“如果真是他干的，他到底为什么把一张有他的照片放在尸体旁边？”唐娜问。

克里斯摇摇头：“也许有些人就是蠢？”

“他看起来可不蠢。”唐娜说。

“同意。”克里斯赞同道。

63

伊丽莎白从外面立刻看出了不对劲。斯蒂芬书房的窗帘拉开了，它们一直是关着的，斯蒂芬写东西时不喜欢早上刺眼的阳光。

她的大脑瞬间开始进行各种可能的推测。斯蒂芬醒来之后，没按照日常的习惯行事？受伤了？倒在地上？还活着？已经死了？

或者有人闯进去了？过去的某个人找上门了？即使到了现在，这种事还是会发生，她对此有所耳闻。或者只是一个访客，来自凌乱不堪的当下生活？

伊丽莎白绕到拉金公寓背面的防火安全门。这门从外面打不开，除非有消防队专用的一套装备。伊丽莎白打开了它，迅速溜了进去。

她的脚落在铺着地毯的走廊上，没发出一点儿声响。不过当年在东德的一个拘留所，她的脚落在水泥通道上，一样没发出一点儿声响。她掏出一串钥匙，在一把耶鲁[1]

① 耶鲁（Yale）：美国锁具品牌。

钥匙上抹了一层润唇膏，钥匙插进锁孔没有发出任何噪声。伊丽莎白尽可能轻地打开门，非常非常轻。

如果房间里有人，伊丽莎白知道她的日子或许到头了。她把钥匙圈握在掌心，并在每条指缝间夹一把钥匙，握紧拳头。

斯蒂芬没有倒在门厅，她起码掌握了一点儿新情况。他的书房门开着，早晨的阳光倾泻进来。亮光下的灰尘在门口飞舞，她感到一阵愧疚。

“将军。”从客厅传来一个声音，是东欧口音。

“啊，我死了。”斯蒂芬回应。

伊丽莎白把钥匙串放回包里，打开客厅门。斯蒂芬和波格丹面对面地坐在棋盘两边，两个人看见她都笑了起来。

“伊丽莎白，看谁来了！”斯蒂芬指着波格丹说。

波格丹陷入了困惑：“伊丽莎白？”

“他这么叫我。他总是记错事情。”她又对斯蒂芬说，“是玛丽娜，亲爱的，记住了。”这么做的感觉并不好，但她不得不这么做。

“跟他说的一样。”斯蒂芬赞同道。

波格丹从椅子上站起来，朝伊丽莎白伸出了手。“我给你带了花，你丈夫好像放到什么地方了，我也不确定在哪里。”

斯蒂芬研究着棋盘上的残局。“这小子凭实力打败了我，伊丽莎白。”

伊丽莎白看着她的丈夫。他俯身盯着棋盘，往回退了几步棋，显然很高兴自己中了圈套。真是宝刀不老啊，伊丽莎白想，第一千次爱上他。她重复道：“是玛丽娜，亲爱的。”

“我也叫你伊丽莎白吧，没关系的。”波格丹说。

“他还帮我修好了书房的灯，亲爱的，”斯蒂芬说，“我们遇到了天才。”

“你真好，波格丹。抱歉家里不太干净，我们一般没什么客人，有时候……”

波格丹伸手握住她的胳膊：“你家里很漂亮，伊丽莎白，你丈夫人也很棒。能跟你聊几句吗？”

“当然，波格丹。”伊丽莎白说。

“我可以相信你吗？”波格丹问，深深地望进伊丽莎白的双眼。

“你可以相信我。”伊丽莎白说，她的视线一刻都没离开他的眼睛。

波格丹点点头。他相信她。

“我们一起散散步？你和我？今晚？”

“今晚？”伊丽莎白问。

“我要给你看样东西，最好等到天黑以后。”

伊丽莎白认真地看着波格丹：“给我看样东西？有提

示吗？”

“有，是会让你感兴趣的东西。”波格丹说。

“这个嘛，感不感兴趣，应该交给我来判断。”伊丽莎白说，“我们去哪儿散步，波格丹？”

“墓地。”波格丹说。

“墓地？”伊丽莎白感到后背升起一丝凉意。这世界有时候真奇妙！

“是的，我们在这里碰头，”波格丹说，“穿暖和点，我们要在那里待一会儿。”

“我想我没问题。”伊丽莎白说。

64

乔伊丝的日记

对，我知道伊恩·文特汉姆死了，后面会说到的，我保证。猜猜还有什么事发生？乔安娜来了！

我们开她的新车去了趟费尔黑文（待会儿去看看是什么牌子的车），在豆子家族停下来。我一路都表现得很轻松自在，没想到效果竟然非常好。乔安娜全程没有一句抱怨，没有说“现在没人是素食主义者了，妈”，也没有说“我家拐角有家黎巴嫩人开的店，做的布朗尼比这儿的好吃多了，妈”。绿茶、燕麦甜饼、马卡龙，没想到我会有机会和乔安娜一起点这些东西吃。

她来这附近开个会，好像和“优选法”[①]有关。记忆里的那个小女孩，吃鱼柳和土豆华夫饼完全没问题，可是一吃豌豆就叫得撕心裂肺，我怎么也想不到她有一天会去开“优选法”的会。管它“优选法”是个什么意思呢！

不出我们所料，男朋友又成了历史。你知道吗？现在

① 优选法（optimization method）：根据数学原理，为实际工作、生活中的问题找到最佳答案的方法，以此达到低耗、高产等目的。

的手机可以上锁，防止别人偷看，而且可以用指纹解锁。总之，有天晚上乔安娜的男朋友，啊，现在是前男友了，他在沙发上睡着了，她用他的大拇指打开了他的手机，浏览了一遍他的信息。等他醒来时，他的行李箱已经被打包好放到了门厅。这就是我的女孩。

乔安娜不愿透露细节，但明显暗示和照片有关。我听了太多的《女性时间》节目，当然能领会其中的含义。请原谅我的不文明，他真是个大蠢货。

我们聊到这个的时候乔安娜咯咯地笑了起来，所以我想她并没有心碎。

乔安娜小睡醒来了，暂时和你说声再见吧。你可能不知道，我一直在很小声地打字。

我的漂亮宝贝在我的床上开心地睡着，两个谋杀案等着我去破解，人生夫复何求啊?

乔安娜带来了一瓶酒，好像有什么特别之处，我恐怕给忘了。有一天她会明白，对我来说她才是最特别的那一个。我邀请伊丽莎白今晚过来和我们一起喝一杯，但她有“别的安排”。

我和你一样不清楚是什么安排，但应该和谋杀案有关，这一点可以肯定。

（补充说明：是一辆奥迪 A4。）

65

暮色下，通往安息园的上山路像一条苍白的带子。波格丹伸出胳膊，伊丽莎白挽了上去。

“斯蒂芬不太好？”波格丹说。

“是啊，亲爱的，他不太好。”

“你是不是往他的咖啡里放了什么，在我们离开的时候？”

“我们大家都需要吃药，亲爱的。”

波格丹点点头，他理解。

他们走过了长凳，伯纳德·科特尔每天的大部分时光都是在这里度过的。伊丽莎白一直在想伯纳德，这种情况下不得不想。她总有种感觉，他在守卫着墓地，坐在长凳上等同于站岗。他不进去，但从不走远。如果开发项目进行下去，伯纳德会失去什么呢？她必须找时间和他谈谈，或者还有更好的办法，让罗恩和易卜拉欣找他谈谈，这也意味着不能惊动乔伊丝。

“他很久没下棋了，波格丹，他今天看上去真的很高兴。”

“他下得很好，对我来说是个难应付的对手。”

他们到了安息园的铁门前，波格丹推开半边门，领着伊丽莎白穿过门，进了墓地。

“你一定也是高手吧？”

“下棋很简单，”波格丹说，继续在一排排坟墓间行走，轻轻一按打开了手电筒，“永远都走最好的一步。”

“嗯，有道理，”伊丽莎白说，“我以前从没这么想过。可是，万一你不知道哪一步是最好的呢？”

“那你就输了。”波格丹又领着她走了几步，在上方角落里的一座老坟墓旁停了下来。

“你说我可以相信你，对吧？”波格丹说。

“可以绝对相信我。”伊丽莎白说。

“尽管你真的叫伊丽莎白？我在书房看到账单了。”

“对不起，”伊丽莎白说，“除此之外，可以绝对相信。”

“没关系，只要你觉得有必要，怎么样都可以。但是，如果我给你看样东西，你要保证不会告诉警察，也不会告诉任何人，好吗？”

“我向你保证。”

波格丹点点头：“你坐着，我来挖。”

这样舒适的夜晚正适合坐在耶稣基督雕像的底座上，伊丽莎白非常开心地看着波格丹，他在她左边，借着手电筒微弱的光开始挖墓。她很好奇他会挖出什么。他会揭露什么样的秘密呢？她在脑子里琢磨着各种可能性，最明显的答案是钱。有个手提箱或者帆布运动包被埋在了墓地里，波格丹会把它拽出来，放到她的脚边。里面也许是钞票，也许是黄金，天知道是什么人什么时候埋的赃物。这应该是一大笔赃物，不然波格丹怎么会大晚上拉她来这里？多到可以为了它杀人吗？如果是几千英镑，波格丹肯定直接拿走了吧？谁捡到就是谁的，没什么大不了。但是，如果是满满一箱五十英镑面值的钞票，嗯，那就……

“好了，过来看看。”波格丹说。他站在坟墓里，肩上扛着铲子。

伊丽莎白撑起身子，走到坟墓旁，看见了伊恩·文特汉姆被杀那天早上波格丹看到的东西。她想，坟墓里可以发现的东西很多，尸体应该是最不足为奇的。然而，当波格丹的手电筒照到骨头，还有骨头下面的棺材盖时，她不得不承认这是她完全没有想到的。

“你以为是钱，对吗？”波格丹说，“也许我发现了钞票什么的，不知道怎么办？”

伊丽莎白点点头。钞票什么的，波格丹太厉害了。

“我理解，抱歉，没钱。是钱就好了，结果是一堆骨头。棺材里有骨头，棺材外也有骨头，不同的骨头。”

“这些是你昨天发现的，波格丹？”伊丽莎白问。

“对，就是伊恩被杀的时候。我不知道该怎么办，需要一天的时间想想。也许没什么大不了，你觉得呢？”

“这恐怕是大事，波格丹。”伊丽莎白说。

“是啊，可能是大事。”波格丹沮丧地赞同道。

伊丽莎白在坑边坐下来，双脚垂荡在坟墓里，她低头看着棺材盖。“这么说，你打开棺材了？”

“我想最好打开看看，确认一下。”

“很对，”伊丽莎白表示同意，“确定里面是不同的尸骨？”

波格丹跳进坟墓，稍稍拉开棺材盖，露出了里面的骨头。“对，这一堆骨头待在它们应该待的地方，而且时间比棺材外的那具尸骨久远得多。”

伊丽莎白点点头，想了想。“所以有两具尸体，一具待在属于它的地方，另一具待在不属于它的地方，而且时间要晚得多？”

“对。也许我应该报警，但又不确定这么做对不对，你知道警察那套。”

“我确实知道，波格丹。你来找我是对的。我想某个时刻可能需要报警，但不是现在。”

“那我们怎么办？”

“不介意的话，波格丹，把坟墓填上。暂时先这样，给我一点儿时间思考。”

“只要你需要，让我挖挖填填都可以，直到问题解决，伊丽莎白。”

“我们真是一路人啊，波格丹。”伊丽莎白说，同时心里在想，必须给奥斯汀打个电话，他知道该怎么处理这一切。

伊丽莎白望向山下村子的点点灯光，大部分的灯都已经熄灭了，但易卜拉欣公寓的灯还亮着。他还在不停地工作，勤奋的男人。

她又看向波格丹，他满身泥污和汗水，一铲一铲地往坟墓里填土。他滑动开了封的棺材盖，让它重新回到一具尸体的上方，同时小心翼翼不打扰到另一具尸体。她想，这简直就是她理想中的儿子。

66

“他们总是在搞鬼，”罗恩说，“一直以来都是这样。不管是什么，教会肯定有份。”

“就算这样也解决不了问题。”易卜拉欣说。

易卜拉欣和罗恩在讨论谁有可能杀掉伊恩·文特汉姆。

他们逐一研究名单上的三十个人，考虑各种可能性。今晚只有老男孩们，有乔安娜在，乔伊丝一定待在家里，伊丽莎白又哪儿都找不到。

罗恩坚持按十分制给每个人的杀人可能性打分，威士忌越喝越多，他打的分也逐渐飙升。拉金公寓的莫琳刚刚得了个七分，主要因为有一次晚餐她挤到了罗恩的前面，而这种行为“胜过千言万语”。

“麦基神父是我们的第一个十分，小易卜，写下来，排在首位。他一定是在坟墓里埋了什么东西，绝对的，板上钉钉的事。黄金，或者尸体，或者色情片，三个都有可能，我太了解他们这类人了，他担心被他们挖出来。”

“似乎不可能，罗恩。”易卜拉欣说。

“呃，你知道夏洛克·福尔摩斯是怎么说的，老兄。如果不确定是谁干的，那么……什么什么的。”

“果然是充满智慧的格言。”易卜拉欣说，“难道麦基神父不会自己事先挖出来吗，罗恩？趁着某个时候，免得被人发现。”

“可能是铲子不见了吧，我也不清楚，但是记住我的话。”罗恩说，他的口齿变得渐渐模糊不清，显得温柔又温情。深夜、威士忌、谜案，这才是真正的人生。“我给他十分。”

“这又不是《下毒奇迹》，罗恩。”易卜拉欣强烈反对罗恩的打分体系，但还是在麦基神父的名字旁写了一个“十”。实际上，易卜拉欣也强烈反对《舞动奇迹》[1]的评分体系，认为和评委的打分相比，大众投票占的比重太高了。他曾为此给英国广播公司写过信，收到了热情洋溢却不置可否的回复。他看向名单上的下一个名字。

“伯纳德·科特尔，罗恩，你怎么看？”

“我看又是个大人物，”罗恩拿着杯子在空中比画，杯子里的冰块叮当作响，“看见他那天早上的表现了吗？”

“确实，他的情绪越来越激动。”

“我们都知道他整天坐在山上，坐在那个长凳上，像是在标记领地。”罗恩说，“他以前和他老婆一起坐在那儿，

---

① 《舞动奇迹》（*Strictly Come Dancing*）：英国舞蹈竞技类电视节目。

对吧？所以那是他获得平静的地方，是不是？这种东西是不能被夺走的，特别是我们这个年纪的人，无法接受太多的改变。”

易卜拉欣点点头：“是啊，太多的改变。到了某个时候，改变只属于其他人。”

对易卜拉欣来说，库珀斯·切斯的一大魅力就是它充满了活力，多的是荒唐的委员会和荒唐的钩心斗角，多的是争吵、玩笑和八卦。每个新来的人都微妙地改变着这里的能量，每个离开的人也提醒着你这里不会永远一成不变。在易卜拉欣看来，这是一个群落，而人类注定要以这种形式生存。在库珀斯·切斯，如果你想独处，只用关上大门；如果你想和人交往，再打开就是了。易卜拉欣还没听说过比这更好的幸福秘方。但是伯纳德失去了妻子，而且丝毫没有走出悲伤的迹象，所以他需要坐在费尔黑文的码头上，或者山上的长凳上，任何人都不必问为什么。

“你的地方在哪儿，罗恩？”易卜拉欣问，“哪里是你找到平静的地方？”

罗恩噘起嘴，轻声笑了笑：“如果是几年前，你问我这种问题，我肯定会大笑走人，是吧？”

“是的，”易卜拉欣赞同道，“我成功地改变了你。”

“我觉得，”罗恩开口道，表情机警，眼睛炯炯有神，“我觉得……”他决定不多想了，实话实说，易卜拉欣发现罗恩的表情放松下来。“说真的，我脑子里闪过了各种念头，各种所谓的标准答案。但是，听好了。我的地方就在这里，坐在这把椅子上，外面漆黑，我和朋友一起喝着威士忌，一起聊着什么。”

易卜拉欣交叉手指，让罗恩说下去。

“想想那些不在这里的人吧，小易卜，那些没能挺下来的家伙们。而我们在这里，一个来自埃及的男孩和一个来自肯特的男孩，我们挺过了一切，喝着苏格兰某个人酿造的威士忌。很有意义，不是吗？这就是我们的地方，对吧，老兄？这就是我们的地方。”

易卜拉欣点头表示赞同。其实能让他找到平静的是他正后方的档案墙，但他不想破坏这样一个时刻。罗恩不说话了，易卜拉欣看得出来，他到达了内心深处的某个地方，沉浸在回忆之中。易卜拉欣知道自己要保持沉默，让罗恩去他需要去的地方，想他需要想的事情。多年来，易卜拉欣无数次看见坐在那把扶手椅上的人露出这样的神情。这是工作中他最喜欢的一部分，看着别人去往内心深处，触碰那些他们自己都不知道存在于那里的东西。罗恩抬起脑袋，又准备说话了。易卜拉欣往前靠了一点点。罗恩刚才神游到哪里去了呢？

“你觉得伯纳德和乔伊丝有什么奸情吗，小易卜？”罗恩说。

易卜拉欣往后退了一点点："我还真没想过，罗恩。"

"你当然想过，我知道你想过，你可是心理医生。我赌他们一定发生了什么，幸运的家伙。还有那些蛋糕什么的。你那方面还行吗？万一有需求，你懂的。"

"不行了，好几年前就不行了。"

"一样，一样。也算是好事，我以前完全是它的奴隶。总之，我给他九分，你觉得呢？老伯纳德，他在场，你能看出他不希望那地方被挖，而且他做的好像是科学方面的工作，对吧？"

"我想是石油化工方面。"

"那就对了，芬太尼。九分。"

易卜拉欣也倾向于这种想法，伯纳德似乎并不是完全清白的。他在伯纳德·科特尔的名字旁写了一个"九"。

"当然了，如果他们有了那种关系，乔伊丝应该不会喜欢这个九分。"罗恩说。

"乔伊丝和我们掌握的情况一样，她应该已经知道他是个九分。"

"那女人不傻。"罗恩赞同道，"山顶来的那个女人呢？农场主的女儿，来做电脑讲座那个？"

"卡伦·普莱费尔。"易卜拉欣说。

"她在场，对吧？"罗恩说，"而且是站在中心地带，还很可能对毒品非常了解。她长得还很好看，美女一直都是麻烦。”

“是吗？”

“一直都是，”罗恩说，“反正对我来说是这样。”

“作案动机呢？”易卜拉欣问。

罗恩耸耸肩：“情杀？跟墓地无关，通常都是情杀。”

“也许是个七分？”易卜拉欣说，“或者七分加一个星号，然后加一个脚注解释星号的意思是‘需要进一步调查’？”

“七分加星号。”罗恩表示同意，他用自己独特的发音方式说出“星号”这个词，“名单上只剩下我们四个了。”

易卜拉欣低头看了眼名单，点点头。

“那就开始吧？”罗恩问。

“你觉得我们当中可能有人干这种事吗？”

“反正不是我干的，这一点绝对肯定。”罗恩说，“在我看来，他们想怎么开发就怎么开发，人越多越热闹。”

“可是你在协商会上带头反对，你游说委员会，你发起路障，所有这些都为了阻止开发。”

“当然！”罗恩说话的语气好像他朋友的脑子出了毛病，“没人能在我面前想干什么就干什么。我也是差不多八十岁的人了，鬼知道还有没有机会再制造麻烦。但是，老兄，想想服务费和新设施啊，现在大概没戏了。我绝不可能杀他，那是和自己过不去。给我打四分。”

易卜拉欣摇摇头："你得七分。你非常好斗，性子急，有时会失去理智。你当时在冲突的最中心，而且你要打胰岛素，所以你知道怎么使用注射器，这些都说得通。"

罗恩点点头，表示有道理："好吧，那就打六分。"

易卜拉欣拿着笔在本子上敲了七下，抬起头："还有你儿子，我认为他可能和托尼·柯伦有点关系，所以加到七分。"

罗恩不再平静，冰块跳起了另一种节奏的舞步。即使不能保持冷静，他仍轻声说："别把杰森扯进来，易卜拉欣，你应该明白的！"

有意思，易卜拉欣想，但没说出口。"我们到底是不是在给自己打分，罗恩？"

罗恩盯着朋友看了半天："是，是，你说得对。好吧，如果我是七分，那你也是七分。"

"可以。"易卜拉欣说着在本子上写下来，"理由呢？"

理由太多了，老兄，罗恩想。他笑起来，紧张的气氛被化解了。"聪明过头，这是一点。你最好把这些记下来。你是心理变态，或者反社会人格，哪一个更糟糕你就是哪个。字写得太难看，这是个明显的征兆。你是移民，关于移民的新闻我们看得多了。因为你，某个可怜的英国白人心理医生正失业在家。还有，你的头发越来越少，你可能一气之下杀人，比这还微小的杀人理由都有过。"

"我头发没少，"易卜拉欣说，"可以去问安东尼，他欣赏我的头发。”

“你当时在现场，像平常一样在最热闹的地方。你就是电影里演的那种人，实施完美的谋杀，只为了看看自己能不能成功逃脱。”

“这倒是没错。”易卜拉欣赞同道。

“奥玛·沙里夫[①]演的。”罗恩补充道。

“啊，这么说我还是有头发的。好吧，我七分。下面是乔伊丝和伊丽莎白。”

易卜拉欣一想到聊天到深夜就很开心。如果罗恩走了，能做的事情只有读书和列更多的名单，然后强迫自己躺在床上，等待总是迟迟不肯到来的睡意。太多的声音需要他关注，太多的人还迷失在黑暗中，寻求他的帮助。

易卜拉欣知道他经常是库珀斯·切斯最后一个醒着的人，他很高兴今晚有客人，让他有了熬夜的借口。两个老人一起抵抗着黑夜。

易卜拉欣再次打开便笺本，从窗口望向乔伊丝的公寓。四周一片漆黑，整个村子都睡着了。

当然了，伊丽莎白那样的专业人士，不可能在下山路上暴露手电筒的光。

---

① 奥玛·沙里夫（Omar Sharif）：埃及演员、制片人、编剧，曾出演电影《阿拉伯的劳伦斯》。

67

杰森·里奇坐在角落的一张桌子前吃午餐。鮟鱇鱼和意大利咸肉，两道菜都是取材自当地的美食。

他不太清楚该怎么办。

黑桥酒吧的变化太大，让杰森有些吃惊。它现在是一个美食酒吧，招牌“黑桥”从英文改成了法文。招牌灰底黑字，酒吧名用的是极简风格的小写字体。多年来，费尔黑文的锋利棱角被渐渐磨平，黑暗角落不复存在。

你我都一样，杰森想，喝了一小口气泡水。

杰森在想那张照片。如果有把枪，他会感觉更安全些。换作二十年前，弄把枪很容易。他只用走进黑桥酒吧，和米基·兰士唐打声招呼，米基·兰士唐再给杰夫·戈夫打个电话。他的一品脱[1]啤酒还没喝完，就会有个孩子骑小轮车过来，把一个棕色包裹送到酒吧，再得到一包薯片和一包本森烟作为报酬。

多么简单的时代。

---

① 英制单位，1 品脱约合 568 毫升。——编者注

米基·兰士唐现在在旺兹沃斯坐牢，罪名是纵火，以及在车尾箱跳蚤市场卖假的伟哥。

杰夫·戈夫买下了费尔黑文足球俱乐部，后来在房地产崩盘时损失了所有钱财，再后来靠盗卖黄铜发了财，最后在摩托艇上被一枪打死。

现在的小孩还骑小轮车吗?

照片躺在杰森面前的桌子上，这是多年前在黑桥酒吧照的，那时候还没有意大利咸肉和酵母面包。

混帮派的日子好像就在昨天，什么都能一笑而过，好像麻烦永远不会找上门。

从在酒吧坐下那刻起，杰森一直在找托尼·柯伦当年打死毒贩的具体位置，那个毒贩从伦敦来宁静的费尔黑文碰运气，那大概是二〇〇〇年的事。那件事的痕迹很难找到了，因为他们移了一堵墙。他想事发地可能是在改造过的壁炉旁，壁炉里烧的是当地的木材。

“要咖啡吗，先生？”女服务员说。杰森点了一杯白咖啡。

杰森记得子弹穿过那家伙的肚子，射穿薄如纸的墙壁，飞进停车场，击中了土耳其吉安尼的那辆考斯沃斯 RS500 的车前叶子板。吉安尼伤心死了，谁都看得出来，但开枪的是托尼，他又能怎么办呢?

土耳其吉安尼——杰森最近老想起他，他确定尸体旁的那张照片是吉安尼拍的，那家伙总是带着相机。警察知道吗？吉安尼回到城里了吗？波比·塔纳回来了吗？杰森是不是他们名单上的下一个？

被托尼射中的男孩最后死了。那时候他们经常从伦敦过来，有时是伦敦南，有时是伦敦北，帮派需要扩大，需要寻找容易开发的新市场。

服务员端来了白咖啡，搭配的是杏仁味意式脆饼。

杰森还记得托尼射死的男孩，他只是个孩子。他在海滨的橡树酒吧把包好的可卡因给斯蒂夫·乔治乌试试。斯蒂夫·乔治乌是塞浦路斯人，曾经在帮派的边缘地带混过，从不想被牵扯进去，但是很忠诚。他现在开了一家健身房。斯蒂夫·乔治乌为年少的毒贩指了条路，告诉他去黑桥酒吧碰碰运气。男孩去了，但很快意识到运气没那么好。

他流了很多血，杰森记得清楚，那场面不好玩，这一点他也记得清楚。回想起来，那孩子应该是十七岁左右，现在来说很小，但在当时不算小。有人把他放进波比·塔纳那辆英国电信的旧面包车里。这种情况下，托尼更愿意找出租车司机来开车。司机开到 A2102 号公路上，在“欢迎来到费尔黑文”的标志牌处扔下了男孩。第二天早上，他正是在那里被人发现的。太晚了，男孩早就死了，不过他自己应该清楚这种事情的风险。出租车司机也被一枪打死，因为托尼认为凡事还是尽量小心为好。

对杰森来说，这是一种终结，其实对他们所有人来说都是一种终结，终结了一场白日梦。不再是年轻人一起挣挣钱，不再是朋友们一起玩乐，不再是假扮罗宾汉，不再是他那时候以为的任何东西，有的只是子弹、死尸、警察和悲痛欲绝的父母。他是个白痴，太晚才意识到这一切。

不久后，波比·塔纳离开了。他弟弟特洛伊死在了英吉利海峡的一条船上。是在带毒品来的路上？杰森一直不清楚。出租车司机被杀后，吉安尼也跑了。至此全部结束。就这样，一颗子弹终结了那段日子，对他们来说是一种解脱。

听说来自圣伦纳兹的两兄弟现在管着费尔黑文的事。祝他们好运，杰森想。当地的事还是要当地的人管。

他走到壁炉旁蹲下来。没错，就是这个位置。他的手指滑过仿古瓷砖，如果把它们拿掉，继续往下刮，就会发现一个小洞，二十多年前，米基·兰士唐把这个小洞填起来，刷上了油漆。一颗子弹改变了一切。

现在这里什么都没有了，黑桥酒吧只有回忆和人参绿茶。托尼·柯伦、米基·兰士唐、杰夫·戈夫，帮派的弟兄们全都散了。那辆被打了一个洞的考斯沃斯现在在哪儿，是在野外的某个地方生锈吗？波比·塔纳在哪儿？吉安尼在哪儿？在他们找到他之前，他怎么才能找到他们？

杰森重新坐下，喝了一小口白咖啡。好吧，他想，也许他知道问题的答案，一直以来都知道。

杰森叹了口气，把脆饼蘸到白咖啡里，给他爸爸打了个电话。

68

“照片是周二早上收到的，”杰森·里奇说，“有人直接放到了信箱里。”

父子俩在罗恩的阳台上喝着瓶装啤酒。

“你认得那张照片？”罗恩问。

“准确说，我认得的不是照片，以前从没见过它。但我认得那些人、那个地方，就是这些吧。”杰森说。

“哪些人？哪个地方？就是哪些？”他爸爸问。

杰森拿出照片给罗恩看。

“你看，这是托尼·柯伦、波比·塔纳和我，三个人在黑桥酒吧的桌子旁，我们以前经常在那儿喝酒。你去费尔黑文的时候我带你去过一次，记得吗？”

罗恩点点头，看了看照片。三个人面前的桌子上铺满了钞票，数以千计，说不定有两万五。全部是纸钞，就那样在桌面上铺散开。小子们看上去都很兴奋。

“这些钱是从哪儿来的？”罗恩问。

“这次吗？不记得了，这只是许多夜晚中的一个。”

“毒品？”他爸爸问。

“毒品，那时候的人离不开毒品，”杰森证实道，“我的钱全都投在里面了。”

罗恩点点头，杰森摊开手掌，不想为自己辩解什么。

“警察有这张照片？”罗恩问。

“对，他们还掌握了我的不少信息。”

“你知道的，我必须问一下。杰森，托尼·柯伦是你杀的吗？”

杰森摇摇头：“不是，爸爸，如果是我杀的，我会告诉你。你理解的，我一定有充分的理由才会杀他。”

罗恩点点头：“你能证明不是你干的吗？”

“只要找到波比·塔纳或者吉安尼，我想能证明。是他们当中的一个干的。我能理解别人把照片放在尸体旁，你知道的，当作障眼法误导警方。但为什么要给我一张？除非波比或者吉安尼希望我知道是他们干的。”

“你不打算告诉警察？”

“你了解我的，我想自己找到他们。”

“怎么找？”

“啊，这就是我来这里的原因，对吧，爸爸？”

罗恩点点头：“我给伊丽莎白打电话。”

69

唐娜和克里斯在费尔黑文警察局的 B 审讯室里。

不久前，唐娜坐在这间审讯室里和一个假扮修女的人说话，而此刻她坐在一个假扮神父的人面前。她注意到了这个巧合。

突破口是唐娜本人找到的。她对马修·麦基神父做了一点儿背景调查，在电脑上搜索，看看有什么信息跳出来。

背景调查花了她好几天的时间，因为什么信息也没找到，但这根本解释不通，所以唐娜又花了一点儿时间梳理，理出个头绪后才向克里斯汇报。就这样，他们坐到了这里。

"从头到尾的每一刻，麦基先生，"克里斯继续说，"每一刻，你都自称是'神父'？自我介绍也是'神父'？"

"是的。"马修·麦基肯定道。

"即使是现在，你还戴着白色硬领，没错吧？"

"没错，我戴着。"麦基摸了摸硬领，表示确认。

"还有其他的装束，全套行头，对吧？"

“对，还有神父袍。”

“可是，我们对你进行了调查，知道我们发现了什么吗？”

唐娜在一旁观察学习。克里斯对老人很温和，鉴于他们掌握的情况，她怀疑他会转变态度。

“我想……嗯，我想也许，可能有一点儿误会。”克里斯往后一靠，让马修·麦基继续讲，他讲得断断续续，“我承认自己在这件事上有责任，如果你觉得我……哪里做得不对，我想，我的本意并不是想误导谁，尽管看上去确实有误导之嫌，因为这不是全部的，嗯，事实。”

“事实，麦基先生？”克里斯说，“好极了！那就来说说事实吧。你不是马修·麦基神父，这是一个事实。你不为教会和其他任何教会组织工作，这又是一个事实。我们向当地的医保信托基金调查了整整十五分钟，你是迈克尔·马修·诺埃尔·麦基医生，这也是一个事实吗？”

“是的。”马修·麦基承认。

“十五年前，你作为全科医生从私人诊所退休。你住在贝克斯希尔的一座平房里，我们在周围打听了一下，你平时连教会活动都不参加。”

马修·麦基看向地面。

“都是事实？”

麦基点点头，没有抬眼：“都是事实。”

“请问可以拿掉白色硬领吗，麦基先生？”

麦基抬起眼盯着克里斯：“不，不介意的话，我会一直戴着，除非你要逮捕我，而你并没这么说。”

克里斯点点头，看向唐娜，然后转回视线，手指有节奏地敲打桌面。来了，唐娜想。要让克里斯的手指有节奏地敲打桌面可没那么容易。

“有人刚死了，麦基先生，”克里斯说，“你和我亲眼看见事情发生，不是吗？你知道我以为自己看到了什么吗？我以为我看到有人推了一个神父，一个保护教会墓地的神父。对作为警察的我来说，这个想法让我看待问题的角度不一样了。明白吗？”

麦基点点头。唐娜保持沉默，她想不出自己还能补充什么。不知道克里斯有朝一日会不会冲她敲桌子，但愿不会。

“但是我真正看到了什么？我真正看到的是有人推了一个假神父，假扮神父的理由只有他自己清楚。有人推了一个骗子，骗子说的就是你。一个保护墓地的骗子！”

“我不是骗子。”马修·麦基说。

克里斯抬起一只手打断他：“和这个骗子发生冲突后不久，另一个人因为被注射了致命的一针倒地死亡。这让我看待问题的角度又不一样了，特别是当我们发现骗子其实是个医生的时候。也许我漏掉了什么？”

麦基默不作声。

“我再问你一遍，先生，能不能把白色硬领给我拿下来？”

“我现在确实不是神父，我向你坦白，”麦基长叹一声说，“但我以前是，而且当了好多年。这意味着我有特权，佩戴硬领就是其中一个。如果我选择继续戴着它，选择继续自称麦基神父，都是我自己的事。”

“麦基医生，”克里斯说，“这是谋杀案，你必须停止对我说谎。这位警员德·弗雷塔斯已经查过了所有记录，教会非常配合我们的工作。不管你对我们说了什么，不管你对委员会、对伊恩·文特汉姆、对保护大门的女士们说了什么，你都不是神父，从来都不是神父。没有任何记录，没有落灰的账目本，没有老旧的照片。我不清楚你为什么对我们撒谎，但现在有人死了，我们要找到凶手，所以最好尽快找到答案。如果我漏掉了重要信息，我需要你告诉我。”

麦基看着克里斯，想了一会儿，然后摇摇头。

“除非逮捕我，”麦基回复道，“不然我现在要回家了。我知道你们是公事公办，不会有任何埋怨。”

马修·麦基在胸前画了个十字，站起身。克里斯也站了起来。

“我要是你，麦基医生，我会留下。”

“只要指控我，我保证留下，”麦基说，“既然还没有……”

唐娜站起来，为他打开审讯室的门，马修·麦基告辞而去。

70

在桑拿房里抽烟非常困难，杰森·里奇在尽最大努力尝试。

“你确定这样好吗，爸爸？”他问，汗水从额头滴下来。

“尽管把一切都告诉他们，”罗恩回答，“他们知道该怎么办。”

“你认为他们会找到那两个人？”杰森问。

“我认为会。”易卜拉欣说，他伸展四肢躺在一条较低的长凳上。

桑拿房的门开了，伊丽莎白和乔伊丝走进来，泳衣上裹着毛巾。杰森在一堆热灰中把烟熄灭。

“啊，真不错，”乔伊丝说，“桉树香。”

“很高兴见到你，杰森。”伊丽莎白说，在半裸的拳击手对面坐下，“我想，你觉得我们或许能帮上忙。必须说，我表示同意。”

客套话到此为止，伊丽莎白紧盯着杰森。

“所以呢？”

杰森把他告诉爸爸的故事又给伊丽莎白和乔伊丝讲了一遍。照片在桑拿房里传阅起来，易卜拉欣已经把照片塑封了。

“这是我收到的照片，”杰森证实道，“我收到后的第一反应是，什么意思？从哪儿来的？是报社吗？明天《太阳报》的头版头条？我当时就是这么想的。但是没有后续消息，什么都没有，也没有记者打电话来，他们有我的电话号码。到底是怎么回事？”

“到底是怎么回事呢？”伊丽莎白问。

“嗯，我在犹豫，要不要打电话给我的公关？也许他们已经和她谈过了。说真的，我当时相当震惊，这是二十多年前的事了，这张照片，还有我脱离的那个世界，所以我打算坚决否认，或者编一个和他们拍照的理由，比如男人聚会、化装舞会什么的，只要能解释过去就行。”

“哇，很精彩。”乔伊丝说。

“我在那儿盯着照片发呆，突然反应过来了。我想，嗯，也许这是个游戏，也许托尼搞到了这张照片，还想好了报纸标题，‘拳击明星被金钱包围，到处弥漫着犯罪的味道’。他送给我一张，想趁机捞点钱，‘给我个两万什么的，不然我就去报社爆料’。没什么大不了，真的，所以我想，好吧，给他打个电话，稍微聊一聊，看能不能解决问题。”

“托尼·柯伦是那种会勒索你的人吗？”伊丽莎白问。

“托尼是那种什么事都干得出来的人，真的。好了，先做第一件事，我去镇上买了一个新手机，最便宜的那种。”

“待会儿能告诉我你是在哪儿买的吗？我正想买一个。”易卜拉欣说。

“没问题，阿里夫先生。”杰森说，“然后，我给他打了第一通电话，没人接。我又打了一遍，还是没人接。我等了二十分钟，再打了一遍，他还是没接。”

“不认识的号码我从来不接，”乔伊丝说，“这是我从《无良奸商》节目学来的。”

“非常明智，乔伊丝。”杰森接着说，“再后来，我来这里和老爸喝了点酒，看见柯伦本人，他和文特汉姆在吵架。”

“你竟然什么都没对我说。”罗恩说。杰森抬起一只手表示歉意。

“我和爸爸喝了几瓶啤酒后……”

“还有我。”乔伊丝说。

“还有乔伊丝。”杰森同意道，“那之后，我开车晃了一圈，好好想了一下，然后去了托尼家，一座很漂亮的房子。要知道，我和托尼向来对彼此很谨慎，我们知道彼此太多的秘密，不到万不得已，我不会出现在他家大门口。他的车停在车道上，但是没人应门，所以我想他可能在监视器上看到了我，不想和我说话，我不怪他。我又按了几次门铃，他还是没开门，然后我就离开了。”

“是他死的那天吗？”乔伊丝问。

“是他死的那天。我听不见屋里的动静，不知道那时是在他死之前，还是之后，还是怎么样。反正我回家了，几个小时后，我的 WhatsApp 群……”

“WhatsApp 群？”伊丽莎白问。乔伊丝挥手示意她别作声，让杰森继续讲。

“群里都是几个老面孔，有人说托尼被发现死在家里了。我浑身冰凉，你们能理解吗？我那天早上收到照片，托尼那天下午就死了，这让我很担心。我的意思是，我能照顾好自己，但是托尼也能照顾好他自己，结果落得什么样的下场？我很紧张，这是当然，然后警察查到我去过托尼家，还有记录证明我那天给托尼打过电话。他们有一张留在尸体旁的照片，照片上有我。也怪不了他们，他们觉得我可疑，我自己都觉得自己可疑。”

“但你没杀托尼·柯伦？”伊丽莎白问。

“没有，不是我，”杰森说，“但不难看出警察为什么认为是我干的。”

“他们的证据很有说服力。”易卜拉欣赞同道。

“你来这里看我们能不能帮你找到老朋友？”伊丽莎白问。

“这个嘛，”杰森说，“按爸爸的说法，不管警察有多厉害，你们要厉害得多。”

四周有人默默点头。

“是老朋友‘们’，”杰森说，“其中一个是拍照片的小子。”

“那是个什么样的人？”伊丽莎白问。

“土耳其吉安尼，我们那个小帮派的第四个兄弟。”

“他是土耳其人？”乔伊丝问。

“不是。”杰森说。

易卜拉欣把这一点记下来。

“他是土族塞人，很多年前逃回国了。”

“我认识几个在塞浦路斯的优秀特工。”伊丽莎白说。

“听着，”杰森说，“你们不欠我什么，相反，我没在这里干过什么好事，托尼也从来没有。如果是波比或者吉安尼杀了托尼，那他们现在还在外头晃荡。如果他们还在外头晃荡，下一个目标不就很可能是我吗？再说一遍，不关你们的事，我理解，但爸爸认为这件事正对你们的路子，我不会拒绝你们的帮助。”

“所以……你们觉得呢？”罗恩问。

“好吧，”伊丽莎白说，“下面是我个人的看法，其他人可能会不同意，但我觉得他们不会。这是你自己制造的麻烦，因为贪婪和毒品制造的麻烦，对我来说这些都是减分项。当然也有一个加分项，那就是你是罗恩的儿子。我相信你说得没错，我相信我们能替你找到波比·塔纳和土耳其吉安尼，说不定很快就能找到。不管你曾经做过什么，不管我们怎么看待你做过的事，我只想抓住一个杀人犯，而不是让杀人犯先逮到你。”

“同意。”乔伊丝说。

“同意。”易卜拉欣说。

“谢谢。”杰森说。

“谢谢。”罗恩补了一句。

“不客气。”伊丽莎白边说边站起来，“好了，你们专心蒸桑拿吧，我得去打几个电话。罗恩，有空的话，今晚十点在墓地见。乔伊丝，易卜拉欣，你们也必须去。”

“听上去很诱人，我不会错过的。”罗恩说。他儿子疑惑地看了他一眼。

“杰森？”伊丽莎白说。

“什么事？”杰森说。

“如果你撒谎，风险会非常大，因为我们一定会抓住这个杀人犯，即使是你也不放过。”

71

“需要搭把手下到坟墓里吗？”易卜拉欣问。

“好的，麻烦了，”奥斯汀说，“你真是个大好人。”

波格丹借来了一盏弧光灯，灯光正对着他在伊恩·文特汉姆被杀那天早上挖开的坟墓。坟墓的棺材上方发现了多余的东西，一具尸骨被埋葬在了不应该被埋葬的地方。

奥斯汀抓住易卜拉欣的胳膊，往下一步踏进了坟墓，小心翼翼地避开散落在棺材盖上的骨头。他抬头看向伊丽莎白，轻轻地笑起来：“好像回到了从前，莉齐，还记得莱比锡吗？”

伊丽莎白笑了，她当然记得。乔伊丝也笑了，她从没听过别人叫伊丽莎白莉齐，不知道其他人有没有注意到。

“你怎么看，教授？”罗恩问，他开心地坐在耶稣基督雕像的脚下，喝着一罐时代啤酒。

“这个嘛，一般我不会随便说，”奥斯汀回答道，他戴上眼镜，仔细观察手里的大腿骨，“当然了，如果只是朋友间的闲聊，我会说这些骨头已经埋在这里一段时间了。”

“一段时间，奥斯汀？”伊丽莎白问。

“可以这么说，”奥斯汀考虑了一下，“只从颜色变化来看的话。”

“能再具体一点儿吗？”伊丽莎白问。

“啊，老天！”奥斯汀说，“再具体一点儿，我会说……”他稍稍整理了下思绪，“我会说确实有好长一段时间了。”

“这么说，是和修女玛格丽特同一时间埋的？”乔伊丝问。

“墓碑上的日期是什么？”奥斯汀问。

“一八七四年。”乔伊丝念道。

“那不可能。三十、四十、五十年前还差不多，主要看土壤来定，但绝不可能是一百五十年。”

“也就是说，”易卜拉欣说，“什么时候有人挖开了这座坟，埋了另一具尸体进去，然后又把坟填上了？”

“肯定的，”奥斯汀同意道，“你们挖出了一个谜团。”

“也许是另一个修女，奥斯汀？”伊丽莎白问，“里面有没有首饰？或者衣服碎片？”

“这具尸骨什么都没有，”奥斯汀说，“赤裸裸被埋的。如果是谋杀，凶手应该是个行家。不介意的话，我打算带几根骨头回去，早上我会研究一下，让你们有一个更清楚的了解。”

“当然可以，奥斯汀，随便挑。”伊丽莎白说。

波格丹鼓起腮帮子：“现在总该报警了吧？”

“哦，我想可以继续保密，等奥斯汀带来新消息再说，”伊丽莎白回复道，“如果大家赞成的话。”

大家都赞成。

“谁搭把手拉我出去，”奥斯汀说，“波格丹老兄？”

波格丹点点头，但似乎有什么想先确认一下：“听着，我必须说句话，可以吗？我担心我可能疯了，这件事确实不正常，对吧？一个老人在坟墓里研究骨头。说不定是个谋杀案，但没人报警？”

“波格丹，你一开始挖出骨头也没有报警。”乔伊丝说。

“对，可我是我啊，”波格丹说，“我本来就不正常。”

“嗯，我们是我们啊，”乔伊丝说，“我们也不正常，虽然我以前确实挺正常的。”

“正常是个虚幻的概念，波格丹。”易卜拉欣补充道。

“波格丹，相信我们，”伊丽莎白说，“我们只想查出这具尸骨是谁和是被谁埋的，不到绝对必要的时候，我们不会报警，这样事情也许会简单许多。如果警察发现了骨头，我敢打赌我们再也别想听到任何消息了。我们付出了这么多努力，这样似乎不太公平吧。”

“我相信你们。”波格丹说，他突然想到了什么，皱起眉头，“万一出了差错，被送进牢房的人肯定是我。”

“我不会让这种事发生的，你对我们太有帮助了，”伊丽莎白说，“好了，请把奥斯汀从坟墓里拉出来，帮忙拿上那些骨头。我提议大家一起回乔伊丝那儿喝杯好茶。”

“好极了！”奥斯汀说。他把挑好的骨头放到坟墓边沿，伸手拉住波格丹的胳膊。

“你带路，莉齐。”罗恩说完一口干掉了时代啤酒。

72

乔伊丝的日记

气氛很欢乐，我能理解为什么。我们每个人都意识到，自己正身处在一个特殊的小团体里，经历着非比寻常的事情。我想我们还意识到自己在做违法的事，但大家都已经过了在意的年纪。也许我们正朝着消逝的光怒吼[①]，但那是诗歌，不是生活。还有其他的原因我没想到，但我知道在下山回去的路上，我们都兴奋到忘乎所以，好像深夜外出的少男少女。

不过，当奥斯汀把一堆骨头摆在我的餐桌上时，尽管我们都还沉浸在探险的兴奋中，但我想这些骨头开始让所有人清醒过来，连罗恩也不例外。

无论是周四推理俱乐部，还是一切冒险行动，无论是年龄带来的自由，还是无拘无束的想法，所有这些都非常美好。但有人死了，不管是在多久以前发生的事，这足以让我们冷静下来开始思考。

没有答案。我们想象不出一个合理的原因，来解释另

---

① 此句引用自英国诗人狄兰·托马斯的诗歌《不要温和地走进那个良夜》。

一具尸骨为什么在那儿。在橘子水晶蛋糕（奈杰拉[1]配方）的激发下，奥斯汀进行了更加细致的鉴定，他相当确定这堆骨头是属于一个男人的，所以不可能是修女。

可他是谁呢？谁杀了他？想要找到答案，我们第一步必须查明他是什么时候被杀的。三十年前？五十年前？这之间有很大的差别。

奥斯汀解释说，他会把骨头带回去做进一步的鉴定。大家离开后，我在谷歌上搜索了他，发现他原来是一位爵士。这发现不能说完全出乎我的意料，他确实对骨头的知识了如指掌。八十多岁的年纪，半夜十点站在坟墓里，他有什么样的感受只有他自己清楚，但我想只要是伊丽莎白的朋友，大概都已经习惯了这种事情。他喝茶加三块糖，从他的外在表现上实在看不出他的身份。

当然了，最重要的问题来了，你可能比我更早想到。最近一桩谋杀案的作案动机是不是找到了呢？还有别的人知道骨头藏在那里吗？杀死伊恩·文特汉姆是为了保护安息园，保护这些骨头的秘密吗？

我想我们聊了有一个小时，不报警真的对吗？最后肯定还是要告诉他们的，但我们觉得这是我们的故事、我们的墓地、我们的家园，所以暂时先让我们保守这个秘密吧。当然了，等拿到奥斯汀那边的结果后，我们会全部讲出来。

① 奈杰拉·劳森（Nigella Lawson）：英国美食节目主厨、美食作家。

所以，我们正在尝试破解两桩谋杀案，也可能是三桩，如果骷髅也是被谋杀的话，或者应该说，如果骷髅的主人也是被谋杀的话。骷髅能算作人吗？这个问题应该交给更伟大的头脑去思考。

我知道伊丽莎白迫切地想追查波比和吉安尼的下落，但我们一致认为查清骨头的来历才是眼下的首要任务。

不知克里斯和唐娜的调查有没有什么新的进展，如果有，我们确实还没听说。真希望他们不要对我们有所隐瞒。

73

克里斯和唐娜爬了三层楼梯去克里斯的办公室。唐娜假装害怕坐电梯，为了强迫克里斯多走路。

“所以，杰森·里奇杀了托尼·柯伦，”克里斯说，“马修·麦基杀了伊恩·文特汉姆？”

“除非我们漏掉了什么。”唐娜说。

“我不会让这种事发生，”克里斯说，“来，我们梳理一下。我们知道马修·麦基在现场，也知道他在说谎。他是医生，不是神父。”

“也就是说，他能弄到芬太尼，也知道怎么使用它。”唐娜说。

“同意，”克里斯说，“我想我们只差一个作案动机了。”

“这个嘛，他不希望墓地被迁走，”唐娜说，“够了吗？”

“想逮捕他肯定是不够的，除非查出他为什么不希望墓地被迁走。”

“冒充神父犯法吗？”唐娜问，“我在 Tinder[①] 上遇到过

① Tinder：一款在线交友软件。

一个人，他谎称自己是飞行员，在一家 All Bar One[1] 外对我动手动脚。”

“我敢打赌他一定后悔这么做了。”

“我朝着他的裤裆就是一拳，然后把他的车牌号报上去，让他在回家的路上被拦下来测酒驾。”

两人一起笑了，但笑容稍纵即逝。两人都知道，马修·麦基很可能从他们的指缝间溜走，因为他们没有任何证据。

“周四推理俱乐部的朋友们有没有消息？”克里斯问。

“什么也没有，”唐娜说，“这让我很紧张。”

“我也是，”克里斯说，“真希望不用由我来告诉他们杰森·里奇的事。”

克里斯在楼梯拐弯处停了下来，假装思考，其实只是想喘口气。

“也许麦基在墓地里埋了什么东西，”克里斯说，“不想被挖出来？”

“确实是个埋东西的好地方。”唐娜同意道。

① All Bar One：英国酒吧连锁店品牌。

74

乔伊丝的日记

你用过 Skype[①] 吗？

我今天上午首次尝试，现在可以说我用过了。易卜拉欣把一切设置好，我们都去了他那里。他的公寓非常整洁，我想他并不是请人来打扫的。

房间里到处是文件，而且都上了锁，所以你能看见它们，但不能阅读它们。想象一下，如果你是心理咨询师，可以听到多么丰富的人生故事啊！谁做了什么？或者，谁对谁做了什么？不管是哪种吧，我敢说他全都听过了。

奥斯汀是十点钟打过来的，非常准时，正是我期待中的爵士行事风格。他向我们讲解了新掌握的情况。我们可以在屏幕上看到他，还可以一个个轮流在角落的小框里露个脸。这可不容易，因为那个框框实在太小了，不过我想我们多用几次应该就习惯了。

就像他之前告诉我们的，骨头是属于一个男人的。他的大腿骨上有一处枪伤。奥斯汀把骨头拿起来给我们看，

① Skype：一款即时通讯软件。

我们都把脑袋挤进那个小框框里，想看个清楚。是不是这个伤要了他的命？奥斯汀不想下定论，因为这也可能是之前就有的旧伤。

他的妻子偶然从聊天背景中经过。丈夫手拿人腿骨头对着电脑屏幕，她会怎么想？也许她已经习惯了。

对了，关于如何鉴定骨头的年代，你了解多少？反正我什么都不懂。奥斯汀详细讲解了整个过程的细节，太有意思了。什么机器啊，特殊染料啊，好像还跟碳有些什么关系。我在回来的路上一直想着这些东西，就是为了能写下来，但恐怕还是忘了不少。总之非常有趣。要是《第一脱口秀》邀请他去，那一期节目一定会非常精彩。

他还从现场带了一些土壤回去，也做了测试，但有关土壤的内容没多大意思。还是讲讲骨头吧，拜托了，我一直这么想。

简单来说，奥斯汀做了一些计算。这种事不可能百分之百确定，因为有许多变量，没人能给出所有答案，他真正能做的就是给出最接近真相的猜测。到了这里，伊丽莎白告诉他不要再啰啰唆唆的了，直接讲重点。伊丽莎白总是能讲出这种话，即使对方是位爵士也不例外。

于是他直奔重点。尸体是二十世纪七十年代埋的，年代初比年代末的可能性更大。这么算来，大约是五十年前了。

我们向奥斯汀道了谢，但是没人知道怎么挂断视频电话。易卜拉欣折腾了半天，看得出来他感觉很丢面子。最后还是奥斯汀的妻子在他那头解了围，她看上去很亲切。

好了，就是这样，相隔五十年的另一起谋杀案，有太多东西值得在场的每个人仔细思考。也许该告诉克里斯和唐娜了，告诉他们我们做了些什么，希望他们不要太往心里去。

后来伊丽莎白临时起意，问我想不想跟她一起去布莱顿的一家公墓，可是我已经答应要为伯纳德做午饭，只好拒绝了她。

我知道你闻不到，我给他做的是牛肉腰子派。他最近瘦了一圈，我只想为他做点力所能及的事。

75

唐娜和克里斯在野豆咖啡馆等着免费咖啡，咖啡馆在A21号公路上的英国石油加油站里。只要能从警局抽身半小时，不用再面对爱尔兰护照局无休止地发来的那堆核准文件，做什么都行。

克里斯拿起一根巧克力棒。

“克里斯，你不需要那个。”唐娜说。

克里斯看了她一眼。

“拜托了，”唐娜说，“让我帮你减肥，我知道很难。”

克里斯点点头，把巧克力棒放了回去。

“所以，麦基到底是为了什么？”唐娜问，“和墓地有什么关系？他既然不是神父，为什么要保护墓地？”

克里斯耸耸肩：“也许只是用这种方式接近文特汉姆？说不定他们之间还有别的联系。我们还没查过麦基医生的病人名单吧？谁也说不准。”

克里斯又拿起一根燕麦棒。

“这个比巧克力棒更糟，”唐娜说，“含糖量更高。”

克里斯又把它放回去。照这种进度，他马上就要被迫吃水果了。

“他的嫌疑太大了，”克里斯说，“我们只差作案动机。”

唐娜的手机响了，她看了看信息，噘起嘴，抬眼看向克里斯。

“是伊丽莎白，问我们今晚能不能过去一趟。”

“我看必须等等，”克里斯说，“告诉她我们正忙着解决两个谋杀案。”

唐娜继续往下滑动信息：“她说有东西给我们看。原话是‘请不要再研究文件了，来看看我们发现的东西。还有雪利酒等着你们。八点见’。”唐娜把手机塞进口袋，看着她的上司。

“怎么办？”她问。

怎么办？克里斯慢慢摸着胡茬，琢磨着周四推理俱乐部。不得不承认，他喜欢他们。跟他们喝茶、吃蛋糕、私底下聊聊天，他很开心。他喜欢那里连绵的山丘和开阔的天空。他们是在利用他吗？这个嘛，几乎可以肯定，但到目前为止，他也收获了丰厚的回报。万一这件事曝光了，会不会很难看？会，但事情不可能曝光。如果真曝光了，他就带着伊丽莎白去他的处罚听证会，让她在现场施展一下魔法。

他终于抬眼看向唐娜，她扬起眉毛等待他的回答。

“我勉强同意。”

76

“好了，我们有两种方式处理这件事，”伊丽莎白说，“你们可以大闹一场，狠狠骂我们一顿，我们一起浪费大把的时间。或者，你们可以接受已经发生的事，我们一起享用雪利酒，继续往下进行。你们决定。”

克里斯一时说不出话来，看着他们四个人，然后看向空中，再看向地面，拼命寻找想说的话，却怎么也找不到。他抬起一只手掌，停在身前的半空中，努力想让现实暂停一瞬间。可惜他没这种好运。

“你们……”他缓缓地开了口，“你们……挖出了一具尸骨？”

“啊，严格说，不是我们挖出来的。”易卜拉欣说。

“但确实有具尸骨被挖出来了，对吧？”克里斯说。

伊丽莎白和乔伊丝点点头。伊丽莎白喝了一小口雪利酒。

“简单来说就是这样。”乔伊丝证实道。

“然后你们对骨头进行了法医鉴定？”

“啊，还是那句话，不是我们亲手做的，而且只鉴定了几根骨头。”易卜拉欣说。

“哦，那就没问题了，只是几根而已！”克里斯提高了音量，唐娜意识到这是她第一次听到克里斯这样说话。“祝各位晚安吧，这里没什么可看的了。”

“我就知道你们会小题大做，”伊丽莎白说，“能不能跳过这一段，开始谈正事？”

唐娜发声了。

“小题大做？”她直接对着伊丽莎白说，“伊丽莎白，你们刚挖出了一具人骨，却没有报警。这可不是假扮成包被偷的修女。”

“什么修女？”克里斯问。

“没什么。”唐娜立刻说，“这是严重的罪行，伊丽莎白，你们所有人可能会因为这个进监狱。”

“胡说。”伊丽莎白说。

“绝不是胡说！”克里斯说，“你们到底想干什么？接下来的每句话，希望你们都仔仔细细地想清楚了再说。你们为什么挖尸骨？我们一步一步来。”

“嗯，正如我之前说过的，我们没有挖尸骨。我们只是关注到尸骨被挖出来这个事实。”易卜拉欣说。

“我们感到好奇，这很正常。”罗恩说。

“注意力完全被吸引了。”易卜拉欣赞同道。

“考虑到伊恩·文特汉姆的谋杀案，”乔伊丝补充说，“我们感觉这件事可能很重要。”

“这时候就没想到我和唐娜也可能感兴趣？”克里斯问。

“第一，克里斯，应该说‘唐娜和我’，女士优先。”伊丽莎白说，“第二，谁知道那些骨头是什么？我们不想浪费你们的时间，等确定了是什么以后再说。万一我们把你们叫来，结果发现只是牛骨头，怎么办？那我们还不成了愚蠢的老糊涂？”

“我们真的不想浪费你们的时间，”易卜拉欣表示同意，“我们知道你们已经有两个谋杀案要忙了。”

“拿骨头去做鉴定，”伊丽莎白继续说，“然后发现是人骨。能确定下来真是太好了，而且没花纳税人一分钱。死者是男性，死于二十世纪七十年代的某个时间，腿部有一处枪伤，但无法判断这是不是杀死他的致命伤。好了，该邀请克里斯和唐娜来看看了，让你们从现在开始接手，让专业人士参与进来。说真的，我觉得你们应该感谢我们才对。”

克里斯正琢磨着怎么回应，唐娜决定承担起这个任务。

“天哪，伊丽莎白，你先歇歇吧，别在我们面前演戏了。你们挖出尸骨的那一刻就知道是人骨，我想你们有能力区分。乔伊丝，你当了四十年护士，应该知道人骨和牛骨的不同吧？”

“嗯，知道。”乔伊丝承认道。

“从你们那样做开始，伊丽莎白，你和你的小帮派……”

“我们不是伊丽莎白的小帮派。”易卜拉欣插嘴道。

唐娜朝易卜拉欣扬起眉毛，他举起一只手表示妥协。她继续说：“从那一刻开始，你们这些人就惹上了大麻烦。这不是聪明的小把戏，你们可以糊弄全世界，但糊弄不了我。你们不是挑战权威的弱势群体，也不是乐于帮忙的业余侦探。这是严重的罪行，甚至比严重的罪行还要严重。这种事不是我们一人一杯雪利酒，呵呵傻笑两下就能收场的。这是要上法庭的事。你们怎么能这么傻？你们四个！我当你们是朋友，你们却这样对我。”

伊丽莎白叹了口气：“唉，我说的正是这个意思，唐娜，我就知道你们两个会大惊小怪。”

“大惊小怪！”唐娜难以置信地说。

“对，大惊小怪，”伊丽莎白说，“不过在这种情况下，我能理解。”

“你们只是公事公办。”罗恩赞同道。

“要我说，十分令人敬佩。”易卜拉欣补充道。

“大惊小怪也该到此为止了，”伊丽莎白说，“要抓就抓吧，把我们四个带回警局，整夜盘问，整夜都得到相同的回答。”

“无可奉告。”罗恩说。

“无可奉告。”易卜拉欣说。

“和《24小时警方拘留》里拍的一样。”乔伊丝说。

“你们不知道是谁把尸骨挖出来的，也不会从我们任何人的口中得到答案，”伊丽莎白继续说，“你们不知道是谁把骨头带去做鉴定的，也不会从我们这里得到答案。耗完整晚的时间，你们不得不尽力地向皇家检控署解释，四个七八十岁的人挖出尸骨却没报警，是什么原因呢？有什么证据吗？无非就是我们今晚的坦白，这些根本不会被采信。四个嫌疑人巴不得上法庭，一脸笑嘻嘻，假装把法官错认成孙女，问她为什么不常来探望。整个过程艰难、昂贵、耗时，而且一无所获。没人坐牢，没人罚款，甚至没人会去路边捡垃圾。”

“我这老腰可捡不了垃圾。”罗恩说。

“或者，”伊丽莎白接着说，“你们可以选择原谅，相信我们是真的想要帮忙。你们可以让我们道歉，我们头脑发热，明知道做的事不对，却还是做了。我们知道过去二十四小时你们一直被蒙在鼓里，也知道亏欠了你们。只要原谅我们，明天早上，你们可以凭着奇妙的直觉，下令搜查安息园。你们可以挖出尸骨，送到你们自己的法医部门做鉴定，他们会告诉你们，这是个男人，几乎能肯定是在二十世纪七十年代初埋葬的。然后我们大家就开开心心地保持调查步调一致了。”

房间里一阵沉默。

“这么说，”克里斯语速极慢地问，“你们把骨头埋回去了？”

“我们认为这么做最好，”乔伊丝说，“把荣耀留给你们。”

“如果我是你们，我会把右上角的那座坟留到第四或第五个挖，”罗恩说，“不要表现得太明显了。”

“另外，”伊丽莎白继续说，“我们大家可以度过一个愉快的夜晚，没人大呼小叫，我们可以把知道的一切告诉你们，这样你们明天一早就能顺利开工了。”

“如果觉得合适，你们也可以和我们分享一点儿信息。”易卜拉欣补充道。

“妨碍司法公正、毁坏他人坟墓能判多少年监禁，这种信息怎么样？”克里斯说，“想知道的话，最重能判十年。”

“哦，这些我们刚刚都经历过了，克里斯，”伊丽莎白叹了口气，“别再拿腔拿调的了，放下架子吧。再说了，我们没有妨碍，我们是在帮忙。”

“我可没看到你们有谁挖出来尸骨。”罗恩对着克里斯和唐娜补了一句。

“到目前为止，我们绝对做了大量的工作。”易卜拉欣说。

“所以呢，我是这么看的，”伊丽莎白总结道，“要么逮捕我们，我们都能理解，事实上，我认为乔伊丝会非常享受。”

“无可奉告。”乔伊丝说，高兴地点点头。

“要么不逮捕我们，我们可以好好利用今晚剩下的时间，谈谈到底为什么有人在二十世纪七十年代把一具尸体埋在了这座山上。”

克里斯看向唐娜。

“我们还可以讨论一下，是不是同一个人杀死了伊恩·文特汉姆，为了保守住这个秘密。”伊丽莎白说。

唐娜看向克里斯。克里斯有个问题。

“这么说，你认为是同一个人实施了两次谋杀？而且相隔将近五十年？”

“这是个有趣的问题，不是吗？”伊丽莎白问。

“这是个有趣的问题，但原本可以昨晚问的。”克里斯说。

“我们要找的人可能二十世纪七十年代就在这里，现在仍然在这里，知道了这一点对我们大有帮助。”唐娜补充道。

“我们真的很抱歉，”乔伊丝说，“但是伊丽莎白很坚决，你是了解伊丽莎白的。”

“我们往前看吧，”伊丽莎白说，“这件事就翻篇了。”

“我们难道还有别的选择，伊丽莎白？”克里斯问。

“选择是个被过分美化的东西，随着年岁增长，你会慢慢明白的。”伊丽莎白说，“好了，说正经事。我想知道，你们怎么看那个麦基神父。这地方还是修道院的时候，他有可能在这里吗？”

“从这个问题推断，你还没查出麦基神父的情况吧？”克里斯说，“不至于让我抓住了你的弱点吧？”

“我的调查还在进行中。”伊丽莎白说。

“没必要了，伊丽莎白，这一题我们替你破解了。”唐娜说，“他是麦基医生，不是什么神父，从来都不是，永远也不是。他是一个爱尔兰医生，二十世纪九十年代搬来这里的。”

“太奇怪了，”伊丽莎白说，“他为什么假扮神父？”

“我就说他不是什么好东西吧。”罗恩对易卜拉欣说。

“所以，有可能是他杀了伊恩·文特汉姆，”唐娜说，“他肯定有什么目的，但我认为未必和你们发现的骨头有关。”

“还需不需要我提醒一句，这些信息都是机密？”克里斯说。

“在我们这里非常安全，你清楚的，不是吗？任何秘密都不会离开这个房间。”伊丽莎白说，“我们就当一切从没发生过吧，骨头什么的，来共享一下手头的信息？”

“我觉得今天已经共享得够多了，伊丽莎白。”唐娜说。

“哦，真的吗？”伊丽莎白说，“可是你们连托尼·柯伦照片的事都还没告诉我们，我们不得不自己查出来。”

唐娜和克里斯都看向伊丽莎白，克里斯特别夸张地叹了口气。

“为了表示歉意，”易卜拉欣说，“也许你们想知道照片是谁拍的？”

克里斯抬头看向天空，更准确地说，看向乔伊丝家涂着阿泰克斯涂料的天花板。“是的，我真的很想知道。”

“一个叫土耳其吉安尼的家伙。”罗恩说。

“但他不是土耳其人。”乔伊丝补充道。

“你看过照片了吗，罗恩？”唐娜问。

罗恩点点头。

“杰森照得挺帅，嗯？”

“想听听我的看法吗，不管有没有用？”罗恩说，“只要找到土耳其吉安尼或者波比·塔纳，你们就找到了杀托尼·柯伦的凶手。”

“好吧，既然我们把牌都摊在台面上了，”克里斯说，“谋杀发生的当天上午，杰森给托尼·柯伦打过电话，他有没有说清楚打电话的理由呢？就在托尼·柯伦被杀的同一时间，杰森的车出现在那附近，他有没有解释他为什么会在那里呢？”

"有，"伊丽莎白说，"我们很满意。"

"想共享一下吗？"唐娜问。

"听着，我会让他给你们打电话解释，别担心。"罗恩说，"我们继续往下进行吧，怎么找到这个叫吉安尼的家伙和波比·塔纳？"

"请交给我们来处理。"克里斯说。

"我想我们不可能就这样交给你们去处理，克里斯，"伊丽莎白说，"真的非常抱歉。"

"来点雪利酒吗？"乔伊丝问，"就在塞恩斯伯里超市买的，是'品味不同'系列。"

克里斯往后倒在椅背上，彻底投降。

"要是这件事真的传到我的警司那里，我会亲自逮捕你们，亲自送你们上法庭。我以我的性命发誓。"

"克里斯，永远不会有人发现的。"伊丽莎白说，"你知道我以前是做什么的吗？"

"嗯，坦白说，不太清楚。"

"这就对了。"

一阵默契的沉默降临房间，看来夜晚的畅饮终于可以正式开始了。

"我们大家能作为一个团队通力合作，我感到非常骄傲。"易卜拉欣说，"干杯。"

77

乔伊丝的日记

我很高兴我们把骨头的事告诉了克里斯和唐娜，这才是正确的做法。现在每个人都可以睁大眼睛仔细留意，谁在二十世纪七十年代到了这里，如今仍在这里？这个问题足够让大家忙上一阵子了。

现在所有人知道了所有信息，感觉很公平。

那么，吉安尼和波比在哪里呢？我们已经处理完骨头的事，我知道伊丽莎白正在思考如何追查他们的下落。这种事正对她的路子，不是吗？说不定早上我就会接到电话，“乔伊丝，我们去雷丁”或者“乔伊丝，我们去因弗内斯”，再或者“乔伊丝，我们去廷巴克图”。然后她会一点儿一点儿地告诉我为什么，还没等我反应过来，我们已经和波比·塔纳一起喝着茶，或者和土耳其吉安尼一起喝着牛奶咖啡了。你就等着看吧，明天早上十点之前，绝对的。

我只用过一次护照，为了取一个包裹。刚才查了一下，有效期还剩三年。我记得当初拿到护照时，我在想这会不会是我人生最后一本护照。现在看来，更新它的可能性还是挺大的。提到这个我只是想说，如果吉安尼和波比·塔纳在国外的什么地方，我相信伊丽莎白会毫不犹豫地跳上飞机。从这里开车到盖特威克机场只有一小段距离。

如果她带着我一起去，我会给乔安娜寄一张明信片。“谁？我吗？哦，我在塞浦路斯待几天，追踪一个逃犯，他可能带着枪，你千万别担心。”不过现在没人寄明信片了吧？乔安娜教过我怎么用手机发照片，我试过无数遍，但从没成功过，屏幕上永远都是那个旋转的圈圈。

也许我可以叫上伯纳德一起去。“出门晒几天太阳吧，虽然是临时决定的，反正就突然有了这个想法。”我想那个可怜的男人大概会被吓个半死。

我不想轻易放弃对他的追求，但伯纳德似乎离我越来越远了。午饭时，他不怎么开心，牛肉腰子派也剩了不少。

别以为我不知道其他人在想什么、在怀疑什么。他们会调查伯纳德五十年前在不在这里。他们没和我说，但是你记住我的话，想怎么查就怎么查，不用在意我。

对了，真有廷巴克图这个地方，你知道吗？有次电视竞答游戏里出过这题。易卜拉欣记得它在哪里，我只是单纯觉得有趣而已。

78

克里斯·哈德森捧着一杯威士忌。他喜欢真正烧木柴的壁炉，黑桥酒吧里就有一个不错的。他从没在这里吃过饭，吃饭是需要有个伴的，但他喜欢这家酒吧。壁炉的边饰是仿古瓷砖，非常有品位。如果你二十年前问他，他会说这就是理想中家的模样。真皮扶手椅，威士忌不离手，妻子坐在对面看着书。那是一本得过大奖的书，他看不懂，她却一边翻着书页，一边痴痴地笑。书里讲的是一个爱情故事，故事发生在英国殖民统治时期的印度。他坐在对面看谋杀案的笔记，慢慢解开谜团。

他始终认为麦基的嫌疑重大，所有证据都说得通。但是这些骨头呢？它们会不会改变局面？是不是有两个相隔五十年的谋杀案，一个的发生是为了保护另一个不被发现？如果真是这样，麦基就不是他们要找的人。他们仔细查过记录了，他直到二十世纪九十年代才离开爱尔兰。

他的思绪又飘回理想中的生活。孩子们在楼上睡着了吧？他们穿着新睡衣，一个男孩，一个女孩，相差两岁，都是小瞌睡虫。不，这些都不存在，只有壁炉，只有顾客寥寥的酒吧，只是一家没人陪他一起来的酒吧。然后呢，走路回家，在通宵营业的商店买一块牛奶巧克力，一大块巧克力。再然后刷门禁卡，进公寓楼，上三层楼，回到公寓。公寓由钟点工打扫，厨房从来没人做饭，客房从来没人用过。打开窗能听到海浪声，但看不见海。这不就总结了他的全部？

有一种生活是克里斯没能牢牢抓住的。家人、车道、蹦床、来聚餐的朋友，你能在广告上看到的那些人物、场景。可他的人生永远就是这样子了吗？孤单的公寓，暗淡的墙壁，天空体育台……也许有出路，但克里斯无法立刻找到它。原地踏步，日渐发福，笑容越来越少，克里斯就像没了燃料的火箭。好在他喜欢他的工作，也擅长他的工作。克里斯早上总是能轻松起床，只是晚上难以入睡。

暂且把麦基放到一边，专注于托尼·柯伦的谋杀案。杰森·里奇早些时候给他打过电话，讲述了事情的经过，解释了电话和车子是怎么回事。如果他在撒谎，那他真是撒谎高手。不过他很可能是撒谎高手，不是吗？

波比·塔纳还是踪迹全无。他从阿姆斯特丹消失后，任何正式记录上都没有波比·塔纳这个人，但他一定在什么地方。也许隐姓埋名地生活在布鲁塞尔，那里有很多帮派都用得上他。也许他还干着老本行，走私、斗殴，让自己能派上用场。他不是大人物，挑不起大是非，风浪经历多了，行事变得小心。某一天，在某个国家，当他从一家健身房出来时他们会上前搭住他的肩膀，逮住他，然后带他飞回英国接受审讯。

当然了，还有一种可能，那就是波比·塔纳也死了。滥用类固醇、酒吧斗殴、从渡船上落水，死去的方式有无数种，而他当时唯一的身份证明可能就是一个假护照。但克里斯相信波比还在什么地方好好地活着，如果他还在什么地方好好活着，他会不会因为某件陈年往事，比如他弟弟当年和装满毒品的船一起沉入海底，去拜访一下托尼·柯伦？谁知道呢？

还有那个新人物，土耳其吉安尼，克里斯倒是查到了他的不少记录。他的真名叫吉安尼·古恩杜兹，二〇〇〇年左右潜逃出国。当时有人举报，说他杀了黑桥酒吧枪击案中的出租车司机。每条线索兜兜转转都回到了那个夜晚，回到了这家酒吧。

吉安尼回来了吗？

克里斯喝完威士忌，又看了一眼仿古瓷砖，真漂亮。

也许该回家了。

79

乔伊丝的日记

我赶时间，今天早上就简单地说两件事。

第一，廷巴克图在马里。我从邮筒回来的路上碰到了易卜拉欣，问了他一下。我还看见伯纳德慢慢走上山。他现在每天都去，不过没什么大不了的。

好了，我说了，马里，你现在也知道了。

第二，伊丽莎白是上午九点十七分打来的电话，我们要去福克斯通。这样看来，我们要换乘两次火车，一次在圣伦纳兹，一次在阿什福德国际站，所以我们要早早出发。我从没去过阿什福德国际站，我想一个名字里含有“国际”的车站至少应该有一家玛莎百货吧，说不定还有奥利弗·博纳斯精品店。祝我们好运。

我保证今天会再来汇报，不过要晚一点儿。

80

从很多方面看，彼得·沃德的邻居们都欠他一声“谢谢”，不过说句公道话，大部分人还是记在心里的。

皮尔森街曾经是破败的代名词。一个没有报纸的书报亭；一家杂货店，廉价酒在柜台后堆成了山；一家旅行社，贴着几张褪色的海报；两个赛马投注站；一家快要倒闭的酒吧；一家派对装饰品专卖店；一家美甲店；一家咖啡馆，门窗上钉着木板。

然后“鲜花工厂”搬进来了。那是彼得·沃德的花店，色彩鲜艳，好像给这条灰色的街投下了一枚小小的彩虹炸弹。

多么美的花啊！彼得·沃德是个行家。在一个小镇上，如果你是个行家，消息很快就会传开。人们开始从镇中心绕道过来，他们会告诉朋友，朋友再告诉他们的朋友。还没等你反应过来，伦敦来的某个人就看中了钉着木板的咖啡馆，买下了租约。就这样，拜访皮尔森街的理由变成了两个。再后来，有个新娘来找彼得订花，在咖啡馆享用拿铁，看到这条小街红火起来，心里琢磨，在这个地方开一家小五金店怎么样？就这样，一家叫“工具箱”的五金店出现在了鲜花工厂旁边、卡萨咖啡馆对面。旅行社门口突然有路人经过，他们觉得有必要换掉那些海报，路人开始走进店里，主要是三十岁以下的人群，他们不知道旅行社是做什么的。买下咖啡馆的伦敦人接着买下了酒吧，卖起了吃的东西。书报亭的泰瑞采购了更多的报纸、更多的牛奶、更多的一切。美甲店做的指甲越来越多，派对店卖的气球越来越多，杂货店的库存里除了伏特加，开始加入了杜松子酒。原本在阿斯达超市卖肉的约翰人生跨越了一大步，他开了一家自己的店，带走了一批老顾客。一个当地的艺术家团体把空置的店面租了出去，用租金轮流购买彼此的作品。

这一切都要感谢彼得·沃德的兰花、香豌豆花和非洲菊。

皮尔森街正是理想中购物街的样子，忙碌，友好，富有地方特色，充满欢乐气息。乔伊丝心想，它太完美了，不出半年时间，肯定会有一家 Costa 进驻，然后它就失去了现在的模样。挺让人难过的，但乔伊丝不得不承认，她喜欢 Costa，所以她也必须承担一部分责任。

乔伊丝和伊丽莎白坐在卡萨咖啡馆里，彼得·沃德刚刚给她们一人点了一杯卡布奇诺。他休息半小时，“工具箱”

的贝基帮忙看店，这就是皮尔森街的风格。

彼得·沃德头发花白，脸带笑意，散发着随意轻松的气质，像那种一生中做出了无数正确决定的人。一个福克斯通的花店老板，命运赐予了他一辈子的善良平和，而他的善举又带给他幸福的回赠。

但这个印象是一种误导。他右眼下的伤疤和鼓起的二头肌会告诉你，彼得·沃德是波比·塔纳。也许彼得·沃德已经彻底抛弃了波比·塔纳？这正是她们想来查明的事情。从前的那个打手还在吗？或者应该说杀手？他最近有没有来一场沿海岸线的短途旅行，顺路去费尔黑文，下狠手打死了以前的老板？伊丽莎白把照片放在他们之间的桌子上，彼得·沃德拿了起来，笑容始终挂在脸上。

“黑桥酒吧，”彼得说，“我们在那里玩过几个晚上。这是从哪儿弄来的？”

“好几个地方，”伊丽莎白说，“嗯，事实上是两个地方。一张送到了杰森·里奇那里，一张在托尼·柯伦的尸体旁边。”

“我看到托尼的新闻了，”彼得·沃德点点头，“也差不多是时候了。”

“以前从没见过这张照片？”伊丽莎白问。

彼得又看了一眼，然后说：“从没有。”

“你没收到一张？”乔伊丝问，喝了一小口卡布奇诺。

彼得摇摇头。

“好吧，要么对你来说是个好消息，要么对我们来说是个好消息。”伊丽莎白说。

彼得·沃德疑惑地扬起眉毛。

“是这样，对你来说是个好消息，因为杀托尼·柯伦的凶手不知道你在哪里；对我们来说是个好消息，因为是你亲手杀了托尼·柯伦，我们没有白来福克斯通一趟。”

彼得·沃德微微一笑，又看了一眼照片。

“怎么样都不算白来一趟，”乔伊丝说，“我们度过了非常愉快的一天。”

“警方认为是杰森杀了托尼·柯伦，”伊丽莎白又开始说，“也许真是他，但出于一些个人原因，我们希望不是他。你怎么看，波比？”

彼得·沃德抬起一只手。

“在这里请叫彼得。”

“你怎么看，彼得？”伊丽莎白问。

“我认为不可能，”彼得·沃德说，“杰森绝对干不出这种事。他看上去很凶，其实是个泰迪熊。”

乔伊丝从笔记本上抬起眼：“一个资助特大贩毒集团的泰迪熊。”

彼得点头承认。

伊丽莎白把照片放回桌上：“这么说吧，如果不是杰森，那就是你。或者土耳其吉安尼？”

“土耳其吉安尼？”彼得说。

“照片是他拍的。”

彼得·沃德想了一下：“是他吗？我不记得了，但也说得通。我猜你们知道那个故事了吧？托尼在黑桥酒吧开枪打死了一个男孩，吉安尼打死了抛尸的出租车司机。”

“对，我们知道，”伊丽莎白证实道，“然后吉安尼逃回了塞浦路斯。”

“这个嘛，其实没那么简单。”彼得·沃德说。

“我很想听听。”伊丽莎白说。

“有人向警方告发了吉安尼，他们突袭了他的公寓，但他已经逃走了。”

“谁告发的？”伊丽莎白问。

“谁知道？反正不是我。”

“没人喜欢告密者。”乔伊丝说。

“是谁不重要，”彼得·沃德说，“重要的是，吉安尼逃跑时带走了托尼的十万英镑现金。”

“是吗？”

“那些钱原本放在他的公寓里，是托尼的钱，全不见了。托尼气疯了，那时候十万英镑对托尼来说是笔大数目。”

“他找过吉安尼吗？”伊丽莎白问。

“当然，去过塞浦路斯几次，什么也没找到。”

“不是自己的地盘，办事不容易。”伊丽莎白说。

“我猜你们也没找到吉安尼。”彼得·沃德说。

伊丽莎白摇摇头。

“对了，你们是怎么找到我的？”他接着问，“介意我问一下吗？如果吉安尼回来了，还把有我的照片放到尸体旁边，我可不想轻易被人找到。”

伊丽莎白喝了一小口咖啡：“伍德维尔公墓，你弟弟特洛伊葬在那儿吧？”

彼得·沃德点点头。

“我弄到了监控录像，多亏一个入殓师帮忙，我以前在火车上救过他叔叔的命，”伊丽莎白说，“我就是在那儿找到你的。”

彼得·沃德看着伊丽莎白。

“伊丽莎白，我一年只去过两次，你不可能在监控录像里找到我，那是大海捞针。”

“没错，你是只去过两次，”伊丽莎白表示同意，“哪两天去的呢？”

彼得·沃德往椅背上一靠，交叉双臂，然后点点头笑起来。他明白了。

“三月十二日，九月十七日，”伊丽莎白继续说，“特洛伊的生日和忌日。我原本想找到这两天出现的同一辆车，抄下车牌号码，请朋友的朋友在什么地方的电脑上查询一下。三月十二日那天，我看见了一辆白色面包车，车子是福克斯通一家花店的，开到了布莱顿的一个公墓，我感觉不太寻常。不是说不可能，但确实值得注意。然后九月十七日那天，我又看见了同一辆面包车，这下就非常非常不寻常了，特别值得注意。明白了吗？”

“明白了，”彼得·沃德点点头，“也用不着车牌号码了。”

“因为你的姓名、地址和电话都印在车身上了。”伊丽莎白说。

彼得情不自禁地为伊丽莎白默默鼓掌，她微微欠身回应。

“太棒了，伊丽莎白。”乔伊丝说，“她非常厉害，彼得。”

“看出来了。”彼得说，“这么说，其他人不知道我在哪里？也找不到我？”

“除非我告诉他们你在哪里。”伊丽莎白说。

彼得·沃德倾身向前：“你打算这么做吗？”

伊丽莎白也倾身向前：“只要你明天来找我们，跟杰森和警察坐下来聊聊，把你刚才告诉我们的事告诉他们，我就不说出去。”

81

“吃核桃吗？”易卜拉欣问。

伯纳德·科特尔看着他，然后低头看向他递过来的一袋打开的核桃。

“不用了，谢谢。”

易卜拉欣把袋子收回去：“核桃的碳水化合物含量非常低。只要不过量，坚果是非常健康的食物。但腰果不行，腰果是个例外。我打扰到你了吗，伯纳德？”

“没有，没有。”伯纳德说。

“只是欣赏风景？”易卜拉欣问。他能感觉到伯纳德不太习惯和别人分享长凳。

“只是坐下来休息一下。”伯纳德说。

“葬在这种地方真好，”易卜拉欣说，“你觉得呢？”

“如果必须下葬的话。”伯纳德说。

“可惜啊，再好的人也难逃这一关，不是吗？不管吃多少核桃都没用。”

“恕我冒昧地说一句，我很想安安静静地坐一会儿。”

伯纳德说。

“合情合理。”易卜拉欣点点头说。他吃了一块核桃。

两个男人坐在那儿，风景尽收眼底。易卜拉欣扭过头，看见罗恩沿着小路走上来。他试图掩饰自己的瘸腿，手上拿着拐杖，但显然没什么用。

“啊，好极了，”易卜拉欣说，“罗恩来了。”

伯纳德看过去，微微噘了一下嘴。

罗恩走到长凳跟前，在伯纳德的另一边坐下。

“下午好，先生们。”罗恩说。

“下午好，罗恩。”易卜拉欣说。

“对了，伯纳德老兄，”罗恩说，“你是在站岗吗？”

伯纳德看着罗恩：“站岗？”

“守卫墓地，像土地神一样坐在这儿，‘谁也别想过去’什么的。怎么了？”

“伯纳德想安安静静地待着，罗恩，”易卜拉欣说，“他是这么告诉我的。”

“有我在，绝不可能。”罗恩说，“好了，说吧，老兄，你在这上头藏了什么？”

“藏？”伯纳德问。

“我才不相信悲伤这种说辞，老兄，我们都想念我们的妻子，恕我直言，墓地里肯定有什么名堂。”

“我认为悲伤对每个人的影响程度不同，罗恩，”易卜拉欣说，“伯纳德的行为并不罕见。”

“我也说不清，易卜。”罗恩摇摇头说，望向远处的群山，“那家伙一心想挖墓地，结果几天前被杀了。伯纳德每天在这里坐一整天，就在同一块墓地旁边。这些事情改变了我的看法。”

“原来是这么回事。”伯纳德说，声音冷静平和，视线不愿看向罗恩，“你们在和我说谋杀的事？”

“对，就是这么回事，伯纳德。”罗恩说，“山下的某个人给那家伙打了一针，杀死了他。我们大家都碰过他，记得吗？我们当中的任何一个都有可能是凶手。”

“我们只想排除一些调查对象。”易卜拉欣说。

“也许你有正当理由？”罗恩说。

“杀人真的有正当理由吗，罗恩？”伯纳德问。

罗恩耸耸肩：“也许你在墓地藏了什么东西。你有糖尿病吧？擅长用针？”

“我们大家都擅长，罗恩。”伯纳德说。

“七十年代你在哪里，老兄？你是本地人吗？”

“这是个奇怪的问题，罗恩，”伯纳德说，“希望你别介意我这么说。”

“管它奇不奇怪，你是吗？”罗恩说。

“我们只是在探索各种可能性，”易卜拉欣说，“每个人都会被问到。”

伯纳德转向易卜拉欣：“这是套路吗？一个唱红脸，一个唱白脸？”

易卜拉欣思考片刻：“嗯，对，是这么个想法。从心理学角度看，这个策略往往非常有效。感兴趣的话，我借本书给你看？”

伯纳德长叹一口气，转向罗恩：“罗恩，你见过我妻子，你见过阿西玛。”

罗恩点点头。

“你对她非常友好，她喜欢你。”

“嗯，我也喜欢她，伯纳德，你有个好妻子。”

“每个人都喜欢她，罗恩，”伯纳德说，“可你还问我为什么坐在这里。跟墓地没关系，跟打针没关系，跟我五十年前住在哪里没关系。我只是一个思念妻子的老人，放过我吧。”

伯纳德站起来。

“先生们，你们毁了我的一天，你们应该感到羞愧。”

易卜拉欣抬头看着伯纳德：“伯纳德，恐怕我没法相信你。我想相信，但是没办法。你有个故事，非常渴望讲出来，所以，什么时候想讲了，你知道去哪里找我。”

伯纳德笑着摇摇头：“讲故事？跟你？”

易卜拉欣点点头：“对，跟我讲，伯纳德，或者跟罗恩讲。不管发生了什么，最糟糕的处理方式就是保持沉默。”

伯纳德把报纸夹到胳膊下：“恕我冒昧，易卜拉欣，罗恩，你们根本不知道最糟糕的处理方式是什么。”

说完，伯纳德开始慢慢地往山下走去。

82

乔伊丝的日记

啊，真是愉快有趣的一天。首先，我以前从没去过福克斯通。

波比·塔纳现在的名字是彼得·沃德，我们发誓替他保密。他开了一家花店。

我想我有两件事可写：彼得·沃德是如何成为花店老板的？不论他是不是花店老板，他认为杀死托尼·柯伦的人是谁？

我可能还会写写伯纳德，不过留到最后吧，先写别的，边写边想。

彼得·沃德——后面我会叫他彼得——在弟弟死后不久离开了费尔黑文，原因你应该想象得到。他弄了一本伪造的护照。听伊丽莎白和彼得说起来，这种事很容易办到，我是完全不知道怎么办的，你呢？他最后到了阿姆斯特丹，打打零工。不是我们想象的那种零工，什么清理下水道、粉刷栅栏之类的，而是搭乘渡船携带可卡因穿越英吉利海峡，或者，我想，做点威胁恐吓的事吧。你能从他身上看出这一点，不管他表面是什么样子。

他混进了一个来自利物浦的帮派。他不愿告诉我们名字，好像我知道了就能怎么样似的。他们的计策是利用运鲜花的大货车走私毒品，就是那种从荷兰和比利时开过来的大货车。这是他们的“掩护”。

一开始，彼得负责装货。货车司机收了一笔钱，在比利时的一个路边停车带停下，彼得和几个弟兄跳上车，只要是能藏的地方，能藏多少是多少。然后货车开走，在肯特再停一次，一切就大功告成了。这些货车一直来来回回，应该每天都发车吧？必须这样，因为是鲜花嘛，所以这是个完美的掩护。

货车司机不固定，只是他们随便找的，刚开始是这么做，后来他们开了窍，自己买下了一个花房。生意照常进行，彼得在现场“监督”每一次发货，每一次都添加一点点特殊的东西。就这样，他们每天有三辆货车穿过泽布吕赫，他们想怎么用就怎么用。说真的，很聪明。

彼得整天待在花房，经营花房的年轻小子收了钱，对一切睁只眼闭只眼。他们一起打牌聊天，做些在比利时能消磨一整天的事。

（跑一下题，养老村前几天贴了个通知，是关于去比利时布鲁日旅游的，我考虑报名。乔安娜几年前去过，她的结论是“精致过了头，妈，但你会喜欢”，所以我打算勇敢尝试一回。伊丽莎白会喜欢那里吗？）

这些都只是顺便一提，因为接下来发生的事才是重点。中间的运输环节出了差错——没人知道原因和经过，至少彼得不知道——吉林厄姆的一家小花店收到秋海棠的时候，还意外收到了两千克可卡因，然后立刻报了警。

警察有时候也不是那么笨，他们没有直接出警逮捕司机，而是跟踪他，看他去哪里，趁机摸清底细。最后警方派出了一整队警察，他们一个个查清了这帮人的分工，把能抓到的全都抓了起来。

据彼得说，他和经营花房的小子看见警察从一英里外过来（彼得说，比利时跟荷兰一样地势平坦），他们在向日葵田里躲了六个小时，警察把花房翻了个底朝天。之后没多久，在阿姆斯特丹，一个利物浦人被一个塞尔维亚人杀死了，事情就此终结。

我相信你能看出事情的走向。彼得从没混成帮派里的大人物，他真不是那种类型，不过他赚了点小钱，而且学到了一大堆花卉知识。当然了，他见过各种花朵最美丽的时刻。他向我们描述颜色什么的，变得诗情画意起来，最后伊丽莎白不得不催他快点讲。

就这样，如今每天都有一辆那样的大货车停在皮尔森街，彼得像从前一样跳上车，不同的是，他只是把鲜花卸下来搬进他的店里。货车继续之后的行程，最后回到比利时的花房。经营花房的还是那个和他一起打牌、一起躲在向日葵田里的小子。

真是个不错的故事。我敢说，阿姆斯特丹的利物浦人和塞尔维亚人还在四处打打杀杀，而彼得有了自己的漂亮小店，在那条可爱的街道上，每个人都知道他的名字，或者说，都不知道他的名字，你懂我的意思。走上正道的好处就是，没人再来找他，没人再来抓他，也没人仔细查看他的护照。彼得·沃德抛开了过去，找到了一些安宁，这并不容易办到。

为了满足伊丽莎白的好奇心，彼得带她去了鲜花工厂，给她看了托尼·柯伦被杀当天自己店里的监控录像。他就在那儿，我是说彼得就在那儿，站在收银台的后面，非常清楚。我想他的嫌疑可以排除了。他确信土耳其吉安尼是我们要找的人，托尼向警方出卖了吉安尼，吉安尼反过来偷走了托尼的钱。确实说得过去，我想。

我和伊丽莎白在火车上讨论了案子。我们在阿什福德国际站待了半小时，信不信由你，那里根本没有商店。也许过了护照检查站会有商店？肯定有吧？

好了，这就是波比·塔纳的故事。该睡觉了，乔伊丝。不知道罗恩和易卜拉欣今天在做什么。

我知道要写写伯纳德，但真的没想好怎么写，所以就算了吧。

我从彼得·沃德的店里买了小苍兰送给伯纳德。我想买点东西，但又不知道买给谁，后来想，伯纳德可能会喜欢它们吧。女人会给男人送花吗？我家乡的人不会，但也许我不再是家乡的人了。花在水槽里，我明天早上送过去。

伯纳德应该会喜欢布鲁日。你觉得呢？

83

小路凹凸不平，他用手电筒照着地面，往山上的园地走去，小心翼翼地不让任何人发现。已经很晚了，所有人都睡着了。但他何必要来冒这个险呢？到了棚屋跟前，门上有把挂锁，很便宜的那种，他用妻子的帽针一下子就撬开了。

库珀斯·切斯有个特别的小团体，他们每人都在园地里有一小块田，并且共同拥有棚屋的使用权。棚屋里有几把折叠椅，天气好的时候用，还有一个热水壶，天气冷的时候用。靠着一边的墙有几袋肥料和覆盖料，都是大家凑钱买的，卡里托的中巴只要经过花卉市场，就会把这些东西带回来。肥料上方钉着库珀斯·切斯园地协会守则，很长，执行起来也很严格。尽管是夏天的晚上，他还是感觉有点冷。手电筒继续亮着，棚屋没有窗户，事情变得容易了一些。

铲子靠在棚屋最里面的墙面上。

只看一眼，他就知道东西放在什么地方，说实话，在上山的小路上他就已经知道了。接下来怎么办？他必须试一试。

他抓住铲子的把手往上抬，立刻被它的重量打败。他是什么时候变得这么虚弱的？他的身体怎么了？他从来不是身强力壮的类型，但现在居然连铲子都举不动了吗？那就更不可能挖土了。

现在怎么办？谁能帮忙？谁会理解？绝望至极。

伯纳德·科特尔坐在折叠椅上，为自己的所作所为哭了起来。

84

克里斯和唐娜坐在拼图室里，一人一杯茶，对面坐着杰森·里奇和波比·塔纳，就是那个八支警队的警探都没能找到的波比·塔纳。伊丽莎白一再拒绝透露她用了什么办法、在什么地方找到的他。

托尼·柯伦遇害时，波比在别处忙着别的事，伊丽莎白和乔伊丝都看到了证据。克里斯想知道他可不可以看看，伊丽莎白告诉他当然可以，前提是他有拘捕令。波比开出的条件是，他会把知道的事全部告诉他们，然后消失在人群中，从此不再被打扰。

“十万英镑，可能再稍微多一点儿，”波比·塔纳说，“放在吉安尼的公寓里，他负责替托尼保管。”

“他的公寓漂亮吗？”乔伊丝问。

“呃……是海滨那种大公寓。”波比说。

“啊，对，有落地观景窗，”乔伊丝说，“美极了。”

“托尼去塞浦路斯找过他？”克里斯问。

“对，去过几次，但什么也没找到。那之后一切都变了。杰森，你慢慢疏远了我们，对吧？开始上电视什么的。”

杰森点点头：“那种生活不适合我了，波比。”

波比点点头：“几个月后我也离开了，当时我弟弟死了，我在这里一无所有。”

“肯定有人见过吉安尼吧？”唐娜问，“如果他最近回来了，有人会看到，有人会谈论。”

波比想了一下：“那时候的老面孔没剩下多少了。”

“如果吉安尼需要落脚的地方，很难说他会找谁。”杰森说。

波比看着杰森：“除非，杰西……”

杰森也看着波比，思考片刻，然后点点头：“当然，当然，除非……”

杰森开始发消息。

“打算和我们分享一下吗？”伊丽莎白问。

“我和波比需要找一个人谈谈，”杰森说，“这个人肯定了解情况。交给我们吧，什么问题都让你们解决也太不公平了，伊丽莎白。”

“也许可以跟警察分享一下？”唐娜建议道。

“哦，算了吧。”波比笑着说。

“值得一试。”唐娜说。

杰森的手机响了，他低头看了看，然后转向波比。

“他两点可以见我们，你行吗？”

波比点点头，杰森又开始发消息。

“只有一个地方最合适，嗯？”

85

黑桥酒吧的午餐跟过去一模一样，当然了，也完全不一样了。

“宇航员？”杰森·里奇猜道。

波比·塔纳笑着摇摇头。

“赛马骑师？”杰森又猜。

波比·塔纳又摇摇头：“就算你猜中了，我也不会告诉你。”

好吧，好吧。

“你现在快乐吗，波比？”杰森问。

波比点点头。

“好小子，”杰森说，“你值得拥有快乐。”

“不管怎么样，我们都值得。”波比·塔纳赞同道。

“嗯，值得，也不值得。”杰森说。

波比·塔纳点点头，也许吧。

他们开始吃甜点，等待着他们的客人，黑桥酒吧最好的一瓶马尔贝克红酒也被喝光了。

“我想一定是吉安尼，对吧？”波比问，“我一直以为他死在什么地方了。”

“我还一直以为你死在什么地方了呢，”杰森说，“不过我很高兴你没有。”

“谢谢，杰西。”波比说。

杰森看了看手表：“我们很快就能确定了。”

“你认为他知道？”波比问。

“只要吉安尼真的回来了，他一定知道。吉安尼会在那里落脚。”

“我现在午餐都不喝酒了，你呢？”波比问。

“我们都老了，波比，”杰森同意道，“不过是时候再来一瓶了。”

他们都觉得确实有时间再来一瓶。就在这时，斯蒂夫·乔治乌走了进来。

86

唐娜一整晚都在查看最近两周往返塞浦路斯的航班乘客名单，就好像吉安尼·古恩杜兹现在还会使用他的真名似的。不过谁也说不准。

乘客名单很有意思，但唐娜又开始刷起了 Instagram。

丰田已经成为历史，卡尔的空窗期不会太久。他在和谁约会？唐娜真是天生当侦探的料，卡尔可能是和他的同事波佩搞在一起了吧？他在 Facebook[①] 上给波佩的照片点过赞，不只是点赞，还回复了一个抛媚眼的表情。那个所有自拍都是露左脸还嘟嘴的波佩，她配卡尔显然足够了。唐娜在内部电脑系统上搜了一下她的名字，心里带着几分恶趣味，可惜没查到任何犯罪记录。

唐娜知道自己该上床睡觉了，但她还一直想着彭妮·格雷。

周四推理俱乐部的会面结束后，伊丽莎白说想让她去

---

① Facebook：中译名为“脸书”或“脸谱”，一款在线社交网络服务平台，2004 年成立，创始人之一是马克·扎克伯格（Mark Zuckerberg）。

见一个人，然后就带她去了柳树园，那是库珀斯·切斯的私人医院。

她们沿着米色的走廊往前走，四下安静，条形灯射出的光线昏暗，墙上挂着一排海景水彩画，靠墙的桌子是由廉价的纤维板做成的。一切都显得无比沉重，即使墙边桌上摆着充满生机的鲜花，也无法消解这份沉重。是谁每天送鲜花进来？这是在做无用功，可是还有其他能做的吗？唐娜一时间觉得喘不上气。如果柳树园是一座无法逃离的监狱，那么刑满释放只意味着一个结局。

她们走进病房，伊丽莎白说："警员德·弗雷塔斯，来认识一下督察彭妮·格雷。"

彭妮躺在床上，轻薄的被单一直盖到她的脖子下面，被单下是折起来的毛毯，她的鼻子和手腕都连着管子。唐娜以前参加过一次学校组织的旅行，去的是劳埃德大厦[1]。在那里，所有应该在里面的东西都露在了外面。她还是更喜欢一切都井然有序。

唐娜敬了个礼："长官。"

"坐吧，唐娜，我觉得你们两个互相认识一下肯定不错，相信你们会很合得来。"

---

① 劳埃德大厦（Lloyd's Building）：英国大型保险机构劳埃德保险公司的所在地，也是伦敦金融城标志性建筑之一。这座建筑有"钢铁怪物"之称，其设计师罗杰斯夸张地使用高科技特征，不断暴露结构，并夸张地使用大量不锈钢、铝材和其他合金材料构件。

伊丽莎白给唐娜讲了彭妮的职业生涯。彭妮聪明、坚韧、固执，因为她的性别和性格，或者说因为性别和性格的组合无法让人接受，她在工作里处处受到阻挠。

“她就像拆房子时用的大铁球，”伊丽莎白说，“我是薄刀片，你懂的。彭妮非常强悍，不知道你现在还看不看得出来。”

唐娜看着彭妮，想象她强悍的样子。

“当时的警队流行强悍作风，”伊丽莎白继续说，“流行一点点粗鲁的暴力，至少在男人中是这样的。但这个优势对彭妮无效，她最高只做到了督察。如果你了解她，肯定觉得很荒唐。我说得对吧，约翰，很荒唐，是不是？”

约翰抬眼点点头：“浪费了。”

“她喜欢制造麻烦，唐娜，”伊丽莎白说，“我找不到更好的赞美了。这就是为什么彭妮喜欢研究旧案，她终于能掌控大局，终于能毫无顾忌，不用假装礼貌，不用配合装笑，不用端茶倒水。”

唐娜看见伊丽莎白握住彭妮的手。

伊丽莎白看着她点点头：“我们一直在战斗，对吗？彭妮忍受了一切，像大家常说的，面对现实。日复一日，没有抱怨。”

“她的抱怨可多了，”约翰说，“恕我直言，伊丽莎白。”

“啊，对，只要她想发脾气，一定会让人印象深刻。”

“火力非常猛。”约翰赞同道。

她们离开病房，两个不同时代的人肩并着肩，步调一致。伊丽莎白转向唐娜，说：“你比我更有想法，唐娜。请告诉我，并不是所有战斗都能取得胜利，对吗？”

“我想也许是这样吧。”唐娜表示同意。在默契的沉默中，她们继续往外走，最后穿过了柳树园的大门。再次呼吸到外面世界的空气，她们心生感激。

思绪回到家里——这里真的成为她的家了吗？——唐娜心不在焉地浏览着 Instagram。拜访彭妮让她感到既自豪又悲伤，她想认识她，真正认识她。唐娜想要侦破这些谋杀案的原因有很多，她在清单上又加了一条：让督察彭妮·格雷感到骄傲。

吉安尼杀了托尼·柯伦？马修·麦基杀了伊恩·文特汉姆？伊丽莎白告诉她调查另一个住户，叫伯纳德·科特尔，她记下了这个名字。

还有那些骨头，重要吗？

你怎么看，彭妮·格雷？

如果能破解这一切就好了，那是对前辈最好的致意。应该再看看乘客名单了。

唐娜滑到最后几张照片，波佩刚参加了癌症研究项目发起的蹦极挑战。啊，她当然会参加，波佩就是这种人。

87

乔伊丝的日记

我知道，我一般不在早上写日记，但今天破例了。我只是觉得应该写，所以就写起来了。

昨天非常有趣，不是吗？什么帮派兄弟啊，谋杀啊，毒品啊，等等。他们离开后肯定又聊了很多事情，不知道他们后来见的人是谁。

说实话，对我这种人来说，这些事非常有趣，真的非常有趣。听起来吉安尼的嫌疑确实最大，是吧？

不知道……啊，别写这个了，乔伊丝，别写了。你在拖延时间，你就是不想写正题。

那么好吧，我有一个伤心的消息，就是接下来说的事。

今天早上我给伯纳德打了一个“报平安”的电话。

很多人都有“报平安”的约定。你交了一个好朋友，每天早上八点给他或者她打电话，让电话铃响两下，再挂掉电话，然后他们会用同样的方式给你回复，这样你们就知道对方平安无事，而且不会花一分钱的电话费。当然了，你们也用不着非得聊上几句。

今天早上我给伯纳德打了电话，响了两声，让他知道我平安无事，没有摔跤什么的，但没有收到回复。我从不会太担心，他有时候会忘记这件事，这时候我就会晃悠过去，按他的门铃，他会拖着脚走到窗户前，身上穿着睡袍，愧疚地向我竖起大拇指。我总是想，啊，让我进去呀，你这个笨老头儿，我们一起吃早饭，我不介意你穿着睡袍。但伯纳德永远不会这么做。

于是我走了过去。我是不是有什么预感呢？我想有吧，但好像又没有，这么大的事不可能意料得到。但我想我确实有预感，因为玛乔丽·沃尔特斯看见我走过去，她说跟我招手了，而我没看见，我当时完全陷在自己的世界里，这一点儿也不像我平时的样子，所以，没错，我想我是有预感的。

我按了门铃，抬头看着窗户，窗帘没有拉起来。也许他还在睡觉？也许是有点感冒，正躺在床上休息。我前几天在《今晨秀》节目上听到有人说“男士小感冒”[①]，乐得不行，并且告诉了乔安娜，但她说这种表达已经流行好几年了，还问我真的从没听过吗，我被当头浇了盆冷水。

我又在拖延时间，我知道，继续往下说吧。

我用备用门禁卡进了公寓楼，爬上楼梯，看见伯纳德

① 男士小感冒（man flu）：指男士们小题大做，把普通小感冒说成严重的流感。

的门上有一个用透明胶粘着的信封，信封正面是他写的“乔伊丝”。

对不起，我实在写不下去了。

我名字的字母“O”里竟然有一个笑脸。你永远也猜不透伯纳德。

88

乔伊丝打开信封，抽出一封手写信，大概有三四页。她很感激朋友们来到了她的公寓，她今天再也不想出去了。

“好了，我来念念吧，只念重点，不是全部。这封信回答了我们的一些问题，我知道你们有些人怎么看他，可能觉得他……你们知道的，和伊恩·文特汉姆有关。现在好了。”

“慢慢来。”罗恩说，握了握乔伊丝的手。

乔伊丝开始念起来，声音里带着平时少有的颤抖。

“‘亲爱的乔伊丝，抱歉给你添麻烦了。不要想着进来，我已经把门反锁了，这是我搬来后第一次反锁门。你会知道我做了什么，我想这种事你以前应该见过无数次了。一切顺利的话，我会躺在床上，样子也许会很平静，也许不会。这我可说不准，还是交给男救护员来决定我的样子适不适合和你告别吧。当然，如果你愿意来和我告别的话。’”

乔伊丝暂停了一会儿，伊丽莎白、罗恩和易卜拉欣默不作声，她抬眼看着他们："他们最后没让我看他，我想这肯定是有规定的，比如不是亲属不能看，所以这一点他说错了，不是吗？而且来的是两个女救护员。"

乔伊丝无力地笑了笑，三个朋友也回了个笑脸。她继续往下念。

"'我旁边有药片，还有一瓶拉弗格威士忌，我一直存着准备需要的时候再喝。我看见周围的灯光渐渐熄灭，我马上也要关灯了。床边是你买给我的漂亮鲜花，它们插在牛奶瓶里，我是花瓶粉碎机，你知道的。在我离开之前，我想应该告诉你所有事情。'"

"所有事情？"伊丽莎白说。

乔伊丝把一根手指放到嘴唇上，伊丽莎白不吭声了，乔伊丝继续念伯纳德写的最后一封信。

"'你知道的，阿西玛'——他的妻子——'在我们搬来库珀斯·切斯后不久就去世了，我的整个世界崩塌了。我知道你不怎么说起格里，乔伊丝，但我相信你能理解。这感觉就像有人把手伸进我的身体里，掏走了我的心、我的肺，还对我说继续活下去。可我继续醒来，继续吃饭，继续一步一步地往前走，是为了什么呢？我感觉自己再也找不到这个问题的答案。你知道我经常爬上山，坐在那个长凳上，那是我和阿西玛刚搬来时经常坐的地方，在那里我感觉离她很近。不过，我爬上山还有另一个原因，一个让我深感羞耻的原因，羞耻到让我无法承受。’”

乔伊丝停了下来。“我能喝点水吗？”

罗恩为她倒了杯水，递过去。乔伊丝喝了水，然后回到信上。

“‘你应该知道，很多印度教徒会把他们的骨灰撒到恒河里。现在也有人撒到别的河里，但对某一代人来说，只要能办得到，还是会选择恒河。阿西玛很多很多年前就有这个愿望，当然也是我们的女儿苏菲从小听到大的愿望。阿西玛的葬礼我不想回忆也不想写，葬礼结束两天后，苏菲和玛吉德——女儿和女婿——飞到印度的瓦拉纳西，把阿西玛的骨灰撒到了恒河里。可是，乔伊丝——恐怕这就是我需要药片和威士忌的原因——那不是阿西玛的骨灰。’”

她停下来，抬起眼。

“啊，天哪！”易卜拉欣说，往前挪了挪身子。乔伊丝继续念。

“‘你知道的，乔伊丝，我没有宗教信仰。其实阿西玛到了晚年也没有宗教信仰，她慢慢脱离了信仰，就像叶子离开树，到最后什么也不剩了。我爱那个女人，用尽我的全部爱她，她也爱我。一想到说完再见两天后，她就要被装进手提行李箱带走，一想到她将漂得越来越远，唉，乔伊丝，这些对我来说是无法理解的事。这个理由不能为我的行为开脱，但我希望它能解释我的行为。葬礼后的第一个晚上，阿西玛的骨灰就放在我的房间里。苏菲和玛吉德没有住我的客房，尽管是这种时候，他们还是更愿意住酒店。’

“‘许多年前，我和阿西玛逛过一家老古董店，她拿起一个老虎形状的茶叶罐。呀，是你！我当时说完，我们俩都笑了。我叫她小老虎，她叫我大老虎，你懂这种小昵称的。一周后，我回到店里，想买下茶叶罐送给她，当作圣诞节的惊喜礼物，可惜它已经被卖掉了。到了圣诞节，我打开她送我的礼物，正是那个茶叶罐，她显然是当时就回去为我买下来了。我一直把它保存到现在。那晚，我拿起骨灰盒，把骨灰倒进了老虎茶叶罐，然后把茶叶罐放回到橱柜里。我把锯末和骨粉混在一起装进骨灰盒，竟然非常像真的，然后把骨灰盒重新密封起来。这就是苏菲带去瓦拉纳西的东西，也是她撒到恒河里的东西。记住了，乔伊丝，我完全失去了理智，完全被悲痛麻痹了头脑，只要能阻止我的阿西玛漂走，我什么事都做得出来。当然，我忘了，她也是苏菲的阿西玛。第二天，等到天够黑，我壮着胆子从园地的棚屋拿了铲子，爬到山上。我划开长凳下面的草皮，挖了个洞，把茶叶罐埋了进去。那时候我知道这只能是暂时的，但我还没准备好让她离开。草皮重新填上去，从来没人留意到有什么异样——谁会去留意呢？我每天都去坐在长凳上，有人经过时打个招呼，没人经过时就和阿西玛说说话。我知道这么做是大错特错，我背叛了女儿，永远也不可能补偿她，但我实在是太痛苦了。’”

“有些人爱孩子胜过爱另一半，”易卜拉欣说，“有些人爱另一半胜过爱孩子，只是没有人愿意承认罢了。”

乔伊丝心不在焉地点点头，开始念下一页。

“‘最初的痛苦终会消失，不管你有多想留住它。我很快意识到自己的所作所为有多么恶劣，完全是可怕的自私和自以为是。我开始思考一些计划和计策，想要纠正这个错误。也许我可以挖出茶叶罐，带着它坐巴士去费尔黑文，把一部分的她撒到海里，还有一部分留在我身边。我永远不可能告诉苏菲我做了什么，但至少她的母亲在海浪里，回到了苏菲想象中我们应该回归的地方。我知道这样做远远不够，但这是我唯一能做到的事了。谁料有天早上我爬上山，看见工人正在给长凳铺水泥地基。他们往下挖，还好挖得不深，没发现茶叶罐，然后往孔洞里灌水泥，半小时就完工了。只能这样了吧，我想，现在看来真是荒唐，再把茶叶罐挖出来可不是件容易的事，所以我继续爬上山，继续在没人的时候跟阿西玛聊天，告诉她我的状况，告诉她我有多爱她，告诉她我对不起她。坦白说，乔伊丝，我只对你一个人坦白说，我发现自己已经耗尽了活下去的理由，所以，恐怕只能到这里了。’”

乔伊丝念完后，盯着信看了一会儿，一根手指抚摸着信上的墨迹。她抬眼看着朋友们，想挤出一个笑容，却在瞬间掉下了眼泪，浑身颤抖着抽泣起来。罗恩从椅子上起身，跪在她面前，把她拥入怀里。罗恩最擅长这种事了。乔伊丝把头埋进罗恩的肩膀，双臂紧紧搂着他，痛快地哭起来，为了格里，为了伯纳德，为了阿西玛，为了那群去看《泽西男孩》、回家路上喝着罐装金汤力的女人。

89

时间已经很晚了，唐娜和克里斯还待在费尔黑文警察局里，因为他们没有别的地方可去。

克里斯跪在地上，清理复印机里卡住的纸。他发现自己现在只要一跪下来就抽筋，也不知道到底是怎么回事。盐分摄取太多，或者不足？反正是其中一个吧。

"修好了。"他告诉唐娜。

唐娜按下"打印"键，把塞浦路斯警务部发给她的一系列报告打印出来。

"我会全部装订好给你，"唐娜说，"会花点时间，但对你来说看着更方便。"

"你真是太好了，唐娜，"克里斯说，"可惜还是不和我一起去塞浦路斯。"

唐娜吐了吐舌头。

等待克里斯的是一场非常值得关注的审讯，审讯的结果应该可以告诉他们吉安尼·古恩杜兹在哪里。

吉安尼的名字没有出现在唐娜查看的任何乘客名单上，

飞机没有，轮船没有，火车没有，进出英国的都没有。克里斯认为吉安尼不太可能还使用以前的名字，要知道，警察为侦破年轻出租车司机凶杀案，一直在追踪他；另外，因为他偷走了托尼·柯伦的十万英镑，柯伦也在追踪他。

但是没有人能轻易地人间蒸发，一定会在什么地方留下踪迹。

克里斯关掉电脑，他确定土耳其吉安尼就是他们要找的人。当警察这么多年了，克里斯凭感觉就知道有没有找准目标。现在缺的是证据，希望这趟去尼科西亚能解决这个问题。

“今晚就到这里吧？”

“去喝一杯？”唐娜说，“去黑桥酒吧怎么样？”

“我要赶早上六点五十的飞机。”克里斯说。

“不要老是念叨了。”唐娜说。

克里斯站起来，放下办公室的百叶窗。吉安尼是一个问题，那伊恩·文特汉姆呢？一个更难的问题。他的死真的和五十年前的谋杀案有关吗？应该不会吧？那时候的人还剩下多少？克里斯甚至让两名督察去追查修女这条线索，说不定她们还记得一些事情。她们中的某些人中途离开了吗？已经失去信仰、回归世俗了吗？她们现在有多大年纪了？八十多岁？记录并不完整，他没抱什么希望。还是说，他们都漏掉了更简单的线索？

“我不在的时候，请不要破案。”

“我可不敢保证。”唐娜说。

克里斯拿起公文包。该回家了，回家是一天中最糟糕的时候。克里斯距离他的理想生活只有一英石的距离，而他的公文包里装着一包盐醋味的麦科伊薯片、一包威斯帕巧克力棒和一罐健怡无糖可乐。可乐还能无糖？克里斯以为他在骗谁呀？

克里斯有时候想，他应该加入一个相亲网站。他心中的完美对象是离婚的老师，她有只小狗，在唱诗班里唱歌。不过不是理想型也无所谓，只要是个善良又风趣的人就行了。

克里斯为唐娜拉开门，然后跟在她后面出去。

什么样的女人会看上克里斯呢？现在的女人真的介意胖那么一点点吗？嗯，是的，她们当然介意，但那又怎么样？他可是马上要侦破谋杀案的人。这么大个肯特郡，肯定在什么地方有个什么人觉得胖一点点也是很迷人的，不是吗？

90

乔伊丝的日记

唉，我睡不着，满脑子都是伯纳德，伯纳德，伯纳德，这是当然的。我已经在想葬礼的事了。会在这里举行吗？真希望如此。我知道我认识他的时间不长，但我不愿想象他被葬在温哥华。

所以呢，凌晨两点，我回来这里告诉你一些新消息。别担心，这次没人死掉。

伊恩的事发生后，我们都在猜测库珀斯·切斯以后会怎么样，谁会来接手？我觉得大家并不是很担心，毕竟这是个很赚钱的地方，我们相信会有人接手，问题是什么人。

你大概能猜到谁找到了答案。

昨天，在罗伯茨布里奇一家新开的熟食店里，伊丽莎白“意外地”碰到了吉玛·文特汉姆，也就是伊恩·文特汉姆的遗孀。那里原来是克莱尔美发店，但克莱尔被除名了。“除名”这个词能用在美发师身上吗？反正吧，当地全科医生的妻子在那里丢掉了耳朵上面的一块肉，事情也就这样了。他们说克莱尔现在在布莱顿，也许这样更好。

吉玛当时和一个男人在一起，伊丽莎白形容他是“网球教练型”，不过她承认，这年头应该说是“普拉提教练型”。吉玛显然不是悲伤的寡妇，而且我们都一致认为她终于获得了一点点幸福，这对她来说是件好事。

她好像还得到了一大笔钱，这是伊丽莎白从她嘴里问出来的。我不知道伊丽莎白到底是如何办到的，但我知道她曾假装晕倒，因为她的手肘真的擦伤了。她总是能找到办法，厉害的家伙。

总之，吉玛·文特汉姆把“库珀斯·切斯控股”卖给了一个叫“布拉姆利控股”的公司。当然了，我们后来想尽一切办法查询布拉姆利控股的信息，但到目前为止，没有结果。我们甚至还请教了乔安娜和科尼利厄斯，他们也一无所获。他们保证会继续留意，但听得出来，科尼利厄斯已经渐渐失去耐心了。

还有件事让我睡不着——公司的名字。

布拉姆利控股？感觉很耳熟，却又说不清为什么。伊丽莎白说大财团总是用很大众化的名字，也许她是对的，但我的脑子一直在拉警报，怎么也关不掉。

布拉姆利？我以前到底是在哪儿听的呢？我知道我上了年纪，但不要告诉我这是苹果的品种。我知道这是别的东西，重要的东西。

《直击切斯》的编辑安妮今天来看我。当你失去朋友的时候，大家总是会来看你。我们现在都明白该说怎样的话才合适，毕竟已经说过太多次了。

安妮问我想不想给《直击切斯》写专栏，我觉得她并不是出于安慰才这么做的。她知道我喜欢写东西，也知道我什么都爱打听，所以问我，想不想写写库珀斯·切斯的点点滴滴。我当然答应了。我们决定给专栏起名叫“乔伊丝的选择”，我很喜欢。一开始我建议叫“乔伊丝的心声”，但安妮认为听上去有点像心理健康专栏。她需要一张我的照片，我明天找找看，挑一张不错的给她。

明天我们还要去见戈登·普莱费尔，住在山顶的那个农场主。二十世纪七十年代初就在这里，而且现在仍然在这里的人，我们只能想到他一个。文特汉姆被杀时，戈登并不在他身旁，我想我们可以排除他的嫌疑，希望他还记得关于那个久远年代的有用信息。

我必须再试着睡一会儿了。

91

“古朴？”戈登·普莱费尔笑着重复道，“这个地方，你们和我都知道这是一座快垮掉的老房子，住着一个快垮掉的老头子。”

“我们都是快垮掉的人，戈登。”伊丽莎白说。

他们去普莱费尔农场所花的时间比预计的要长，因为安息园周围拉起了警戒线。据说来了两辆警车和一辆白色面包车，大家都认为白色这辆是法医部门的。上午十点左右，三辆车小心翼翼地停进来，几个穿白色连衣裤的警官拿着铲子走上山。马丁·塞奇住在拉金公寓的顶层，他全程都用双筒望远镜瞄准现场，但还没有什么新发现。“就是不停地在挖。”这是他提供的最新情报。

“这房子和我一起变老，屋顶快塌了，”戈登说，轻轻摸了摸头顶仅剩的几缕头发，“以前不会嘎吱响的地方也开始嘎吱响了，水管也出毛病了。我们真是天生一对。”

“我们没有太打扰你吧？我是指住在养老村的人。”伊丽莎白问。

“听不到一点儿声音，”戈登说，“就好像还是修女们住在下面一样。”

“你有空可以来看看，”乔伊丝说，“我们有餐厅，有游泳池，还有尊巴课程。”

“我以前经常下去，办点杂事，聊聊天。不祷告的时候，她们是挺有活力的一群人。还有，我要是不小心被钉子钉到拇指，或者脚踝陷进了兔子洞，她们会帮忙处理。”戈登说。

伊丽莎白点点头，话说得在理。“伊恩·文特汉姆被杀那天早上，你见过他？”

“很不幸，见过，不是我约的。”

“谁约的？”

“卡伦，我的小女儿，她想让我听他解释，她想让我卖地，不想才怪呢。”

“你们说了些什么？”伊丽莎白问。

“一样的废话，一样的开价，一样的态度。说得客气点吧，我从来不喜欢伊恩·文特汉姆这个人。如果你们想听，我还可以说得不客气点。”

“你不打算改变主意？”

“他们都想说服我，卡伦看出我不会答应，文特汉姆又坚持说了一会儿，想让我觉得自己愧对孩子。”

“但你没让步？”

“我很少让步。”

“我也是。”伊丽莎白说，“最后的结果呢？”

“他说不管怎么样都会拿到我的地。”

“你怎么回复的？”乔伊丝问。

“我说，‘除非我死了’。”戈登·普莱费尔说。

“嗯，说得对。”伊丽莎白说。

“总之吧，”戈登·普莱费尔说，“又有人向我开了价，既然文特汉姆已经不在了，我决定接受。”

“好极了。”伊丽莎白说。

“好了，我能问一下吗？你们只是礼节性地拜访？”戈登·普莱费尔说，“还是有什么我能帮忙的地方？”

“被你问到了，”伊丽莎白点头说，“我们想问问，你对这个地方还有什么记忆吗？比如，七十年代的记忆？”

“我记得的事还真不少，”戈登·普莱费尔说，“可能还有几本相册，如果你们需要的话，我可以拿给你们看看。”

“看一看总归没坏处。”伊丽莎白说。

“先提醒一句，我的照片大部分都是绵羊。你们想找什么？”

92

乔伊丝的日记

我们把尸骨的事告诉了戈登·普莱费尔。我们一起闲聊往事，聊许多年前谁会把尸骨埋在那里。许多年前，库珀斯·切斯还是修道院，年轻的戈登·普莱费尔坐在同一座房子里，和他的小家庭在一起，就在这座山上。

对了，又有人开价买他的地，是布拉姆利控股，我们的神秘朋友。这个名字快把我逼疯了，总有一天我会想起来的。戈登当初拒绝卖地只是因为受不了文特汉姆这个人，他宁可损失自己的利益，也不愿让文特汉姆得逞。文特汉姆一出局，交易立刻达成。

我问戈登打算怎么用这笔钱，回答一点儿也不惊人，大部分都会分给他的孩子们。一共三个孩子，其中一个我们当然认识，就是卡伦，她现在住在旁边那块地上的小屋子里，她本来要给我们讲电脑，结果被意外取消了。

她是单身，不过乔安娜也是单身，仔细想想，我也是呀。

好吧，幸运的孩子们。戈登说他还剩一些钱，足够为自己买个舒服的小住所。你听出什么意思了吧？几天后，我们会带他参观库珀斯·切斯，看看有没有他中意的地方。是不是挺有趣的？戈登骨瘦如柴，不是传统意义上的英俊，但他有着农夫的宽阔肩膀。

行了，说回骨头。戈登终于明白我们为什么想听他对二十世纪七十年代的记忆，并且这么仔细地研究他的相册了。我们想看看许多年前他下山拍的照片，看看能不能认出脸熟的人。

最后，我们在第二本相册里找到了。一开始是婚礼照，戈登和桑德拉（或者苏珊？恐怕我有点走神了，你知道看别人的婚礼照是什么感觉），接着是婴儿的照片，出生日期和婚礼的间隔时间短得可疑，那是他们的第一个孩子。然后，真不是我夸张，一页又一页的绵羊照片，据戈登介绍，每只绵羊都各有特点。再后来，在葡萄酒、炉火和绵羊的共同作用下，我们昏昏欲睡，就在这时，我们翻到了相册的最后几张照片。一共六张，都是黑白照，六张都是在修道院的圣诞派对上拍的。也许不是真正意义上的派对，但绝对是圣诞节。

那人在第五张照片里，这是一张合影，第一眼真的认不出来。五十多年了，我们都改变了很多，我肯定认不出年轻时的伊丽莎白，她也肯定认不出年轻时的我。我们看了一眼，又看了一眼，然后得出了同一个答案。

就这样，我们有了证据，也有了计划。嗯，应该说伊丽莎白有了计划。

说到照片，我为《直击切斯》的专栏挑了一张好看的个人照，是张老照片，我知道是虚荣心作祟，但其实还是看得出是我本人的。格里也在照片里，安妮说可以用电脑把他剪裁掉。对不起了，亲爱的。

93

库珀斯·切斯正中心的小教堂还留有一间忏悔室，现在用来储藏清洁用品。乔伊丝帮伊丽莎白进行了清理，她们把装地板蜡的箱子堆到圣坛上，整整齐齐地码在耶稣身后。伊丽莎白将整个地方装扮一新，甚至连格栅都擦得锃亮。她在硬木椅上放了一对奥兰·凯利设计的靠垫，作为最后的点睛之笔。

伊丽莎白在她那个年代审讯了无数人，也让无数人受到了某种程度的制裁。如果这些审讯有录音，肯定早就被埋葬、抹掉或烧毁了，至少这是伊丽莎白的强烈愿望。

律师？没有。法律程序？当然也没有。哪种方法最有效就用哪种。

伊丽莎白从不使用暴力，这不是她的风格。她知道刑讯逼供时常发生，但从来不是有效的方法。攻心才是关键。她总是尝试意想不到的事情，总是找一个角度切入，总是靠着椅背，仿佛拥有全世界的时间，等待对方主动开口说话，就像这场对谈是他们心甘情愿发起的一样。为了达到这个目标，永远都需要一个角度，需要意想不到的事情，需要量身定做的方法。

比如说，邀请神父来忏悔。

伊丽莎白意识到自己非常喜欢唐娜和克里斯，能遇上他们是一种幸运，如果不是他们，想象一下周四推理俱乐部会遇上怎样无趣的警察吧。但她也知道，即使是唐娜和克里斯也是有底线的，眼下的事就远远超出了他们的底线。不过，如果她能在马修·麦基身上施展一下魔法，相信他们会原谅她的。

万一魔法失灵了怎么办？万一魔法已经成为往事了呢？她不是误以为伊恩·文特汉姆杀了托尼·柯伦吗？

但是马修·麦基不同。这个人和文特汉姆有肢体冲突；这个似乎不存在的人，却出现在一张照片上，而照片正是在这个小教堂里拍的；这个人是神父，又不是神父；这个人抹掉了自己的一切痕迹。

直到有人打算挖掘一片墓地，他的墓地。

这个人此时正在来这里的路上，其实他可以选择留在家里的。

他是来认罪吗？还是来试探她知道了多少？或者带来了一针管的芬太尼？

伊丽莎白从不怕死，但在这种时候，她还是想到了斯蒂芬。

小教堂的永恒黑暗中，寒意四起，伊丽莎白打了个哆嗦。她扣上开衫毛衣，然后看看手表。不管怎么样，她马上就会知道答案了。

94

克里斯·哈德森在一间小牢房里，对面是个魁梧的男人。这间小牢房是尼科西亚中央监狱的审讯室，这个魁梧的男人是科斯塔斯·古恩杜兹，吉安尼·古恩杜兹的父亲。

克里斯坐在水泥椅子上，椅子被拴在地上，椅背直挺挺的。要不是刚坐了瑞安航空[1]的飞机到塞浦路斯，这会是克里斯有生以来坐过的最不舒服的椅子。

克里斯因公出国的次数少之又少，而且间隔很久。许多年前，他去西班牙押送比利·吉尔回国。比利·吉尔当时七十岁，表面上是霍夫的一个古董经销商，实际在海滨附近的一家汽修厂里制造一英镑的假硬币。那是个美好的小生意，经营多年都没被发现，直到后来两英镑的硬币上市流通，比利变得贪心。他的两英镑硬币看上去非常完美，但中间的部分经常掉下来。警方长期在波茨莱德的一家自助洗衣店盯梢，最终追踪到了比利的造币厂。比利事发后逃往阳光灿烂的西班牙，一路上口袋里的硬币叮当作响。

① 瑞安航空（Ryanair）：一家廉价航空公司。

克里斯对那趟公差还有些记忆。一架狭小的包机从肖勒姆机场出发，到达西班牙某个以 A 开头的地方，他在灼热的煎熬中坐了四十五分钟车，车停下，戴着手铐的比利·吉尔被推到他身旁。他们等回国的飞机等了七个小时，在这七个小时里，克里斯一直听比利·吉尔抱怨西班牙买不到马麦酱。

再就是几年后，怀特岛有个必须要去听的 IT 课。这些便是克里斯迄今为止所有的环球体验了。

塞浦路斯更有旅行的感觉，当然还是太热了，但总算有点旅行的意思。去拉纳卡机场接他的是塞浦路斯警探乔·基普里亚努，基普里亚努开车带他到首都尼科西亚，此刻正坐在他身旁。监狱里很舒服，也很凉快，而且克里斯发现，坐在水泥椅子上根本流不出汗。牢房的门关上后，他的心情一直不错。

克里斯猜测，科斯塔斯·古恩杜兹大概七十多岁，不过和比利·吉尔比，他的话少太多了。

“你最后一次见吉安尼是什么时候？”克里斯问。

科斯塔斯盯着他，耸耸肩。

“上周？去年？他来看你吗？说吧，科斯塔斯。”

科斯塔斯看着自己的指甲。克里斯留意到，对一个蹲牢房的男人来说，他的指甲真是太干净了。

“是这样，古恩杜兹先生，我们有记录显示，二〇〇〇年五月十七日，你的儿子回到塞浦路斯，下午两点左右抵达拉纳卡机场，从那一刻到现在，音讯全无，踪迹全无。你觉得是怎么回事？”

科斯塔斯想了一会儿：“你找他做什么？都过了这么久了。”

“我想和他谈谈英国的一个案子，排除他的嫌疑。”

“能让你飞过来，看来是大案子，是吗？”

“是的，古恩杜兹先生，大案子。”

科斯塔斯·古恩杜兹慢慢点了点头：“你找不到吉安尼？”

“我知道他二〇〇〇年五月十七日下午两点在哪里，那之后就不清楚了。”克里斯说，“他会去哪里？会去见谁？”

“这个嘛，”科斯塔斯说着在椅子上坐直了身子，“他可能来见我。”

“那他来了吗？”

科斯塔斯稍稍往前倾身，朝克里斯笑了笑，然后又耸耸肩：“我想时间到了，祝你好运，在塞浦路斯玩得开心。”

乔·基普里亚努也往前一靠，看着科斯塔斯·古恩杜兹。

“科斯塔斯和安德里斯是两兄弟，他们以前偷摩托车，克里斯，就在尼科西亚这里，把偷来的车运到土耳其。只要每个港口有自己人，办起来非常容易。他们有个小车间，锉掉车子的序列号，改掉登记信息。是这样吧，科斯塔斯？”

“那是很久以前的事了。”科斯塔斯说。

“后来偶尔也偷小汽车。小汽车可以上同样的船，同样的自己人，同样的视而不见，对科斯塔斯和安德里斯来说，一切顺利。一年又一年，就这样摩托车和小汽车，小汽车和摩托车。小汽车意味着更大的车间，更大的货车，更大的板条箱。”

“科斯塔斯能赚更大的利润？”克里斯看着科斯塔斯问。

“更大的利润，肯定的。一切相安无事，每个人都很开心，科斯塔斯和安德里斯做得很好，谢谢了。然后一九七四年，土耳其对塞浦路斯开展军事行动，你知道之后的故事了吧？”

“知道。”克里斯说。他不知道，但他太想在上飞机前吃顿饭了，他敢打赌这个故事很长。如果确实重要，他会在维基百科上查一下。

此后，北方的希族塞人开始南下，南方的土族塞人开始北上，科斯塔斯和安德里斯属于后者。”

“所以科斯塔斯搬到了北方？”

乔·基普里亚努笑了起来。“你搬到了北方，嗯，科斯塔斯？大概往北搬了三条街吧。尼科西亚被绿线分开，土族塞人在城北，希族塞人在城南，所以他们只是搬到了绿线以北，却发现自己进入了全新的世界。”

谷歌搜一下“绿线”，克里斯想。

“科斯塔斯，你们察觉到了新世界的机遇，嗯？开始了新生意。”

“毒品？”克里斯问，“任性的科斯塔斯。”

科斯塔斯耸耸肩。

“毒品。”乔·基普里亚努证实道，“他们买通了合适的人，保证毒品能从土耳其进入塞浦路斯北部，然后再发到各地，发到各种人手里。他们在非常非常短的时间内形成了大规模的生意，一切都受到保护。边缘地带，你明白吧？十年过去了，兄弟俩掌控大局，成了北方之王，整个家族无人能撼动，克里斯。他们捐赠善款，办学校，什么都做。你只要在塞浦路斯北部提到古恩杜兹这个名字，就能亲眼见证它的威力。”

克里斯点点头，他理解。“吉安尼二〇〇〇年回到这里，然后消失了，再也没人见过他。当时有拘捕令，我们还派了警官飞过来，塞浦路斯警方也搜查过，但什么也没找到。”

乔点点头：“很简单，克里斯，真的。如果吉安尼必须迅速逃出英国，他只用给他爸爸打个电话。他到了机场，科斯塔斯派人接他，烧掉护照，立刻换一本新的。新身份，新名字，重返塞浦路斯北部，重返生意场。我敢说第二天就重新开始做起了生意。是这样吗，科斯塔斯？”

“哪样都不是。”科斯塔斯说。

“搜查呢？”克里斯问，“我们的人和你们的人一起做的搜查。”

“不可能，根本不可能，”乔说，“我不想说丧气的话，但是克里斯你应该清楚是怎么回事。他们根本没办法搜查，没办法去该去的地方搜查。不知道你们的人有没有写进报告里，他们不可能踏进塞浦路斯北部。二〇〇〇年那时候，科斯塔斯拥有多大的权力，你完全无法想象。你掌控着所有事、所有人，嗯，老兄？”

乔看着科斯塔斯，科斯塔斯点点头。

“现在也一样，即使他人在监狱里，所以，不管你是多么优秀的警察，何必尝试没用的事呢？吉安尼可能在这里，可能在土耳其，可能在美国，也可能回到了英国。你能看出科斯塔斯知道他在哪里，但他永远不会帮你的忙。”

科斯塔斯摊开双手。

“他有可能飞回英国？”克里斯说，“用任何一个名字？杀了托尼·柯伦，再飞回来，我们却还是什么都查不到？”

乔点点头：“完全可能。不过，如果他真的飞回英国，到了以后应该需要帮助。那边有塞浦路斯人可以帮他吗？为他提供住所？有没有人害怕这边的科斯塔斯，害怕他还拥有的势力？”

克里斯耸耸肩，把这些记在了心里。

科斯塔斯受不了了，站起身来。“说完了吗，先生们？”

克里斯点点头，他的子弹已经用光了。对方是不是老手，问几句就知道了。克里斯掏出名片，放到科斯塔斯面前的桌上。

“我的名片，想起什么可以联系。”

科斯塔斯看看名片，又看看克里斯，再看回到名片，放声大笑起来。他看向乔·基普里亚努，说了几句克里斯听不懂的话，乔·基普里亚努也笑了起来。科斯塔斯最后看了克里斯一眼，摇了摇头，很坚定，但没有恶意。

克里斯也朝科斯塔斯耸耸肩。他也是老手了。

克里斯之前在谷歌上搜过，拉纳卡机场有一家星巴克和一家汉堡王。现在汉堡王的店越来越少见了。该离开了，他站了起来。

“他们最后为什么抓你，科斯塔斯？”克里斯问。

科斯塔斯淡淡一笑：“我从美国买了一台哈雷－戴维森，直接运了过来，忘记交税了。”

“开玩笑吧？这也能判终身监禁？”

科斯塔斯·古恩杜兹摇摇头：“判了两周，然后我杀了一个狱警。”

克里斯点点头：“真是‘了不起’的一家人啊。”

95

接到伊丽莎白的电话，马修·麦基很惊讶，她问他有没有时间忏悔。当时他正在一边种花，一边思考问题。警方的审讯让他猝不及防，心烦意乱。就在几个月前，生活还是那样简单。说实在的，他的生活并不快乐，快乐的生活已经远离他很多年了，但他至少很平静，找到了一些满足。这种生活是他能找到的最大满足吧，他想。

他有房子，有花园，有退休金，还有常常来看望他的左邻右舍。最近刚有一个小家庭搬到对面，孩子们在人行道上骑自行车。只要开着窗，他可以听见车铃声和欢笑声。步行到海边只用五分钟，风不太大的时候，他可以坐下来看海鸥、读报纸。大家认识他，笑着问他，身体还好吗？不太忙的话，能不能帮他们治治流鼻血，或者髋关节，或者失眠症？这才是生活，有节奏，有规律，摆脱了过去的幽灵。真的，他还有什么不知足的呢？

可是现在，他的生活充满了冲突和警方的审讯，以及无休无止的担忧。他还会重回平静吗？一切会烟消云散吗？他知道不会。人们常说时间可以愈合一切，但人生中有些东西一旦破碎，就再也无法修补。马修·麦基暂时关上了窗户，没有了车铃声，没有了欢笑声，他都到这个年纪了，明白它们再也回不来了。

过去一个月，他收到的似乎都是坏消息，所以这通电话是什么意思呢？是好还是坏？

她问他，知不知道圣迈克尔小教堂的忏悔室？知不知道？他到现在都还会梦到那里，无尽的黑暗，沉闷的回声，四周的墙壁向他逼近。他的人生在那里碎成了两半，永远无法修补。

他应该回去吗？这个问题不合理，他从来没有离开过。他早就知道他的人生终会把他引回那里。上帝的幽默感，不得不叫人佩服。

他确定自己见过伊丽莎白，在协商会上，之后就是谋杀发生的那天，糟糕的一天。她在人群中很显眼。伊丽莎白有什么心事呢？她有什么非吐露不可的罪？为什么找他？为什么在那里？他想，谋杀发生那天她肯定看见了他，肯定看见了白色硬领，那东西总是给人留下深刻印象，经常让人想毫无保留地吐露秘密。他触动了她心里的什么地方，才会让她拿起电话？说到这里，她怎么会有他的电话号码？他又没有在公共通讯录上登记。也许网上有？她一定是从哪儿弄来的。

事情就是这样了。回到圣迈克尔，和伊丽莎白一起进忏悔室。回到一切开始的地方，也是一切结束的地方。真是可怕的巧合。她要是知道也会这么想。

马修·麦基已经到了贝克斯希尔火车站的站台，突然意识到，伊丽莎白并没有说他们两个人到底谁做忏悔。

他想立刻折返回家，但是，都这种时候了，票已经买好了。

她不可能知道的，对吧？

96

克里斯心想，所以就是这样了。吉安尼·古恩杜兹彻底消失了，浪荡的儿子回家，受到有权势的家族庇护。现在需要查明吉安尼最近有没有飞回英国，来一趟重温往事的小小旅行，他用的是什么名字，换了怎样一张面孔，能保证他可以随心所欲地往返。

克里斯到了机场，时间还很宽裕，他在星巴克点了一个三色巧克力松饼。当然了，这不是他应该吃的，全是没营养的卡路里，但他可以吃完以后再来担心这个问题。他听见一个英国人说话。

“这个位子有人吗？”

克里斯没抬眼，用手势示意位子是空的，他的脑子一下子反应过来，这个声音很熟悉。当然了，当然。克里斯抬起眼，点了点头。

“下午好，罗恩。”

“下午好，克里斯。”罗恩边说边坐下，“一个松饼四百五十卡路里，你懂的。”

“你在跟踪我吗，罗恩？”克里斯问，“看看能有什么发现？”

“不，我们昨天来的，老兄。”罗恩说。

“我们？”克里斯说。

易卜拉欣端着托盘过来了，朝克里斯点点头：“这么巧遇见你，总督察！我们听说你也在这里。罗恩，我真不知道怎么点速溶咖啡，所以要了焦糖星冰乐。”

“谢谢，易卜。”罗恩说，拿起他那杯。

“不知道该不该问，你们俩在这里做什么？”克里斯问，“只有你们俩？乔伊丝不会在免税店大采购吧？”

“只有我们两个男人，”罗恩说，“小游塞浦路斯。”

“说真的，还挺能增进感情的，”易卜拉欣说，“我一直没什么亲密的男性朋友，或者亲密的女性朋友，也从没来过塞浦路斯。”

“伊丽莎白派我们来的，有指示，”罗恩说，“她认识一个人，这个人又认识一个人，这个人又认识一个人，所以我们就来了，发现的情况可能和你知道的一样。”

“非常有权势的家族，”易卜拉欣说，“吉安尼想人间蒸发，想更换身份，简直太容易了，哪里都没有他的踪迹。”

“幽灵。”罗恩说。

“心怀怨恨的幽灵。”克里斯赞同道。他已经吃了一半松饼，决定放弃了。这么算是多少？二百二十卡路里？如果登机口离星巴克有一段距离，他能消耗掉一部分热量，然后飞机上什么也不吃。

“听说你去见了吉安尼的爸爸，”罗恩说，“有收获吗？”

“你们听谁说的？”克里斯问。

“重要吗？”罗恩问。

克里斯想，确实不重要。“他知道吉安尼在哪儿，恐怕连伊丽莎白也没法让他开口。”

两个男人点点头。

“乔伊丝也许能办到。”克里斯补充道。他们都点点头，这次脸上挂着微笑。

“你不太喜欢笑，总督察，”易卜拉欣说，“不介意我这么说吧？只是观察的结论。”

“我也可以发表一点儿观察的结论吗？”克里斯说，他意识到易卜拉欣说得很对，但不想在此时此地想这件事，“如果伊丽莎白认识一个人，这个人又认识一个人，这个人又认识一个人，那她自己为什么不来？卡格尼和莱西[①]可以来完成任务，为什么派斯塔基和哈奇[②]来？”

“斯塔基和哈奇，太棒了，”易卜拉欣说，“我想当哈奇，办事更有条理。”

广播响起了登机通知，三个人开始收拾行李。克里斯

---

① 美剧《警花拍档》（*Cagney & Lacey*）中的两位女主角。

② 美剧《警界双雄》（*Starsky & Hutch*）中的两位男主角。

看见罗恩带了一根拐杖。

“第一次看你用拐杖啊，罗恩。”

罗恩耸耸肩：“有拐杖的人可以优先登机。”

“伊丽莎白和乔伊丝在做什么？”克里斯问，“还是说我不知道为好？”

“不知道为好。”易卜拉欣说。

“哦，好极了！”克里斯说。

97

小教堂里烛光摇曳，伊丽莎白和马修·麦基坐在忏悔室里，相隔几英寸。

“我觉得没必要掩饰，我不想得到宽恕，不管是你的还是上帝的宽恕。在我死之前，在一切化为尘土之前，我只想留下记录，只想有人做证。我知道即使在忏悔室里，也要遵循规则，所以你想怎么处理这件事就怎么处理吧。我杀了人。很久很久以前的事了，不管怎么说，是他侵犯我，我是自卫，但我杀死了他。”

“接着说。”

“我住在费尔黑文租来的公寓里。不知道你会用什么样的眼光看我，是我主动邀请他去家里的。也许很愚蠢，但那个年纪的你也有可能犯蠢。他就是在那里侵犯了我。细节很可怕，但不能成为理由。我在反抗中杀了他。我害怕极了，非常清楚别人会怎么看。没有人目睹发生了什么，谁会相信我？那个时代跟现在不一样，你知道的，还记得吧？”

“记得。”

“我用窗帘裹住尸体，拖到车子里。我把它放在那儿，开始考虑接下来怎么办。一切发生得太快了，你得理解。那天早上我还像平常人一样醒来，结果却变成了这样，感觉非常荒唐。”

“你怎么杀的他？能问问吗？”

“开枪，射中了他的腿。我没想到他会死，可是血一直流，一直流，一直流。那么多血，流得那么快。如果他呼喊，结局也许会不一样，但他只是低声呻吟，我想是休克了吧。我看着他死去，就隔着我现在离你这么近的距离。”

忏悔室里一片寂静。小教堂里一片寂静。伊丽莎白已经反锁了门，没人进得来。当然了，也没人出得去，如果事情非得用这种方式收场的话。

“然后……唉，然后我坐着哭了起来。还能怎么办呢？我等着有人抓住我的肩膀，等着有人把我带走。多么可怕的罪行啊。但是我坐在那儿，等啊，等啊，什么也没发生，没人敲门，没人尖叫，没有电闪雷鸣。我给自己泡了一杯茶。水壶照样沸腾，蒸汽照样升起，我车子的后备厢里照样放着一具裹着窗帘的尸体。当时是夏夜，我打开收音机，等到天完全黑下来，然后开车来到这里。”

“这里？”

“对，圣迈克尔。我在这里工作过一段时间，不知你知不知道。”

“不知道。”

“我开车穿过几道门，上山时关掉了车灯。修女们总是睡得很早。我一直开，经过圣迈克尔，经过医院，开上了通向安息园的小路。你知道吧？”

“知道。”

“当然。我拿起铲子——希望接下来的话不会亵渎这个地方——我选了一座坟，以前某个修女的，就在墓地最上方，那里的土很软，我开始挖起来。我不停地挖，直到碰到了木头棺材。然后我走回车子那儿，把尸体从后备厢里、从窗帘里翻出来。不需要脱衣服，因为他侵犯我的时候光着身子，你明白的。我拖着尸体沿小路上去，经过一个个墓碑。我记得当时走得十分艰难，中途我还咒骂了一句，立刻又为自己的咒骂道歉。我把尸体拖到洞口，推进了坟墓，它落在了棺材上。然后我又拿起铲子，填上坟墓，念了句祷告。再后来我走回车子那儿，把铲子放进后备厢，开车回家。我已经尽力把经过说清楚了。”

“我明白。”

“从没人来敲过门，我想这也是为什么我现在想告诉你这一切。没人来敲我的门，照理说应该有人来吧？他们每天晚上都来我的梦里敲门。必须有什么后果才对啊，所以，你怎么看？拜托了，就对我实话实说吧。”

“实话实说？”马修·麦基慢慢长叹了一口气，“说实话，你说的事我一个字都不信，伊丽莎白。”

“一个字都不信？”伊丽莎白问，“里面有许多细节，麦基神父。日期，腿上的枪伤，那个特定的坟墓，我怎么可能编出这么奇奇怪怪的事？”

“伊丽莎白，七十年代你不在这里工作。”

“嗯，但你在，我看到照片了。”

“对，我在，我以前在这里坐过，也在你的位子上坐过。”

伊丽莎白决定加强攻势。

“听起来你好像有话想说？我说的事勾起了你的什么回忆，让你相信我可能知道点什么？”

马修·麦基苦笑一声，伊丽莎白保持进攻。

“希望你别介意我这么说，麦基神父，刚才提到安息园的时候，你很明显颤抖了一下。”

“我当然介意，伊丽莎白，但我确实有话想说，一直想要说出来。既然我们都在这里了，你有什么牌何不直接打出来，看看会有什么样的结果？”

“你确定？”

“我在这里就像在自己家一样，伊丽莎白，这是上帝的圣殿。我们聊聊，好吗？就我们两个老糊涂。你来起个头，我有想说的就说。”

“我们从伊恩·文特汉姆开始吧，聊聊他怎么样？”

“伊恩·文特汉姆？”

“嗯，先从这里开始，我们随时可以聊回从前。我想从一个问题开始，麦基神父，如果你不介意的话。”

“随便问。请叫我马修。”

“谢谢，我会的。好了，马修，第一个问题，你为什么杀伊恩·文特汉姆？”

98

乔伊丝的日记

我得到的指示很明确，而伊丽莎白已经离开太久了。真希望罗恩和易卜拉欣在我身边。我一边写下这些，一边等唐娜过来，但愿她能快点赶到。

我开始感觉这件事并不是好玩的游戏，不是所有谜团自然会解开的探险，不是我们大家下周再重复一遍的破案体验。伊丽莎白说两个小时，她现在已经离开两个小时了，其实比两个小时还多一点点。我到底在想什么啊，竟然同意这种事？我们之前对克里斯和唐娜隐瞒了很多事，但这一件是迄今为止最危险的。我没有说谎话的天分，而且肚子里保守的秘密，有人一问就会和盘托出。

所以，我给唐娜打了电话，告诉她伊丽莎白去了哪里，还告诉她伊丽莎白还没回来。

唐娜非常生气，我能理解。我道歉说不该骗她，她说伊丽莎白才是骗子，我只是个胆小鬼。她后来还说我是个什么，我在这里不想重复，但不得不承认，她的评价很公正。

我太渴望得到别人的好感，于是选择在这种时候告诉她，我一直非常喜欢她的眼影，问她在哪里买的，但她已经挂了电话。

唐娜正在赶来的路上，我知道她十分担心，我也一样。我一直认为伊丽莎白是打不倒的，希望我的想法没有错。

99

这条路伊丽莎白走过很多次了，沿着蜿蜒的小路，穿过林荫道，上山去往安息园。她能感觉到马修·麦基的手扶在她的腰后，引着她往前走。

这里总是很安静，但她记不得什么时候变得这么安静，连小鸟都不出声了，难道它们知道什么？看起来好像要下雨，阳光拼命刺穿云层，但她还是冷得发抖。几天前，这里还围着警戒线，一棵小树苗上留下了一截带子，蓝白色的尾巴在风中摆动。

他们经过伯纳德的长凳。空荡荡的长凳看上去有些奇怪。

伊丽莎白和神父慢慢往山上走，神情严肃。如果伯纳德还在，他一定想知道他们俩要去做什么，还会从报纸上抬起眼，祝他们一天好心情，然后一直目送他们到路的尽头。可是，伯纳德已经不在了，就像他之前的许多人一样。时间到了，就是这样而已。再也回不来了，只在静悄悄的山上留下了一张空荡荡的长凳。

他们到了大门前，马修·麦基推开门，手还扶在伊丽莎白的背上，领着她进去。她听见铰链嘎吱作响，门在他们的身后关上了。

马修·麦基没有带她往安息园的右上角走，那里有古老的坟墓，藏着古老的秘密。他把手从她的背上放下来，离开小路，走到两排墓碑之间，这些墓碑比较新，也更白更干净。这是他一直走的路线。伊丽莎白跟在他的身后，他们停在了一座墓碑跟前。伊丽莎白看了看碑文。

修女玛格丽特·安妮

玛格丽特·法雷尔，1948—1971

伊丽莎白握住马修·麦基的手，两人十指相扣。

“这地方很美，伊丽莎白。”他说。

伊丽莎白望向墙外，远处是连绵起伏的田野、山脉、树木和小鸟。真是个美丽的地方。山下传来一阵喧闹声和奔跑的脚步声，打破了宁静。伊丽莎白看了看手表。

“是我的救援队，”她说，“我告诉他们，如果两个小时后我还没出来，他们可以撞门进去，开枪射击。”

“两个小时？”麦基问，“我们真的聊了两个小时？”

伊丽莎白点点头：“要说的话太多了，马修。”

他也点点头。

“等这队人马上了山，你可能还得再讲一遍。”

伊丽莎白可以看见克里斯·哈德森了，猜想他可能刚下飞机。他正竭尽全力往上冲，她向他友好地挥挥手，看见他露出了庆幸的表情。庆幸她还活着，庆幸他终于可以不用跑了。

100

神秘填字俱乐部闹起了分裂。科林·克莱门斯每周出的挑战题已经连续三周被艾琳·多尔蒂破解，弗兰克·卡朋特指控他们作弊，这一指控得到了不少支持。第二天，科林·克莱门斯的门上贴了一道填字题，是个特别污秽的词，他揭开谜底的瞬间，整个世界都不太平了。

最后的结果就是，神秘填字俱乐部的活动暂停一周，让各方冷静下来。就这样，拼图室突然空了出来。周四推理俱乐部的成员坐在各自的老位子上，克里斯和唐娜从休息室搬来了两把堆叠椅。马修·麦基坐在角落的扶手椅上，他是大家关注的焦点。

“我那时刚从爱尔兰过来不久，说真的，我离开只是为了冒险的刺激。那个年代，他们可以把你派到各种地方，非洲或者秘鲁之类的，去改变别人的宗教信仰，但那种事不适合我，所以这地方一出现，我想都没想就跳上船过来了，当时是一九六七年。这地方和你们现在看到的一样，真的，非常美，非常静。这里总共有一百个修女，她们安静到你根本意识不到有这么多人，连走路的声音都很轻。修道院里确实安宁，但它也是个工作的地方，医院总是很忙碌。我在这周围转悠，给人布道，听人忏悔。人们开心的时候，我跟着笑，人们伤心的时候，我跟着哭，这就是我的工作。那时的我只有二十五岁，脑子里没有什么想法，骨子里也没有什么智慧，但我是个鲜活的人，这似乎才是唯一重要的一点。”

“你住在这里？”克里斯提出问题。伊丽莎白建议由克里斯和唐娜负责提问，因为她意识到在今天结束以前，她可能需要为自己积攒一点儿印象分。

“当时有一个门房，我的房间在那里，很舒适，肯定比修女们的房间好一些。当然了，不允许有访客，至少规定是这样的。”

“你遵守规定吗？”唐娜问。

“一开始当然遵守。我渴望好好表现，渴望得到认可，不想被遣送回去，差不多就是这样。”

“但是……世事多变？”克里斯问。

“对，世事多变，确实多变。我很早就认识了玛吉，她负责打扫小教堂，四个人一起打扫。”

“但只有一个玛吉？”唐娜问。

“只有一个玛吉。”马修·麦基笑道，“当你第一次看着某个人的眼睛，整个世界仿佛天崩地裂，这种感觉你们懂吧？然后你就想，对啊，对啊，这不正是我一直等待的人吗？这个人就是玛吉。刚开始，我们会‘早上好，玛格丽特修女’‘早上好，神父’这样打招呼，接着就各忙各的去了。虽然简单，但我会对她微笑，她也会对我微笑。不久后变成了‘早上天气不错，玛格丽特修女，感谢上帝恩赐这样的阳光’‘你说得对，神父，感谢上帝恩赐’。再后来变成了‘你用在地板上的是什么，玛格丽特修女’？‘是地板蜡，神父’。改变并不是立刻发生的，而是经过了几周的时间。”

罗恩往前倾身，想说点什么，伊丽莎白瞪了他一眼，他没开口。

“总之，我来这里大概一个月后，玛吉来找我忏悔。我们两个人坐在那里，谁也没说一句话，就那样坐着，一直坐着，我们的身体相距几英寸，只有一块木板隔在中间。我能听见她的呼吸，也能听见自己的心跳，我的心好像要从胸膛里蹦出来一样。不要问我这样过了多久，我一点儿概念也没有，但最后我说‘你可能还要干活儿吧，玛格丽特修女’。她说‘谢谢，神父’。事情就是这样了。我们确定了彼此的心意，我们心里都清楚。我们也知道，这样的忏悔是罪恶，而这样的忏悔不会是最后一次。”

“要加一点儿吗？”乔伊丝问，歪着保温瓶准备倒茶。麦基抬起手指表示婉拒。

“我们总是私底下见面，我知道这是不言而喻的，我每天早上能见到她，但我们显然不能在有别人的情况下说话，所以我接受她的忏悔，我们利用这个机会说话。在那两个木凳子上，我们相爱了。玛吉和马修，马修和玛吉，隔着格栅互诉衷肠。你们能想象这悲剧一样的爱情吗？”

“抱歉，只是确认一下，玛吉就是修女玛格丽特·安妮？”克里斯问。

“是的。”

“一九四八年生，一九七一年卒那位？”

马修·麦基点点头。“我知道我们必须离开，其实很容易。我可以找一份工作，我已经通过了成为医生的所有考试，玛吉可以当护士。我们会在海滨买个房子，我们俩都是在海边长大的。”

“你决定放弃神职？”

“当然了。我问你，你为什么当警察，总督察哈德森？”

克里斯想了一会儿：“说实话吗？我刚结束高中课程时，我妈说我必须找份工作，那天晚上我们正好在看警匪片《朱丽叶·布拉沃》。”

“嗯，不就是这样吗？”马修·麦基说，“在不同的城市、不同的国家，我可能是飞行员或者蔬果商。我成为神父，仅仅是由环境因素决定的。事实上，我并不是一个虔诚的信仰者，从来都不是。神父只是一份工作，一个饭碗，一张离开家的船票。”

“玛吉呢？”唐娜问，“她也打算放弃？”

“对玛吉来说更困难一些，她有信仰，信仰一直在她心里。但她会放弃的，我相信她总有一天会放弃的，我相信她会和我一起住在贝克斯希尔，绿眼睛闪烁出幸福的光芒。但不管怎么样，这个决定对她来说很难。我是个冒风险的年轻男人，她是个冒风险的年轻女人，那个年代，她承受的风险更大，不用我多说了。”

乔伊丝伸出手，握住了他的手：“你的玛吉发生了什么，马修？”

“她会来门房找我，晚上的时候，你们应该明白。熄灯后很容易溜出来，玛吉很机灵，她可以加入你们的行列，完全没问题。她每周二和周五来找我，那两天最安全。我会在楼上的房间为她点根蜡烛，如果没蜡烛，代表我出门了或者有客人，她就知道不用来。只要我点了蜡烛，她总是会来，有时候立刻出现，有时候我走来走去等着她，但她最终都会来。”

麦基清了清嗓子，皱起了眉头。乔伊丝捏了捏他的手。

“我五十年都没讲过这个故事，今天一天讲了两次。”他勉强笑了笑，然后继续往下讲，“那天是三月十七日，周二，我点上蜡烛，走来走去等着她。起居室有块地板，每次踩上去，它都会‘吱吱吱’响三下。我走来走去，走来走去，它就‘吱吱吱，吱吱吱’地一直叫。偶尔听见外面有点小动静，我就想，是她来了。然后停下来仔细听，但每次都只有寂静。等待的时间太长了，我开始担心。她是不是溜出来的时候被抓住了？玛丽修女非常严厉。我知道问题其实不大，因为在那个年纪，一切问题都不是问题。我上楼吹灭蜡烛，下楼系好鞋带，朝修道院走去，去看看发生了什么。”

马修·麦基看向地板。一个年迈男人讲述一个年轻男人的故事。伊丽莎白截住罗恩的视线，拍了拍胸前的口袋。罗恩点点头，手伸进夹克内兜，掏出一个小扁酒瓶。

“我想来一点点威士忌，你陪我好吗，马修？”

罗恩没等马修·麦基回答，往他的马克杯里倒了威士忌。麦基点头表示感谢，视线一直没离开地板。

“你看到了什么，麦基神父？”唐娜问。

“嗯，修道院一片漆黑，很好。如果玛吉真是溜出来的时候被抓住了，什么地方应该有亮光，比如玛丽修女的办公室，或者半夜在小教堂里被罚做卫生。唯一亮灯的地方是医院。我只想稍微转一圈，确定玛吉平安无事。我能想出无数个合理的原因，解释她那晚为什么没去找我，但我就想让自己安心。我打算先去拿一些文件，我那间小办公室在教堂后面。你们知道，万一有人看见我，我只是来加个班，睡不着觉，随便走走。如果可以，我会偷偷看一眼寝室，只为确定她躺在那里。”

“就是我们这个房间，”乔伊丝说，“以前是一间寝室。”

马修·麦基朝四周看了一圈，点点头。他的左手轻轻拍打着椅子扶手，继续讲起来。

“我有小教堂的钥匙。你们知道那扇门，非常重，锁的声音也非常大。我尽可能轻地打开门，然后在身后关上。里面黑漆漆的，当然了，我知道该怎么走。在圣坛旁边，我撞上了一把旧木椅，它不应该在那里，椅子摩擦地面发出刺耳的声响。我想应该点亮圣坛旁的灯，好让自己冷静一点儿，不那么像做贼。我点亮灯，光线非常暗，从外面看不见，我觉得看不见，一点儿也不亮，只是微弱的光，真的，反正我是这么觉得的。”

马修·麦基拿起马克杯喝了一小口，然后把杯子放了回去。

“好了，就是那样的光，我点亮的光。能看见的只有圣坛，只有黑影，但是看得足够清楚了。”

马修·麦基用手背擦了擦嘴巴。

“玛吉在那儿。圣坛上方有一根横梁，至少那个时候有，可以挂熏香或上帝的祝福语。我想那根横梁是在结构上起支撑作用，但我们还是把它利用起来了。总之吧，玛吉在横梁上绕了一圈绳子，上吊了。应该是在我到那里前不久发生的，或许是在我系鞋带的时候，又或许是在我吹灭蜡烛的时候？她死了，我看得清清楚楚，这就是她没去找我的原因。”

拼图室里寂静无声。马修·麦基又拿起马克杯喝了一小口。

“谢谢你的酒，罗恩。”

罗恩做了个手势，表示“不客气”。

“有遗书吗，麦基神父？”克里斯问。

“没有。我去找了人——当然了，悄悄地，这一幕不能让所有人看到。我叫醒了玛丽修女，她告诉了我真相。”

“真相？”唐娜问。

马修·麦基自顾自地点点头，伊丽莎白接过了话头。

“玛吉怀孕了。”

“好家伙！”罗恩说。马修抬起眼，继续说他的故事。

“她向另一个年轻的修女吐露了秘密，我从没查出那个人是谁。不管是谁，玛吉一定非常信任她，可惜信任错了人，那人把事情告诉了玛丽修女。祷告结束后，大约六点钟，玛丽修女叫玛吉去她的房间。玛丽修女没告诉我她说了些什么，但我能猜到，结果就是玛吉收拾东西走人。她被允许再住最后一晚，第二天早上就会被直接送回爱尔兰。我想我是晚上七点左右点亮蜡烛的。玛吉回到寝室，也许就是我们现在坐的地方。她当然知道怎么溜出去，于是她溜了出去，但那天晚上她没来找我。她去了小教堂，往脖子上套了根绳子，结束了自己的生命，也结束了我们孩子的生命。”

马修·麦基抬起眼，看着房间里的其他六个人。

“这就是我的故事，所以，你们看，一点儿也不美好，是吧？从那以后再也没有美好的事了。”

“她怎么埋在了山上？”罗恩问。

“这是我提出的条件。”麦基说，“我离开，回爱尔兰，不对任何人提起任何事，后来我确实做到了。他们在基尔代尔的一家教学医院给我找了份工作，销毁了以前的全部记录，建了新记录。他们想彻底摆脱我，没有麻烦，没有丑闻。除了我和玛丽修女，没人见过吊着的尸体，我不清楚他们最后编了一个什么样的故事，反正不是神父、孩子和自杀的故事。作为交换条件，我要求他们把她葬在安息园里。玛吉不想回家，除家之外，她唯一熟悉的就是圣迈克尔。”

“玛丽修女答应了？”唐娜问。

“这么做对她来说也更好，不然肯定会引起疑问。我突然离开，玛吉被送到别处埋葬，大家会看出其中的关联。就这样，我们达成了协议。第二天早上，原本来接玛吉的车接走了我，车开了一整天，到了霍利希德。我回到爱尔兰，一直待在那里，直到听说玛丽修女去世。她也葬在上面的墓地里，你们可以看见她墓碑上的小天使。听到消息的那天，我辞掉工作，打包行李箱，回到了这里，尽可能地留在玛吉的身边。”

“所以你才想尽办法阻止迁移墓地？”

“这是我唯一能为她做的事，为她保留最后一点儿安宁。你们都去过那上面，应该能理解。那里是我的全部，我想对她说抱歉，对她说‘我还爱着你’。如此美丽的地方属于我唯一的爱人，属于我们的宝贝儿子，或者宝贝女儿。我一直感觉是个儿子，还给他取名叫帕特里克，很傻，我知道。”

“我不想失礼，神父，”克里斯说，“我想说，这件事证明你有强烈的动机杀死伊恩·文特汉姆。”

“今天本来就不适合讲礼节。我没杀人。如果我杀了文特汉姆先生，你觉得玛吉会原谅我吗？你们不认识她，她也是有自己的脾气的。我每走一步，都想着玛吉希望我怎么做，怎么做才能让帕特里克感到骄傲。我拼尽了全力，总有一天，我会和玛吉重逢，和小儿子相见，我希望那时候的自己拥有一颗纯净的心。”

101

“你喜欢普拉提吗？”易卜拉欣问。

“没法回答你，”戈登·普莱费尔说，“那是什么东西？”

对库珀斯·切斯的参观结束后，戈登·普莱费尔和易卜拉欣、伊丽莎白、乔伊丝一起坐在易卜拉欣的阳台上。易卜拉欣喝白兰地，伊丽莎白喝金汤力，戈登喝啤酒，这些都是易卜拉欣放在冰箱里为罗恩准备的，但罗恩最近好像改喝葡萄酒了。

克里斯和唐娜回费尔黑文去了。临走前，克里斯和他们说了点塞浦路斯的事，还有吉安尼的关系网。他非常确信他们锁定了目标。

唐娜显然还在生他们的气，但她迟早会消气的。太阳下山了，一天接近尾声。

马修·麦基回贝克斯希尔去了，回到家，回到永远点着的两根蜡烛身边。乔伊丝承诺会去看他，她很喜欢贝克斯希尔。

“是一门控制人体动作的艺术。”易卜拉欣说。

“嗯……”戈登·普莱费尔说，考虑了片刻，“有飞镖吗？”

“有斯诺克。”易卜拉欣说。

戈登点点头：“这就够了。”

他们放眼望向库珀斯·切斯。最前面的是拉金公寓，伊丽莎白的窗户拉着窗帘，往后是拉斯金公寓、柳树园和修道院，再往后是美丽的群山，连绵起伏向着地平线延伸。

“我能习惯这里的生活，”戈登说，“好像喝酒必不可少。”

“那是当然。”易卜拉欣赞同道。

电话响了，易卜拉欣起身去接，边走边转过头和戈登·普莱费尔说话。

“看来我把普拉提说得太枯燥了，它能非常好地锻炼核心肌肉和柔韧度。总之吧，每周二上课。”

戈登看着一些住户从阳台下经过，喝了一小口啤酒。“说真的，不是开玩笑，说不定这些女人当中就有人那时候在这里，谁知道呢？那么多的修女，我可说不准。你也有可能是其中一个，乔伊丝。”

乔伊丝笑起来：“我感觉最近几年一直过着修女的生活，虽然不是出于自愿。”

伊丽莎白和戈登·普莱费尔的想法一样。修女，也许这是他们下一个突破口。明天是周四推理俱乐部的碰面时间，也许他们应该从谈论修女开始。她感觉金汤力开始发挥魔力了。

易卜拉欣接完电话回来。“罗恩打来的，叫我们过去喝一杯，杰森好像给我们大家带了礼物。”

102

“离开这里后，我和波比在黑桥酒吧为重逢喝了几杯。对了，‘黑桥’几个字改成了法文。”

杰森·里奇举起啤酒瓶喝了一大口。罗恩喝的也是啤酒，杰森在的时候他总是喝啤酒，当孩子的榜样是很重要的。

“你们能看出来，我们还是挺信任彼此的，对吧？感觉这些年我们都朝着好的方向发展了。波比始终不肯透露他现在的工作，但他看上去很快乐，所以应该做得不错。我猜没人打算告诉我他现在在做什么吧？”

杰森期待地望着伊丽莎白和乔伊丝，两人都摇了摇头。

“好极了，”杰森说，“没人喜欢告密者。我们当时还不确定，不确定是不是我们当中的人干的，不确定吉安尼是不是还活得好好的，有没有回来报仇。于是我打了个电话。”

“哦，打给谁？”乔伊丝问。

杰森笑起来：“没人喜欢什么，乔伊丝？”

乔伊丝点头认输："告密者，杰森。"

"这么说吧，我打给了一个朋友，一个我们都信任的人，吉安尼也信任他，但是出于不同的原因。他来赴约了——我们两个都给他打了电话，说实话，他别无选择——我们直截了当地问了他。吉安尼来过吗？你见过他吗？绝对保密，绝不外传。"

"那他来过吗？"伊丽莎白问。

"来过。"杰森说，"吉安尼是在托尼被杀三天前来的，在托尼死的那天离开。他责怪托尼多年前出卖了他，他是这么说的，谁又真正了解吉安尼呢？"

乔伊丝点点头，一副洞察一切的样子。杰森继续讲。

"也许他只是觉得时间到了，该把旧账清一清了，有些人就是这么记仇。"

"你相信提供消息的人吗？彼得也相信他？"伊丽莎白问。

"彼得？"杰森问。

"抱歉，是波比，"伊丽莎白说，"老糊涂了。你和波比都相信他吗？"

"把命交给他都没问题，"杰森说，"你找不到比他更正直的人。他帮助吉安尼是有理由的。如果你的警察朋友查不出他是谁，我保证会告诉他们，但我相信他们够聪明，能查出来的。"

“吉安尼为什么给你送照片，杰森？”易卜拉欣问。

杰森耸耸肩：“我觉得他只是想让我们知道是他干的，炫耀一番，吉安尼总是这个样子。他要找到我的地址也很容易，这里每个人都认识我。吉安尼不管做什么，一定会让你知道。”

“吉安尼还和以前长得一样吗？新名字是什么？”伊丽莎白问。

杰森摇摇头：“不关我们的事，我们就问了那些问题，只是想确定一下，这样就够了。”

“太遗憾了。”伊丽莎白说。

“好了，如果警察没法追查到他，我相信你们四个可以。”杰森说，“听着，我和波比，我们只想说声谢谢，谢谢你们让我们重聚，还帮我们找出真相。没有你们，这一切都不会发生。坦白说，没有你们，我可能已经被关进牢房了，所以呢，我想送你们一点儿小礼物，如果可以的话。”

肯定可以啦。杰森拉开脚边的运动包，掏出他的礼物。他把一个木盒子递给易卜拉欣。

“易卜拉欣，雪茄，古巴的，当然了。”

“这是最高礼遇，杰森，谢谢。”易卜拉欣说。

下一个礼物是罗恩的。

“爸爸，一瓶葡萄酒，高级货，不用在我面前假装还喜欢喝啤酒了。”

罗恩接过礼物：“哦，白葡萄酒，谢谢，杰西。”

杰森递给乔伊丝一个信封：“乔伊丝，两张门票，下个月来看《名人冰舞》的现场录制吧。”

乔伊丝满脸笑容。

“贵宾席什么的，我想你可以带上乔安娜。”

“乔安娜不行，”乔伊丝说，“这是独立电视台的节目，她不会看的。”

“还有伊丽莎白，”杰森说，他手里除了自己的手机，什么也没有，“我送你的礼物是这个。”

杰森举起手机，非常夸张地用手指滑过屏幕，然后把手机放回了口袋。他看向伊丽莎白，她不确定该怎么回应。

“嗯，谢谢，杰森，其实我更希望是香奈儿的可可小姐。”伊丽莎白说。

“我想比起香水，我知道你更想要什么，”杰森说，“抓到杀死伊恩·文特汉姆的人，对吗？”

“这个也在你的礼物里吗，杰森？”伊丽莎白问。

“我认为在。我和爸爸揭开谜底了，是吗，爸爸？”

罗恩点点头：“是的，儿子。”

“而且，不是我吹牛，”杰森说，“我认为刚才的轻轻一滑会证实我说的话。”

103

乔伊丝的日记

不知道你熟不熟悉某款App？

我在收音机里听到过，也听过关于它的笑话，但从没亲眼见过，直到杰森向我展示了它。

如果你已经熟悉了，可以直接跳过这一部分。

这款App是用来约会的。你把自己的照片放到App上，App就像互联网，但只能在手机上使用。杰森给我看了一些照片。男人的照片通常是在高山上拍的，或者是砍树的时候，有的照片从中间剪裁，切掉了前任伴侣。我放到《直击切斯》上的那张照片就是这么干的，所以很清楚他们是怎么做的。

女人的照片通常是在船上拍的，或者是一群女人的合影，你不确定到底应该看哪一个，所以呢，你就碰碰运气吧。

我问他大家会不会用这个谈短暂的恋爱，他说通常情况下，大家用这个只为了谈短暂的恋爱。嗯，有点意思，不过整件事让我感觉很不开心。看到的笑脸越多，我就越不开心。

也许只是我有这种感觉。我和格里是在舞会上认识的，当时我和母亲赌气，在最后一刻才决定去参加那场舞会。如果我没去，我们永远都不会认识。我知道用这种方式寻找真爱非常低效，但对我们来说是有效的。我的视线一落到他身上，他就再也逃不掉了。幸运的家伙。

话说回来，你可以在这款 App 上浏览照片，全是附近的单身人士，有时候也有附近的已婚人士。伊恩·文特汉姆在这款 App 上有张照片，穿着空手道服，尽管他已经死了。

要是你觉得某个人长得还不错，可以把他们的照片滑到右边（或者左边，我不记得了）。同时，附近的人也在浏览照片，要是他们觉得你长得还不错，也可以把你的照片滑到右边（或者左边），这样你们就成了一对。

说实话，浏览照片总会叫人心碎，因为我会想到那些丢失的小猫照片，就是路灯柱子上经常贴的那种。不过那种照片总归是给人一丝希望，我想。

总之，杰森往右还是往左滑了一下，他相信可以配对成功。他还相信配对的对象就是凶手。对于第一点，我对他的自信有信心。至于第二点，我持怀疑态度。

杰森认为他已经破解了案子。可能真的破解了，但我深表怀疑。他说答案很明显，可是这种事情，答案往往一点儿也不明显。

至少我发现了网上约会并不适合我。这个世界上有太多的选择，当每个人都有太多选择的时候，被别人选中就会变得更加困难，而我们都想成为被选中的那一个。

祝大家晚安。晚安，伯纳德。晚安，格里，我的爱人。

104

卡伦·普莱费尔度过了一个非常愉快的上午，为约会做准备，挑选衣服，给朋友发信息。此时她坐在一把陌生的扶手椅上，暂时只有她一个人。她摇摇头，回想着上午的快乐期待和刚刚经历的午餐现实。

卡伦在那款 App 上遇到过糟糕的约会，但这是第一次有人指控她谋杀。

昨天晚上，手机上响起配对成功的提示音。杰森·里奇。这可比平均水平高出一等，她想，好吧，那就不客气了。他发来信息，她发去信息，然后在不知不觉中，两个人坐在了夜晚的黑桥酒吧里，还点了小龙虾菊苣沙拉。看上去一场爱情旋风即将袭来。

刚刚吃完午餐的卡伦在扶手椅上挪动了一下身子，懒洋洋地从茶几上的一堆杂志中拿起一本。其实是一本简报，《直击切斯》。

回到黑桥酒吧的约会。刚开始他们随便聊了聊，聊得不多，卡伦不了解拳击，杰森也不了解 IT。无糖苏打水送来了，这时杰森提到了伊恩·文特汉姆，卡伦立刻意识到这不是约会，她感觉自己好傻，但是更糟糕的还在后面。

她听见罗恩·里奇在厨房里的动静，他正开着一瓶葡萄酒，杰森上厕所去了。她随意翻看着《直击切斯》，思绪却不停地回到黑桥酒吧。

昨天晚上，杰森连珠炮似的向她发问。伊恩·文特汉姆被杀那天早上，她是不是在现场？是的，她在。她爸爸是不是拒绝卖地给伊恩·文特汉姆？嗯，是的，看啊，我们的小龙虾来了。她是不是希望爸爸卖地赚钱？对，这是她的建议，但决定权在她爸爸手上。如果卖了地，一部分钱肯定会归她？嗯，你当然可以这么假设，杰森，为什么不直接一点儿，想说什么就直说？

他真的说了。现在回想起来，简直有些好笑，卡伦想。她听见了马桶的冲水声，昨晚的他说了什么来着？

杰森往前倾身，非常有把握的样子——可以说是稳操胜券。你看，警方在找一个二十世纪七十年代在那里，现在仍然在那里的人，确实有些道理，因为他们发现了尸骨，这表示也许有人多年前被谋杀。但是撇开尸骨不看，他们漏掉了最简单的动机——贪婪。文特汉姆成了卡伦赚钱路上的绊脚石，她爸爸不会让步，所以文特汉姆必须出局。杰森提到了某种只能在暗网上买到的药物，卡伦不是在IT行业工作吗？岂不是很方便就能拿到？杰森破解了案子，确信马上能让嫌疑犯认罪。说真的，有些男人啊！

他没想到卡伦当场大笑，她解释说，她只是一所中学的数据库管理员，上暗网就和上月球一样不可能；她误以为杰森说的芬太尼是咳喘宁，不知道他说的一堆话是什么意思；她住在英国最美丽的地方，用它换一百万英镑当然也可以，但她更愿意和老爸一起开开心心地住在那里，而不是住在霍夫新建的高级公寓里，让老爸过着痛苦的生活。杰森看上去像是要巧妙地反驳一下，他努力想了想，无话可说。

杰森从厕所出来回到房间，卡伦突然想起他昨晚是多么沮丧。他知道她说的是实话，他的小小推理被推翻了。他向她道歉，打算先告辞，但卡伦提议他们正确利用错误的机会，好好享用一顿午餐。万一他们最后在一起了呢？以后被问到“你们俩是怎么认识的”，这不就成了史上最经典的桥段了？两个人都笑起来，打开了话匣子，午餐的气氛变得愉快、舒缓，还带着几分醉意。

这就是为什么杰森邀请她来这里再喝一杯，顺便向他爸爸解释一下全部过程。

就在这时，罗恩·里奇进来了，拿着一瓶上等白葡萄酒和三个酒杯。

杰森在她旁边坐下，接过爸爸手里的酒杯。自从指控她谋杀后，他时时刻刻都表现出迷人的绅士风度。

卡伦·普莱费尔把《直击切斯》放回到那堆杂志上，无意中看到了一张照片，在那个版面的中间位置。她又把简报拿起来，仔细盯着看，只为了确认。

“你还好吗，卡伦？”杰森问，罗恩在倒酒。

“警方在找一个二十世纪七十年代在这里，现在仍然在这里的人？”卡伦缓慢又小心地问。

“他们是这么认为的，”杰森说，“很明显，我觉得他们错了，不过结局如何我们都看到了。”

杰森大笑起来，但卡伦没笑。她看着罗恩，指向照片上的脸：“一个二十世纪七十年代在这里，现在仍然在这里的人。”

罗恩看了一眼，他的脑子还无法接受。

“你确定？”他终于问道。

“很久以前的事了，但我确定。”

罗恩的脑子飞速运转。不可能！他寻找着理由，想证明这肯定是个误会，但一个理由也找不到。他把酒杯放到茶几上，拿起《直击切斯》。

“我得去和伊丽莎白谈谈。”

105

斯蒂夫健身房和它的老板非常像，一座矮胖的砖楼，第一眼看上去有些吓人，但大门永远敞开，永远欢迎所有人。

克里斯和唐娜走了进去。

经过昨天墓地的紧张时刻之后，克里斯和唐娜回到了费尔黑文，核实乔·基普里亚努对当年调查的直觉判断。肯特警局没人冒险进入塞浦路斯北部，没有关于吉安尼家族背景的记录，没有任何有意义的调查。克里斯看到了派去尼科西亚的两个警察的名字，难怪了，他们只会带着日光浴和酒精的成果回来，别无其他。

他和唐娜又把所有乘客名单检查了一遍。案发前一周内，从拉纳卡到希斯罗和盖特威克的乘客差不多有三千人，大部分是男人，大部分是塞浦路斯人。

克里斯看着一页又一页的名字，想起了乔·基普里亚努说的另一件事。如果吉安尼回到英国，他会需要帮助，一个塞浦路斯同胞是最好的选择。克里斯认识这样的人吗？

一个个名字在他眼前闪过，他意识到自己确实认识这样的人。

他们重新查看了托尼·柯伦当年那个案子的卷宗。毫无疑问的是，斯蒂夫·乔治乌早年和托尼·柯伦的帮派有些交集，偶尔有被提到，但从没因为什么被抓。不管他为托尼做过什么，做的时间都不长。他很久之前开了斯蒂夫健身房，可以说生意越做越红火。克里斯和唐娜有认识的警察在这里健身，都是些正派的警察，不是傻子。这地方声誉很好，并不是所有健身房都能做到这样。

就连今天健身房里也都是人。周三的下午，一种安安静静努力锻炼的氛围，没有人卖弄炫耀、故作姿态。克里斯一直想来健身房运动，但他现在正等着膝盖的疼痛消失，没必要让它加重，等它好了，他马上加入，勇敢面对困难。冲上山去墓地救伊丽莎白之后，他感觉到手臂上有一股强烈的刺痛，当然不是什么大问题，但还是小心为好。

斯蒂夫知道他们要来，在门口等着，用有力的握手和灿烂的笑容迎接了他们。他们此时在他的办公室里，斯蒂夫坐到瑜伽球上，开心地聊起天来。

“听着，你们比其他人更清楚，我们这里不招惹麻烦，也不制造麻烦。”斯蒂夫·乔治乌说。

“我确实清楚。”克里斯赞同道。

“恰恰相反，不是吗？你们知道的，我们吸引了一些人来健身，让他们洗心革面。这里没有秘密，你们随便问，可以吧？”

“我最近去了一趟塞浦路斯，斯蒂夫。”

斯蒂夫收起了笑容，轻轻晃动了一下：“好吧……”

“去之前我其实不太了解那地方，只知道适合度假，你懂的。”

“那里非常美。”斯蒂夫·乔治乌说，“我们只是闲聊还是有其他要聊的？”

“你属于哪一边，斯蒂夫？希族塞人还是土族塞人？”唐娜问。

这时出现了片刻停顿，时间非常短，但对一个好警察来说已经够明显了。斯蒂夫摇摇头：“我不想扯进这种事情里，不适合我。人就是人。”

“我们同意，斯蒂夫，”克里斯说，“但还是要问清楚，你在绿线哪一边？我们可以通过别的方式查到，既然来了……”

“土耳其族，”斯蒂夫·乔治乌说，“土族塞人。”他耸耸肩，没什么大不了的。

克里斯点点头，做了一点儿笔记，让斯蒂夫等了一会儿。“和吉安尼·古恩杜兹一样？”

斯蒂夫·乔治乌把脑袋歪向一边，再次看向克里斯。

“这是很久以前的一个名字了。”

“可不是嘛！”克里斯说，“总之，我这次去塞浦路斯就是为了找到他。”

斯蒂夫·乔治乌笑了笑：“他早就没影了。吉安尼是个疯子，祝那个家伙好运吧，恐怕已经有人杀了他，肯定的。”

“嗯，那倒可以解释为什么我们找不到他。可是，你知道的，斯蒂夫，我是警察，有时候总感觉有些事不对劲。”

“职业病，不是吗？”斯蒂夫·乔治乌说。

“我想和你聊聊我们的想法，”克里斯说，“这只是我们一直在思考的事情。你可以只听不说，不做回应。听着就行，能做到吗？”

“实话跟你们说吧，我还有健身房的事要忙，我到现在还不知道你们来这里到底想要做什么。”

唐娜抬起一只手，承认了这一点。“你说得对，但请听我们说完。两分钟，然后你就可以回去忙了。”

“两分钟。”斯蒂夫接受了。

“你是好人，斯蒂夫，”克里斯说，“我是知道的，从没听人说你一句坏话。”

“谢谢你这么说。”斯蒂夫说。

“我设想的情况是这样的，”克里斯继续说，“几周前，你收到了一条消息，或者有人直接来敲门，我不太清楚，无论怎么样吧，那人是吉安尼·古恩杜兹。”

“没有的事。”斯蒂夫·乔治乌摇着头说。

“吉安尼需要帮助，他回来有事要办，也许没说是什么事，又或许说了。他来找你，要你看在老交情的分上帮点小忙，比如提供一个落脚的地方，可能就是这样。他不希望在镇上任何地方留下新名字的记录，不管新名字是什么，而且不能让任何人知道。”

“我二十年没见过吉安尼·古恩杜兹了，他可能死了，可能在坐牢，可能在土耳其。”斯蒂夫·乔治乌说。

“也许吧。”克里斯说，“如果吉安尼达不到目的，他会变成危险人物，我猜，他能轻轻松松地烧了这个地方。他是能做出这种事的人，所以你可能别无选择。况且就几天时间而已，他只是送点东西，清算一下旧账，然后就走人了。听起来怎么样，斯蒂夫？”

斯蒂夫·乔治乌耸耸肩：“似乎是个挺危险的故事。”

“你有间公寓，在健身房上面，对吗？”唐娜问。

斯蒂夫点点头。

“谁住在那儿？”

“任何有需要的人。不是每个来这里的人都有安定的生活环境。如果一个孩子告诉我他回不了家，我不会问原因，直接把钥匙给他。那是个安全的地方。”

“六月十七日那天，谁住在公寓里？”克里斯问。

“不知道，我又不是希尔顿酒店。也许是哪个孩子，也许是我自己。”

“也许没人？”唐娜问。

斯蒂夫·乔治乌耸耸肩。

“所以你认为有人？”克里斯说。

“也许吧。”

“吉安尼在塞浦路斯的人脉非常广吧，斯蒂夫？”克里斯说。

“那已经不是我的世界了。”

“你还有家人在那边？”唐娜问。

“有，”斯蒂夫·乔治乌说，“很多家人。”

“斯蒂夫，就算吉安尼·古恩杜兹来过这里借宿，”克里斯开口道，“就算他向你施压，或者只要你答应，他就给你钱，就算六月十七日那天他住在楼上，你也绝不会告诉我，对吗？”

“不会。”

“因为后果太严重？因为你在塞浦路斯的家人？”

“说真的，我想两分钟已经到了。”

“同意，”克里斯说，“谢谢你，斯蒂夫。”

“别客气，随时欢迎你来。我说的是真心话，我们分分钟就能解决掉你的那个大肚腩。”

克里斯笑起来：“我有过这个想法，斯蒂夫。我们临走前能不能上去看看？就看看吉安尼有没有留下什么东西。”

斯蒂夫·乔治乌摇摇头：“不过你可以帮我一个忙。”

“说吧。”克里斯说。

“能把这个交给失物招领处吗？几周前有人掉在这里的，我问了又问，还是不知道是谁的。”斯蒂夫把手伸进抽屉，掏出一个透明塑料钱包，递给克里斯，钱包里装着现金。“五千欧元，那个游客一定急疯了吧。”

克里斯看看现金，看看唐娜，又看看斯蒂夫。这上面会有指纹吗？不大可能，但至少斯蒂夫想让他知道他是对的。“你不想留着？”

斯蒂夫·乔治乌摇摇头：“不想，我知道它在什么地方待过。”

克里斯把钱包递给唐娜，她把它装进了证物袋。他们俩都知道斯蒂夫·乔治乌刚做了件非常勇敢的事。克里斯站起来和他握了握手。

“我知道托尼·柯伦是个混球，”斯蒂夫·乔治乌说，“但也不至于是这种结局。”

“同意，”克里斯说，“一定程度上同意。好了，我和我的大肚腩很快会回来这里。”

“好样的。”

106

伊丽莎白让斯蒂芬继续睡觉，波格丹工作结束后会来找他下棋。她希望自己回来时他们俩都在这里，那时她需要有人陪在身边。

卧室衣柜的门把手脱落了，伊丽莎白随手把它放在厨房的桌子上。她估计波格丹会忍不住把它修好。

罗恩来找过她，带来了卡伦·普莱费尔认出的照片。卡伦那时候还小，但她非常确定。伊丽莎白试着在脑子里把一切拼接起来，一开始感觉不可能，可是越往下想，就越感觉真实得可怕。她想出了整个过程，一步接着一步。易卜拉欣一个小时前回来，带回了拼图的最后一块，现在是时候了。案子已破，只剩下审判。

伊丽莎白出了门，走进夜晚冰凉的空气中，不可能再回头了。天黑得越来越早，衣橱里的围巾渐渐登场。夏天想拦住秋天的脚步，注定徒劳无功。伊丽莎白还剩下多少个秋天？还剩下多少年可以穿上舒适的靴子行走在落叶上？总有一天，春天来了，她却不在了。湖边的水仙花永远会盛开，而你不可能永远在那里看着它们盛开。事情就是这样，趁着能看到的时候多看两眼吧。

但此时此刻，因为手头的任务，伊丽莎白对夏末季节产生了一种亲近感。树叶还顽强地抓着树枝，热浪最后一次升腾，决胜的一招被藏在了最后。

她看见罗恩正朝那边走，他一脸严肃，已经做好了准备。他努力掩饰瘸腿，疼痛只要自己知道就好。罗恩真是个不错的朋友，她想。他有颗善良的心，愿它永远跳动下去。

转过弯，她看见易卜拉欣等在门口，手里拿着文件夹，那是拼图的最后一块。他看上去真帅，穿着得体的衣服，准备好全力以赴。易卜拉欣有一天也会死，这在伊丽莎白看来似乎很荒谬。他一定是他们当中最后一个离开的，就像森林中最后一棵橡树，平静笔直地站在那儿，任由飞机在头顶呼啸而过。

怎么开口呢？伊丽莎白想，到底该怎么开口呢？

107

克里斯得到许可，国际拘捕令已经下发，他可以逮捕吉安尼·古恩杜兹，对托尼·柯伦谋杀案进行审讯了。这一天终于有了个圆满的收尾。斯蒂夫·乔治乌给他们的欧元上没有指纹，但钱是在塞浦路斯北部的一家外币兑换所取出来的，时间是托尼·柯伦被杀的三天前。他把兑换所的地址告诉了乔·基普里亚努，想查查有没有视频监控。乔看了一眼地址，笑了起来。根本没机会。

塞浦路斯当局到底能不能找到他，谁知道呢？你也许觉得能，但经过当初那一番徒劳无功的大阵仗之后，还有多少人会真正认真地去找？说不定克里斯还得再去一趟塞浦路斯。这样也好，不管怎么说，能做的他都做了，现在就看塞浦路斯那边了，如果他们认为还有机会的话。无论结果如何，克里斯的表现都无话可说。

这是件值得庆祝的事，但多年来，克里斯和太多警察在酒吧里度过了太多个夜晚。他真正想要的是在家吃顿咖喱，把唐娜叫过来看看电视、喝瓶葡萄酒，十点钟放她回家。也许可以再聊一下文特汉姆的案子，看看他们都遗漏了什么。

克里斯早些时候有个猜测，说真的，很愚蠢的猜测。许多年前修道院不是有个医院吗，乔伊丝以前不是护士吗，要不要在电脑上查一下乔伊丝·梅多克罗夫特这个名字？今晚可以和唐娜说说这件事吗？

但唐娜今晚有个神秘约会。从斯蒂夫健身房回来的路上，她不经意地提了一句，所以，他会在咖喱的陪伴下，独自在家度过这个夜晚。克里斯知道最后的安排就是这样了。今天晚上，天空体育台有飞镖比赛。

克里斯不确定这样的安排是真的很悲惨，还是说在别人看来很悲惨。他是个对现有生活很满足的男人，独自做着自己喜欢的事情；或者，他是个寂寞的男人，过着苦中作乐的日子。孤独还是寂寞？这个问题现在频繁地出现，克里斯不再确信自己的答案。如果这是一场赌局的话，他会把钱压在寂寞上。

他的约会对象在哪里呢？

现在回家正好赶上高峰，所以克里斯合上托尼·柯伦案的资料，打开了文特汉姆案的资料。既然能破解一个谋杀案，肯定还能再破一个。他遗漏了什么？遗漏了谁？

108

伊丽莎白、易卜拉欣和罗恩沿着走廊往前走，罗恩拿着两把椅子，他有任务要去完成。

他们身后的双扇门开了，乔伊丝匆忙追上朋友们。

“抱歉，我迟到了。烤箱的定时器一直响个不停，我也不懂为什么。”

“有时候是因为非常短暂的断电，然后时钟会尝试自动重置。”易卜拉欣说。

乔伊丝点点头，自然而然地牵起易卜拉欣的手，他们前面的伊丽莎白也牵起罗恩的手。四个人默默地往前走，最终停在了房门口。

尽管是这种时候，伊丽莎白还是像平时一样敲了敲门。

她打开门，他就在那儿。这么多年过去了，卡伦·普莱费尔还能认出这个男人，照片上的他在罗恩旁边，怀里抱着他治好的狐狸。

还是同样一本书，还是翻开在同一页。他抬起头，看到他们四个人似乎并不意外。

“啊，四人组到齐了。”

“四人组到齐了，约翰，”伊丽莎白肯定道，“介意我们坐下吗？”

约翰示意他们随便坐。他放下书，捏了捏鼻梁。罗恩看向彭妮，她躺在床上昏迷不醒。她已经不在了，真的，他想，已经离开了。他为什么没来看过她？为什么偏偏等到这种时候？

“我们怎么进行呢，约翰？”伊丽莎白问。

“听你的，伊丽莎白。”约翰回复道，“自从做了那件事后，我一直等着你来敲门，多等一天就当作是奖励，不过我确实希望你能再晚一些来。最后是怎么发现的？”

“卡伦·普莱费尔认出了你。”易卜拉欣说。

约翰点点头，不禁笑起来：“她还认得？小卡伦，天哪！”

“她六岁时，你让她的小狗安详地睡去了，约翰，”乔伊丝说，“她说永远也忘不了你善良的眼睛。”

伊丽莎白坐在彭妮床脚的老位子。“你想开始吗，约翰？还是由我们开始？”

“我来可以吗？”约翰说着闭上眼睛，“我已经在脑子里重复过无数次了。”

“坟墓里埋的是谁，约翰？那些骨头是谁的？”

约翰仍然闭着眼，仰面对着天空，发出一声积压了多年的叹息，开始讲起来。

“那是七十年代初，距离这里大概十英里的地方，有一个叫格雷斯科特的牧羊场。知道吗？这一带以前有好多牧羊场，真的是很久以前的事了。我想我是一九六七年开始从业的，彭妮应该记得准确的日子，反正差不多是那个时候吧。牧场主是个叫马西森的老头儿，当时我和他已经很熟了，时不时地会去他那里出诊。你们知道的，总是会有这样那样的问题。那一次，他的一匹母马刚生产，小马驹死了，母马的情况很危险。它非常痛苦，叫得撕心裂肺。他不想开枪打死它，我完全理解，所以给它打了一针，结束了一切。在那之前和之后，我这样做过很多次。有些农场主直接一枪打死它们，有些兽医也这么干，但马西森和我办不到。后来他给我泡了杯茶，我们聊了起来。我总是很忙，但我想他非常寂寞，没有家人，也没人帮忙打理农场，而且钱也快用完了，所以我觉得他希望有人陪陪他。他那里十分凄凉，我那天的感觉就是这样的。我不得不离开了，他不想让我走。你们会谴责我，我明白，也许不会。我当时突然恍然大悟，他深陷痛苦之中，巨大的痛苦。如果马西森是动物，他也会撕心裂肺地叫喊。你们必须相信这一点，所以我从包里掏出东西，想给他注射流感疫苗，你们知道的，帮他度过冬天什么的。他很高兴地答应了，卷起袖子，我给他打了一针，和我给母马打的针一样，就这样结束了嘶喊，结束了痛苦。”

“你认为你带他脱离了苦海，约翰？”乔伊丝问。

“我是这么看的，不管当时还是现在。如果能考虑得更周全一点儿，我会自配一种巧妙的药剂，尸检的时候显现不出来。我会把他留在那里，让邮递员或者送奶工或者任何一个敲门的人发现他。但这个想法是当时突然有的，所以他就那样了，身体里全是戊巴比妥，有可能被查出来，我不能冒这种风险。”

“所以你必须埋了他，这个马西森？”伊丽莎白问。

“是的。本来可以当场埋了他，但你们应该记得，那时候他们到处收购农田，到处盖新房子。万一我刚埋了他，一个月后他又被建筑商挖出来，那可真是走运了。然后我就想起来了……”

“墓地。”罗恩说。

“完美的地方。我是去戈登·普莱费尔家的时候知道的。那里不是农田，无论如何也不会有人收购修道院。我知道那里多么安静，也知道没人去拜访，所以几天后的一个晚上，我关掉车灯，开车上山，拿起铲子，埋了尸体。事情就这样过去了，直到四十年后的一天，我看见这地方的广告。”

“我们都来了这里。”伊丽莎白说。

“我们都来了这里。我劝彭妮说，这是个退休后的好去处，这一点我没说错。我只想盯着事情的发展。你以为他们不会挖墓地，可是这年头你永远不知道会发生什么。我想待在附近，以防发生最坏的情况。”

“确实发生了，约翰。”乔伊丝说。

“我没法再把尸骨挖出来，太老了，没力气了，但又不能眼看着坟墓被挖，尸骨被发现，所以在那天早上的恐慌中，在我们拦住文特汉姆的混乱中，我悄悄地往他的手臂上扎了一针，几秒钟后，他死了。不管怎么样这都是不可饶恕的事，完全不可饶恕。从那一刻起，我一直等着你来，一直等着面对自己的所作所为造成的后果。”

“你怎么会突然有一针管芬太尼，约翰？”伊丽莎白问。

约翰笑了：“我准备很久了，说不定在这里用得上，万一哪天他们想移走彭妮呢。”

约翰看着伊丽莎白，眼神清澈。

“我很高兴，至少来的人是你，伊丽莎白，不是警察。我很高兴你破了案，我知道你能办到。”

“我也很高兴，约翰。”伊丽莎白说，“谢谢你讲出故事，你知道我们必须告诉警察。”

“知道。”

“不过也用不着现在就告诉他们。趁着只有我们，我想问清楚两件小事，可以吗？”

“当然，事情有点久远了，但我会尽力回答。”

“约翰，我想你和我都同意，彭妮可能听不见这个房间里的事，无论我们对她说了些什么乱七八糟的蠢话，我们只是自欺欺人而已，对吗？”

约翰点点头。

“但我想我们也都同意，也许她能听见，只是也许，也许她全听见了。”

“也许吧。”约翰同意道。

“这样的话，约翰，她现在可能听得到我们说话吗？”

“可能吧。”

“即使是非常微小的可能，约翰，彭妮也有可能听见你刚才说的话。你为什么这样对她？为什么让她听见这样的事？”

“嗯，我……”

“你不会这样对她，约翰，这是肯定的，这么做是一种折磨。”伊丽莎白说。

易卜拉欣倾身往前：“约翰，你说杀死伊恩·文特汉姆是不可饶恕的事，我确实相信你说的是真心话，这种罪行是你无法想象的。可是你要我们相信，你犯下这种罪行只是为了自保，恐怕就不是真心话了。你犯下了一个你自己知道不可饶恕的罪行，我想我们只能用一个理由来解释。”

“爱，约翰，”乔伊丝说，“永远都是因为爱。”

约翰看着他们四个人，每个人都一脸坚定。

“今天上午，我让易卜拉欣去查了彭妮的一份档案。”伊丽莎白说，“易卜拉欣？”

易卜拉欣从购物袋里拿出一个小小的马尼拉纸文件夹，递给伊丽莎白。她把文件夹放在腿上打开。

“可以揭开真相了吗？”

109

克里斯独自一人，面前是吃剩的外卖咖喱。迈克尔·范·赫尔文以六比零的比分迅速战胜了彼得·赖特，很快结束了飞镖比赛。现在电视上没什么可看的了，也没人陪他一起看。他在考虑要不要去趟二十四小时加油站，买点薯片吃，就当放松一下。

手机响了，至少有点事做了。是唐娜。

我打算看杰森·里奇的《名人家谱》重播，你来吗？

克里斯看了眼手表，不到十点。为什么不去呢？手机又响了。

穿你的深蓝色衬衫，拜托了，有扣子的那件。

克里斯已经习惯了唐娜，所以照她说的做了。和平常一样，他换衣服的时候不照镜子，谁想看这副样子呢？他回了信息。

遵命，长官，为了看一眼杰森·里奇，做什么都行。马上就到。

唐娜的约会显然没有取得巨大成功。

110

“她把案件档案储存起来了，约翰，”伊丽莎白说，手里拿着马尼拉纸文件夹，“不知道你有没有去看过，都是她以前经手的旧案档案。这些东西是不能私自保存的，但你了解彭妮，她备份了所有文件，以防万一。”

“万一许多年后，它们能帮忙抓住杀人犯。”乔伊丝说。

“总之，约翰，卡伦·普莱费尔认出你后，我开始思考这个问题，只需要找出其中一份档案，最终确认一件事。”

“要喝水吗，约翰？”乔伊丝问。

约翰摇摇头，一直盯着伊丽莎白，她开始念档案里的信息。

“有一个案子，一九七三年，在莱伊。彭妮那时候肯定还是个新手，我无法想象彭妮还是个新手的样子，但你一定记得非常清楚，可能就像昨天的事一样。案子和一个女孩有关，她叫安妮·梅德利。记得安妮·梅德利吗，彭妮？”

伊丽莎白看向躺在病床上的朋友。她在听吗？还是没听？

“那是一桩入室抢劫案，她被刀刺中，失血过多，死在了男朋友的怀里。警察赶到现场，彭妮也在其中，档案中有记录。他们发现地板上有碎玻璃，那是抢劫犯闯进去的地方，但没有任何东西被盗。抢劫犯被安妮·梅德利吓到了，慌乱中拿起厨房的刀捅了她，然后逃走。你想看看的话，这就是官方的描述。案子结了。第一个嗅出异样的是罗恩，他一点儿都不相信。”

“一股恶臭，约翰，”罗恩说，“大白天入室抢劫，而且是在一个热闹的住宅区，家里还有人。另外，周日早上抢劫还说得过去，大家都去教堂了，可是抢劫发生在周日下午，完全站不住脚。”

伊丽莎白看向她的朋友。“彭妮，你肯定也是这么想的，对吗？你肯定知道是她的男朋友捅了她，等她死了才报警。”

她用湿海绵擦了擦彭妮干燥的嘴唇。

“几个月前，周四推理俱乐部开始研究这个案子，约翰。没有了彭妮，我们还是要继续下去。让我惊讶的是，我们以前从没看过这些资料，彭妮从没让我们接触这个案子。我们开始研究，看看多年前警方是不是犯了错。我看了关于刀伤的报告，感觉不大对劲，所以我找乔伊丝咨询了一下。事实上，那是我第一次向你提问，对吗，乔伊丝？”

“是的。”乔伊丝回忆道。

“我描述了伤势，问她女孩失血致死需要多长时间，她说大概四十五分钟，这和她男朋友的叙述完全不符。他追过抢劫犯——没人看见，约翰——然后跑回厨房，抱着安妮·梅德利，立刻报了警。我又问乔伊丝，受过医疗训练的人能不能救她，你怎么回答的，乔伊丝？”

“我肯定地回答，救她很容易。你也受过训练，约翰，应该知道的。”

“那个男朋友当过兵，约翰，事发几年前被迫退役，所以毫无疑问，他有能力救她，但调查并没有朝这个方向发展。我想说时代不同，这样的案子在当年处理起来不一样，但其实就算是到了现在，他一样能全身而退。他们追查抢劫犯的下落，但一无所获。可怜的安妮·梅德利被埋葬了，世界照常运转。不久后，男朋友在深夜消失，欠下了一笔房租，档案记录就此结束。”

“我们正在调查这一切，当然了，后来被有些事中断了，”易卜拉欣说，“柯伦先生，文特汉姆先生，墓地的尸骨。真正的谋杀案摆在面前，我们就把那个案子放到了一边。”

“但我们都知道故事没有结束，是吗，约翰？”罗恩说。

伊丽莎白拍了拍马尼拉纸文件夹。

“所以我派易卜拉欣去查了档案，带着一个问题去的。你能猜到是什么问题吗，约翰？”

约翰盯着她。伊丽莎白看着彭妮。

“彭妮，如果你能听见，我相信你知道是什么问题。彼得·默瑟，那个男朋友叫彼得·默瑟。我让易卜拉欣去查查，彼得·默瑟为什么从部队退役。就算你没猜到问题，肯定能猜到答案吧，约翰？试试看，反正猜不猜得中都无所谓。”

约翰把头埋进手里，手顺着脸滑下来，他抬起头。“我猜，伊丽莎白，因为小腿上的枪伤？”

“正是，约翰。”

伊丽莎白把椅子拉向彭妮，握住她的手，直接对着她轻轻说话：“大约五十年前，彼得·默瑟杀死了女朋友，然后消失得无影无踪。所有人都以为他逃脱了惩罚，但杀人犯想要逃脱惩罚其实没那么容易，是吗，彭妮？有时候正义就在转角等着，就像某个深夜，你去问候了一下彼得·默瑟。有时候正义等待了五十年，然后坐在病床旁，握着朋友的手。这样的案子你是不是看得太多了，彭妮？或者看不下去了，厌倦了没人听你说话。”

“她是什么时候告诉你的，约翰？”乔伊丝问。

约翰哭了起来。

“刚生病的时候？”

约翰慢慢点了点头："她并没打算告诉我。你记得她的状态吧，伊丽莎白？那几次小中风。"

"记得。"伊丽莎白回忆道。彭妮刚开始的症状非常轻，不是那么让人担心，除非你知道它们意味着什么，而可怜的约翰完全清楚它们意味着什么。

"她开始说各种胡话，看见各种幻象，许许多多的假想，然后现实世界好像消失了，她的思想不断往回退，越退越远，就像线轴一样倒转，碰到熟悉的东西才停下来。我想她只是在寻找一些有意义的东西，因为她周围的世界已经失去了意义。她会给我讲故事，有些是她小时候的事，有些是我们刚认识时的事。"

"还有些是她刚当上警察时的事。"伊丽莎白提示道。

"一开始说的事我过去都听过，而且一直都记得，以前的上司啊，警察常用的小伎俩啊，虚报费用啊，不去法庭去酒吧啊，都是我们一直当笑话谈论的事。我知道她已经越漂越远，但我想抓住她，能抓多久就多久。你们理解吗？"

"我们都理解，约翰。"罗恩说。他们确实理解。

"所以我让她不停地说，有时候同样的故事会重复无数遍，一个故事让她想起另一个故事，接着又想起另一个故事，然后又回到第一个故事，就这样无限循环。但是后来……"

约翰停了下来，看着妻子。

“你说你觉得彭妮其实听不见你说话。”伊丽莎白说。

约翰慢慢摇了摇头：“对，听不见。”

“可是你每天都来这里，陪她坐着，和她聊天。”

“我还能做什么呢，伊丽莎白？”

伊丽莎白明白。“好了，她给你讲故事，你知道的故事，然后有一天……”

“对，然后有一天，她讲了我不知道的故事。”

“秘密。”罗恩说。

“秘密。只是些小事，都不严重。比如她收过钱，没错，是贿赂，不过其他人都收了，她感觉自己非收不可。她告诉我的时候就好像以前和我说过很多遍，但她从没说过。我们都有秘密，不是吗？”

“是的，约翰。”伊丽莎白同意道。

“她已经忘了什么是笑话，什么是秘密，但一定还剩下一点儿正常的意识，像最后一道门上的最后一把锁，守住了最后的秘密。”

“最严重的秘密？”

约翰点点头：“她真的坚持没说，那时已经住进这里了。你还记得她刚搬进来的时候吗？”

伊丽莎白记得。那时彭妮已经意识不清，说话断断续续，前言不搭后语，还经常发脾气。斯蒂芬什么时候会来这里？她特别想回到他身边。赶紧把这里的事处理完，然后回家亲亲她的好丈夫。

“她连我都不认识了，嗯，她能认出我，但不知道我是她的什么人。有天早上，大概是两个月前吧，我进来时她坐了起来，那是我记忆中她最后一次坐起来。她看见我，也知道我是谁，然后问我说我们该怎么办。我不明白这个问题，所以问她：‘什么怎么办？’”

伊丽莎白点点头。

“然后她就告诉我了。她说得非常客观、直接，就好像阁楼里有什么东西，她需要我拿下来，仅此而已。我不能让别人发现她做了什么，你明白吗，伊丽莎白？我必须想办法。”

伊丽莎白点点头。

“我们在山上野餐过几次，”约翰继续说，“真是个美丽的地方啊。我还一直纳闷儿为什么我们后来不去了。”

他们安静地坐着，突然听见彭妮床边的监视器发出轻柔的嘀嘀声。她只剩下这点声响了，就像一座灯塔，对着一望无际的海面闪烁。

伊丽莎白轻声打破了沉默：“我想接下来应该这么做，约翰。我让其他人送你回家，时间不早了，在自己床上好好睡一觉。如果有信要写，那就写吧。明天早上我和警察一起过去，我相信你会在那里。我们先出去，你可以和彭妮道别。”

四个朋友出了病房。透过彭妮门上磨砂玻璃的透明边缘，伊丽莎白看见约翰拥抱了他的妻子。她移开了视线。

“你们会把约翰安全送回去，对吧？让我和彭妮再待一会儿。”她问其他人，他们都点头回应。她再次打开门，约翰正穿上大衣。

“该走了，约翰。”

111

唐娜公寓里的灯光调得很暗，史提夫·汪达[①]正在音箱里发挥魔力。克里斯很高兴，也很放松，他脱了鞋，脚放到沙发上。唐娜为他倒了一杯葡萄酒。

“谢谢，唐娜。”

“不客气。对了，衬衫不错。”

“哦，谢谢，只是随便穿的一件。”

克里斯朝唐娜笑了笑，唐娜回了个笑脸。唐娜能感觉到将要发生什么，这让她非常兴奋。

“妈？”唐娜问道，把酒瓶伸向她的母亲。

“谢谢，亲爱的，我喝。”

唐娜也为母亲倒了一杯。母亲坐在沙发上，克里斯的旁边。

“说实话，你可以当她姐姐，帕特里斯，”克里斯说，“我这么说绝不是因为唐娜显老。”

唐娜假装呕吐，帕特里斯笑了起来。

① 史提夫·汪达（Stevie Wonder），非裔美国歌手。

“麦当娜跟我说你很有魅力。”

克里斯放下酒杯，脸上浮现出开心的表情：“抱歉，谁和你说我很有魅力？”

“麦当娜。”她朝女儿歪了歪脑袋。

克里斯看着唐娜：“你的全名是麦当娜？”

“你敢这样叫我，小心我的电棍。”唐娜说。

“值得一试。”克里斯说，“帕特里斯，我想我爱上你了。”

唐娜翻了个白眼，拿起遥控。“看不看杰森·里奇？”

“看，看。”克里斯心不在焉地说，“你做什么工作，帕特里斯？”

“教书，在小学里。”帕特里斯说。

“是吗？”克里斯说。老师、在唱诗班唱歌、喜欢狗，这是他的理想型三要素。

唐娜直视克里斯的眼睛：“她周日在唱诗班唱歌。”

克里斯避开唐娜的视线，重新看向帕特里斯。

“这个问题可能听起来有点荒唐，帕特里斯，你喜欢狗吗？”

帕特里斯喝了一小口酒：“不好意思，过敏。”

克里斯点点头，也喝了一小口，然后朝唐娜微微举杯，动作微小到几乎看不出来。三项中了两项，还不错。他庆幸自己穿了有扣子的蓝色衬衫。

“你的约会怎么样了？”克里斯问唐娜。

“我只说有约会，又没说是我的约会。”唐娜回答。

唐娜的手机响了，她看了一眼屏幕。

“是伊丽莎白，问我们明天早上有没有空，不是什么急事。”

“肯定是破案了。”

唐娜笑起来。她希望她的朋友一切都好。

112

彭妮的床头灯被调到了最暗，对两个熟悉彼此面孔的老朋友来说，光线刚刚好。伊丽莎白握着彭妮的手。

“所以，真的有人能逃脱惩罚吗，亲爱的？托尼·柯伦没逃脱，对吧？有人惩罚了他。大家似乎都认为是吉安尼，但我有一个推测，必须和乔伊丝讨论一下。反正这事没什么损失。文特汉姆呢？嗯，你知道约翰要付出代价。早上我会带警察过去，他们会发现他的尸体，你我都清楚这一点。他回到家，喝一小杯睡前酒，事情就是这样了。至少他知道怎么让自己平静地离开，不是吗？”

伊丽莎白抚摸彭妮的头发。

“那你呢，亲爱的？你这个聪明的家伙，你能逃脱惩罚吗？我知道你为什么那样做，彭妮，我能理解你做出的选择，你要伸张自己的正义。我不赞成，但我能理解。我不在场，我没有遇到你遇到的状况。可是你能逃脱惩罚吗？”

伊丽莎白把彭妮的手放回床上，站了起来。

“一切看情况，不是吗？看你能不能听见我说的话。如果能听见，彭妮，你会知道，你爱的男人刚刚走进黑夜、走向死亡，只因为他想保护你，只因为你多年前做出的选择。我想这种惩罚已经足够了，彭妮。”

伊丽莎白开始穿上大衣。

“如果听不见，那你就成功逃脱了，亲爱的，祝贺你！”

伊丽莎白穿好大衣，一只手放在朋友的脸颊上。

“我知道约翰抱你的时候做了什么，彭妮，我看见了针管。我知道你也离开了，这就是我们的永别。亲爱的，我最近没怎么说起斯蒂芬，他一点儿也不好，我尽了最大的努力，但还是一点儿一点儿地在失去他。看来我也有我的秘密。”

她亲吻彭妮的脸颊。

“天哪，我会想念你的，傻瓜。好梦，亲爱的。一场多么精彩的追捕啊！”

伊丽莎白离开柳树园，走进黑暗中。一个安静、无云的夜晚，一个漆黑的夜晚，黑到让人感觉再也看不到天亮。

113

克里斯坐出租回家，踏上通向公寓的漫漫长路。是酒精作祟吗，还是他的脚步变得轻盈了？

他打开门，扫视眼前的景象。有些东西显然需要收拾一下，把可回收垃圾扔出去，或许可以买几个抱枕和一根蜡烛？洗手间的门打开时总是容易卡住，不过用一点点砂纸和力气就能修理好。他要去乐购买一些水果，装进果盘，摆在餐桌上。当然了，还要买一个果盘。洗床单，换牙刷。要不要买毛巾？

这样应该可以了，足够让帕特里斯相信他是正常人类，不是一个放弃人生的男人。做这些不用花多少工夫，他接下来可以给她发信息，她在费尔黑文的时候，邀请她过来吃晚饭。

还有鲜花，为什么不呢？他想要疯狂一把。

克里斯打开电脑，等着邮件载入。睡前查邮箱，一个坏习惯，经常耽误他的睡觉时间。他有三封新邮件，看上去都不会耽误他太长时间。他的一个警长参加了铁人三项赛，发来邮件求助，希望得到资助。一封邀请信，请他参加肯特警察局的颁奖之夜，可以带一个同伴。这能算作约会吗？可能不算，他得和唐娜商量一下。另一封邮件的地址克里斯没认出来，这种事不常发生，他一直尽可能保证个人邮箱的私密性。发件人是“基普里奥斯律师事务所”，主题“绝对机密”。

塞浦路斯发来的？他们找到吉安尼了？还是律师警告警察不要插手？为什么会发到他的个人邮箱呢？塞浦路斯没人有这个邮箱地址。

克里斯点开邮件。

尊敬的先生：

受客户科斯塔斯·古恩杜兹先生的委托，我们将这封信转给您。请注意，这封信里的所有内容均为机密。如有回复，请直接发往本事务所。

基普里奥斯律师事务所

格雷戈里·艾欧安尼迪斯

谨启

科斯塔斯·古恩杜兹？那个在克里斯递上名片时哈哈大笑的科斯塔斯？啊，今晚真的要惊喜连连了！克里斯点开附件。

哈德森先生：

你说我儿子二〇〇〇年回到塞浦路斯，你有记录证明。我必须告诉你，我那时候没见到他，那以后也没见过他，一次都没有。我没见过儿子的面，没收到他的来信，没接到他的电话。

哈德森先生，我老了，你应该看得出来。你在找吉安尼，我必须让你知道，我也在找他。

我从不和警察说话，你明白的，但我现在想请你帮忙。如果你能找到吉安尼，或者发现任何消息，你会获得非常非常丰厚的奖励。我担心吉安尼已经不在了。

他是我儿子，我想在死之前见他一面，或者明确知道这不可能，让我好好为他哀悼。希望你可怜可怜我，接受我的请求。求你了，拜托。

祝好。

科斯塔斯·古恩杜兹

克里斯又仔细读了几遍。真会装，科斯塔斯。他认为克里斯会把这封信分享给塞浦路斯警方？分享给乔·基普里亚努？他肯定是这么盘算的。这是不是意味着塞浦路斯警方快找到吉安尼了，他想用最后一招误导警方？

又或者信的内容是真实的，一个老人恳求他寻找失踪的儿子。年轻的时候，克里斯可能会相信，但他看了太多，听了太多，人们为了自保什么事都做得出来，什么话都说得出口，而且他知道吉安尼·古恩杜兹六月十七日那天在哪里。

吉安尼没死。他带着托尼·柯伦的钱回了家，改名换姓，做了整容手术，用他爸爸的钱解决了一切问题，从那以后过着逍遥的生活。吉安尼正在塞浦路斯的某个地方享受日光浴，感叹命运的美好。托尼·柯伦已经铲除了，世界上再没有他的敌人。

科斯塔斯·古恩杜兹不会收到回复。

克里斯关上电脑。他真心希望大家不要参加铁人三项赛了。

114

伊丽莎白很晚还没回来，但波格丹和斯蒂芬都没注意到。

波格丹在思考，下嘴唇歪向一边。他敲打桌面，想着下一步该怎么走。他盯着对面的斯蒂芬，然后看回到棋盘上。这个人怎么这么会下棋？如果不是非常非常小心的话，波格丹肯定会输，而他已经不记得上次输棋是什么时候了。

“波格丹，能问你一个问题吗？”斯蒂芬说。

“随便问，”波格丹说，“我们是朋友。”

“不会让你分心吧？我让你左右为难了，也许你需要集中注意力。”

“斯蒂芬，我们一边下棋，一边聊天，这两件事对我来说都很特别。”波格丹走了象，抬眼看着斯蒂芬。这一步让斯蒂芬有些意外，但他并不担心。

“谢谢，波格丹，这两件事对我来说也很特别。”

“好了，问个好问题吧。”

“是这样的，嗯，首先，那个家伙叫什么名字？”斯蒂芬攻击了波格丹的象，但他感觉自己被带进了圈套。

“哪个家伙，斯蒂芬？”波格丹问，低头看着棋盘，庆幸又出现了一丝希望之光。

“第一个被杀的人，那个建筑商。”

“托尼，”波格丹说，“托尼·柯伦。”

“就是他。”斯蒂芬说。他搓了搓下巴，波格丹护住象，同时占据有利位置。

“问题是什么？”波格丹问。

“嗯，是这样，原谅我说话冒失，从我听到的一切来看，我认为是你杀了他。伊丽莎白喜欢和我说话，你知道的。”斯蒂芬移动兵，但看得出这么走意义不大。

波格丹环视了一下房间，然后看回到斯蒂芬身上。

“没错，我杀了他。不过这是个秘密，只有另外一个人知道。”

“哦，绝对保密，老兄，没人会从我嘴里听到。但我真不理解为什么，肯定不是为了钱吧，那一点儿也不像你的风格。”

“不，不是钱。钱这个东西你必须非常小心，不能让它主宰了你。”波格丹往前推马，斯蒂芬终于看出他要做什么了。真叫人高兴。

“那是为什么？”

“说实话，很简单。我有个朋友，我来英国后最好的朋友，他是开出租车的。有一天，他看到托尼做了不该做的事。”

“他看到了什么？”斯蒂芬出其不意地走了车，波格丹微微一笑，他太喜欢这个狡猾的老头儿了。

“他看见托尼开枪打死了一个男孩，一个从伦敦来的年轻小子。我不知道起因是什么，也从没弄清楚，大概和毒品有关。”

“所以托尼杀了你的朋友？”

“嗯，出租车公司是一个叫吉安尼的人开的，他们叫他土耳其吉安尼，其实他是塞浦路斯人。吉安尼和托尼一起做生意，但托尼才是老板。”波格丹盯着棋盘，不紧不慢地思考下一步。

“所以吉安尼杀了你的朋友？”

“吉安尼杀了我的朋友，但是托尼指使他这么做的。我不管，都一样。”

“是的，这一点我们意见相同。吉安尼后来怎么样了？”

波格丹觉得有必要退马。一步废棋，不过没关系，这是常有的事。

“我也杀了他。毫不犹豫地动了手，可以这么说。”

斯蒂芬点点头，静静地盯着棋盘看了一会儿，波格丹以为他的意识又飘走了，但他也明白，有时候必须对斯蒂芬耐心一点儿。果然是这样。

“你朋友叫什么名字？”斯蒂芬仍然盯着棋盘，想像变戏法似的使出一招。

“卡兹，卡兹米尔。”波格丹说，“吉安尼叫卡兹开车带他到树林，他要埋什么东西，需要帮忙。他们走进树林，不停地挖啊挖，为了埋吉安尼的什么东西。卡兹干起活儿来特别卖力，人也很好，你肯定会非常喜欢他。吉安尼砰的一枪打死了卡兹，然后把他埋进了刚挖的坑里。”

斯蒂芬又往前推了一下兵。波格丹抬眼瞄了他一下，笑着朝他轻轻点头，然后皱了皱鼻子，重新看回棋盘。

“我以为卡兹跑了，也许逃回国避风头去了。吉安尼和托尼不一样，他很蠢，到处和朋友们说，他在树林一枪打死了一个家伙，这个家伙还帮着挖坑，是不是很好笑？我就这样听说了。”

“所以你动手了？”斯蒂芬问。

波格丹点点头，在想要不要走象，斯蒂芬会不会还藏着一招。“我告诉吉安尼我有话和他说，叫他不要告诉托尼，不要告诉其他人。我说，有个朋友在纽黑文的港口做事，可能有赚钱的机会，感不感兴趣？他感兴趣，我们约定凌晨两点在港口碰头。”

“港口没有保安？”

“有，保安是一个朋友的表弟。朋友叫斯蒂夫·乔治乌，一个大好人。斯蒂夫的表弟当时确实在港口做事，用事实来撒谎更容易一些。斯蒂夫也来了，他认识卡兹，和我一样喜欢卡兹。我们走过港口的台阶，上了一艘小船。吉安尼真是个蠢货，一心只想着赚钱。小船突突突地往前开，海面波浪起伏。我把计划告诉了他，我们用这艘船走私人口，斯蒂夫的表弟会装作看不见，想想能赚多少钱吧。就在这时，我掏出一把枪，叫他跪下。吉安尼以为是开玩笑，我说你杀了卡兹米尔，他这才明白他为什么在那里，突然意识到这不是玩笑，然后我就开枪了。”

波格丹终于走了象，这次轮到斯蒂芬皱鼻子了。

“我拿了他的钥匙和卡。我们在他身上绑了砖头，把他扔下船，从此再也没人见过他。我们回到纽黑文，向斯蒂夫的表弟道谢，叮嘱他不要说出去。然后我和斯蒂夫开车到吉安尼家，用钥匙开门进去，拿了他的护照，装了满满一箱衣服。那里有一堆钞票，你知道的，贩毒赚的钱，我们也拿走了，还有所有值钱的东西。有些钱是托尼的，一大笔钱，所以我很高兴拿走它们。”

“多少钱？”斯蒂芬问。

“好像有十万英镑，我给卡兹米尔家送了五万。”

“好孩子。”

“剩下的我给了斯蒂夫。他想开一家健身房，我觉得这个投资不错。他是个好人，好得没话说。然后我开车送斯蒂夫去盖特威克机场，他用吉安尼的护照飞到塞浦路斯，没人仔细看，轻松过关。斯蒂夫再用自己的护照直接飞回英国。我匿名报了警，我确信他们会认真对待。我告诉他们吉安尼杀了卡兹，他们突袭了他的住所。”

“他们发现他的护照和衣服不见了？”

“一点儿没错。”

“所以他们搜查了港口和机场，发现他逃回了塞浦路斯？”斯蒂芬用兵攻击了波格丹的象，正如波格丹所料。

“他们在塞浦路斯找了一阵子，查了又查，但吉安尼消失了，最后他们只好交给塞浦路斯警方处理。没有吉安尼杀人的证据，他家没有贩毒的钱，到后来大家就渐渐忘了，继续做别的事去了。”

“对柯伦你倒是挺有耐心的，嗯？”

“要等待最佳的时机，做好计划。我可不希望被抓住，知道吗？”

“对，我想那应该是你最不希望发生的事了。”斯蒂芬说。

“总之，几个月前，我安装了他的监控系统，摄像头、报警器什么的。整个系统都是我胡乱装的，什么都录不下来。”

“原来如此。”

“我想，好了，时机到了。我配了钥匙，可以进到屋子里，没人能看到。”波格丹攻击了斯蒂芬的兵，开辟了斯蒂芬不想开辟的新战线。

斯蒂芬点点头：“聪明。”

“我刚办完事，门铃丁零零地响了，但我非常镇定，一点儿也不担心。”

斯蒂芬又点点头，无奈之下默默地移动了另一个兵。“真有你的。万一他们抓住你怎么办？”

波格丹耸耸肩：“不知道，我想他们抓不到的。”

“伊丽莎白会查出来的，老兄，说不定已经查出来了。”

“我知道，但我相信她会理解。”

“我也相信，”斯蒂芬赞同道，“但警察是另一回事，他们比伊丽莎白更难征服。”

波格丹点点头：“抓到就抓到吧。我想，我制造了一个相当不错的假象。”

“假象？怎么办到的？”

“嗯，那天晚上，我们去了吉安尼家，拿走的东西中有一个相机，所以……”

他们听见门上有钥匙转动的声响，波格丹突然不作声了。不知伊丽莎白忙了些什么，这么晚才回来。波格丹把一根手指放到嘴唇上，斯蒂芬做了同样的动作回应。她走了进来。

“嘿，孩子们。”她亲吻波格丹的脸颊，然后把斯蒂芬紧紧拥入怀里。就在她这么做的时候，波格丹移动皇后，圈套完成。

“将军。”

伊丽莎白松开斯蒂芬，他冲着棋盘和波格丹直笑，伸出手和波格丹握手。

“伊丽莎白，他是个狡猾的家伙，这小子，一级狡猾的家伙。”

伊丽莎白低头看向棋盘：“下得好，波格丹。”

“谢谢。”波格丹说，开始把棋子重新摆到棋盘上。

“好了，我有个特别的故事讲给你们俩听。”伊丽莎白说，“给你泡杯茶吧，波格丹？”

“好的，谢谢，”波格丹说，“加牛奶，六块糖。”

“我来杯咖啡，亲爱的，”斯蒂芬说，“如果不是太麻烦的话。”

伊丽莎白走进厨房。她想到了彭妮，她现在已经离开了吧？爱的行为最终以这样的结局收场。然后她想到了约翰，他就要进入最后的梦乡了。他保护了彭妮，可代价是什么？他感受到了平静吗？他摆脱了痛苦吗？她想到了安妮·梅德利和她错过的一切。人生这盘棋，每个人都有退出的时候。一旦进场了，出口就是唯一的方向。她拿起斯蒂芬的羟基安定，停了下来，又把它放回橱柜。

伊丽莎白回到丈夫身边，握住他的手，亲吻他的嘴唇。“我想该戒掉咖啡了，斯蒂芬，咖啡因太多，对你身体不好。”

“确实，”斯蒂芬说，“不管你怎么想都好。”

斯蒂芬和波格丹开始了一局新棋。伊丽莎白转身回到厨房，两个男人都没看见她的眼泪。

115

乔伊丝的独白

抱歉，有段时间没写了，最近这里非常忙碌。我正在烤一个醋栗奶酥蛋糕，我想有几件事你可能想知道。

上上个周二，他们埋葬了彭妮和约翰。葬礼很平静，天下着雨，很适合当时的气氛。彭妮以前的同事来了几个，事实上，考虑到种种因素，我们没想到会来这么多人。彭妮和约翰还上了报纸，报道的故事并不十分准确，但也差不多了。彭妮和罗恩是朋友的消息也传开了，罗恩接受了《今日肯特》采访，他们甚至在常规新闻中播放了这一段。《太阳报》也来人想采访他，罗恩不愿搭理他们，指挥他们把车停在拉金公寓外面，然后他们的车就被夹子锁锁住了。

伊丽莎白没有参加葬礼。我们还没讨论过这件事，恐怕我也没什么可说的。不知道她是不是已经告别过了呢，一定是的，对吧？

我甚至不清楚伊丽莎白有没有原谅彭妮。我比较赞同《旧约》里的态度，认为彭妮做得很对。这只是我的想法而已，我不会公开说出来，反正我很高兴她这么做了。我希望彼得·默瑟没有死得那么快，能亲眼看看自己最后的遭遇。

伊丽莎白比我聪明多了，肯定也比我想的多，但我认为她不会真的责备彭妮。伊丽莎白会做同样的事吗？我觉得会，而且我觉得伊丽莎白会逃脱惩罚。

可以肯定的是，伊丽莎白因为这个秘密很难过。两个好朋友，伊丽莎白和彭妮，一起破解谜团，没想到彭妮才是一直以来最大的谜团。这一定让伊丽莎白很伤心。也许哪天我们可以聊聊这件事。

彭妮杀了彼得·默瑟，瞒着约翰一辈子，直到老年痴呆让她开了口。约翰既然知道了，就一定会保护她。这就是爱，不是吗？这也是格里会为我做的事。因为彼得·默瑟杀了安妮·梅德利，彭妮杀了彼得·默瑟。因为彭妮杀了彼得·默瑟，约翰杀了伊恩·文特汉姆。我想就是这样的因果关系吧，至少现在一切都结束了。我希望彭妮和约翰得到安息，我希望可怜的安妮·梅德利得到安息。至于彼得·默瑟，看看他造成的这一切，我只希望他受尽折磨。

对了，警方还没找到土耳其吉安尼，他们还在找。克里斯和唐娜来过这里几次。克里斯有了新女友，现在还不肯透露一点儿信息，我们也没办法让唐娜开口。克里斯说他们迟早会抓到吉安尼，波格丹有天来帮我修电动淋浴器，他说吉安尼聪明得很，不会被他们抓住。

如果真想听听我的看法，吉安尼这个目标漏洞百出。吉安尼回来杀了托尼，就因为托尼多年前的告密？托尼为什么告他的密？托尼杀了人，他帮忙善后，托尼告发他，我认为完全说不通。

不对，这里只有一个人聪明到不会被抓住，那就是波格丹。

你不觉得是他杀了托尼·柯伦吗？我觉得是。我确定他有很好的理由，也想找机会问问他，不过等他装好我的新窗户再说，万一他生气了呢？不知道伊丽莎白是不是也怀疑他，她最近倒是没提追查吉安尼的事了，看来也有怀疑。

我得去看一眼奶酥蛋糕烤得怎么样了。我们说点开心的事好吗？

“山丘”项目已经动工，起重机和挖掘机在山上干活儿。他们说戈登·普莱费尔的地卖了四百二十万英镑，“他们”主要指的是伊丽莎白，所以消息绝对可靠。他向住了七十年的房子道别，把行李装进路虎和拖车里，然后开了四百多码的下山路，卸下行李，搬进了拉金公寓里一套舒适的两居室。

布拉姆利控股把这套公寓送给了他，作为交易的一部分。这就把我们带到了下一条新闻。

“布拉姆利控股”？当然不是苹果的品种，但我告诉过你，这个名字很耳熟。嗯，原因在这里。

乔安娜很小的时候，有一个玩具小象，粉红色，白耳朵，她从不让我洗，简直无法想象上面有多少细菌，但我想对小孩子来说不一定是什么坏事。小象的名字就叫布拉姆利。我都快忘了。她有那么多玩具，而我是个糟糕的母亲。

也许你已经猜到是怎么回事了。

还记得吗？当初伊丽莎白怀疑伊恩·文特汉姆杀了托尼·柯伦，我们把文特汉姆的财务记录拿给乔安娜看过。

总之吧，乔安娜和科尼利厄斯详细查看了财务记录，然后反馈给我们，事情就这样结束了。

但对乔安娜来说，事情并没有结束，远远没有结束。

乔安娜和科尼利厄斯对他们看到的财务状况很满意，对“山丘”项目的资料也很满意，于是乔安娜向其他董事会成员做了一个报告——在我的脑海中，这个场景发生在机翼桌旁——然后他们买下了这家公司。她打算从伊恩·文特汉姆手上买，当然了，最后是从吉玛·文特汉姆手上买的。这算不算剧情反转？

整个地方都属于乔安娜了，或者说，乔安娜的公司。都是一回事，不是吗？

好了，这件事又引出了伯纳德，你马上就知道为什么了。

我和乔安娜从不谈论伯纳德，但她来陪我参加了葬礼，也许是伊丽莎白告诉她的，或者她就是知道。我想她就是知道。她来了，握住我的手，某个伤心的时刻，我把头靠在她的肩膀上，感觉真好。葬礼过后，她和我讲了布拉姆利控股的事。我忘记了小象，感到很愧疚，所以一直假装还记得，乔安娜一眼就看穿了我。

我们聊着，我告诉她我觉得这不是他们购买的公司类型，她同意，但她说这是“我们想要进军的领域”，我也一眼看穿了她，她承认这是个谎言。她确实提到可以赚很多钱，但她告诉我她还有个理由，我现在就告诉你。

她坐在她买给我的躺椅上（同样的躺椅在宜家只用花十分之一的钱就能买到），旁边是她买给我的手提电脑（永远不会被提到任何地方），她说了下面这番话。

“还记得你刚搬来的时候吗？我告诉你这是个错误，这里会是你的终点，坐在椅子上，周围也全是等着耗尽时间的人。我错了。这里是你的起点，妈。爸爸离开后，我以为再也见不到你快乐的样子了。”

（我们从没谈论过这个话题，我们两个都有错。）

“你的眼睛有神采了，你的笑声回来了，这要归功于库珀斯·切斯，归功于伊丽莎白、罗恩、易卜拉欣和伯纳德，上帝保佑他安息，所以我买下了它，公司、土地、整个开发项目，我买下它只为了表示感谢，妈。我知道你接下来会说什么，我保证也会用它赚一大堆钱，所以不要惊慌。”

好吧，我没有惊慌，但她确实猜中了我想说的话。

还有几件事你应该想知道。安息园将原封不动地留在原地。乔安娜说他们能从“山丘”赚到足够多的钱，所以“林地”就静悄悄地搁置起来了。墓地现在受到了保护，即使库珀斯·切斯再被卖掉也不受影响（乔安娜说总有一天他们会卖掉它，这是他们的工作）。你可以试着来买买看，等待你的会是各种各样的条条款款。安息园不会动。

对了，刚才我说我们从没谈论过格里，这不是我们两个的错，而是我一个人的错。对不起，乔安娜。

几天前，我们举行了一个仪式。伊丽莎白邀请马修·麦基过来吃午饭，他来了，这次没戴白色硬领。我们把玛吉很安全的消息告诉了他，我以为他会哭，但是他没有，他只说想去看看坟墓。我们陪着他走上山，然后坐在伯纳德和阿西玛的长凳上，他推开铁门，在坟墓旁跪下。这时，眼泪掉了下来。我们知道，当他看到墓碑的时候一定会掉眼泪。

也是几天前，波格丹花了大半个上午，轻轻擦洗碑文“玛格丽特·法雷尔，1948—1971”，然后在下方刻上了“帕特里克，1971”。我一直在旁边看着，波格丹真是没有不会做的事。

麦基神父看到这个，再也控制不住情绪，我们派罗恩过去抱住他，两个人在那里待了很久。伊丽莎白、易卜拉欣和我留在长凳上，望着这一幕。我喜欢会流泪的男人，不要太过分，这样子就刚刚好。

现在玛吉的坟墓上总是有许多鲜花，我也去送上了我的心意，相信你能猜到我的鲜花是从哪儿来的。

你应该还想知道长凳的情况吧？嗯，忙碌的波格丹用风钻钻开水泥，然后往下挖，找到了老虎茶叶罐，把它交给了我。

在伯纳德的最后一封信里，有一段非常感人的附言，他想把骨灰从费尔黑文码头撒出去。我把这段话写在这儿。

“一半的我和一半的阿西玛将永远厮守在这里。她在圣水中自由漂浮，让我也随着潮水漂浮而去吧，总有一天，我会与她重逢。”他说。伯纳德非常有诗意，真的。

太有诗意了。

你和我都了解伯纳德，知道这不是多愁善感的空话。这是向我传递的信息，而且不像哑谜一样难以破解。不知道伯纳德是不是觉得我有点迟钝，但我感觉他想清楚地表达出来，以防我不理解。总之吧，我明白伯纳德给我的指示。

葬礼过后，苏菲和玛吉德住进了机场酒店，这是他们的风格。我提出在他们去费尔黑文之前，由我来保管伯纳德的骨灰。这两位什么时候才能懂事啊？

两个人的骨灰都在我手上，阿西玛的在茶叶罐里，伯纳德的在一个简陋的木制骨灰罐里。我拿出秤，真正的秤，我才不相信电子秤呢。

我非常小心地倒出骨灰，虽然我很喜欢伯纳德，但我不想我的厨房操作台上撒满了他。几分钟时间，经过特百惠保鲜盒的几次中转（对此我有点愧疚），大功告成了。

在他们想买给对方当圣诞礼物的老虎茶叶罐里，有一半的伯纳德和一半的阿西玛。第二天，我们把茶叶罐重新埋到长凳下，它属于那里。我们请马修·麦基为那个地方祈福祷告，我想我们的邀请让他很感动，他完成得相当完美。

在那个骨灰罐里，有一半的阿西玛和一半的伯纳德。苏菲和玛吉德并不知情，第二天，他们带着它去了费尔黑文。阿西玛终于可以自由漂浮在水中，而且永远不会离开爱人的怀抱。我们没有跟着他们一起去，因为我们真的不想打扰他们。

老实说，我不知道怎么处理用过的特百惠保鲜盒。如果你用两个特百惠保鲜盒混合了两个人的骨灰，一个是你的挚友，另一个是他深爱的女人，而且没告诉他们的孩子，你是留着保鲜盒还是扔掉，哪种做法更没礼貌？搬来库珀斯·切斯以前，我是绝对不会操心这种事情的。伊丽莎白应该知道怎么做。

说到伊丽莎白，她早些时候打来电话，告诉我有人往她门底下塞了一张非常有趣的字条。她不肯说是什么，只说先去拜访一下某个人，然后再告诉我。真会吊胃口！

好了，今天是周四，我必须过去了。我还担心彭妮的事情过后，我们可能会停止活动，或者会感觉不一样，但在这里，这种事不会发生。人生继续，直到结束的那一刻。周四推理俱乐部继续聚会，门下塞进神秘字条，杀人犯安装新窗户，但愿这一切永远继续下去。

聚会结束后，我会顺便去看看戈登·普莱费尔安顿得怎么样了。只是做个友好的邻居，省得你多问。

奶酥蛋糕烤好了，真准时。我会随时向你汇报新状况。

《周四推理俱乐部：活了两次的男人》简体中文版 2022 年 12 月上市

（暂定封面）

- **英国图书销量有记录以来，销售超快的新书之一**
- **16 周位居《星期日泰晤士报》畅销书榜 TOP1**
- **《卫报》《纽约时报》等 20 余家媒体联袂推荐**

不速之客突然造访养老社区，他自称是伊丽莎白的朋友，因被指控盗窃价值数百万美元的钻石，正被通缉，迫切需要伊丽莎白伸手援助。

和不速之客一起到来的，还有隐藏在暗处的罪恶凶手……养老社区命案再起。

这一次，四位“安乐椅神探”将如何演绎、推理、捕获凶手？那颗价值连城的钻石到底藏在哪里？

《周四推理俱乐部：活了两次的男人》继续讲述精彩纷呈的推理故事，延续新式推理小说（Cozy Mystery）的推理智慧，为更多的读者抚平生活纷扰，开启生命的极乐与极智。

“周四推理俱乐部”的故事远未结束。

桂图登字：20-2021-057

图书在版编目（CIP）数据

周四推理俱乐部 / (英) 理查德·奥斯曼著；张雅琳译. — 南宁：接力出版社, 2022.4（2023.10重印）

ISBN 978-7-5448-7615-5

Ⅰ. ①周… Ⅱ. ①理…②张… Ⅲ. ①长篇小说—英国—现代 Ⅳ. ①I561.45

中国版本图书馆CIP数据核字（2022）第028948号

责任编辑：马 婕 陈 楠　装帧设计：崔欣晔　责任校对：李姝依

责任监印：郝梦皎　版权联络：王彦超　营销主理：蔡欣芸 贾毅奎

社长：黄 俭　总编辑：白 冰

出版发行：接力出版社　社址：广西南宁市园湖南路9号　邮编：530022

电话：010-65546561（发行部）　传真：010-65545210（发行部）

网址：http://www.jielibj.com　电子邮箱：jieli@jielibook.com

经销：新华书店　印制：河北鹏润印刷有限公司

开本：880毫米 × 1250毫米　印张：15.25　字数：280千字

版次：2022年4月第1版　印次：2023年10月第5次印刷

印数：80 001—85 000册　定价：58.00元

年轻的老人们

你名叫罗恩，今年 75 岁了。对大多数人来说，这是一个牙齿已经没几颗，要靠不耐烦的子女搀扶，一步一步与蜗牛竞速的年纪。但你不一样，年龄与岁月不曾对你壮硕的块头与嘹亮的嗓音有过丝毫磨损，你的牙齿只会在换乳牙和与警察肉搏时才会掉下。

你曾经是工人运动的急先锋，一直致力于为弱势群体发声。反正，哪里有游行示威或者争论，哪里就有你的大嗓门儿。政府说向东，你就一定向西——永远的“杠精”。也因此，你曾被警察逮捕，关进去好几次，加上好斗性子急，你知道自己平时并不受大家欢迎，但你对此并不在意。

你的妻子已经去世多年，亲人如今只剩下儿子杰森，以及一辆陪伴你走过风霜岁月的老爷车。虎父无犬子，杰森遗传了你的身材与运动天赋，成为知名的拳击手，但他在事业的高峰期选择了退役，并混过一阵子黑帮，后来靠在电视娱乐节目中做嘉宾翻红。你们虽然不住在一起，但是父子俩关系不错。你知道，绝大多数长辈与孩子的矛盾，无非就是养老、疾病与儿媳。非常幸运，你们从未有过这些问题。

但是杰森还是将你送进了养老社区。真不知道他哪里来的想法，竟然会觉得你在这里能够交到朋友。要知道，这里全是年轻时不爱运动，到现在病恹恹、半身不遂的老家伙。主要是，他们并没有与政府作对的爱好……

在养老社区，你喜欢穿着人字拖、西汉姆联球衣和短裤到处转悠，日夜陪在自己身边的就是一杯酒。你知道，那些喜欢八卦新闻的老家伙总在背后议论你，说你是什么危险分子，还说要换养老院，害怕你迟早会炸掉这里。

嘿，你虽然有点粗暴，且易怒脾气差，还爱抽烟、喝酒、文身，但你可是个好男儿，只是这些家伙并不理解。

你不曾预料到自己会加入“周四推理俱乐部”，还与伊丽莎白成为伙伴。

伊丽莎白算是养老社区里名字比较响亮的人物，她曾经是英国情报机构的工作人员，为国家出生入死，她到现在都还持有坦克驾照……

“为国家出生入死”——若是年轻时的你，绝对是不屑与这样的人打交道的。但年岁已过，这些计较转眼便成了云淡风轻。

主要是，伊丽莎白并不会背后在你的事情上嚼舌根。她每天都容光焕发，神采飞扬。你看得出来，她在面对衰老时并不想坐以待毙。

果然，她与另一名伙伴彭妮一起建立了“周四推理俱乐部”。周四推理俱乐部，顾名思义，每到周四俱乐部成员便会聚会，大家一起针对以往的疑案、悬案进行探讨。

彭妮曾经是警察，总是能从一些神秘的地方弄来未解悬案的资料。按理说，她是拿不到的。但谁知道呢？过了一定的年纪，人可以想干什么就干什么，没人管得着。当然，除了医生和孩子。

以你的性格，你对于公权力向民众公开的一切都保持怀疑的态度，你绝大多数时间都在怀疑警方说的话。自然，你也被他们研究的悬案吸引过去，凭着你的怀疑态度，挖掘出未解悬案中的诸多矛盾，你也就顺理成章地成为俱乐部的一员。

你突然发现，住进养老社区的并非都是痴呆症潜在患者嘛。

俱乐部的固定成员还有乔伊丝与易卜拉欣。乔伊丝很娇小，身躯像个小女孩，眼睛格外明亮。她为人沉默、低调、不张扬，脸上始终是一副温和慈祥的神情。大概是有赖于外科护士的职业从业经历，她非常懂得照顾人，且擅长倾听别人说的话。即使是你，在面对她时，也不忍摆出锋芒毕露的气势。但千万别小看她，否则会吃大亏。她就像一只乖巧的小鸟，时刻隐秘又机警地关注着阳光下闪烁的趣味。

正如最近，你心里对乔伊丝抱有一丝不满。

每周四的活动时间，乔伊丝都会制作各种甜点与零食分享给大家，说食材都是来自高档超市。大家吃得津津有味，对她的慷慨十分感激。无私奉献的乔伊丝也因此越来越受到伊丽莎白与易卜拉欣的重视和关爱。

然而，乔伊丝根本无法糊弄你。有一次，你吃着她制作的蛋糕，发现奶油里夹杂着一张小小的标签，标签显示这是某家廉价超市的贴牌奶油产品！这与乔伊丝告诉大家的完全不一样。你厌恶谎话。尤其是这些自以为是的小聪明！慢慢地，你开始发现乔伊丝并不像表面看上去的那般人畜无害，在她那娇小可爱的外表下，埋藏着各种小心思。你看穿了乔伊丝，你知道她其实非常乐于享受能骗到你们这些聪明人的滋味。

年轻时，你从来不害怕与人发生正面冲突，但你总是会因为过分信任他人而遭暗算。所以，现在你告诫自己一句话：要小心乔伊丝的“扮猪吃老虎”，不要被她的“小透明”体质骗到。

易卜拉欣是最年长的成员，他曾经是心理医生，现年 80 岁了。但他不服老，总是西装革履，喷着香水，以为自己在别人眼里只是 74 岁的样子。不可否认，他确实很绅士，服装精致讲究，善于与别人谈天说地，尤其擅长计算，对数据敏感。年轻时，你最看不起这种类型的男人，认为他们毫无男子气概。现在想想，或许里面夹杂了一丝嫉妒，嫉妒他们竟能获得女人的芳心。

周四推理俱乐部，顾名思义，每到周四，俱乐部便会聚会，一起探讨各类悬案。之所以只是周四，是因为拼图室在这天难得有两小时的闲置时间。前面有艺术历史课，后面有法语会话课。伊丽莎白是以“探讨日本歌剧”为名头借用了中间的空档，确保不会有不速之客打扰。

反正，你们四个人，相处合作还挺和谐的。只是，你们渐渐开始有了争吵。吵什么？从争论本周该“破”哪个案子，到讨论应不应该开空调，或者在推理的时候吃大颗还是小颗的 M&M 巧克力豆，到底哪种更能激发你们夕阳一般的脑细胞……你们经常为这些无谓的论题吵得不可开交，有时候甚至光争论就花了两个小时。

于是你们觉得，俱乐部需要一个部长，来统领全局，决定每周的事宜。但是，这个部长由谁来做呢？

反正乔伊丝绝对不行，你不能容忍骗子来领导自己。

然后你想到自己。呵呵，难道还有比你更适合的人选吗？你英明神武，向来就是领袖，参与过无数的实战斗争，“统治力”一词便是专门为你而造的。你气势磅礴，谁站在你面前都如同颤抖的蝼蚁。要派出一个代表矗立于众人面前，让大家信服、跟随，你无疑是最佳人选。同样，你完全不敢想象，如果俱乐部的部长继续由伊丽莎白，或者换成易卜拉欣来担任，将会出现什么结果。恐怕就连俱乐部自身都会朝不保夕，搞不好哪天就被养老社区的其他人以所谓“陶瓷研究课”的名义夺走活动时间。当然，你并不是说他们没有个人能力，只是……你最擅长的，就是当部长。

此阶段任务

1. 介绍自己。
2. 争取当上部长，对接下来你在俱乐部的行动有所帮助。

（提示：你可以通过巧妙揭开，甚至夸张渲染别人的黑历史或缺点，来阻止对方当上部长。同时，你也要想办法为自己做过的不好的事情辩护，证明自己才是最适合当部长的那个人。当讨论完毕时，若平票，则自动由创始人伊丽莎白连任。）

【未经主持人允许，请勿翻开下一页】

拆钉子户也别拆墓

在养老社区里，养老公寓隔壁就是墓地。你也不清楚为什么养老公寓要建在墓地旁边，除了方便“搬家”，没有其他解释了。乐观点想，一命呜呼了还能和阴阳相隔的伙伴做邻居，这未尝不是一件好事。

但是，14 日这天，突如其来的引擎声打破了养老公寓与墓地的安宁。

“嘿，各位好，这里马上要进行改造了，我是来和你们协商一下的。”

推门而入的人是一个中年男性，名叫伊恩，他的皮肤是柚木色的，发型模仿 20 世纪 80 年代的广告模特，墨镜推到头顶上，穿着昂贵的马球衫，轻松自如中带着点吊儿郎当。你看他的样子，应该像是那种会喷万宝龙香水的人，但直觉告诉你，这人不配喷万宝龙。

站在伊恩旁边的是一个和他年纪相当的文身男，穿着无袖汗衫，名叫托尼。你心想，自己如果和他年纪相同，3 秒钟就可以放倒他。现在的话……8 秒吧。

伊恩是这一整片地的主人，他需要大幅度开发此处，首先是针对墓地进行改造。墓地里埋着的那些骨头，全部都要搬迁至别处。

伊恩道貌岸然地说着此次前来是与大家协商，但他的口吻明显就是“通知”，是“命令”，哪有你们反对的余地！

“你睁大眼睛看，这里有句话，是对你行使权利的约束。伊恩先生，合同上面明确说明，如果你要开发土地，需要先与现有住户协商。”

面对伊恩明目张胆地不讲理，大家目光呆滞，彼此互望，不知所措。这种场合，你深知是自己的主场，所以主动站了出来。

“现在就在协商呀，这位爷爷，您先不要那么激动，容易对身体不好。接下来的二十分钟呢，你们想怎么商量就怎么商量，没问题的！”

伊恩跷着二郎腿，闲适地坐在休息室的沙发上。

“我才不信这套鬼话，你可别以为我们年纪大了就好欺负。”

“我们支持你，罗恩。”乔伊丝说道。

“谢谢，乔伊丝。伊恩，你说要开发林地，但我们都知道你会把树都给砍了，这太荒唐了。你以为用电脑做几张精修图片，就能让我们以为以后这里真的会阳光灿烂，白云朵朵，池塘里游着小鸭子吗？年轻人，你犯了一个严重错误，就是把年纪比你大的人当成傻子。”

“如果你真的要协商，麻烦拿出缩尺模型来，我们要看模型树、模型小人儿，还有模……嗯……最起码得有这些！”绅士易卜拉欣插嘴道。

“我从来没有把各位当傻子，只是现在确实不流行用缩尺模型了。”伊恩气定神闲，草草回应道。

"你知道我以前是做什么的吗？劝你别尝试挑战我的底线。伊恩，我想你应该很明白，这份合同唯一的用处，是可以用来擦某些不太优雅的东西。"

"欢迎您指教。"

接着，你开始围绕脱欧公投等事件发表看法，试图从气势与道理上占据上风。然而，你越说越没有头绪，嘴皮子跟不上脑袋，脑袋跟不上四肢，四肢跟不上流逝的时间。你头脑发热，眼前的一切景象开始无规则旋转。你只知道绝不能让自己停下来。说到最后——你也不知道是不是最后，可能又说回最开始的地方去了——你才发现自己捏着合同的手正在颤抖。几年前是不会颤抖的，住进养老社区时也是不会颤抖的，但现在竟然在颤抖。

让你结束演讲的是伊丽莎白。她用手臂碰了你一下，你才回过神来。你向伊丽莎白点了点头，才发现自己大汗淋漓，气喘吁吁，像是刚完成了一项神圣的使命。

"好了，已经可以了。"易卜拉欣在旁边轻声温柔道。

你在恍惚中找了张椅子坐下来，膝盖骨发出爆裂般的咔吧声。

而伊恩，只是一脸像看着孩子胡闹而无奈苦笑的表情。

争论直到警员唐娜的到来才结束。不，没有人报警。唐娜只是来上课而已。

她以前的梦想，是当自己追捕连环杀手追到废弃仓库时，就算肩膀挨了枪，仍然毫不退缩，完成任务。可现实中，才 26 岁的她只能面对一群退休老人，日复一日地开一些“居家安全小常识”的讲座。

当然，这也是她现在唯一能做的了。

由于你过去的身份，和一贯的对政府的态度，你与唐娜之间的关系一直都比较微妙，在走廊里迎面碰到对方也会彼此警惕着打招呼。

见到唐娜过来，乔伊丝立马上前寒暄。随着乔伊丝的耳语，唐娜左望望，右望望，似乎终于了解发生了什么事。而伊恩大概明白再继续逗留也没有意义，便干脆率先起身，带着令人厌恶的胜利笑容，与唐娜简单打了一个招呼，就领着托尼离去。

养老社区总算恢复了安宁，但众人的心依然无法平静。乔伊丝站在唐娜身边，两人似乎还在交谈着什么——唉，大概又是女人的那些八卦吧，你没有兴趣。此时，你转过头，瞟到有一个从未见过的老人，他正悄悄地从后门离开。

16 日早上，你们得知了谋杀案发生的消息。在这么一个小村子，任何消息都传得很快，据说是一个与林地开发项目有关的人被害了。你第一时间想到的是伊恩，但可惜，并不是他……

死掉的人，是建筑商托尼。

此阶段任务

1. 找到凶手。

（此任务若本阶段无法完成，可顺延至下一幕继续）

【未经主持人允许，请勿翻开下一页】

众目睽睽下的谋杀

你的儿子杰森回来了。

某个下午，你收到儿子发来的短信，立马从养老社区赶回家中，打算与儿子好好叙叙旧。岂料刚到家门口，就迎面碰上了总督察克里斯与警员唐娜。

你很清楚他们是来找你儿子的，毕竟，现在杰森是犯罪嫌疑人。但是，你无比相信自己的儿子，他虽然年轻时混过黑帮，但绝对不会杀人。

“这么巧，罗恩先生！”克里斯挑了挑眉，露出笑容——就是那种专门用来应付老人的虚伪笑容。

“这里是我家，这句话应该我对你说才对。”

“哈哈，确实。我们拜访贵府，是想与杰森先生聊一下，毕竟他是大名鼎鼎的拳击手。”

又是谎言，警察就是这么惹人讨厌。但是现在的你不想在自己家门口去和别人抬杠，便耸耸肩，以下巴示意他们跟随你走进屋里。

你的儿子杰森是硬汉，同时也很迷人，有着传统意义上的英俊相貌——当然，要感谢你的优良基因。而随着拳击生涯的结束，他的外貌与气质渐渐演变成一种非传统的帅气。好久没见，他的胡茬变多了，显得有点邋遢，同时左手还缠着绷带，无法自如地活动——这是他在半个月前的运动中受的伤。但幸好，他的身材仍旧二十年如一日，没有走样。否则，你会狠狠地教训他。

可惜碍于有警察在场，你与杰森未能好好地交谈。杰森大概也知道克里斯和唐娜为何前来找他，于是主动配合他们调查。克里斯说，你不方便在场，于是你只能独自待在毫无生气的大厅，观察小花园里三人上演的沉重默剧。

谈话时间不长，十来分钟便结束了。克里斯与唐娜拜托你帮他们与杰森拍一张合照……

翌日早上 7:30，伊恩的路虎揽胜终于还是再度出现在养老社区。这次，在他身后，还跟着几辆挖掘机，轰隆隆地爬行着，气势浩荡。在你来到养老社区之后，就从未听到过这种明示着侵占的野蛮声音。

住在养老社区的人都被这声音吸引，纷纷走了出来。易卜拉欣胳膊下夹着游泳用具；乔伊丝的食指还沾有奶油；伊丽莎白像往常一样面无表情地站在人群最后面。在她身旁的是很少露面的约翰，他穿着米白色无袖背心、篮球队短裤，左手持拐杖，右手在操弄着握力器。

“没有任何通知，没有任何协商，你们一大早像打仗一样踏入我们村子，这就是你们的把戏，是吧？”你挺身而出，说出了第一句话。

“我除了回答‘是的’以外，没有别的选择。”站在中央的伊恩的帮手波格丹说道，他手拿着铁铲，穿着黑色风衣与牛仔裤。

此时，伊恩来到了你的面前。

“真抱歉搅乱了你美好的早晨，伊恩先生。”你语带讽刺。

“没有没有，请继续您的演讲。您完全可以假装现在还是二十世纪五六十年代，或者属于你的任何年代。等你讲完了，我再进去干点小活儿，没问题的。”

“你这是挑起了战斗。”易卜拉欣说道。

“这里没有战斗，我们开过协商会，你们也提出了反对意见，只可惜被驳回了。你们这群人里有律师，对吧？应该能明白我说的吧？法庭才是你们的战场，而你们在战场上输了，就是这么简单。半小时后，我会准时开到我的目的地，你们没有任何权力阻拦。”

此时，你发现乔伊丝竟在小路上撑开椅子，坐下来看戏。

“今早电台说上午一直都是好天气，有人想加入我们的日光浴吗？我们可以把野餐桌拿出来，共同度过这美好的一天。”

“确实如此，这件事本身就是个乐子，何必计较呢？大家不如拿出零食，来搞个聚会好了。”伊丽莎白附和道。

你知道，她们是希望通过设置人肉路障来拖延时间。

此时，你发现波格丹不见了。他刚才明明还在伊恩身边，现在却突然消失了。不过，你懒得理会。

就在大家都准备好野餐桌、冷藏箱和遮阳伞，开始像一群小学生快快乐乐地聚会时，警员克里斯和唐娜终于来了。你极度不情愿拜托他们，但无法否认，当下这种情况，他们的到来使你安心。

然而，政府的人永远是政府的人。虽然克里斯对你们好声好气说了一堆，看似是在帮助你们，但实际上他们警察依然选择站在伊恩的那一方，理由是什么“法律上确实如此”……嘿！你70多年的人生，最不相信的就是法律。

于是，你们之间起了冲突，互不相让。反正，你们老了——这时候可以承认自己老了——也就有权利“破罐子破摔”，年轻人拿你们没办法。

你留意到马修神父也到达了现场。他穿着神父袍，戴着白色硬领，气质独特突出，仿佛自己才是脚下这片土地真正的主人。

伊恩厌恶马修，他尤其愤怒，顿时像个酒鬼一样，上前辱骂，甚至推搡对方。马修经不起这么一推，跌倒在地。众人立马上前搀扶，并双手反钳控制住伊恩，以防他继续伤害马修。

肢体冲突令情势转变，克里斯扬言，假如伊恩不回家，继续赖在此处，他将正式逮捕伊恩。

伊恩吼叫着，满脸不忿，却敌不过克里斯。他冷静下来，思考了十余秒，终于挣脱众人的钳制，悻悻地转身离开。

他摇摇晃晃地朝着自己的路虎揽胜走去，他的手在口袋里摸索着什么，然后突然一个踉跄，仰面倒下。

伊恩还没有倒地就已经死了。

此阶段任务

1. 找到所有案件的凶手；

2. 争取获得“俱乐部最优秀侦探”的称号；

3. 若发现杰森是凶手，请尽可能保护他。

针对此剧本杀，微博 @ 周四推理俱乐部 为你录制了引导教程，欢迎观看。如有疑问，也请在微博上联系 @ 周四推理俱乐部。

剧本杀作者： 路过小卢

简介： 广州人，“90 后”，小学时开始痴迷推理小说，最爱埃勒里·奎因。2015 年首次在《推理世界》杂志上刊登《天使的礼物》，此后每年都有中短篇作品发表。2020 年开始创作剧本杀，已有《蟲门》等作品。

年轻的老人们

你名叫伊丽莎白，今年 76 岁了。每当你告诉别人年龄，他们都会讶异于你竟然已经过了 60 岁——噢，这形容可能有些夸张，有些潜意识的自我美化，但不重要。反正，你只要知道自己在别人眼里还很年轻就是了。而且，你是整个养老社区里，隐藏实力最强的人，这也让你有那么一点点自豪——无用的自豪。

他们都说你是整个养老社区最不可能患上老年痴呆症的人。当然，你曾经可是英国的情报人员。退休之后，你把自己隐藏在养老社区里，但这里的老家伙们总是会吊着那迷离又浑浊的眼球，笑呵呵地问你："你之前是不是做过些游走在法律之外的勾当？"毕竟，你的言行举止，总是能让大家联想到身穿燕尾服的"007"在酒会上谈笑风生，或者黑帮街头火拼之类的……嘿，说实话，电影拍出来的都只不过是儿戏。大家的联想力是如此匮乏，匮乏得令你怀疑，自己曾经的职业，难道在别人眼里不过是一幕幕"爆米花电影"的片段而已吗?

要知道，曾经的你可是奔波于全世界，为国家出生入死，保护的人和杀害的人数量不相上下。你常常替那些被你一击毙命的家伙感到庆幸，因为他们无须面对你各种非人道的拷问手段。养老社区里的家伙们根本不知道你在情报界是怎样的一个传奇人物。刚进来的时候，你甚至幻想过，自己如果

“清空”这个养老社区，估计用不了 45 分钟……

当然，你没理由这么做。你会这么幻想，只是因为比起安逸的日子，你更怀念命悬一线的人生经历。

所以，长年累积的职业病令你即使在养老社区也无法安分下来。你时常渴望在这里的某个神秘角落——可能是二楼女厕第三个隔间的墙壁，或者是走廊的第五块砖头——连接着一条神秘通道，通道尽头是两个间谍，你以精准的枪法将他们击倒，他们甚至还不知道自己怎么会突然一命呜呼……

好吧，事实上，养老社区就只是养老社区而已，这里不会发生电影里惊心动魄又神秘兮兮的剧情。你在这里能做的，顶多只是挖掘一下哪个老太婆曾经是酒吧舞女，或哪个老公公在鞋底藏了私房钱。

天哪……再这样下去，脑子不想生锈都难。

你时常在午夜寒冷的恐惧中醒来，忍不住向命运咆哮：“可以失去的东西那么多，为什么偏偏是脑子？拜托，让时间拿走腿，拿走肺，拿走一切之后再拿走眼睛与脑子吧！”

你认为，即使人生已如夕阳般注定落幕，也要在最后阶段过得波澜壮阔。刚好，你认识彭妮。

她曾经当过多年警察，总是能从一些神秘的地方弄来未解悬案的资料。按理说，她不该拿到这些资料。但谁知道呢？过了一定的年纪，人可以想干什么就干什么，没人管得着。当然，除了医生和孩子。

你们在私下建立了“周四推理俱乐部”，每到周四便聚在一起，针对以往的疑案、悬案进行探讨。之所以只在周四聚会，是因为拼图室在这天难得有两小时的闲置时间。前面有艺术历史课，后面有法语会话课。你便以“探讨日本歌剧”为名头借用中间的空档，确保不会有不速之客打扰。

你和彭妮难得算是同道中人。每到周四，你们一行一行地分析每份文件，研究每张照片，只为找到被忽略的地方。你们十分享受推理“烧脑”的过程，即使这在护工们看来只是返老还童的过家家……

后来，彭妮搬去了私人医院。

乔伊丝填补了她的空缺。乔伊丝很娇小，身躯像个小女孩，眼睛格外明亮。她为人沉默低调不张扬，脸上始终是一副温和慈祥的神情。大概是由于有外科护士的职业从业经历，她非常懂得照顾人，且擅长倾听别人说的话。即使是你，在面对她时，也不忍摆出锋芒毕露的气势。但千万别小看她，否则会吃大亏。她就像一只乖巧的小鸟，时刻隐秘又机警地关注着阳光下闪烁的趣味。

目前，被你接纳的俱乐部固定成员还有罗恩与易卜拉欣。罗恩——是的，正是那个著名拳击手的父亲。但是，你对罗恩的第一印象不算太好，好听点是“急性子”，难听点是“暴脾气”，绅士风度什么的在他身上不见一丝踪影。他总是气势汹汹地出现，就像史泰龙在《第一滴血》中饰演的兰博，块头大，眼神犀利，杀气腾腾。不过，他头上的白发和交错在皱纹里的老年斑暴露了他的身体机能。

你无数次在心里盘算过，假如与他面对面肉搏，自己会有多少胜算。绕后暗杀呢？他的弱点部位是哪里？

好吧，事实上，你敏锐地发现了罗恩对一切事物都抱以怀疑的态度，这种态度常常能为俱乐部挖掘出案件的重要线索，于是你便接纳了他。

相处下来，你发现罗恩也并非坏人。他曾是工人运动的急先锋，一直致力于为弱势群体发声，永远是政府眼里的“杠精”。反正，哪里有争论，哪里就有他的大嗓门儿。原来，他表面的粗鲁，是热心肠的体现，只是有时候体现得不太恰当而已……

易卜拉欣是最年长的成员，他曾经是心理医生，现年 80 岁了。但他不服老，总是西装革履，喷着香水，以为自己在别人眼里只是 74 岁的样子。不可否认，他确实很绅士，服装精致讲究，善于与别人谈天说地，尤其擅长计算，对数据敏感。

你不用怀疑，他是好人，但好人总有缺点。由于易卜拉欣平常一个人待惯了，所以无法调和与别人生活习惯的冲突，也无法完全适应养老社区的条例。例如，他的人生中有超过四十年坚持每天早上 6 点起床去游泳，但养老社区的游泳馆要考虑到救生员的正常上班时间，规定 8 点才开门。易卜拉欣极度不满，三番四次地在养老社区闹腾，闹到人尽皆知。

实际上，迟两个小时游泳并不会让他丢失几百英镑，或者少几年寿命，可一旦易卜拉欣有了自己的想法，便无比顽固，缺乏为众人着想的大局思维。恐怕，就算发生火星撞地球，都没法阻止他的执拗。

而且，易卜拉欣相当执着于无谓的细节。就好比 2×2=4，即使老年痴呆到吃方便面忘记放调味料，也不可能答不出来这么简单的算式吧！但易卜拉欣非得从加减法开始解构数学原理，用 15 分钟来解释为何两个 2 相加一定等于 4——这个例子可能极端了点，反正能大概理解易卜拉欣有多么较真就好。

你很难想象，易卜拉欣这样的人去当领导者，会是怎样的一种惨状。

他和罗恩一样，是“麻烦制造者”。只不过一个文，如沉睡的火山；一个武，如野蛮的坦克。

……

好了，毕竟都是同一个俱乐部的战友，负面八卦信息就浅尝辄止吧。

反正，你们四个相处还挺和谐的。只是，你们渐渐开始有了争执。争什么？从争论本周该“破”哪个案子，到讨论应不应该开空调，或者在推理的时候吃大颗还是小颗的 M&M 巧克力豆，到底哪种更能激发你们夕阳一般的脑细胞……你们经常为这些无谓的论题吵得不可开交，有时候甚至光争论就花了两个小时。

于是你们觉得，俱乐部需要一个部长，来统领全局，决定每周的事宜。但是，这个部长由谁来做呢？

哈哈！这问题可真荒谬，本就该由作为创始人的你来当啊！但是，其他三个人都表示有意见，要求公平公正地投票选举。创始人沦为区区一个成员？不可能。但为了体现你的民主，你答应了他们的要求。

行——反正无论看资历、资质，还是声望，你都对自己非常自信！

此阶段任务

1. 介绍自己。

争取当上部长，对接下来你在俱乐部的行动有所帮助。

（提示：你可以通过巧妙揭开，甚至夸张渲染别人的黑历史或缺点，来阻止对方当上部长。同时，你也要想办法为自己做过的不好的事情辩护，证明自己才是最适合当部长的那个人。当讨论完毕时，若平票，则自动由创始人，也就是你伊丽莎白连任。）

【此环节若未结束，请勿翻开下一页】

拆钉子户也别拆墓

在养老社区里，养老公寓隔壁就是墓地。你也不清楚为什么养老公寓要建在墓地旁边，除了方便“搬家”，没有其他解释了。乐观点想，一命呜呼了还能和阴阳相隔的伙伴做邻居，这未尝不是一件好事。

但是，14 日这天，突如其来的引擎声打破了养老公寓与墓地的安宁。

“嘿，各位好，这里马上要进行改造了，我是来和你们协商一下的。”

推门而入的人是一个中年男性，名叫伊恩，他的皮肤是柚木色的，发型模仿 20 世纪 80 年代的广告模特，墨镜推到头顶上，穿着昂贵的马球衫，轻松自如中带着点吊儿郎当。你看他的样子，应该像是那种会喷好闻的香水的人。

假如是在你过去的工作环境或是电影中，这种人毫无疑问就是第一个死的。

站在伊恩旁边的是一个年纪相当的文身男，穿着无袖汗衫，名叫托尼。对这种只懂得靠伪装出来的凶恶眼神武装自己的人，你根本不屑一顾。

伊恩是这一整片地的主人，他需要大幅度开发此处，首先是针对墓地进行改造。墓地里埋着的那些骨头，全部都要搬迁至别处。

伊恩道貌岸然地说着此次前来是与大家协商，但他的口吻明显就是“通知”，是“命令”，哪有你们反对的余地！

“你睁大眼睛看，这里有句话，是对你行使权利的约束。伊恩先生，合同上面明确说明，如果你要开发土地，需要先与现有住户协商。”

面对伊恩明目张胆地不讲理，大家目光呆滞，彼此互望，不知所措。而你知道，这个时候，罗恩一定会站出来代表所有人说话的，你只需要在暗处静观其变就好。

“现在就在协商呀，这位爷爷，您先不要那么激动，容易对身体不好。接下来的二十分钟呢，你们想怎么商量，就怎么商量，没问题的！”

伊恩跷着二郎腿，闲适地坐在休息室的沙发上。

“我才不信这套鬼话，你可别以为我们年纪大了就好欺负。”

“我们支持你，罗恩。”乔伊丝说道。

“谢谢乔伊丝。伊恩，你说要开发林地，但我们都知道你会把树都给砍了，这太荒唐了。你以为用电脑做几张精修图片，就能让我们以为以后这里真的会阳光灿烂，白云朵朵，池塘里游着小鸭子吗？年轻人，你犯了一个严重错误，就是把年纪比你大的人当成傻子。”

“如果你真的要协商，麻烦拿出缩尺模型来，我们要看模型树、模型小人儿，还有模……嗯……最起码得有这些！”绅士易卜拉欣插嘴道。

“我从来没有把各位当傻子，只是现在确实不流行用缩尺模型了。”伊恩气定神闲，草草回应道。

“你知道我以前是做什么的吗？劝你别尝试挑战我的底线。伊恩，我想你应该很明白，这份合同唯一的用处，是可以用来擦某些东西。”

“欢迎您指教。”

接着，罗恩开始围绕脱欧公投等事件发表看法，试图从气势与道理上占据上风。你屏气凝息，望着罗恩有些颤抖，有些驼背，却依然屹立不倒的背影，你对他开始有了改观……

然而，时间是无情的，老去是必然的。不过说了 40 秒，他已经完全逻辑混乱，嘴皮子跟不上脑袋，脑袋跟不上四肢，四肢跟不上流逝的时间。大家根本不知道他是在帮哪一方说话，甚至兜兜转转后回到开头就强调过好几遍的话上。

大家信任的眼神已经变成担忧。

你终归是看不下去了，便及时用手臂碰了一下罗恩，意思是不用再勉强了。罗恩这才回过神来，大汗淋漓，气喘吁吁，像是刚完成了一项神圣的使命。

“好了，已经可以了。”易卜拉欣在旁边轻声温柔道。

罗恩在恍惚中找了张椅子坐下来，膝盖骨发出爆裂般的咔吧声。

而伊恩，只是一脸像看着孩子胡闹而无奈苦笑的表情。

争论直到警员唐娜的到来才结束。不，没有人报警。唐娜只是来上课而已。

她以前的梦想，是当自己追捕连环杀手追到废弃仓库时，就算肩膀挨了枪，仍然毫不退缩，完成任务。可现实中，才26岁的她只能面对一群退休老人，日复一日地开一些“居家安全小常识”的讲座。

当然，这也是她现在唯一能做的了。

关于唐娜，你不是很熟悉，倒是和她的上司总督察克里斯打过交道，那是很多年前的事情了，你还没退休，克里斯也只是个警界新人，你们为了政府安排的某项秘密任务而有过一面之缘……时光一去不复返，具体就不必多回想了。

见到唐娜过来，乔伊丝立马上前寒暄。随着乔伊丝的耳语，唐娜左望望，右望望，似乎终于了解发生了什么事。而伊恩大概明白再继续逗留也没有意义，便干脆率先起身，带着令人厌恶的胜利笑容，与唐娜简单打了一个招呼，就领着托尼离去。

养老社区总算恢复了安宁，但众人的心依然无法平静。此时，你注意到有一个从未见过的老人——你对自己的视力与记忆力颇为自信，既然这人从未见过，就证明此人绝对不是养老社区的人——也悄悄地从后门离开。你的本能驱使着你紧跟其后，但你立马就被唐娜叫住了。

“伊丽莎白，别想着逃课。”

16日早上，你们得知了谋杀案发生的消息。在这么一个小村子，任何消息都传得很快，据说是一个与林地开发项目有关的人被害了。你第一时间想到的是伊恩，但可惜，并不是他……

死掉的人，是建筑商托尼。

此阶段任务

1. 找到凶手。

（此任务若本阶段无法完成，可顺延至下一幕继续）

【未经主持人允许，请勿翻开下一页】

众目睽睽下的谋杀

你怀念与彭妮一起在周四推理俱乐部尽情研究悬案、疑案的那些时光。如今难得遇到一起发生在身边的真实案子，却没办法与挚友共同侦查，实在是可惜。

你前往私人医院探望彭妮。你出现在她的面前，和她打招呼，可她似乎已经感知不到你的存在。或者，感知得到，却没法做出任何反应。心脏监视器发出清脆而冰冷的嘀嘀声，填补了难堪的沉默。

“我们有一个真实的案子要调查了，彭妮，我保证不会让你错过任何细节的。”你亲吻了一下彭妮的额头。

“护士说她已经听不到了。”彭妮的丈夫约翰在旁淡淡说道。他退休前是一名兽医。

“没有关系，当护士在放屁就好。你呢？你怎么样了，约翰？”

“啊，你了解的，还是那样。”

约翰的回答看似敷衍，但你很清楚，这世界上没有人比他更爱彭妮。他每天早上 7 点都会顺着阳光，快步来到医院，晚上 9 点又借着月光缓步离开，回到他和彭妮过去一起生活的公寓。你每次来探望，都会发现彭妮手上有渐渐褪去的白印子，那是约翰的手握紧她的手所留下的痕迹。约翰总是装着在读书，可他似乎永远都在读着同一页……

你心想，还是让他们回到二人世界吧。临走时，你瞥了一眼，发现约翰的衣服口袋里露出了一根针管。在医院里，有针管是再正常不过的事，不过约翰口袋里为什么会有呢？对此，你没有在意。

翌日早上 7∶30，伊恩的路虎揽胜终于还是再度出现在养老社区。这次，在他身后，还跟着几辆挖掘机，轰隆隆地爬行着，气势浩荡。在你来到养老社区之后，就从未听到过这种明示着侵占的野蛮声音。

住在养老社区的人都被这声音吸引，纷纷走了出来。罗恩当仁不让地站在最前面；易卜拉欣胳膊下还夹着游泳用具；乔伊丝的食指还沾有奶油；约翰站在你的身旁，他穿着米白色无袖背心、篮球队短裤，左手持拐杖，右手在操弄着握力器。

“没有任何通知，没有任何协商，你们一大早像打仗一样踏入这里，这就是你们的把戏，是吧？”罗恩说出了第一句话。

“我除了回答‘是的’以外，没有别的选择。”站在路中央的伊恩的帮手波格丹说道，他手拿着铁铲，穿着黑色风衣与牛仔裤。

此时，伊恩走了上来。

“真抱歉搅乱了你美好的早晨，伊恩先生。”罗恩语带讽刺。

“没有没有，请继续您的演讲。您完全可以假装现在还是二十世纪五六十年代，或者属于你的任何年代。等你讲完了，我再进去干点小活儿，没问题的。”

“你这是挑起了战斗。”易卜拉欣说道。

“这里没有战斗，我们开过协商会，你们也提出了反对意见，只可惜被驳回了。你们这群人里有律师，对吧？应该能明白我说的吧？法庭才是你们的战场，而你们在战场上输了，就是这么简单。半小时后，我会准时开到我的目的地，你们没有任何权力阻拦。”

此时，你发现乔伊丝竟在小路上撑开椅子，坐了下来看戏。你突然理解了她的想法，她大概是打算在路边设置人肉路障来阻碍对方的前行——嘿，都说了，不要小看乔伊丝。

“今早电台说上午一直都是好天气，有人想加入我们的日光浴吗？我们可以把野餐桌拿出来，共同度过这美好的一天。”

“确实如此，这件事本身就是个乐子，何必计较呢？大家不如拿出零食，来搞个聚会好了。”你趁机附和道。

就在大家都准备好野餐桌、冷藏箱和遮阳伞，开始像一群小学生快快乐乐地聚会时，克里斯和唐娜终于来了。很多人因此舒了一口气，但你心想，警察的立场恐怕并不会帮助养老社区……

果然，虽然克里斯对你们好声好气地说了一堆，看似是在帮助你们，但实际上警察依然选择站在伊恩的那一方，理由是什么“法律上确实如此”……

此时，你发现波格丹不见了。他刚才明明还在伊恩身边，现在却突然消失了。你开启敏锐的侦察状态，四处遥望，马上就看到了波格丹的身影，他正拿着铁铲偷偷往墓地最上方走去。令你惊讶的是，乔伊丝在他的身旁，跟随着他！乔伊丝又在打什么主意？很快，他们走到了最上方，身影化作一个小点。你因看不清楚他们的动作，痛恨起自己侦察能力的退化……

你的注意力重新回到眼前，耳朵同时对乔伊丝那边保持警觉。

只见马修神父不知何时也到达了现场。他穿着神父袍，戴着白色硬领，气质独特，仿佛自己才是脚下这片土地真正的主人。

伊恩厌恶马修，他尤其愤怒，顿时像个酒鬼一样，上前辱骂，甚至推搡对方。马修经不起这一推跌倒在地，众人立马上前搀扶，并双手反钳控制住伊恩，以防他继续伤害马修。

约翰见状，也立马拄着拐杖往马修方向走去，握着握力器的右手随着步伐的更迭而加强了力度与频率。

你担心约翰的安全，也紧跟在他的后面。

肢体冲突令情势转变，克里斯扬言，假如伊恩不回家，继续赖在此处，他将正式逮捕伊恩。

你发现，乔伊丝与波格丹从墓地回来了。

位于众人视线中心的伊恩吼叫着，满脸不忿，却敌不过克里斯，只能转身离开。

他摇摇晃晃地朝着自己的路虎揽胜走去，他的手在口袋里摸索着什么，然后突然一个踉跄，仰面倒下。

伊恩还没有倒地就已经死了。

此阶段任务

1. 找到所有案件的凶手；
2. 争取获得“俱乐部最优秀侦探”的称号；
3. 若发现彭妮是凶手，请尽可能保护。

针对此剧本杀，微博 @周四推理俱乐部 为你录制了引导教程，欢迎观看。如有疑问，也请在微博上联系 @周四推理俱乐部。

剧本杀作者： 路过小卢

简介： 广州人，“90后”，小学时开始痴迷推理小说，最爱埃勒里·奎因。2015年首次在《推理世界》杂志上刊登《天使的礼物》，此后每年都有中短篇作品发表。2020年开始创作剧本杀，已有《蟲门》等作品。

年轻的老人们

你名叫乔伊丝，今年已经 78 岁了。当然，你娇小的个子，始终格外明亮的眼睛，还有一直穿在身上的淡紫色衬衣，都不曾留给别人“老太婆”的印象。你知道，现在的年轻人，最爱在背地里吐槽老年人，你很幸运地躲过了他们的口水，这是让你颇为自信的一点。

实际上，自打你懂事以来，你就一直扮演着“小透明”的角色。你擅长察言观色，为人低调，不争不抢，在集体场合更不爱张扬。你喜欢安安静静地做一名聆听者，开心地席地而坐，仔细地听别人分享自己的故事，这就是你最乐于享受的生活。

在别人眼里，你像一只乖巧的小鸟，时刻隐秘又机警地关注着阳光下闪烁的趣味。

习惯照顾他人的性格源于你曾经的职业——外科护士。养老社区的家伙们总是会问到你曾经做哪一行，一开始你十分紧张，因为你不习惯成为他人的焦点。后来，你在反复琢磨中终于研究出了一套万能模板，每当被问到，你无一例外回答：“以前是个护士，后来成了母亲，再后来又当回护士……”如此精练而无趣的概括，基本上只会换来对方“噢，那蛮好的”的聊天休止符。

你的丈夫已经去世多年，亲人仅剩从事金融业的女儿乔安娜。从女儿进入社会工作时开始，你们俩的关系就变得有些尴尬，明明彼此挂念，却不知如何恰当地关心对方的生活，尤其是在你住进了养老社区之后。

你本以为自己最后的日子也会如过去那般循规蹈矩地度过，然后平平淡淡地终结——这没什么不好的，善始善终。

岂料，你在养老社区认识了伊丽莎白。

噢，说到伊丽莎白，她可厉害了，曾经是英国情报机构的工作人员，为国家出生入死。她甚至拥有坦克驾照。每当你在养老社区无所事事地看着电视上循环播放的“007 系列”电影时，你总会幻想伊丽莎白年轻时的英姿，并将她的身影与詹姆斯·邦德重合。

你很难想象，她比你更早来到养老社区。但是，她每天都容光焕发，神采飞扬，丝毫没有 70 多岁老人该有的老态。

不久之前，伊丽莎白与养老社区中的另一名住户彭妮一起建立了“周四推理俱乐部”。周四推理俱乐部，顾名思义，每到周四，大家就会聚集在一起，针对以往的悬案进行探讨。

彭妮曾经是警察，总是能从一些神秘的地方弄来未解悬案的资料。按理说，她不该拿到这些资料。但谁知道呢？过了一定的年纪，人可以想干什么就干什么，没人管得着。当然，除了医生和孩子。

后来，彭妮搬去了私人医院。

你受伊丽莎白的魅力吸引，也加入了“周四推理俱乐部”，填补彭妮的位置。

俱乐部固定成员还有罗恩与易卜拉欣。罗恩——是的，正是那个著名拳击手的父亲。但是，你对罗恩的第一印象不算太好，好听点是“急性子”，难听点是“暴脾气”，绅士风度什么的在他身上不见一丝踪影。他总是气势汹汹地出现，就像史泰龙在《第一滴血》中饰演的兰博，块头大，眼神犀利，杀气腾腾。不过，他头上的白发和交错在皱纹里的老年斑暴露了他的身体机能。

伊丽莎白发现了罗恩对一切事物都抱以怀疑的态度，这种态度常常能为俱乐部挖掘出案件的线索，于是他便成为俱乐部的一员。你从旁人的八卦信息和新闻里得知，罗恩曾经是工人运动的急先锋，永远与政府作对，和警察发生过无数次冲突。反正，哪里有社会话题，哪里就有他的大嗓门儿。另外，他还是警察局的常客，平常粗暴、易怒、脾气差，爱抽烟、喝酒，还有文身。

但伊丽莎白说，罗恩其实一直致力于为弱势群体发声，他表面的粗鲁，是热心肠的体现，只是有时候体现得不太恰当而已——对此，你是八分坚决不相信，两分将信将疑。

易卜拉欣是最年长的成员。他 80 岁了，但不服老，总是西装革履，喷着香水，以为自己在别人眼里只是 74 岁的样子。但不可否认，他确实很绅士，服装精致讲究，善于与别人谈天说地，擅长计算，对数据敏感。

他曾经是一名心理医生——噢，心理医生，是你最讨厌的名词，你一辈子也不愿意与心理医生扯上关系。但是，你并不讨厌与易卜拉欣相处——当然，前提是他不会问你需不需要接受心理咨询。

“周四推理俱乐部”之所以选择在周四聚会，是因为拼图室在这天难得有两小时的闲置时间。前面有艺术历史课，后面有法语会话课。伊丽莎白是以“讨论日本歌剧”为名头借用了中间的空档，确保不会有不速之客打扰。

当然，也只是探讨——按照现代人的话来说，就是“过嘴瘾”吧——毕竟都是些连警方奔波操劳也不能侦破的悬案，怎么可能让你们躺在安乐椅上就找到真相呢？

你非常乐于享受照顾别人的感觉，每到周四，你都会自发地制作各种甜点和大家分享。大家偶尔会问这些都是用什么材料制作出来的，第一次被问到时，你脱口而出，说都是从高档超市采购的。事实恰恰相反，食材皆是从廉价超市购买的。当时你也不知道自己为什么会撒谎，为什么要在这种事情上欺骗他们。之后，你没找到合适的时机解释。大家都吃得津津有味，不仅夸赞你的手艺，还以为你是一个慷慨的人，你这才意识到自己在潜意识里其实很享受能骗到这些聪明人的感觉。

总而言之，你们四个相处得还挺和谐的。只是，你们渐渐开始有了争执。争什么？从争论本周该“破”哪个案子，到讨论应不应该开空调，或者在推理的时候吃大颗还是小颗的 M&M 巧克力豆，到底哪种更能激发你们夕阳一般的脑细胞……你们经常为这些无谓的论题吵得不可开交，有时候甚至光争论就花了两个小时。

于是你们觉得，俱乐部需要一个部长，来统领全局，决定每周的事宜。但是，这个部长由谁来做呢？

反正罗恩绝对不行！像他这种人，就是典型的四肢发达，头脑简单，有勇无谋。

然后你想到了自己。你从年轻时就一直在别人的指挥下干活儿，你希望自己能在人生的黄昏阶段体验一些不一样的乐趣。竞选俱乐部的部长，嗯，也是一个不错的挑战。

但是，你有什么当上部长的本领呢？嗯……你心想，大概就是懂得倾听与照顾别人的个性吧。嘿，别小看自己，你的这些优点在周四推理俱乐部可是很重要的！

此阶段任务

1. 介绍自己。

2. 争取当上部长，对接下来你在俱乐部的行动有所帮助。

（提示：你可以通过巧妙揭开，甚至夸张渲染别人的黑历史或缺点，来阻止对方当上部长。同时，你也要想办法为自己做过的不好的事情辩护，证明自己才是最适合当部长的那个人。当讨论完毕时，若平票，则自动由创始人伊丽莎白连任。）

【此环节若未结束，请勿翻开下一页】

拆钉子户也别拆墓

在养老社区里，养老公寓隔壁就是墓地。你也不清楚为什么养老公寓要建在墓地旁边，除了方便“搬家”，没有其他解释了。乐观点想，一命呜呼了还能和阴阳相隔的伙伴做邻居，这未尝不是一件好事。

但是，14 日这天，突如其来的引擎声打破了养老公寓与墓地的安宁。

“嘿，各位好，这里马上要进行改造了，我是来和你们协商一下的。”

推门而入的人是一个中年男性，名叫伊恩，他的皮肤是柚木色的，发型模仿 20 世纪 80 年代的广告模特，墨镜推到头顶上，穿着昂贵的马球衫，轻松自如中带着点吊儿郎当。你看他的样子，应该像是那种会喷好闻的香水的人，但直觉告诉你，你永远不会想去靠近他。

站在伊恩旁边的是一个和他年纪相当的文身男，穿着无袖汗衫，名叫托尼。这人一看就是那种会为非作歹的小混混！

伊恩是这一整片地的主人，他需要大幅度开发此处，首先是针对墓地进行改造。墓地里埋着的那些骨头，全部都要搬迁至别处。

伊恩道貌岸然地说着此次前来是与大家协商，但他的口吻明显就是“通知”，是“命令”，哪有你们反对的余地！

“你睁大眼睛看，这里有句话，是对你行使权利的约束。伊恩先生，合同上面明确说明，如果你要开发土地，需要先与现有住户协商。”

面对伊恩明目张胆的不讲理，大家目光呆滞，彼此互望，不知所措。而你，则是躲在了人群的最后面，隐秘地观察。你很想为大家做些什么，比如喊一句鼓励的话，但身体却极力地想隐藏自己。

此时，最前方一阵声音响起，是罗恩的声音。幸好，还有他在。

“现在就在协商呀，这位爷爷，您先不要那么激动，容易对身体不好。接下来的二十分钟呢，你们想怎么商量就怎么商量，没问题的！”

伊恩跷着二郎腿，闲适地坐在休息室的沙发上。

“我才不信这套鬼话，你可别以为我们年纪大了就好欺负。”

“我们支持你，罗恩。”你鼓起底气说道，虽然只是寥寥几个简单的字，你却感觉到自己真的在为对方输送力量。

“谢谢，乔伊丝。”罗恩难得对你表达了感谢，“伊恩，你说要开发林地，但我们都知道你会把树都给砍了，这太荒唐了。你以为用电脑做几张精修图片，就能让我们以为以后这里真的会阳光灿烂，白云朵朵，池塘里游着小鸭子吗？年轻人，你犯了一个严重错误，就是把年纪比你大的人当成傻子。”

“如果你真的要协商，麻烦拿出缩尺模型来，我们要看模型树、模型小人儿，还有模……嗯……最起码得有这些！”绅士易卜拉欣插嘴道。

“我从来没有把各位当傻子，只是现在确实不流行用缩尺模型了。”伊恩气定神闲，草草回应道。

“你知道我以前是做什么的吗？劝你别尝试挑战我的底线。伊恩，我想你应该很明白，这份合同唯一的用处，是可以用来擦某些不太优雅的东西。”

“欢迎您指教。”

接着，罗恩开始围绕脱欧公投等事件发表看法，试图从气势与道理上占据上风。你屏气凝息，望着罗恩有些颤抖，有些驼背，却依然屹立不倒的背影，你对他开始有了改观。

然而，时间是无情的，老去是必然的。不过说了40秒，他已经完全逻辑混乱，嘴皮子跟不上脑袋，脑袋跟不上四肢，四肢跟不上流逝的时间。大家根本不知道他是在帮哪一方说话，甚至兜兜转转后回到开头就强调过好几遍的话上。

大家信任的眼神已经变成担忧。

伊丽莎白终归是看不下去了。她用手臂碰了一下罗恩，意思是不用再勉强了，罗恩才回过神来，大汗淋漓，气喘吁吁，像是刚完成了一项神圣的使命。

“好了，已经可以了。”易卜拉欣在旁边轻声温柔道。

罗恩在恍惚中找了张椅子坐下来，膝盖骨发出爆裂般的咔吧声。

而伊恩，只是一脸像看着孩子胡闹而无奈苦笑的表情。

争论直到警员唐娜的到来才结束。不，没有人报警。唐娜只是来上课而已。

她以前的梦想，是当自己追捕连环杀手追到废弃仓库时，就算肩膀挨了枪，仍然毫不退缩，完成任务。可现实中，才26岁的她只能面对一群退休老人，日复一日地开一些“居家安全小常识”的讲座。

当然，这也是她现在唯一能做的了。

在养老社区中，就数你与唐娜的关系最好。平时闲来无事，你还会与唐娜通过书信往来。你喜欢这个小姑娘，不仅因为她善良美丽，更重要的原因是，她完全不会因为你是老人而方方面面都把你当作老人来对待。你与唐娜之间的相处方式，就像姐妹一样，即使姐姐大妹妹50岁。

见到唐娜过来，你立马上前寒暄。你将情况总结告知她，她似乎终于了解发生了什么事。你心想，唐娜能够帮助你们赶走这两个流氓。而这时，伊恩大概明白再继续逗留也没有意义，便干脆率先起身，带着令人厌恶的胜利笑容，与唐娜简单打了一个招呼，就领着托尼离去。

“那个文身男是托尼吧？”

“他是这么自称的，怎么样，很讨人厌吧？唐娜，你是发现了他的什么犯罪证据吗？”

“不是……我很好奇他为什么还会跟在伊恩身边。因为，我刚从朋友处听说，关于养老社区的项目，托尼的份额好像已经没有了，他的工作好像是被波格丹取代了。”

份额没有了？工作给了波格丹？你完全不知道唐娜在嘀咕什么，但直觉告诉你这是一件有趣的事。你本想继续问下去，但唐娜突然昂起下巴，视线朝向远处，喊出一句：

“伊丽莎白，别想着逃课。”

你顺着视线望去，只见伊丽莎白正打算从后门溜走。这不是什么重要的事。你回过头，发现唐娜已经着手准备讲座的资料，没有再理会刚才的话题，你也找不到时机提问了。

16 日早上，你们得知了谋杀案发生的消息。在这么一个小村子，任何消息都传得很快，据说是一个与林地开发项目有关的人被害了。你第一时间想到的是伊恩，但可惜，并不是他……

死掉的人，是建筑商托尼。

此阶段任务

1. 找到凶手。

（此任务若本阶段无法完成，可顺延至下一幕继续）

【未经主持人允许，请勿翻开下一页】

众目睽睽下的谋杀

真没想到，自己的身边会发生真实案件！这令你感到兴奋——但一转眼，你的道德感又在谴责自己不该这样兴奋。而且，作为一名护士，你的良心不允许你为凶杀案感到激动。不过嘛……坚守职业操守数十年、拯救过无数病患的人，在78岁时偶尔放肆一下，又有何妨呢？如果到了天堂被上帝问责，就说是一时老年痴呆症发作，搪塞过去就好了……

案发后两天，你们走街串巷，调查到了无数的信息，收获满满，颇有成就感，但说实话，你根本不知道这些琐碎的事情究竟能否被称为有用的线索。第三天，你独自前往小教堂，在那里，你遇到了一位与你年纪相仿的老修女。你与她自然地搭话，她似乎已经很久没有和人聊过天了。如干涸小溪突变涌泉般，她轻易就打开了话匣子，向你透露了一些之前你根本不清楚的事情：

“说实话，我没有想到这件事会在五十年后因为拆迁而被重新提起。当然，我认识玛丽，她是20世纪60年代来的。她非常漂亮，有一双绿眼睛，像宝石一样。后来，她大概是和一个男人相爱了。我不知道是谁，她的保密工作做得非常好。只是没想到，她怀孕了，还被勒令走人。当晚，她在圣坛上方的横梁上吊自尽。这不是一件值得公开的事。据说，孩子的爸爸和教会谈判，最终达成了协议，由教会负责将玛丽安葬在本地的墓地。玛丽生前很喜欢这里，她对家乡一直充满敬畏。如果没有谈判，玛丽的尸体大概会被送到别处随便处置。可见，那个男人确实很了解她。从此之后，这件事就再没被提起过……”

你完全不知道她在说什么。好不容易找到插话的机会，你向她打听更详细的故事背景，但她似乎因你的问话而突然意识到了什么，态度骤变，没有再吭声。之后无论你用什么办法询问，她都一律回应：

“把我刚才说的忘了吧。没必要再提，也不应再提了。”

渐渐地，你感到无趣，便结束了与老修女的交谈。

翌日早上 7:30，伊恩的路虎揽胜终于还是再度出现在养老社区。这次，在他身后，还跟着几辆挖掘机，轰隆隆地爬行着，气势浩荡。在你来到养老社区之后，就从未听到过这种明示着侵占的野蛮声音。

住在养老社区的人都被这声音吸引，纷纷走了出来。罗恩当仁不让站在最前面；易卜拉欣胳膊下还夹着游泳用具；伊丽莎白像往常一样面无表情地站在人群最后面。在她身旁的是很少露面的约翰，他穿着米白色无袖背心、篮球队短裤，左手持拐杖，右手在操弄着握力器。

“没有任何通知，没有任何协商，你们一大早像打仗一样踏入我们村子，这就是你们的把戏，是吧？”罗恩说出了第一句话。

“我除了回答‘是的’以外，没有别的选择。”站在中央的伊恩的帮手波格丹说道。

此时，伊恩走上前来。

“真抱歉搅乱了你美好的早晨，伊恩先生。”罗恩语带讽刺。

“没有没有，请继续您的演讲。您完全可以假装现在还是二十世纪五六十年代，或者属于你的任何年代。等你讲完了，我再进去干点小活儿，没问题的。”

“你这是挑起了战斗。”易卜拉欣说道。

“这里没有战斗，我们开过协商会，你们也提出了反对意见，只可惜被驳回了。你们这群人里有律师，对吧？应该能明白我说的吧？法庭才是你们的战场，而你们在战场上输了，就是这么简单。半小时后，我会准时开到我的目的地，你们没有任何权力阻拦。”

此时，机灵的你想到可以通过设置人肉路障阻碍挖掘机的通过。于是，你返回屋内拿出桌椅，摆设在小路上，并对大家说：

“今早电台说上午一直都是好天气，有人想加入我们的日光浴吗？我们可以把野餐桌拿出来，共同度过这美好的一天。”

“确实如此，这件事本身就是个乐子，何必计较呢？大家不如拿出零食，来搞个聚会好了。”伊丽莎白附和道。果然，伊丽莎白懂你在想什么。

此时，你发现穿着黑色风衣与牛仔裤的波格丹正手拿铁铲，悄悄地从伊恩身边溜走。他独自一人绕过人群，往墓地高处走去。你担心他会搞什么花样，便跟在他的身后。

你本以为自己是悄无声息的，可仍然被他发现了。他似乎没有反感你的跟踪，反而上前邀请你与他同行。

“嘿，老奶奶，我该怎么称呼你呢？”

你可不想让他知道自己的真实姓名，于是说自己叫“乔瑟”。

“乔瑟奶奶，放心，我并无恶意。只是，我想给大家看点东西，所以才自己走了上来。”

“什么东西？”你想到了一些对生命有威胁的事物。

“你跟着我来就知道了。”

你小心翼翼地跟随着波格丹走到墓地最上方，穿过一排排墓碑，来到了最古老的那座坟墓前。他二话不说地开始挖坟。而你站在一旁，眼睁睁地看着他侵犯着你们正守护的墓地。你不知所措，完全不知道波格丹让你跟上来到底是为了什么，难道是赤裸裸的挑衅吗?! 你的嗓子已经准备好随时大喊呼救，但你立刻又开始担心底下那一群人能不能听到自己的喊声。

才挖了几下，波格丹就停止了动作。他打断了你脑海中的各种胡思乱想。

“好了，你过来看看吧。别乱想，不是黄金，也不是什么枪械，但这恐怕是比黄金和枪械更恐怖的……”

你谨慎地挪动脚步，朝坑里看去，只见坑里躺着的是一具尸骨。你的第一反应是，坟墓里躺着尸骨有什么可奇怪的吗？然后脑筋马上转念一想，等等，为什么尸骨不是躺在棺材里？

正当你想询问波格丹，却听到底下传来了激烈嘈杂的争执声。你与波格丹的注意力都被吸引了过去。

“这坟的事情之后再说吧，现在得先下去看一看，好像发生了什么不得了的事情。”

你与波格丹一路匆忙赶回，涌入了人群中。一下子，你就找不到波格丹的身影了，只见马修神父不知为何也来到了现场，而他正躺在地上，似乎是被眼前如醉汉般的伊恩推倒的。神情紧张的众人护着马修，钳制着还在吼叫的伊恩。总督察克里斯扬言，假如伊恩不回家，继续赖在此处，他将正式逮捕伊恩。

你完全搞不清楚状况，事情为何会发展至此？但你又意识到，状况起码目前是对自己这边有利的。

伊恩满脸不忿，却敌不过克里斯。他冷静下来，思考了十余秒，终于挣脱众人的钳制，悻悻地转身离开。

他摇摇晃晃地朝着自己的路虎揽胜走去，他的手在口袋里摸索着什么，然后突然一个踉跄，仰面倒下。

伊恩还没有倒地就已经死了。

此阶段任务

1. 找到所有案件的凶手；

2. 争取获得“俱乐部最优秀侦探”的称号。

针对此剧本杀，微博 @ 周四推理俱乐部 为你录制了引导教程，欢迎观看。如有疑问，也请在微博上联系 @ 周四推理俱乐部。

剧本杀作者：路过小卢

简介：广州人，“90 后”，小学时开始痴迷推理小说，最爱埃勒里·奎因。2015 年首次在《推理世界》杂志上刊登《天使的礼物》，此后每年都有中短篇作品发表。2020 年开始创作剧本杀，已有《蟲门》等作品。

年轻的老人们

你名叫易卜拉欣，今年 80 岁了，在别人连自己的大小便都不能自理的年纪，你依然坚持每天早上 6 点起床，游泳锻炼，保持良好的身材和精神状态。你是一名绅士，服装精致讲究，总是西装革履，身上喷着香水，胸前口袋里是永远洁净的手帕。你不想迈进八字头的年纪，你一直认为，自己的形象在别人眼里不过是 74 岁的样子。

你曾经是一位心理医生，善于和别人谈天说地。同时，你还是一名极致的完美主义者，擅长计算，对数据敏感。

你这一生没有配偶，当然也谈不上有子女。你享受一个人的生活，平淡如水，没什么惊心动魄。有些人总是向往华丽精彩的人生，但你随遇而安，享受安稳。在你数十年的心理医生经验中，大多数的心理疾病患者本质上都是对自己的生活不满意。人生一辈子的命题，不但不复杂，反而很简单，那就是学会快乐，学会享受，何苦庸人自扰呢？幸好，你很早就从各种反例中看清了这一点。

到了一定年纪，你也就独身一人住进了养老社区。热闹、琐碎又安逸的日子令你无忧无虑。

但集体生活始终充满各种麻烦事。你会选择这个养老社区，主要是因为这里有游泳馆。可这里的游泳馆 8 点才开！他们给出的理由是，救生员 8 点才上班。

你不知道自己游泳和救生员有什么关系。这世界上难道还有比救生员更加悠闲的职业吗？护工们居然说救生员是要保护你……噢，拜托，护工如果愿意正眼瞧一下救生员那生无可恋的面容，就知道谁才需要被救助。

人是活的，规矩是死的。改一下规矩，人不会死。你固执的要求搞得整个养老社区人尽皆知，但大家都是凑热闹，没人支持你——当然，你也不奢望那些人的支持。反正，养老社区始终不肯让步，你无法容忍自己的习惯被剥夺，甚至想过干脆离开。幸好，后来你认识了志同道合的人，才找到继续留在此处的意义。

在养老社区，你有一位好友名叫彭妮。你们是通过打桥牌认识的，你帮助她解决过一些烦恼。

同时，你也认识了伊丽莎白。

伊丽莎白可厉害了，曾经是特工人员，为国家出生入死。她甚至拥有坦克驾照。她每天都容光焕发，神采飞扬，丝毫没有 70 多岁老人会有的老态。

但是，伊丽莎白总是会给你一种极度危险的感觉。她是特工，她杀过人，这是肯定的。但是她杀过多少人呢？另外，整个养老社区，几乎所有人的性格与心理，你都能掌握透彻，唯独伊丽莎白，始终神秘莫测。在她面前，你数十年的心理学专业技巧毫无用处。非但如此，你有时甚至能从她那未曾随年岁变钝，依旧如针刺般锋利寒冷的眼神中，感觉到自己的一切想法仿佛都被褪去了外衣，赤裸裸地被观察着……

在养老社区，她与彭妮一起建立了“周四推理俱乐部”。

周四推理俱乐部，顾名思义，每到周四俱乐部成员便会聚会，大家一起针对以往的疑案、悬案进行探讨。

彭妮曾经是警察，总是能从一些神秘的地方弄来未解悬案的资料。按理说，她不该拿到这些资料，但谁知道呢？过了一定的年纪，人可以想干什么就干什么，没人管得着。当然，除了医生和孩子。而你作为彭妮的好友与心理医生，自然也就顺势加入了俱乐部。

虽然你忌惮伊丽莎白，但权衡过利弊后，你还是选择加入，因为俱乐部能让你忘记 8 点才开放的游泳馆……

不久后，彭妮搬去了私人医院。

成员乔伊丝很娇小，身型像个小女孩，眼睛格外明亮。她为人沉默、低调、不张扬，脸上始终是一副温和慈祥的神情。大概是由于有外科护士的职业习惯，她非常懂得照顾人，且擅长倾听别人说话。即使是你，在面对她时，也不忍摆出心理医生的气势。但千万别小看她，否则会吃大亏。她就像一只乖巧的小鸟，时刻机敏地关注着阳光下闪烁的各种趣味。

俱乐部的另一位成员是罗恩——是的，正是那个著名拳击手的父亲。但是，你对罗恩的第一印象不算太好，好听点是“急性子”，难听点是“暴脾气”，绅士风度什么的在他身上不见一丝踪影。他总是气势汹汹地出现，就像史泰龙在《第一滴血》中饰演的兰博，块头大，眼神犀利，杀气腾腾。不过，他头上的白发和交错在皱纹里的老年斑暴露了他的身体机能。

伊丽莎白发现了罗恩对一切事物都抱以怀疑的态度，这种态度常常能为俱乐部挖掘出案件的线索，于是他便成为俱乐部的一员。

还好，相处下来，你发现罗恩也并非坏人。他曾是工人运动的急先锋，一直致力于为弱势群体发声，永远是政府眼里的“杠精”。反正，哪里有争论，哪里就有他的大嗓门儿。其实，他表面的粗鲁，是热心肠的体现，只是有时候体现得不太恰当而已……

“周四推理俱乐部”之所以选择在周四聚会，是因为拼图室在这天难得有两小时的闲置时间。前面有艺术历史课，后面有法语会话课。伊丽莎白是以“讨论日本歌剧”为名头借用了中间的空档，确保不会有不速之客打扰。

当然，也只是探讨——按照现代人的话来说，就是“过嘴瘾”吧——毕竟都是些连警方奔波操劳也不能侦破的悬案，怎么可能让你们躺在安乐椅上就找到真相呢？

不过，这不就是生活的乐趣吗？

反正，你们四个相处得还挺和谐的。只是，你们渐渐开始有了争执。争什么？从争论本周该“破”哪个案子，到讨论应不应该开空调，或者在推理的时候吃大颗还是小颗的 M&M 巧克力豆，到底哪种更能激发你们夕阳一般的脑细胞……你们经常为这些无谓的论题吵得不可开交，有时候甚至光争论就花了两个小时。

于是你们觉得，俱乐部需要一个部长，来统领全局，决定每周的事宜。但是，这个部长由谁来做呢？

反正伊丽莎白绝对不行，她杀过人，而且让你捉摸不透。你绝对不能容忍一个你无法琢磨的“杀手”来领导你——即使她本性善良，即使那也只是为国家执行任务。

但也不行。

然后，你想到了自己。你自认为，无论从心理专业的角度，还是作为绅士拥有的高尚品格，乃至生活上良好的自律习惯，你的条件都优于其他人选，十分适合部长一职。而且，你是俱乐部四人里唯一还能开车的人——这个优势好像对俱乐部而言并没有什么作用。但管他呢！这也是一种优势。你志在必得，只要把优势都说出来，就一定能当上部长。

此阶段任务

1. 介绍自己。

2. 争取当上部长，这会对接下来你在俱乐部的行动有所帮助。（提示：你可以通过巧妙揭开，甚至夸张渲染别人的黑历史或缺点，来阻止对方当上部长。同时，你也要想办法为自己做过的不好的事情辩护，证明自己才是最适合当部长的那个人。当讨论完毕时，若平票，则自动由创始人伊丽莎白连任。）

【此环节若未结束，请勿翻开下一页】

拆钉子户也别拆墓

在养老社区里，养老公寓隔壁就是墓地。你也不清楚为什么养老公寓要建在墓地旁边，除了方便“搬家”，没有其他解释了。乐观点想，一命呜呼了还能和阴阳相隔的伙伴做邻居，这未尝不是一件好事。

但是，14 日这天，突如其来的引擎声打破了养老公寓与墓地的安宁。

“嘿，各位好，这里马上要进行改造了，我是来和你们协商一下的。”

推门而入的人是一个中年男性，名叫伊恩，他的皮肤是柚木色的，发型模仿 20 世纪 80 年代的广告模特，墨镜推到头顶上，穿着昂贵的马球衫，轻松自如中带着点吊儿郎当。你看他的样子，应该像是那种会喷万宝龙香水的人，但直觉告诉你，这人不配喷万宝龙。

站在伊恩旁边的是一个和他年纪相当的文身男，穿着无袖汗衫，名叫托尼。你离他 20 米远，都能想象到他身上的汗臭味。

伊恩是这一整片地的主人，他需要大幅度开发此处，首先是针对墓地进行改造。墓地里埋着的那些骨头，全部都要搬迁至别处。

伊恩道貌岸然地说着此次前来是与大家协商，但他的口吻明显就是“通知”，是“命令”，哪有你们反对的余地！

“你睁大眼睛看，这里有句话，是对你行使权利的约束。伊恩先生，合同上面明确说明，如果你要开发土地，需要先与现有住户协商。”

面对伊恩明目张胆地不讲理，大家目光呆滞，彼此互望，不知所措。你的思绪在脑海里转了一圈，作为一个绅士，在这种场合仍应保持冷静与体面；但面对野蛮的压迫，主动正面强硬碰撞，或许才是真绅士——当你决定站出来，却发现已经有一个人比你先一步冲上了前线。

那是罗恩。

确实，这种场合是他的主场。于是，你悄悄地收回了脚步。

“现在就在协商呀，这位爷爷，您先不要那么激动，容易对身体不好。接下来的二十分钟呢，你们想怎么商量就怎么商量，没问题的！”

伊恩跷着二郎腿，闲适地坐在休息室的沙发上。

“我才不信这套鬼话，你可别以为我们年纪大了就好欺负。”

“我们支持你，罗恩。”乔伊丝说道。

“谢谢，乔伊丝。伊恩，你说要开发林地，但我们都知道你会把树都给砍了，这太荒唐了。你以为用电脑做几张精修图片，就能让我们以为以后这里真的会阳光灿烂，白云朵朵，池塘里游着小鸭子吗？年轻人，你犯了一个严重错误，就是把年纪比你大的人当成傻子。”

“如果你真的要协商，麻烦拿出缩尺模型来，我们要看模型树、模型小人儿，还有模……嗯……最起码得有这些！”你找到了插嘴补刀的机会，这是绅士应该做的辅助。

“我从来没有把各位当傻子，只是现在确实不流行用缩尺模型了。”伊恩气定神闲，草草回应道。

“你知道我以前是做什么的吗？劝你别尝试挑战我的底线。伊恩，我想你应该很明白，这份合同唯一的用处，是可以用来擦某些不太优雅的东西。”

“欢迎您指教。”

接着，罗恩开始围绕脱欧公投等事件发表看法，试图从气势与道理上占据上风。你屏气凝息，望着罗恩有些颤抖，有些驼背，却依然屹立不倒的背影……

然而，时间是无情的，老去是必然的。不过说了 40 秒，他已经完全逻辑混乱，嘴皮子跟不上脑袋，脑袋跟不上四肢，四肢跟不上流逝的时间。大家根本不知道他是在帮哪一方说话，甚至兜兜转转后回到开头就强调过好几遍的话上。

大家信任的眼神已经变成担忧。

伊丽莎白终归是看不下去了。她用手臂碰了一下罗恩，意思是不用再勉强了，罗恩才回过神来，大汗淋漓，气喘吁吁，像是刚完成了一项神圣的使命。

“好了，已经可以了。”你在旁边轻声温柔道。

罗恩在恍惚中找了张椅子坐下来，膝盖骨发出爆裂般的咔吧声。

而伊恩，只是一脸像看着孩子胡闹而无奈苦笑的表情。

争论直到警员唐娜的到来才结束。不，没有人报警。唐娜只是来上课而已。

她以前的梦想，是当自己追捕连环杀手追到废弃仓库时，就算肩膀挨了枪，仍然毫不退缩，完成任务。可现实是才26岁的她只能面对一群退休老人，日复一日地开一些“居家安全小常识”的讲座。

当然，这也是她现在唯一能做的了。

你对唐娜有些许不满意，因为在你们第一次见面的时候，你让唐娜猜测你多少岁，她竟然准确地说出80岁。对此，你一直记恨在心里，每次见到她，你都不禁想吐槽：现在的警察是不是都不需要通过视力测试的？

见到唐娜过来，乔伊丝立马上前寒暄。随着乔伊丝的耳语，唐娜左望望，右望望，似乎终于了解发生了什么事。而伊恩大概明白再继续逗留也没有意义，便干脆率先起身，带着令人厌恶的胜利笑容，与唐娜简单打了一个招呼，就领着托尼离去。

养老社区总算恢复了安宁，但众人的心依然无法平静。此时，你注意到好友，马修神父也悄悄地从后门离开。

马修神父？他怎么也来了？什么时候来的？也没有和你打招呼……你很想与他搭个话，但转眼他已快步走远，你便只能作罢。

16日早上，你们得知了谋杀案发生的消息。在这么一个小村子，任何消息都传得很快，据说是一个与林地开发项目有关的人被害了。你第一时间想到的是伊恩，但可惜，并不是他……

死掉的人，是建筑商托尼。

此阶段任务

1. 找到凶手。

（此任务若本阶段无法完成，可顺延至下一幕继续。）

【未经主持人允许，请勿翻开下一页】

众目睽睽下的谋杀

以前面对悬案时，俱乐部成员们乐意围绕一堆资料纸上谈兵，谈得天花乱坠。对此你十分理解，毕竟这只是“过家家”般的侦探游戏——嘿，虽然你们都不想承认，但客观事实就是如此。不过，现在可是有真实案件发生。真实案件！这四个字是多么诱人！80 年来你都没遇到过真正的谋杀案，难得一遇。但是，他们三个居然都没想过要去案发现场看一看?!

你不能理解，他们真是当“安乐椅神探”当傻了吧……他们有他们发散的思维，那就随他们便吧。你从来都是实证主义者，认为现场是必须调查的重点，无论如何都要去现场看看。

托尼家外面拉起了警戒线，花园大门处有两名警员在看守。你当然不希望被他们发现，便翻墙进入。嘿……瞧你这老胳膊老腿的，费了九牛二虎之力，好不容易翻了进去，具体动作细节一点儿都不符合绅士形象。相比于被警察发现非法闯入，你更不希望被街坊邻里看到你崩塌的形象。

进入托尼家后会先看到一个小花园，从花园无法看见房屋的内部情况。必须穿过花园，才能进入主宅。

主宅的门是向内向左旋转打开的，把手为圆形。眼尖的你观察到，外面的把手比较新，但里面的把手中间轴上有明显被什么东西用力挤压摩擦过的痕迹。你使劲地在已经使用了 80 年的脑子里搜寻着，但并没有找到相关知识能与之对应上。

你进入房内，第一眼便注意到位于正门左前方的是一个底部被固定的注水沙包，非常重。你不合时宜地想到，如果是罗恩，一定会情不自禁地先打上几拳……

根据地上画的人形描绘图案，你知道托尼的尸体是在客厅的中央被发现的，正上方的天花板上是一盏夺目的大型吊灯，一看就知道价格不菲。

你小心翼翼地溜进托尼的睡房，发现墙壁上挂着很多积了灰的弓，而其中有一把明显在近期被动过，因为摆放位置和弓上都没有灰。

然后，你在杂物房注意到一捆被剪过的尼龙绳，还有两架也是明显在最近被移动过的三角梯。两架梯子的高度目测都在 2 米以上，高度上有明显的差距。

你觉得现场没什么东西值得调查了，便连忙趁周遭无人，再次翻墙而过，离开了现场。

离开现场的时候，你听到门口两个警员在讨论案件，从只言片语中，你得知这两个门都有锁，而目前已知只有托尼与黛比有钥匙，但不排除其他人复刻过的可能性……

翌日早上 7:30，伊恩的路虎揽胜再度出现在养老社区。这次，在他身后还跟着几辆挖掘机，它们轰隆隆地爬行着，气势浩荡。在你来到养老社区之后，就从未听到过这种昭示着侵占的野蛮声音。

住在养老社区的人都被这声音吸引，纷纷走了出来。罗恩当仁不让地站在最前面；乔伊丝的食指还沾有奶油；伊丽莎白像往常一样面无表情地站在人群最后面。在她身旁的是很少露面的约翰，他穿着米白色无袖背心、篮球队短裤，左手持拐杖，右手在操弄着握力器。

“没有任何通知，没有任何协商，你们一大早像打仗一样踏入这里，这就是你们的把戏，是吧？”罗恩说出了第一句话。

“我除了回答‘是的’以外，没有别的选择。”站在路中央的伊恩的帮手波格丹说道，他手拿着铁铲，穿着黑色风衣与牛仔裤。

此时，伊恩走了上来。

“真抱歉搅乱了你美好的早晨，伊恩先生。”罗恩语带讽刺。

“没有没有，请继续您的演讲。您完全可以假装现在还是二十世纪五六十年代，或者属于你的任何年代。等你讲完了，我再进去干点小活儿，没问题的。”

“你这是挑起了战斗。”你开口说道。

“这里没有战斗，我们开过协商会，你们也提出了反对意见，只可惜被驳回了。你们这群人里有律师，对吧？应该能明白我说的吧？法庭才是你们的战场，而你们在战场上输了，就是这么简单。半个小时后，我会准时开到我的目的地，你们没有任何权力阻拦。”

此时，你发现乔伊丝竟在小路上撑开椅子，坐了下来看戏。

“今早电台说上午一直都是好天气，有人想加入我们的日光浴吗？我们可以把野餐桌拿出来，共同度过这美好的一天。”

“确实如此，这件事本身就是个乐子，何必计较呢？大家不如拿出零食，来搞个聚会好了。”伊丽莎白附和道。

你知道，她们是希望通过设置人肉路障来拖延时间。

就在大家都准备好野餐桌、冷藏箱和遮阳伞，开始像一群小学生快快乐乐地聚会时，警员克里斯和唐娜终于来了。说实话，有警察来维持秩序是一件好事，但你很难保证他们是站在你这一边的。

果然，虽然克里斯对你们好声好气地说了一堆，看似是在帮助你们，但实际上警察依然选择站在伊恩那一方，理由是什么“法律上确实如此”……

于是，你们之间起了冲突，互不相让。反正，你们老了——这时候可以承认自己老了——也就有权利“破罐子破摔”，年轻人拿你们没办法。

你留意到马修神父也到达了现场。他穿着神父袍，戴着白色硬领，气质独特，仿佛自己才是脚下这片土地真正的主人。

伊恩对马修尤其厌恶，所以顿时像个酒鬼一样，上前辱骂，甚至推搡对方。马修经不起这一推跌倒在地，众人立马上前搀扶，并双手反钳控制住伊恩，以防他继续伤害马修。

肢体冲突令情势转变，克里斯扬言，假如伊恩不回家，继续赖在此处，他将正式逮捕伊恩。

伊恩吼叫着，满脸不忿，却敌不过克里斯。他冷静下来，思考了十余秒，终于挣脱众人的钳制，悻悻地转身离开。

他摇摇晃晃地朝着自己的路虎揽胜走去，他的手在口袋里摸索着什么，然后突然一个踉跄，仰面倒下。

伊恩还没有倒地就已经死了。

此阶段任务

1. 找到所有案件的凶手；

2. 争取获得“俱乐部最优秀侦探”的称号。

针对此剧本杀，微博 @周四推理俱乐部 为你录制了引导教程，欢迎观看。如有疑问，也请在微博上联系 @周四推理俱乐部。

剧本杀作者：路过小卢

简介：广州人，“90 后”，小学时开始痴迷推理小说，最爱埃勒里·奎因。2015 年首次在《推理世界》杂志上刊登《天使的礼物》，此后每年都有中短篇作品发表。2020 年开始创作剧本杀，已有《蟲门》等作品。

主持人须知

故事背景：

英国乡间的一个高档养老社区里，四位七八十岁的老人自发组成神秘组织“周四推理俱乐部”，每周四集中推理过往悬案、疑案的疑点。某天，狡猾的建筑商不请自来，告知大家此处即将进行拆迁改造，为扩大产业规模，需要迁移墓地，这个决定遭到养老社区里老人们的一致反对。在此之后，养老社区发生了连环凶案。身边“热腾腾”的真实案件让四位老人兴奋不已，他们要找到凶案背后的真相……

剧本类型：

随原著小说附赠的“桌面游戏”，非独立商品，不营利。

机制、跑团、欢乐、PVE（玩家里无凶手）

面向受众：

完全没接触过剧本杀的“萌新”、剧本杀新手、进阶玩家、原著读者

玩家人数：

4 人（另外再加 1 位主持人）

剧本时长：

3—4 小时

剧本道具：

组织者手册（1 本）、人物剧本（4 本）、线索卡（第一轮 10 张 + 第二轮 8 张）

剧本流程：

破冰环节 + 托尼之死 + 伊恩之死 + 故事复盘

开本准备：

由于是跑团机制剧本杀，请主持人不要盲开！先熟悉一遍手册全部内容，了解线索触发的条件与对应选择的回答。另外，由于涉及玩家的行动值、魅力值，以及警察的亲和值，请准备纸笔，以便记录。

这个作品一般用于聚会、休闲，此作品强调娱乐性与开放性，担任主持人不需要专业性，甚至可在不影响线索发放的前提下，根据自己的喜好、需要以及实际情况对机制做主观调整。

特别说明：

看过《周四推理俱乐部》小说的人，不要以为自己“开了天眼”，知道所有情节，我们对原著内容做了一点儿小改动，来体验不一样的“周四推理俱乐部”吧。

同样，在看小说之前先玩过此剧本杀，也丝毫不影响对原著小说的阅读体验。

另外，此剧本杀还支持“一人盘”。如果主持人希望自己也参与解谜，但没有作为玩家的机会，可自行阅读四位玩家剧本以及所有线索，进行一人推理，这样也是可以的。

小说和剧本杀从两个不同的产品层面，带读者 / 玩家进入“周四推理 ”，成为俱乐部的一员，而在故事核心悬念方面有根本性差异，请主持人务必向玩家说明这一点。

正式开始

介绍背景：

正式开本前，主持人需对玩家进行简单的背景介绍，话术参考如下：

“你们是四位七八十岁的英国老人，住在英国乡间的高档养老社区里，每天无所事事。明明已经到了安享晚年的年纪，脑子却还不安分，每个人都有各种各样的小念头活跃着。这不，你们觉得养老社区日复一日的生活很无聊，所以私底下秘密组织起了“周四推理俱乐部”，做“安乐椅神探”破解以前那些警察没能解决的悬案。但这在别人看来只是过家家的游戏而已。终于，有一天，新鲜的案件就发生在了你们身边……”

介绍人物：

介绍完故事背景后，介绍四位角色——前特工奶奶伊丽莎白、“扮猪吃老虎”高手乔伊丝、“人形火药桶”罗恩、极度完美主义者易卜拉欣。向玩家公开每一个角色剧本的封面，并按照封面内容逐一阅读一遍，让玩家有初步的了解。

阅读第一幕：

当玩家自行挑选完角色后，让他们翻开第一幕，一直看到“未经主持人允许，请勿翻开下一页”为止，之后的内容不要继续翻阅。

破冰环节

介绍自己 + 竞选部长（15 分钟）：

当玩家阅读完第一部分后，主持人需要活跃氛围，为接下来要进行的环节做好铺垫。当出现冷场时，请以话术引导玩家围绕“竞选部长”展开争论。参考话术如下：

“四位老爷爷、老奶奶真是人老心未老啊，每一个都兴致勃勃，想要竞选‘周四推理俱乐部’部长这么一个……没啥用——呸！——有意思的头衔。但是由谁来当呢？这还真不好说。你们多多少少都了解自己的优势，还有别人的‘黑历史’，你们可以巧妙利用，以此加强自己当选的说服力。当然，当上部长，对你今后在俱乐部的活动会有帮助哟！所以，请大家尽可能地先介绍自己的身份，展现魅力，表明自己在俱乐部里的价值。时间紧迫，给你们 5—10 分钟的时间，之后就开始投票。每个人都只能选别人，不能选自己。”

如果玩家之间气氛不太高涨，请引导他们说出自己的优势，并说出别人的“黑历史”（每个人的本里都有针对不同的某人的描写），让他们互动。

此环节不宜超过 10 分钟。当竞争进行到尾声，可以开始投票。如果最高票同票，则由伊丽莎白连任。

投票结束后，请玩家继续阅读下一幕。

（当选部长的玩家，行动值 +1，魅力值 +1，并且行动失败时有一次免除魅力值惩罚或多获得一个行动点的机会。）

托尼之死：拆钉子户也别拆墓

两两分组＋跑团行动（25—35分钟）：

当玩家阅读完第二幕后，可让他们先分享一下从各自视角下获得的信息（如果有玩家的分享比较拖沓，例如完全照着本念，或分享重复的消息，可适当提醒对方代入角色，用自己的话概括就可以）。每个人讲述完后，主持人请按照以下话术引导过渡环节：

“哎呀，终于有一件真实的谋杀案发生在你们身边了。身为‘周四推理俱乐部’的一员，你们当然不可能坐视不管了。但是，你们不是警察，只是四位风烛残年的老人家而已。你们要想了解案件的信息，就必定需要使用一些手段去获取。为了提高效率，你们决定两两分组去行动。”

开始跑团机制，继续获得线索。

（具体玩法请翻至后面“跑团机制”和“‘托尼之死’的机制详情”了解！）

讨论线索（15—20分钟）：

当玩家在此环节无法继续获取线索（线索已获取完毕或行动点皆已为0），可推动他们继续讨论。在这一环节，线索尚不清晰，玩家没有具体的头绪不要紧，主持人可以先推动大家寻找作案动机，并请看好时机与节奏，让玩家继续阅读最后一幕。

伊恩之死：众目睽睽下的谋杀

跑团行动（20—30 分钟）:

当玩家阅读完第三幕后，可让他们先分享一下从各自视角下获得的信息。

每个人讲述完后，主持人先询问罗恩："在你的故事里有提到，克里斯和唐娜希望你帮助他们和杰森拍一张合照。现在请问，你是否选择帮助呢？可以拒绝哟。"

罗恩同意，则使用以下话术回复玩家：

"你选择了同意，用杰森的手机帮助他们拍了一张合照了。杰森借着这个理由，给唐娜留下了自己的电话号码，让唐娜联系他，他再把照片分享给她。"

效果：

罗恩魅力值 +1，警察亲和值 +2。

罗恩若不同意，则无任何事发生，也无任何改变。

罗恩环节结束后，开始跑团机制，获得线索。

（具体玩法请翻至后面"'伊恩之死'的机制详情"了解！）

讨论线索（40 分钟）:

当玩家获得所有线索后，即可推动他们进行讨论。当讨论得差不多时（例如玩家已经有定论，或时间已接近 40 分钟），请玩家各自投票选出心中的凶手人选。选对凶手的玩家，可以增加 3 点魅力值。

故事复盘

逻辑链解释（20分钟）：

玩家投完票后，主持人开始进行复盘。首先进行逻辑链的解释。

托尼之死：

首先，凶手用这种奇特的作案手法，肯定是有理由的。如果无法从其他方向锁定真凶，那么我们必须先弄清楚作案手法，才能明白凶手为何要这么做，继而锁定凶手的身份。

我们得知，箭矢是带着强大冲击力从横放的弓射向托尼的，这不是一般人能做到的。结合易卜拉欣在现场发现的线索，增加了这是一种机关所为的可能性。而托尼身上的箭矢，射入角度与地面成45度，所以这个机关是从高处向下射出的。

凶手先准备了两架梯子，放在与大宅门口有一定距离的位置，较矮的放置在前面，较高的放置在后面，整体与门口成一条直线。然后凶手拿出弓箭，把弓横着放置在较矮的那架梯子上，再搭上箭。接下来拿两条已经剪过的尼龙绳将弓的左右两端固定在三角梯上，并将剪成一定长度的尼龙绳的一端紧紧地缠绕固定在门把上（门是关闭着的），然后将另一端绕过左上方的沙包，往上拉至吊灯处，从后面绕过吊灯的柱子，再向下拉回来直到弓箭处，最后将弓弦拉到极限，用尼龙绳绑着弦，此时整把弓能受到两个三角梯的支撑，就不会变形。

只要死者一回来，打开大宅的门，弓的弹力就会在一瞬间把门拉开至极限，箭矢也就顺势射向托尼。

凶手要布置这个机关，必须提前到达现场。根据监控录像，我们可以得知，14 日早上托尼离开家以后，直到他半夜回来，这中途路过监控摄像头的就只有伊恩、黛比以及波格丹，那么其他人的嫌疑就可以排除了。

说回现场，警察到达时，发现尸体被移动过。而警察也并没有发现作案工具，也就是说，凶手必定在托尼死亡之后，直到早上发现尸体前，重回现场收拾作案工具。

因此，根据伊恩的不在场证明可以排除他的嫌疑。

剩下的波格丹，他在案发前后都有时间进入托尼家。但同时，要考虑到凶手设计这个诡计的目的，就是让自己在案发时间内有不在场证明，否则这个诡计就失去了它的作用。既然如此，在案发时间内出现过的波格丹，自然也就不可能是凶手了。

于是，凶手就是黛比。黛比不是住在养老社区的人，她并不清楚监控摄像头清晰地录下了她两次前往现场的情景，所以她没法对自己为何早上出现在此处做一个合理的解释。

但是，黛比身为托尼的女朋友，非常清楚托尼每天晚上都会喝酒喝到半夜。于是，拥有钥匙的她可以很自然地潜入托尼家，布置好机关，静候托尼的归来。在案发期间，黛比回到城里，与朋友喝酒，有铁一般的不在场证明。等黛比确定托尼已死亡，趁着清晨无人，就赶紧回去收拾作案工具。

但是黛比考虑到，现在是2020年，谁在疫情期间去过哪里，通过大数据一下子就能查出来，所以黛比担心，如果自己隐瞒回到养老社区的事一旦曝光，会对自己非常不利。于是她在早上装作第一发现者，顺其自然地说明自己两次前来找托尼的原因。反正自己有不在场证明，她把希望都寄托于此。她认为，这样的选择对自己是最安全的。只是，她没有想到，监控摄像头记录下了她想隐瞒的15日早上的行踪。

而且，能做到这些的人，必须熟悉托尼家的内部结构，黛比的可能性最大。当然，这些都只是可能性，锁定凶手还是得靠确凿的证据。

黛比杀人的动机就不必多说了，她是长大后为父报仇。

伊恩之死：接下来说到伊恩的死亡。

根据调查结果，可以得知伊恩死于芬太尼注射过量，死亡时间距离被注射时间是非常短的。也就是说，凶手当时必定在身上藏有针管。在伊丽莎白的视角下，约翰是拥有针管的，非常奇怪。并且，约翰有动机为了保护50年前的罪案不被发现，去阻止墓地开发，杀害伊恩。然而，你们都可以看到，伊恩死亡当天，约翰是穿着无袖背心，以及一条篮球短裤，左右手各拿着拐杖与握力器。伊丽莎白一直在约翰身边，包括约翰走向马修与伊恩那边的时候，伊丽莎白也是紧随其后，所以当时他的身上是没办法藏有针管的。再加上，他也没有与医学相关的背景，是几乎不可能用芬太尼，以及在众目睽睽之下完成谋杀的。

在你们调查的人里，确定有医学背景的只剩下马修和波格丹。伊恩被注射芬太尼的位置，是在他的右臂肱二头肌下方。而当时，马修一直是与伊恩正面对峙的，如果是他在被推倒的那一瞬间把针扎入伊恩身体里，那针孔无论如何都不可能在肱二头肌下方。能这么做，凶手必定不是位于伊恩的正前方。也就是说，凶手就是波格丹。

显而易见，波格丹为了被侵犯的女友，决定找伊恩报仇。但伊恩并不认识波格丹，所以在被无罪释放之后，波格丹主动找上了伊恩。他趁伊恩推倒马修，现场十分混乱，众人钳制着伊恩的时候，在后方偷偷地将芬太尼注入伊恩体内，完成谋杀。

好了，根据你们的调查，故事复盘至此结束。

大家还有什么疑问吗？

（请引导大家提出疑问，并继续以下话术）

四位老太太、老爷爷，这是根据你们调查获知的信息，合理推断出来的真相。这是你们的劳动成果呀，难道还不满意吗？！

噢对，没错——这只是根据你们的调查获知的所谓“真相”而已……确实，你们不是警察，只是一群七老八十的老人而已，最适合坐在养老院里，玩“过家家”似的侦探游戏。

可是，你们又怎么能保证，自己获得的信息就是完整、真实的呢？

比如，波格丹明明有那么多的机会，却为什么要等待三年，先靠近伊恩，再在公共场合下用注射这么一种风险很高的方式去杀害他呢？

而约翰，他口袋里的针管又是为谁准备的？

噢，对了，还有彭妮！千万不能忘了她……难道你们不觉得，她提供的那份陈年悬案卷宗，本身就显得很可疑吗？那只是一份用A4纸打印的纸而已，而且看那内容，哪有卷宗会写得这么随便不正式的？再说，彭妮为什么要将针对自己丈夫嫌疑的东西放在身上最显眼的地方？

你们有继续深入调查过……那份卷宗的真实性吗？没有，你们就只是看到了，所以就单纯地信了。

所以，这代表着什么呢？这一切，和案件又到底有着什么关系呢？

不，不，不……在这个故事里，你们的使命已经完成了。你们可以做的，都已经做得非常好了。接下来的事，就请你们别管了。真相？真相有很多种，你愿意相信的，就是真相。活了七八十年，我相信你们都知道，人生的快乐之一，是“难得糊涂”。

好了，《周四推理俱乐部》剧本杀到此为止。刚才你们体验的一切，只不过是小说的冰山一角，甚至，可能只是海市蜃楼……如果各位玩家真的想去了解背后更深的隐情，欢迎去阅读原著小说《周四推理俱乐部》。

再次强调，即使你玩过此剧本杀，也丝毫不影响阅读原著的体验！此剧本杀是为了让各位了解小说四位主人公而设计的，凶案内容与原著故事不同。（最后，从玩家手里收回线索卡。每递交一张，对应玩家魅力值 +1。主持人统计玩家最终的魅力值，选出 MVP，也就是最优秀选手。）

跑团机制

请明确将“跑团机制”的规则内容告知玩家。

两两分组：

破冰环节结束后，请四位玩家自由分组，两两一组，分别前往不同地方进行调查。

同一组的人一起前往选择的调查地点，每次只能由组内其中一人尝试获取线索。

一组尝试一次后，不论成功与否，都轮到下一组尝试，两组交替进行。

如玩家在上一轮获取线索失败，本轮仍留在原地。针对同一人物尝试获取线索，无须消耗（目标）行动点（特殊情况除外）。

假如失败，可重复尝试获取，直到线索已获取或行动点清零为止。

有部分线索，玩家能根据自己的人物故事，得知谁、在哪里、用什么方法可以用最优解获得。

行动点：

每位玩家在每一幕总共有 8 个行动点。首先，每选择一个地点 / 人物，就会自动消耗一个（目标）行动点。其次，每次选择以什么样的方式进行调查，都会再消耗一个（方法）行动点。当行动点消耗完，则不能再前往调查。

如果在同一组里，其中一位玩家消耗完行动点，另一位玩家仍有行动点，则接下来只能由另一位玩家单独进行调查。

（注意！主持人可根据游戏中行动值的初始数值与具体变化数值的实际情况，进行修改。当玩家希望补充行动点时，主持人可以自己想办法，让玩家们表示“讨好”，以此满足主持人需要。）

魅力值:

每位玩家初始都有 5 点魅力值。每当调查失败，未能获得线索，主持人可根据游戏中的实际情况，同时降低玩家的魅力值。

在游戏结束的时候，玩家向主持人递交获得的线索，每递交一张，对应的玩家增加 1 点魅力值。

正常来说，线索卡属于第一个得到卡片的人。但玩家可以在不被对方察觉的情况下偷取线索卡！记住，只可以偷拿，不可以明抢！因此，请主持人提醒玩家们注意保管好自己获得的线索卡（当玩家询问如何安全地将线索卡拿给别人看时，主持人可回答：“拍照发在线上聊天群里，或者以口头形式分享。”而口头分享，意味着分享者有可能在说谎哟）。

游戏结束时，魅力值最高者当选为 MVP。

（此机制具有游戏对抗成分，请主持人加强引导玩家之间进行围绕魅力值的对抗！尤其在机制跑团方面，主持人可提醒玩家，想办法耗尽对方的行动点与魅力值，以及增加自己的魅力值。）

亲和值：

这是针对克里斯专用的，初始亲和值为0。

在“托尼之死”环节中，玩家与克里斯的亲和值数达到3及以上，会触发新的情况，具体内容详见下文（关于“亲和值”这个机制的存在，主持人可根据实际情况选择是否先明确告知玩家）。

人物技能：

每一位玩家都有专属技能，该技能在全局只能使用两次。玩家在分组之前，主持人逐一和玩家悄悄私聊，将每个人物对应的技能与使用规则告知对方。

玩家得知专属技能后，可自行选择是否向他人公开或欺骗他人自己的技能内容。

乔伊丝：“腹泻酸菜”

描述：偷偷在为对方准备的甜点里加入腐朽酸菜，导致对方在搜证时忍不住当场腹泻，弄脏裤子。

效果：针对对方小组某一人使用，无论这个人最终是否成功搜到线索，都不增加魅力值。并且因为裤子脏了，得与同伴一起回养老社区换裤子，两个人每人消耗一个行动点！

伊丽莎白：“时间管理”

描述：当使用时，周遭时间流速会变慢，别人的搜证速度变慢，只有主角一个人还能行动自如！

效果：针对本人使用。获得充足时间在原地多进行一次搜证，不另外消耗行动点（建议第二轮使用）。

罗恩："霸气震波"

描述：在对方面前脱下上衣，露出壮硕的胸肌，开始剧烈抖动，让对方感受你的霸气！

效果：针对本人使用。在成功获取线索时使用，则魅力值自动翻倍；如获取失败，则无任何效果。

易卜拉欣："体香诱惑"

描述：你自然地抬起手臂，露出迷人的胳肢窝，散发出积聚了 80 年的清新体香！

效果：针对任一玩家使用。对方如果成功获取线索，则可直接将对方该轮获得的魅力值据为己有。如对方获取失败，则无任何效果。

规则：

如玩家需要发动技能，请在每次跑团确定方法后，在主持人说出对应的答案前，立刻表示自己需要发动技能。例如：A 与 B 前往某地点，A 选择了某方法探索，如果 C 希望对 A 发动技能，就需要在此时立刻打断对话，原地公开说出自己的专属技能的名字，之后主持人根据技能效果，说出对 A 产生的结果。

了解完"跑团机制"后，请继续阅读下文《"托尼之死"的机制详情》。

“托尼之死”的机制详情

主持人需要引导玩家做出选择。例如，哪一组前往哪个地点；谁进行调查；以怎样的方法获得线索。

一般情况下，在首次搜证时，让部长所在的一组先进行。

当玩家选择完之后，主持人在下文中找到对应的回答，阅读并将结果告知玩家。如若成功，则将对应线索发至玩家手里；如若失败，则让玩家重新选择，直到行动点消耗完毕，或线索卡派发完毕。行动失败，仍可在同一地点继续选择调查。

注意事项：

主持人可让玩家在选择完之后适当地亲自演绎，增加趣味。例如，玩家选择了用甜言蜜语诱导某人，你可在回答正确答案之前让玩家亲口说一遍他的具体办法！

该剧本杀讲求自由度与娱乐性，以下选项与对应的答案并非绝对固定！主持人可根据实际情况随机应变进行修改，并提示玩家：若主持人手册没有记录，而玩家有自己的一套方法获取线索，只要此方法在大家看来合情合理，同样也算成功！

第一轮线索（跑团结束后，在玩家讨论时，主持人同时浏览上文《伊恩之死：众目睽睽下的谋杀》）

①②【唐娜线索】

唐娜身处警察局，她正独自在大厅思索着什么。

选项：

罗恩或易卜拉欣→

A：用武力制伏。

B：试图用充满男性魅力的声音诱导。

C：脱光上衣秀出身材。

回答：

A：你试着对唐娜使出下潜抱摔，试图摔倒她。可没想到你刚挪动半步，视线就不受控制地飞向天空，背部马上就迎来了地板冷冰冰的撞击。你的抱摔，最终被不知哪个没礼貌的家伙乱扔的香蕉皮给毁了。你气急败坏地怒骂。——魅力值 –2。

B：咳咳，你清了清喉咙，试图压低音调，发出性感的声音来魅惑唐娜，可没想到效果就像木乃伊的低语一般。唐娜皱着眉头，听不清你在说什么。你吐不出清晰的话，吐出来的只有黄黄的痰。——魅力值 –1。

C：你还真够大胆啊，敢在这里耍流氓？警察把你赶出了警察局，并朝你喊道："老爷爷，皮痒了回养老院去，这里不是澡堂！"——魅力值 –1。

选项：

伊丽莎白或乔伊丝→

A：用甜言蜜语诱导。

B：帮她做核酸检测。

C：以金钱贿赂。

回答：

A：你费尽心思，将毕生从男人处收集到的“土味情话”统统扔在唐娜脸上。由于你们的关系颇好，唐娜没有介意你笨拙又尴尬的嘴皮子。她觉得你或许真的对破案有帮助，于是将信息告诉了你——提供线索，魅力值 +1（如果是乔伊丝，魅力值再额外 +1，且免除本次行动点的消耗）。

B：乔伊丝的专属回答：刚好，唐娜要去做核酸检测，但是命案让她抽不出身。你热心肠地为她免费做了一次，然后将检测试纸交给了你在医院工作的前同事，帮助唐娜省下了排长队的时间，她对你非常感谢，告诉了你线索——魅力值 +2。

伊丽莎白的专属回答：刚好，唐娜要去做核酸检测，但是命案让她抽不出身。你热心肠地为她免费做了一次，然而根本不懂得如何检测的你，拿着棉棒在她口腔里搅来搅去，棉棒一下子就被你捏断了。检测样本没采到，唐娜的口水倒是洒了一地，而且她拒绝告诉你线索——魅力值 –1。

C：你打算用金钱贿赂唐娜，但是找遍全身，翻出来的只有买得起一包 M&M 巧克力豆的零用钱。你将钱悄悄塞给唐娜，她不太懂你的意思，所以问你：“怎么了，奶奶？是在超市收到假币了吗？”看着眼前被自己的手揉成一团的纸币，即使脸皮再厚，你也不好意思说出这是用来贿赂唐娜的——魅力值 -1。

③【克里斯线索】

克里斯身处警察局办公室，正愁眉苦脸地盯着电脑。

选项：

罗恩或易卜拉欣→

A：用武力制伏。

B：试图用充满男性魅力的声音诱导。

C：送他一本最新一期的《花花公子》杂志。

回答：

A：你试着冲上前对克里斯使用锁喉，威胁他说出线索。克里斯毫无防备，你的手臂绕过他的肩膀，用力紧紧箍着他的喉咙，动作完成得非常漂亮，你心想十拿九稳了！谁知你的背部马上迎来一阵安抚似的拍击，紧接着耳边响起克里斯的声音："哎呀，爷爷怎么突然这么激动？你的热情有点吓到我了。好好好，抱一下，抱一下！"——魅力值 -1，亲和值 +1。

B：咳咳，你清了清喉咙，试图压低音调，发出性感的声音来魅惑克里斯。克里斯听着你低沉的嗓音，眼神逐渐变得涣散迷离，嘴巴不自觉地微微张开。显然，克里斯被你的魅力"催眠"了，你巧妙地从克里斯口中套出了线索——魅力

值 +1，亲和值 +1。

（当玩家浏览完此条线索后，主持人补充以下信息：当时有人举报，说案发后波比逃回了家中。但警察赶到波比家里时，发现他早已带着家中所有财产跑路了。后来邻居透露，匆忙赶回来的那个人长得并不像波比，因为波比是没有文身的，而回来的那个男人却满手臂都是文身，且好像也没有逗留很久，当晚就离开了。）

C：克里斯收下了你送给他的杂志，并向你表达了感谢——亲和值 +3，无其他效果。

选项：

伊丽莎白或乔伊丝→

A：用甜言蜜语诱导。

B：帮他做核酸检测。

C：以金钱贿赂。

回答：

A：你费尽心思，将毕生从男人处收集到的“土味情话”统统扔在克里斯脸上。克里斯紧皱眉头，非常嫌弃，但是又拿你没辙。他好像觉得有点丢人，想赶紧打发你，便只能给你们透露一点儿消息——魅力值 +1，亲和值 –1。

B：乔伊丝的专属回答：刚好，克里斯也到了要去做核酸检测的时间，但是命案让他抽不出身。你热心肠地为他免费做了一次，然后将检测试纸交给了你在医院工作的前同事，帮助克里斯省下了排长队的时间，他对你非常感谢，告诉了你线索——魅力值 +2。

伊丽莎白的专属回答：刚好，克里斯要去做核酸检测，但是命案让他抽不出身。你热心肠地为他免费做了一次，然而根本不懂得如何检测的你，拿着棉棒在他口腔里搅来搅去，棉棒一下子就被你捏断了。检测样本没采到，克里斯的口水倒是洒了一地，而且他拒绝告诉你线索——魅力值 –1。

C：你拿出口袋中打算用来买 M&M 巧克力豆的零用钱，悄悄塞进克里斯的警服口袋里，却被克里斯回绝了——魅力值 –1，亲和值 –2。

④【波格丹线索】

波格丹正在他自己的住宅里，跷着二郎腿，读着报纸，好不悠闲。

选项：

罗恩或易卜拉欣→

A：装成警察接近对方。

B：给点小费。

C：使出“温柔策略”，套近乎，用诚意打动。

回答：

A：你自称警察，装模作样地让波格丹说出他的来历。波格丹没有理会你的问话，而是拿出手机，以一副关怀老人的神情打通了某个电话，接通后他说：“喂，是养老院吗？这里有位老人，他好像得了老年痴呆症，都快 80 岁了还以为自己是警察，玩过家家的游戏，你们赶紧派人来接他回去。”——魅力值 -1，因被送回养老社区，若选择继续调查波格丹，需再次消耗（目标）行动值。

B：你想用小费收买波格丹，让对方说出他和伊恩的关系。波格丹望着你手上那可怜的零花钱，表示现在不用纸币了，但他也很自觉地与你分享了一些信息——魅力值不变。

C：你看着波格丹不像难以接近的人，所以摆出老年人专有的慈祥笑容，和对方套近乎，试图在闲聊中套出对方的信息，他也向你提供了线索——魅力值 +1。

选项：

伊丽莎白或乔伊丝→

A：装成警察接近对方。

B：给点小费。

C：使出“温柔策略”，套亲近，用诚意打动。

回答：

A：同上面 A 回答。

B：同上面 B 回答。

C：同上面 C 回答。但无论是伊丽莎白还是乔伊丝，魅力值都额外 +1。

⑤【马修线索】

你们正打算去教会找马修神父，在路上偶遇了他。

回答：

如果是易卜拉欣调查，因他与马修神父是好友，对方主动分享信息，不需易卜拉欣选择找线索的方法，则魅力值 +1，且（目标）行动点 –1；如果是其他人，都可以直接获得线索，但（目标）和（方法）行动点都 –1，且不增加魅力值。

⑥【乔安娜线索】

乔安娜正在公司里忙里忙外做“社畜”。

回答：

若是乔伊丝前往，因乔安娜主动上前分享信息，乔伊丝可以获得线索，则魅力值 +1，行动点 –1；其他人前往调查都会吃闭门羹，但不减少魅力值，（目标）行动点和（方法）行动点各 –1。为了使过程有趣，建议主持人可先让玩家自行想办法获得线索，然后再告知他们结果。

⑦【伊恩线索】

伊恩正在自己的住宅里吃零食、玩电脑游戏，似乎对托尼的死毫不在意。

选项：

罗恩或易卜拉欣→

A：用强硬的气势威慑，让伊恩感受一下你的霸气。

B：与对方套近乎，表示之前的冲突都是误会，并支持迁墓。

C：认为伊恩不是凶手，并愿意帮助他在警察面前做虚假的不在场证明，条件是交换案发当天的真实情况。

回答：

A：你来到伊恩家门口，发现他家大门没锁，于是选择给他一个猝不及防的下马威。你深吸一口气，砰的一声把门撞开，正准备掷地有声地恫吓他，却先听见自己的臀部“噗”了两声，你顿时像个临阵泄了气的球，只知道着急找厕所——魅力值 -2。

B：伊恩虽然对你支持迁墓怀有疑心，但也接受了你的亲切与歉意，并提供了线索——魅力值 +1（若是罗恩，不增加魅力值）。

C：你对伊恩说，愿意帮他做虚假的不在场证明。你说这番话时，克里斯刚好也来找伊恩调查，你说的话全都被他听到了。克里斯站在门口，用一种意味深长的眼神看着你，伊恩马上明白了情况，赶紧骂你是神经病，并把你驱逐出他的房子——魅力值 -1（因被驱逐，若想再次调查伊恩，则需要再度消耗行动点前往）。

选项：

伊丽莎白或乔伊丝→

A：在他家门前放置一个老鼠夹，等他出门时踩中陷阱，然后控制住他，逼问信息（去超市购买老鼠夹，行动点 -1）。

B：与对方套近乎，表示之前的冲突都是误会，并支持迁墓。

C：表示认为伊恩不是凶手，并愿意帮助他在警察面前做虚假的不在场证明，条件是交换案发当天的真实情况。

回答：

A：你选择去购买老鼠夹，并安置在伊恩的家门口。接着，你躲在一旁静静等待。40 分钟后，一只老鼠经过伊恩家门口，成功踩到了你安置的老鼠夹。帮助伊恩除掉老鼠——魅力值 +1，不获得线索。

B：同上面 B 回答。

C：同上面 C 回答。

⑧【墓地线索】

回答：

任何人消耗 1 个行动点便可直接获得墓地线索，且魅力值 +1。

伊丽莎白的专属回答：由于伊丽莎白视力好，因此当她前往调查时，能获知以下额外信息：马修走向的墓碑是最边缘的那一座，那里埋着修女玛丽（1948 年生，1971 年卒）。马修在凝视墓碑时，眼神充满温柔与怀念。魅力值额外 +2，此额外信息请主持人口头讲述补充。

（若主持人希望伊丽莎白前往，可做适当暗示提醒。若其他人调查，调查完之后请主持人告诉玩家："假如是伊丽莎白前往，能额外得到更多有用线索。"如其他玩家想让伊丽莎白再度前往，则行动点 -1，但无法获得任何信息，因为马修早已离开……）

⑨【彭妮线索】

彭妮正在私人医院的房间里，看着窗外的夕阳发呆，神色木然，不知心里在想些什么。

回答：

由于彭妮是与你们几个都比较熟悉的人，因此任何人消耗 1 个（目标）行动点都能获得线索，并且魅力值 +1。如果是伊丽莎白或易卜拉欣前往，则魅力值额外 +1。

注意！当玩家获得了此条线索，则同时触发开车测试机制。主持人此时可说："好，现在你们知道了 15 日凌晨 0 点，伊恩是在山顶上沿着小路开车下来。那么，围绕这条线索，你们可以进一步确认一个信息。请告诉我，是什么信息呢？只有当你们准确意识到可以进一步确认什么信息，我才能告知你们信息的详情。"

玩家可能会提出的几点信息：

车里是伊恩吗？车里有几个人？车子走了哪条路？

主持人回答：

车里只有伊恩，去哪里不知道。

如玩家始终未能意识到需要确认什么信息，主持人可根据实际情况，决定此环节是否作罢。因为，此信息在第二轮的线索中还会有补充。

当玩家准确告知需要确认“伊恩是否有时间赶往现场完成谋杀”，主持人则进一步告知：“你们四个人里，有人也是有一辆车的，就是罗恩，在你们的剧本里有提到，其实那也是一辆路虎揽胜，但是罗恩已经很久没开车了。既然是要确认作案时间，那就肯定是得要找……”——此处引导玩家说出唯一能开车的人是易卜拉欣。

紧接着，询问罗恩是愿意把车借给易卜拉欣，还是坚持要自己开，或者给其他人开，又或者谁都不开。如罗恩回答愿意，则魅力值 +3；如罗恩选择自己或其他人开，则行动失败，魅力值 –1；如罗恩选择不开，则魅力值 –2。

当易卜拉欣获得使用权，则询问他：“你虽然会开车，但是这里的路很复杂，你在这里也没开过车，怎么办？”——此处引导玩家说出 GPS，让伊丽莎白提供。

紧接着，询问伊丽莎白是否提供。如果同意提供，则魅

力值 +1；如果不提供，则行动失败，魅力值 -1。

当易卜拉欣成功完成任务后，魅力值 +1。

完成任务后，告知玩家补充线索："你们从彭妮看见的山顶开车测试，发现以最快速度、最短距离开到托尼家，需要48 分钟。"

⑩【黛比线索】

黛比在警察局里，刚结束与警察的会面，正往外走。她垂头丧气，没有半点精神。

选项：

所有人→

A：上前劝慰，表示逝者已逝，请黛比节哀顺变。

B：对黛比说，昨晚梦到了托尼，他让你与黛比联手找出凶手。

回答：

A：黛比对你解除心防，并自然地与你聊起了与托尼的一些事——魅力值 +1，获得线索。

B：黛比无奈地看了你一眼，反唇相讥："托梦？……托尼还托梦给我，说不要相信养老社区那群脑子进水的老人呢！"——魅力值 -1。

“伊恩之死”的机制详情

在此环节，请主持人先确认克里斯的亲和值。假如克里斯的亲和值已达到 3 及以上，则将克里斯线索自动派发给玩家。若亲和值在 3 以下，则玩家需消耗行动点获得线索。

注意事项：

第二轮有部分选项是让玩家选择提问什么方面的问题，内容与第一轮的有出入，但同样需要消耗行动点。

在这一轮的跑团机制中，增强了自由度与娱乐趣味。因玩家意识到，同一人物 / 地点中可能存在两条及以上的线索，所以当玩家成功获取线索后，仍然可以重复调查同一人物 / 地点！

如玩家最终消耗完行动点却仍未获得所有真实线索，请主持人在适当时机将线索主动发放给玩家。

第二轮线索（跑团结束后，玩家开始讨论时，请主持人同时浏览上文《伊恩之死：众目睽睽下的谋杀》和《故事复盘》）

①【杰森线索】

（注意，假如此处是罗恩前往，因杰森遇到爸爸，是主动上前分享信息，无须罗恩想办法套话，则（目标）行动点 –1，

魅力值 +2。

选项：

易卜拉欣 & 伊丽莎白 & 乔伊丝→

A：询问杰森与托尼的关系。

B：询问照片的故事。

C：询问他是否是杀人凶手。

回答：

A：主持人直接派发线索卡——魅力值 +1。

B：同上。

C：杰森听到你的问题，顿时激动起来，眼中夹杂着怒气与失望，他没有想到你竟然会问出这种问题，他回答了两个字“不是”之后就没再理你——魅力值 -1。

②③【波格丹线索】

选项：

所有人→

A：询问他钱包里那张老照片的故事。

B：询问他在墓地挖出了什么。

C：询问他，现在挖别人的坟，难道不怕以后自己的坟也被别人挖吗？

回答：

A：主持人派发照片线索——魅力值 +1。

B：主持人派发墓地线索——魅力值 +1。

C：波格丹回了一句“关你屁事”之后就没再理你——魅力值 -1。

（注意！若玩家触发墓地线索，请主持人进一步询问玩家：“请选择调查尸体，还是无视。”如玩家选择无视，则在接下来的游戏全程中不提及任何相关信息，在最后复盘时才补充说明故事；如玩家选择调查，则告知玩家以下信息：“这一块墓碑的制作时间是 1874 年，但在棺材上方的这具尸骨，经检测大概是 50 年前被害的。尸骨属于一个中年男人，不知道是谁，也不知道因为什么被害。腿部有一处枪伤，但无法判断是否为致命伤。”）

④【克里斯线索】

（若亲和值已到 3，请在此环节开头直接发放给玩家！）

选项：

罗恩或易卜拉欣→

A：用武力制伏。

B：试图用充满男性魅力的声音诱导。

C：送他一本最新一期的《花花公子》杂志。

回答：

A：你试着冲上前对克里斯使用锁喉，威胁他说出线索。克里斯毫无防备，你的手臂绕过他的肩膀，用力紧紧箍着他的喉咙，动作完成得非常漂亮，你心想十拿九稳了！谁知你的背部马上迎来一阵安抚似的拍击，紧接着耳边响起克里斯的声音：“哎呀，爷爷怎么突然这么激动？你的热情有点吓到我了。好好好，抱一下，抱一下！”——魅力值 -1。

B：咳咳，你清了清喉咙，试图压低音调，发出性感的声音来魅惑克里斯。克里斯听着你低沉的嗓音，眼神逐渐变得涣散迷离，嘴巴不自觉地微微张开。显然，克里斯被你的魅力“催眠”了，你巧妙地从克里斯口中套出了线索——提供伊恩死因线索，魅力值 +1。

C：克里斯收下了你送给他的杂志，并向你表达了感谢——提供伊恩死因线索，魅力值 +1。

选项：

伊丽莎白或乔伊丝→

A：用甜言蜜语诱导。

B：用武力制伏。

C：以金钱贿赂。

回答：

A：你费尽心思，将毕生从男人处收集到的“土味情话”统统扔在克里斯脸上。克里斯紧皱眉头，非常嫌弃，但是又拿你没辙。他好像觉得有点丢人，想赶紧打发你，便只能给你们透露一点儿消息——提供伊恩死因线索，魅力值 +1。

B：同罗恩和易卜拉欣的 A 回答。

C：你拿出口袋中打算用来买 M&M 巧克力豆的零用钱，悄悄塞进克里斯的警服口袋里，克里斯非常满意，向你提供伊恩死因线索——魅力值 +1。

⑤⑥【唐娜线索】

选项：

所有人→

A：询问托尼房子周围的监控录像内容；

B：询问通话号码的调查结果；

C：询问唐娜和克里斯的关系。

回答：

A：获得录像线索，魅力值 +1。

B：注意！若罗恩选择替警察拍照，才会有此条线索。当触发此条线索，调查者魅力值 +1；若罗恩没有拍照，则没有此条线索，魅力值 –1（原因：由于杰森给唐娜留下了电话号码，唐娜经过调查对比，才确认了案发当天打给托尼的三通电话号码正是属于杰森的，不过即使不公开此条线索，也对破案没有影响）。

C：唐娜淡淡地回复“他是我的上司，除此之外没有任何关系”，唐娜斜眼看了你一眼，似乎对你提出的这个问题感到有些反感——魅力值 –1。

⑦【教会线索】

回答：

此处没有选项，为玩家的主观回答。

主持人询问玩家："你去了教会，看到了两位修女，她们正在打扫卫生，你要向她们打听什么呢？"当玩家回答"打听马修的信息"时才派发线索。

由于是主观回答，难度可能较大，因此提问错误次数在3次以上时，无论是否答对（方法）行动点都先-1。当提问成功时，（方法）行动点再-1，并且魅力值+1。

⑧【彭妮线索】

主持人话术：你选择去找彭妮，但由于她已身患重症，无法与你沟通，所以你只能调查她身边的物品。那么问题来了，你要调查她身边的物品吗？

［若玩家选择调查，则接下选项；若玩家选择不调查，则作罢，但（目标）行动点-1。］

选项：

A：调查她的钱包。

B：调查她的卷宗。

C：调查她的衣服口袋。

回答：

A：她的钱包只有几张像枯叶一般的零钱，以及一张被精心保护，但始终逃不过岁月浸染的与约翰的结婚照——不提供线索，不增减魅力值。

B：主持人派发线索——魅力值 +1。

C：没有找到任何东西——不提供线索，魅力值 –1。

针对此剧本杀，微博 @周四推理俱乐部 为你录制了引导教程，欢迎观看。如有疑问，也请在微博上联系 @周四推理俱乐部。

剧本杀作者：路过小卢

简介：广州人，“90 后”，小学时开始痴迷推理小说，最爱埃勒里·奎因。2015 年首次在《推理世界》杂志上刊登《天使的礼物》，此后每年都有中短篇作品发表。2020 年开始创作剧本杀，已有《蛊门》等作品。